조선시대 대소설의 이념적 지평

조선시대 대소설의 이념적 지평

초판 1쇄 발행 2023년 2월 20일

지은이 | 조광국

펴낸곳 | (주)태학사
등록 | 제406-2020-000008호
주소 | 경기도 파주시 광인사길 217
전화 | 031-955-7580
전송 | 031-955-0910
전자우편 | thspub@daum.net
홈페이지 | www.thaehaksa.com

편집 | 조윤형 여미숙
디자인 | 이영아
마케팅 | 김일신
경영지원 | 김영지

값 22,000원

ISBN 979-11-6810-136-4 (93810)

책임편집 | 조윤형
표지디자인 | 이영아
본문디자인 | 임경선

조선시대 대소설의 이념적 지평

조광국 지음

태학사

머리말

20여 년 동안 **대소설** 분야의 연구를 거듭해 왔습니다. 이제야 '조선시대 대소설의 이념적 지평'이라는 연구서를 내게 되었습니다. 기존에는 대하소설, 장편소설, 가문소설 등으로 일컬었는데 나는 조선 후기에 사용했던 대소설이라는 용어를 가져오는 게 학문적으로 적절하다고 보았습니다.

'제1부 대소설 일반론'에서는 대소설의 전체적인 틀을 제시했습니다. 학계에서 대소설의 일반적 모습에 대한 논의를 해왔지만, 총론 차원에서 다루지는 않은 듯합니다. 그 보완책으로 대소설의 출현, 대소설의 외연, 대소설의 향유 등을 중심으로 살펴보았습니다.

17세기 이후 양반 계층이 집권층 **벌열**閥閱과 실권사족失權士族으로 분화되어 갔습니다. 그 분화가 획일적이지 않고 다양한 스펙트럼을 형성했을 것임은 물론입니다. 그중에 벌열이 정치, 사회, 문화, 경제 등 대부분 영역에서 큰 영향력을 행사했거니와, 그런 시대 상황에서 대소설이 출현했음을 살펴보았습니다.

다음으로 대소설의 작품세계가 상층 **벌열의 세계**를 외연으로 한다는 것을 고찰했습니다. 〈소현성록〉〈소문록〉〈성현공숙렬기〉〈쌍천기봉〉은 물론이고 〈유효공선행록〉〈유씨삼대록〉〈옥수기〉〈임화정연〉 등에 벌열의 모습이 설정되어 있으며 그와 관련하여 벌열의식閥閱意識이 구현되어 있음을 살펴보았습니다. 이 논의는 제2부의 개별 작품론을 통해 얻은 것을 토대로 한 것이기도 합니다. 일일이 제시하지 않았지만 대부분의 대소설이 그런 양상을 보입니다.

그리고 대소설을 창작하고 향유한 자들이 벌열층과 밀접한 관련이 있거니와, 이는 일찍이 선행 연구자들에 의해 밝혀진 것인데, 그 내용을 세부적으로 보완했습니다. 17세기부터 19세기에 이르기까지 긴 세월 동안 벌열층이 대소설의 향유층으로 자리를 잡고 있었음을 새삼 주목하고자 했습니다.

'제2부 벌열의 세계'에서는 두 지점에 주목했습니다. 첫째, 제1부에서 다룬 내용을 개별 작품에 적용했습니다. 대소설의 일반적 성향을 짚어 본 것입니다. 둘째, 이를 토대로 대소설의 범주 안에서 각 작품의 독특한 특성을 밝혔습니다.

〈소현성록〉은 유복자가 가문을 벌열로 성장시키는 데에 초점을 맞춘 작품입니다. 이 작품은 소씨가문에서 대를 거듭하여 발생하는 부부갈등을 문제적으로 설정하되 그 문제를 가문의 내적 위계질서 훼손의 문제로 초점화하고 그 문제를 해결함과 동시에 가부장과 적장자를 온전하게 옹립함으로써 벌열의 위상을 견고하게 하는 모습을 용의주도하게 펼쳐냈습니다. 부차적으로 다른 가문에도 그런 위계질서를 회복하게 도움을 줌으로써 소씨가문의 도덕적 위상을 높이면서도 한편으로 출가한 딸의 문제는 옹호했던바, 며느리의 문제와 대등하게 처리하지 못함으로써 벌열의 자기가문 중심주의 성향을 드러내기도 했습니다.

〈소문록〉은 한문寒門 출신의 여성이 벌열가의 총부家婦로 정착하는 것에 초점을 맞춘 작품입니다. 이 작품의 중심 갈등은 가장, 정실, 제2부인 사이에서 벌어지는 삼각갈등입니다. 그 갈등은 '소씨가문이 벌열로 지속함에 있어서 한문 출신의 정실을 총부로 세워야 하는지 아니면 벌열 출신의 제2부인을 총부로 세워야 하는지의 문제로 예각화되며, 그 문제는 한문 출신의 여성일지라도 자질과 품성을 갖추었다면 정실 자리를 지켜주어 총부로 삼아야 한다는 것으로 귀결됩니다.

〈유효공선행록〉은 벌열가문의 진로를 두고 기득권을 옹호하는 부정적인 소인가문으로 전락하고 말 것인가 아니면 군자가문으로 거듭나야 할 것인가의 갈림길에서 소인가문이 군자가문으로 갱신하는 모습을 진지하게 다루었습니다. 한편으로 군자가문의 실현이 절대 명분으로 자리 잡기 때문에, '아들·아우·아내의 아비·형·남편에 대한 일방적 의무와 순종'이라는 문제점과 '아비·형·남편과 아들·아우·아내 쌍방의 온전한 효우애'라는 지향점, 이 둘 사이에 큰 괴리를 드러냈거니와, 역설적으로 그 점에서 작품적 가치가 돋보입니다.

〈유효공선행록〉과 〈유씨삼대록〉은 연작이거니와, 후편 〈유씨삼대록〉은 군자형 인물에 의한 가문의 종통 확립 그리고 출사·현달을 담당하는 환로형 인물에 의한 대외적 가문창달, 이 둘의 조화를 통해 극대화된 벌열가문의 세계를 그려낸 작품입니다. 특히 적장자였지만 종통에서 배제되었던 유우성을 가문창달의 중심에 놓았다는 점에서 주목할 만합니다. 연작 전체가 유씨가문의 5대에 걸친 가문사家門史를 다루었는데, 후편 〈유씨삼대록〉은 유우성 이후 아들·손자 3대 중심의 가계사家系史에 초점을 맞추어 그 가계가 가문 내에 분파分派되는 지점 혹은 소종小宗으로 분립하는 지점을 시사하고 있어서 흥미롭습니다.

'제3부 벌열가부장제와 종법주의 이념'은 대소설 중에서 이념적 성향이 뚜렷한 작품들을 모아 논의한 것입니다. 제2부에서 대소설이 벌열가문을 지향하며 벌열의식을 드러내는 점을 살펴보았는데, 그 연장선에서 벌열의식이 예각화되어 벌열가부장제와 종법주의 이념으로 자리를 잡는 지점을 세밀히 고찰했습니다.

〈엄씨효문청행록〉 논의에서는 벌열가부장제를 중심으로 살펴보았습니다. 일찍이 대소설 연구에서 가부장제가 널리 거론되었는데 구태여 벌열가부장제를 내세운 까닭은, 가부장제가 시대에 따라 독특한 면모를 지니는바, 벌열 계층의 가부장제 또한 여타의 양반 계층의 가부장제와 다른 지점을 지녔을 것이기 때문입니다. 벌열가부장제는 여타의 대소설에도 적용됩니다만, 편의상 이 작품을 중심으로 논의한 것을 제시했습니다.

〈화씨충효록〉은 종법주의 이념을 정면에서 구현한 작품입니다. 적장자가 소인이어서 가문이 몰락할 위기에 직면하지만, 차남을 비롯한 가문 구성원들이 적장자를 차세대 종장으로 옹립하여 가문을 벌열가문으로 재정립하는 과정이 돋보입니다. 이 작품과 관련하여 두 편의 박사학위가 나왔는데, 공히 여성의식이 남성 중심의 가부장제 이데올로기에 저항하는 성향이 강하다는 논지였습니다. 그 논지를 부인하는 것은 아니지만, 종법주의宗法主義 이념 또한 심도 있게 구현되어 있음을 살펴봄으로써 〈화씨충효록〉의 작품적 위상을 새롭게 정립했다고 봅니다.

다음으로 대소설의 종법주의 전개 양상을 훑어보았습니다. 먼저 대소설 이전 〈사씨남정기〉와 〈창선감의록〉에 구현된 종법주의 이념을 살펴보고, 〈창선감의록〉의 개작으로서 〈화씨충효록〉에서의 종법주의 이념이 강화되는 지점을 검토했습니다. 그후 대소설은 종법을 확립함에 있어서 적장승계가 난관에 부닥치는 지점을 다룬 작품(〈소현성록〉〈화산기봉〉〈효의정충예행록〉〈명주보월빙〉)과 입양승계가 난관에 부닥치는 지점을 다룬 작품(〈성현공숙렬기〉〈완월회맹연〉〈엄씨효문청행록〉)으로 나뉘며 펼쳐진 것을 살펴보았습니다.

한편 〈유효공선행록〉〈유씨삼대록〉 연작은 앞의 작품들과 달리, 적장승계嫡長承繼의 번복과 입양계후入養繼後의 반복을 설정했음을 살펴보았습니다. 그와 관련하여 이 연작은 군자적 자질을 계후 선정의 절대 기준으로 삼음으로써 이상적인 종법의식宗法意識을 구현했지만, 역설적으로 종법에 위배되는 지점을 드러냈음을 알게 되었습니다. 이 연작은 우리 소설사와 지성사에서 독특한 위상을 차지하는 문제작이라 할 수 있습니다.

'제4부 효 이념'에서는 대소설의 작품세계에서 중요한 축으로 자리를 잡은 효孝에 대해 다루었습니다. 〈유효공선행록〉〈엄씨효문청행록〉〈보은기우록〉 등은 '부악자선父惡子善(혹은 모악자선母惡子善)'의 서술공식을 지니거니와, 그 서술공식은 '선한 자식이 악한 부친(혹은 모친)으로부터 박해를 받으면서도 지효至孝로 부모의 가치관을 바꾼다'라는 효담론으로 이어집니다. 그 효담론은 〈유효공선행록〉에서 군자소인론君子小人論과 결합하고, 〈보은기우록〉에서 중상주의적重商主義的 흐름에 맞서고, 〈엄씨효문청행록〉에서는 입양의 명분론적 종통계승宗統繼承과 맞물리는 등 작품마다 독특한 양상을 보여줍니다. 그러한 차이를 넘어 효담론은 공히 벌열의 존속과 발전을 지향합니다.

한편 효 이념이 남성가문 위주로 구조화된 상황에서 '친정가문을 향한 여성의 효' 문제가 환기되기도 합니다. 〈유효공선행록〉과 〈옥원전해〉에서 남주인공은 부친의 비행을 거론하는 장인과 옹서갈등을 일으키면서 장인과 아내에게 고통을 가합니다. 그 고통은 남주인공이 자기 가문을 군자가문君子家門으로 쇄신하기 위해 노력하던 중에 처족妻族에게 전가한 것으로, 벌열가부장제에 도사리고 있는 **가문이기주의**家門利己主義의 폭력성을 드러냅니다. 게다가 그 폭력성에 노출된 인물이 남주인공 자신임을 드러내기도 합니다. 이것이 두 작품에 나타난 옹서대립담의 함의입니다. 〈옥원전해〉는 〈옥원재합기연〉의 후편으로, 〈유효공선행록〉은 〈유씨삼대록〉의 전편으로 존재하면서 두 작품은 옹서대립담의 친연성을 확보하며 진중한 흥미를 주었을 것으로 보입니다.

〈하진양문록〉은 여성 중심의 효담론을 정면에서 제기했다는 점에서 특징적입니다. 이 작품은 효담론을 표면적 주제나 거시담론의 차원에 그치지 않고 효절孝節 논쟁과 효·애정 논쟁을 통해 심층적으로 구현합니다. 이는 여성영웅형과 여군자형을 결합한 캐릭터의 하옥주가 친정아버지에 대한 효와 친정가문에 대한 효를 동시에 추구하고, 나아가 시가에 대한 효까지 효의 범위를 넓히는 것과 표리관계를 이룹니다. 이러한 효담론은 '소인형 부모에 대한 아들의 효'(〈유효공선행록〉〈옥원전해〉)나 '소인형 친정아버지에 대한 딸의 효'를 구현한 여타의 대소설의 효담론과 구별됩니다. 〈하진양문록〉의 효담론은 조선 후기 남성가문 중심의 사회에서 저항의 변주變奏를 이루며 적지 않은 흥미를 끌었을 것으로 보입니다.

나는 기존 논의에서 벌열소설과 대하소설이라는 용어를 혼용하여 써왔는데, 이번에 책을 내면서 모두 대소설로 통칭하였습니다. 그리고 제가 발표한 논문들의 출처는 각 단원의 각주 첫머리에 밝혀 두었습니다.

이 책이 나오기까지 여러분들의 도움이 있었습니다. 먼저 학부 시절부터 지도해 주신 이상택 선생님께 감사드립니다. 선생님 내외분께서 건강하시기를 기원합니다. 그리고 내게 연구와 교육의 자리를 마련해준 아주대학교 측에도 감사하지 않을 수 없습니다.

태학사에서 2019년에 이어 이번에도 책을 출간하게 되었습니다. 지현구 대표를 비롯하여 이 책이 나오기까지 수고하신 조윤형 주간께 감사드리며 편집부원 여러분께 고마움을 전합니다.

따스한 산길 곁에 다소곳한 진달래는 봄날의 향취를 은은하게 해주며, 찌는 듯한 대낮에 울려 퍼지는 매미 소리는 잠시나마 더위를 주춤하게 합니다. 소복이 쌓인 하얀 눈은 어김없이 새로운 즐거움을 선사합니다. 지난해 가을, 제주 한담 해변에서 온전한 일몰 그리고 구름이 어울린 낙조 앞에서 누린 황혼, 그 아름다움의 여운은 지속될 것입니다.

이 모든 것 위에 한량없는 사랑과 긍휼을 베푸시는 예수 그리스도께 감사드립니다.

2023년 2월 3일
조 광 국

차례

제1부

일반론

I. 대소설의 출현

조선 후기에 여느 소설과 확연하게 구별되는 장편의 작품세계를 구축한 소설이 새롭게 출현했다. 〈소현성록〉〈소문록〉〈유효공선행록〉〈유씨삼대록〉〈쌍천기봉〉〈이씨세대록〉〈현씨양웅쌍린기〉〈명주기봉〉〈명주옥연기합록〉〈창란호연록〉〈옥난기연〉〈옥원재합기연〉〈옥원전해〉〈완월회맹연〉〈성현공숙렬기〉〈임씨삼대록〉〈현몽쌍룡기〉〈조씨삼대록〉〈양문충의록〉〈보은기우록〉〈명행정의록〉〈하진양문록〉〈양현문직절기〉〈명주보월빙〉〈윤하정삼문취록〉〈엄씨효문청행록〉〈임화정연〉〈쌍성봉효록〉〈벽허담관제언록〉〈하씨선행후대록〉〈화산기봉〉〈구래공정충직절기〉〈양현문직절기〉〈천수석〉〈화산선계록〉〈화정선행록〉〈유이양문록〉〈옥수기〉〈청백운〉〈낙학몽〉〈효의정충예행록〉〈화씨충효록〉〈구운기〉 등이 그에 속한다.

1. 대소설의 명칭

이들 작품은 대하소설, 가문소설 혹은 장편가문소설, 대장편소설 혹은 장편소설 그리고 국문장편소설, 장편영웅소설, 벌열소설 등으로 불렸다.[1] 그중 대하소설이라는 용어는 프랑스의 소설가이자 평론가인 앙드레 모루아Andre Morua가 처음 로망 플뢰브roman fleuve라는 용어를 사용한 데에서 유래한다. 그 용어는 우리에게 대하소설大河小說로 번역되었는데 『문학비평용어사전』에 실린 개념은 다음과 같다.

> 장편소설보다는 분량이 방대한 소설 형식을 대하소설이라 한다. ① 작가가 선택한 특정 시대의 역사 속에서 수많은 인물이 등장해 도도한 강물이 흐르듯 서사가 이뤄진다. 큰 강물의 흐름처럼 유장한 시간이 소설의 중요한 배경으로 설정돼 있다. ② 대하소설은 다양한 작중 인물들이 여러 사건들의 전개 과정에서 서로 만나기도 하고 얽히기도 하는 복합구조를 지닌다. ③ 인물들은 시대의 흐름과 조응하면서 시대정신, 사회의식 등을 발현한다. ④ 이를 통해 시대와 개인의 갈등, 집단과 개인의 충돌, 이념과 현실의 대립 등이 총체성을 띠며 형성화된다.[2]

그런데 프랑스 문단에서 로망 플뢰브roman fleuve라는 명칭을 썼을 때보다 무려 2, 3세기 정도나 앞서서 17세기 무렵에 조선에서 대소설大小說이라는 용어를 썼다는 점에 주목하지 않을 수 없다.

> 돌아가신 어머니 정경부인 용인이씨(1652-1712)께서 손수 필사한 책자 중 〈소현성록〉 대소설 15책은 장손 조응에게 줄 것이니 가묘 안에 보관하고[3]

1 **대하소설**(이상택, 「명주보월빙 연구」, 『한국고전소설의 탐구』, 중앙출판, 1981), **가문소설**(이수봉, 「한국가문소설연구」, 경인문화사, 1992), **장편가문소설**(장효현, 「장편가문소설의 성립과 존재양태」, 『정신문화연구』 44, 한국정신문화연구원, 1991), **대장편소설**(임치균, 『조선조 대장편소설 연구』, 태학사, 1996), **장편소설**(정병설, 「조선 후기 장편소설사의 전개」, 『한국 고전소설과 서사문학(상)』, 집문당, 1998), **국문장편소설**(진성운, 「조선 후기 장편국문소설의 조망」, 보고사, 2002), **장편영웅소설**(김종철, 「19C 중반기 장편 영웅소설의 한 양상」, 『한국학보』 40, 1985), **벌열소설**(조광국, 「벌열소설의 향유층에 대한 고찰」, 『어문연구』 115, 한국어문교육연구회, 2002)

2 한국문학평론가협회, 『문학비평용어사전』, 2006.

3 先妣贈貞卿夫人 龍仁李氏 手寫冊子中 蘇賢聖錄 大小說 十五冊 付長孫祚應 臧于家廟內(權燮, 『玉所稿』, 雜著 4, 〈先妣手寫冊子分排記〉) 박영희가 학계에 처음 소개했다.(박영희, 「장편가문소설의 향유집단 연구」, 한국고전문학회 편, 『문학과 사회집단』, 집문당, 1995, 322쪽)

권섭(1671-1759)은 〈소현성록〉이 '대소설'이라 불렸던 당시 문예 상황을 글로 남겼다. 〈소현성록〉을 비롯한 대소설의 특성은 로망 플뢰브roman fleuve; 대하소설와 비슷한 모습을 보인다.

대소설은 한漢, 당唐, 송宋, 명明 등 특정 시기의 중국을 배경으로 수많은 인물이 등장해 도도한 강물이 흐르듯 서사가 진행된다(위의 ①). 그리고 무수한 작중인물이 당쟁과 전쟁, 사랑과 증오, 모함과 모략, 배신과 복수, 출세와 귀양, 악행과 응징, 탐욕과 몰락 등에 얽히면서 복합구조가 형성된다(위의 ②). 또한 작중인물의 이합집산을 통해 조선 후기의 가문이데올로기 혹은 가문중심주의와 같은 시대정신, 충효열을 중시하는 사회의식 등이 발현된다(위의 ③). 이를 통해 부귀를 중시하는 시대와 충효열의 가치를 지향하는 개인 사이에 갈등이 발생하기도 하고, 그 반대로 가부장을 정점으로 하는 가문집단과 개인 사이에 심각한 충돌이 일어나 죽음을 부르기도 하며, 가문중심주의 이념과 자유연애를 지향하는 욕망 사이에 심각한 대립이 일기도 하는 등 이런 것들이 총체성을 띠며 작품세계를 형성한다(위의 ④).

이에 나는 로망 플뢰브roman fleuve, 즉 대하소설이라는 용어는 접고, 일찍이 조선 후기에 썼던 대소설이라는 명칭을 적극적으로 사용하고자 한다. 당시 대소설이라는 명칭을 썼을 때 종래의 소설과 다른 특징이 있음을 인식했거니와 그런 창작과 향유의 환경을 중시하지 않을 수 없기 때문이다.

한편 1930년대 이후 일군의 현대소설을 지칭했던 대하소설이라는 용어는 그 자체로 문예文藝 상황을 담아내고 있다는 점도 고려하지 않을 수 없다. "대하소설이 1930년대와 1940년대 한국문학에서는 연대기 소설이나, 가족사 소설, 역사소설을 통칭하는 의미로 쓰였고, 1970년대 장편역사소설 창작이 가속화되었는데 그 시기부터 분량이 방대한 역사소설을 '대하소설' 혹은 '대하역사소설'이라고 지칭하는 것이 보편화되었다"[4]는 것, 이게 한국의 문학평론가의 일반적 견해다. (로망 플뢰브를 대하소설로 번역하여 사용할 때 현대소설을 가리켰다.)

실제로 조선 후기의 대소설과 1930년대 대하소설은 서로 작품세계에서 차이가 있다. 단적으로 대소설은 중국의 특정 왕조를 배경으로 하여 조선 후기의 가문사 및 가계사를 **굴절시켜** 구현했음에 비해, 대하소설은 1930년대 이후의 한국 사회를 배경으로 하여 가문사 및 가족사의 변화를 **적실하게** 펼쳐낸 것을 그 차이점으로 들 수 있다.

요컨대 1930년대 이후에 출현한 것은 대하소설이라고 부르고, 대소설은 조선 후기 작품에 한정하고자 한다.

2. 벌열의 시대

대소설의 주된 이야기는 상층 가문의 이야기다. 이는 대소설을 향유했던 조선 후기가 벌열閥閱의 시대였다는 것과 밀접한 관련이 있다.

조선 인조반정과 숙종대 경신대출척의 양대 정변을 계기로 사대부 계층이 특수집권층인 벌열閥閱과 실권층失權層인 사士의 두 계층으로 분화되어갔다.[5] 국사학계의 견해를 들면, 17세기 후반 이후 척신을 중심으로 한 벌열이 정치권력

---

4 1930년대 1940년대 한국문학에서는 연대기 소설이나, 가족사 소설, 그리고 역사소설을 통칭하는 의미로 쓰였다. 〈삼대〉(염상섭), 〈태평천하〉(채만식), 〈봄〉(이기영), 〈탑〉(한설야) 등이 이에 속한다. 이들 작품은 개화기에서 일제 식민지 지배 시대에 걸친 기간 동안 가족 내 여러 세대간의 갈등 과정을 보여주고 있다. 이를 통해 세대간의 차이와 사회적 변화 과정, 그리고 시대의 풍속을 묘사했다. 이후 〈임꺽정〉(홍명희), 〈대원군〉·〈조선총독부〉(유주현), 〈토지〉(박경리)를 거치면서 1970년대 장편역사소설 창작이 가속화됐다. 이 시기부터 분량이 방대한 역사소설을 '대하(역사)소설'이라고 지칭하는 것이 보편화됐다. 한국의 대표적인 대하소설로는 〈장길산〉(황석영), 〈임꺽정〉(홍명희), 〈두만강〉(이기영), 〈토지〉(박경리), 〈육이오〉(홍성원), 〈갑오농민전쟁〉(박태원), 〈지리산〉(이병주), 〈객주〉(김주영), 〈태백산맥〉·〈아리랑〉·〈한강〉(조정래) 등을 꼽을 수 있다.(한국문학평론가협회, 『문학비평용어사전』, 2006)

5 이우성, 「실학연구서설」, 『한국의 역사상』, 창작과비평사, 1982.

의 실체로서 종래의 붕당을 대신한다는 견해, 16~17세기는 사림정치기이고 18세기는 벌열정치기라고 보는 견해, 17~18세기의 집권세력을 벌열이라고 보는 견해 등이 있다.[6] 다소 차이가 있지만, 17세기 이후 19세기까지를 벌열기閥閱期라 할 수 있을 만큼, 그 시기에 벌열의 영향력은 정치·경제·사회·문화 여러 방면에 두루 미쳤다.

벌열[7]은 이전 시대의 상층 가문을 이어받아 벌열의 입지를 공고히 한 경우도 있지만, 새롭게 부상한 경우가 일반적인 추세였다. 어느 한 가문이라 할지라도 시간이 흘러 여러 파로 나뉘면서 벌열의 중심축이 분파分派된 가계家系에 따라 옮겨지기도 했다.[8]

세부적으로 17세기 이후 벌열가문의 특징은 "3대에 걸친 문인 고위층 관료의 배출, 왕실과의 국혼, 공신의 배출"[9]등을 들 수 있다. 벌열가문은 3대에 걸쳐 고르게 중앙의 문인 고위층 관료를 배출했으며, 그중에는 왕가와 혼인관계를 맺음으로써 권문세가로서 입지를 굳히기도 했다.

그리고 조선의 벌열은 학통, 가통에 따라 당파를 형성했는데 당색黨色에 따라 노론 벌열을 비롯하여 소론 벌열, 남인 벌열이 있었다. 그런 당색에 따라 통

---

6 이태진,「조선시대의 정치적 갈등과 그 해결」,『조선시대 정치사의 재조명』, 범조사, 1985, 43쪽; 정만조,『한국사상의 정치형태』, 일조각, 1993, 세미나 속기록; 이수건,「고려·조선시대 지배세력 변천의 제시기」,『한국사 시대구분론』, 소화, 1995, 279쪽.

7 벌열 외에 문지門地, 문호門戶, 지벌地閥, 가벌家閥, 갑족甲族, 잠영簪纓, 세족世族, 세가世家, 세벌世閥, 문벌門閥, 명족名族, 명가名家, 명문名門, 명벌名閥, 거벌巨閥, 화벌華閥, 성족盛族, 교목지가喬木之家, 권문權門, 권문세가權門勢家, 권문귀족權門貴族 등의 용어가 쓰였다.(차장섭,『조선 후기벌열연구』, 일조각, 1977, 17쪽)

8 (신)안동김씨의 경우, 15세기 이후 서울로 진출하여 가문의 위세가 커졌고 16, 17세기에 노론의 핵심 가문으로 그 위세가 더욱 커졌으며 19세기에는 세도가로 명성을 떨쳤다. 그중 서윤공파는 15대에 김상헌, 김상준, 김상용, 김상관, 김상복을 기점으로 하는 분파들을 형성했다. 특히 김상용, 상헌 형제 이후에 김상용파와 김상헌파를 중심으로 가문의 위세가 높아졌는데, 동생 김상헌이 살았던 장의동 이름을 따서 '장동김씨'라 불리기도 했다. 장동김씨는 서울 서촌에 살았던 일파로 조선 후기의 권세가문으로 부상했다.

9 차장섭, 앞의 책, 29, 68-72, 84-89쪽.

혼관계通婚關係가 형성되었음은 물론이고,[10] 왕실과의 국혼 또한 그런 추세에서 행해졌다.

숙종은 인경왕후 김씨와 계비 인현왕후 민씨, 계비 인원왕후 김씨를 차례로 맞이했는데, 인경왕후는 '김장생-김집-김익겸-김만기-인경왕후'로 이어지는바, 그 가문이 벌열이었음은 물론이고[11] 계비인 인현왕후는 '민기-민광훈-민유중-인현왕후'로 이어지는 민유중의 딸로, 그 가계 또한 벌열이었다.[12] 광산김문과 여흥민문 두 가문은 공히 당대 주자학의 권위자 송시열, 송준길의 가문과 학통을 맺었으며 통혼관계를 형성하기도 했다. 이들 두 가계는 '서인-노론' 벌열로 자리를 잡으면서 두 가계가 연이어 숙종의 외척 세력이 되었다. (조선 말기에 이르기까지 왕의 외척 세력은 대개가 벌열로 자리를 잡았다.)

소론의 경우에도 그랬다. 〈옥루몽〉의 저자인 남영로(1810-1857)의 5대조는 소론의 영수를 지낸 남구만(1629-1711)이었다. 오랜 기간 동안 그의 집안은 소론의 학문적 경향을 띠었으며, 같은 소론인 문화유씨, 양주조씨, 전주이씨 덕천

---

10 권기석, 「19세기 세도정치 세력의 형성 배경(상)-조선 후기 집권세력의 통혼관계망 분석을 중심으로-」, 『진단학보』 90, 2000; 권기석, 「19세기 세도정치 세력의 형성 배경(하)-조선 후기 집권세력의 통혼관계망 분석을 중심으로-」, 『진단학보』 91, 2001.

11 김만기는 병조판서에 올랐으며 국구가 된후 광성부원군에 책봉되었다. 김만기의 동생은 주지하다시피 〈구운몽〉 〈사씨남정기〉를 지은 김만중이다. 김만기의 아들들, 즉 인경왕후의 오라비들로 김진구와 김진규가 있는데, 김진구는 별시문과에 급제한 후 경상감사, 승지, 호조판서, 판의금부사를 역임했으며, 김진규는 정시문과에 급제한 후, 대사성, 부제학, 예조판서 등을 역임했다. 특히 '김만기-김진규' 부자는 문형을 지냈다.

12 고조부 민기는 선조 때 별시문과에 병과로 급제한 후 제주목사를 거쳐 경부부윤을 지냈으며, 청백리로서 선정을 베풀어 명성이 높았다. 증조부인 민광훈은 강원감사, 병조참의, 공조참의, 호조참의를 역임했다. 부친인 민유중(1630~1687)은 문과 장원급제를 한 인물로 숙종의 장인이 되기 전에 전라감사, 충청감사, 평안감사를 거쳐 형조판서, 호조판서 등을 역임했고, 국구가 된 후에 여양부원군에 봉해졌다. 큰아버지인 민가중은 대사헌을 지냈고, 작은아버지인 민정중은 이조판서, 공조판서, 호조판서, 형조판서를 역임하고 좌의정에 올랐던 인물이다. 인현왕후의 외조부는 산림의 대표자인 송준길이다. 민유중의 아들, 즉 인현왕후의 남형제로는 민진후와 민진원이 있었는데, 민진후는 예조판서, 공조판서 등을 역임했고, 민진원은 노론의 핵심인물로서 경종 대에 공조판서, 영조 대에 우의정과 좌의정을 역임했다.

군파와 지속적인 혼인관계를 맺었다.

한편 조선시대 왕은 후궁을 두었다. 그중에 귀족 출신의 후궁은 원칙적으로 왕비나 세자빈처럼 가례색을 설치하여 금혼령을 내리고 간택을 거쳐 빙례聘禮를 갖추어 맞이했다. 정치적 배려에 따라 정략적으로 간택된 후궁들은 명문가 출신이 적지 않았으며,[13] 친정의 가격家格이 왕비의 가문에 못지않은 경우도 있었다. 정조의 후궁인 원빈홍씨의 친정은 풍산홍씨 '홍창한-홍낙춘-원빈홍씨'로 이어지는 명문가였다.[14] 왕비 효의왕후 김씨가 자식을 낳지 못하자 원빈홍씨가 빈이 되었는데 그녀의 혼례는 계비와 맞먹는 위세를 떨쳤고, 이듬해에 원빈홍씨가 요절하자 장례가 융숭하게 치러졌을 정도다.

19세기 벌열기는 세도정치世道政治의 시기라고도 부르기도 한다. 그 시기에는 노론계 외척으로 구성된 소수의 벌열에 의해 정국이 독점되었거니와, 1806년(순조6) 순조는 벌열세족이 요직은 물론이고 미관말직까지 차지했다.[15] 1829년(순조29) 부교리 장목근이 올린 상소에 따르면, 대과 합격자들 가운데 한문寒門 출신의 선비는 몇 사람 되지 않았다고 한다.[16]

이처럼 벌열가문은 학통과 혼맥婚脈을 형성하고 당색을 띠면서 대소설의 향유층으로 자리를 잡았다. 그러한 벌열의 모습은 대소설의 작품세계의 외연으로 설정된다.

---

13 박영규, 『조선의 왕실과 외척』, 김영사, 2003, 48-55쪽.

14 조부 홍창한은 감사를 역임했고, 오라비 홍국영(1748-1781)은 당시에 권력자였고, 외조부인 우의정 홍봉한과 이조판서 홍인한은 매우 가까운 집안이었다. 홍봉한의 활약과 위세로 1778년(정조2)에 원빈홍씨가 빈嬪이 되어 입궐할 즈음 친정은 이미 명문가 반열에 들어섰다.

15 박영규, 앞의 책, 7쪽; 황원구, 「벌열정치」, 『한국사』 13, 국사편찬위원회, 1984.

16 『순조실록』 권9, 6년 5월 갑인; 『순조실록』 권29, 27년 9월 병진.

II. 대소설의 외연

대소설은 조선 후기의 벌열의 세계를 그대로 설정한 것은 아니다. 시공간적 배경을 중국 한漢, 당唐, 송宋, 명明 시기로 맞추고 작중인물을 중국인으로 설정했거니와, 조선 후기의 벌열상을 굴절시켜 펼쳐냈다.

여기에서는 먼저 개별 작품별로 벌열상에 대해 살펴보고자 한다. 그후에 작품의식이 벌열의식임을 제시하고자 하는데 그 과정에서 대소설의 일반적 성향을 재검토하는 과정을 거치고자 한다.

1. 개별 작품별 벌열의 양상

대소설에서 공통적으로 설정되는 벌열의 양상은 다음과 같이 여덟 개의 항목으로 정리할 수 있다. (아래 항목은 개별 작품론을 토대로 이루어진 것인데 편의상 먼저 제시했다.)

① 가문 이야기는 2대, 3대로 지속된다. 그 이야기가 2대에서 그치는 경우도 있지만, 대개 3대에 걸쳐 펼쳐진다.[1] 한 개인의 이야기가 아니라 가문 구성원들의 이야기다.

② 가문의 출발점은 한문寒門일 수도 있으며 벌열일 수도 있는데, 귀착점은 벌열이다. 문인 고위직을 차지하는 인물은 한 개인에 한정되지 않

고 부자간, 형제간, 숙질간 등 복수의 형태를 띠며, 그런 양상은 2대와 3대로 지속된다. 남편의 고위직에 걸맞게 배우자의 위상이 격상된다.

③ 벌열의 남성은 대체로 다처多妻를 두거나 축첩蓄妾을 한다. 주인공이 일처一妻를 고수하더라도 부친이나 형제 또는 아들에게서 다처 혹은 축첩이 설정된다.[2]

④ 가문 사이의 혼인이 2대나 3대로 이행하면서 벌열가문 사이에 혼맥婚脈이 형성된다. 한족寒族과 결혼하기도 하지만, 후대로 내려가면서 벌열끼리 결혼하는 것으로 설정된다.

⑤ 국혼國婚이 나온다. 한문寒門은 왕실과 혼맥을 형성하면서 벌열로 자리를 잡고, 벌열은 국혼을 통해 가문의 위세를 더욱 견고히 한다.

⑥ 외적이 침략하거나 국내에서 반란과 반역이 일어나면 부자父子나 숙질叔姪혹은 형제가 함께 출전하여 진압한다. 그와 관련하여 개인의 영웅성은 가문 차원의 집단영웅성 혹은 집단우월성으로 수렴된다.

⑦ 벌열의 중심인물은 대체로 장수하며, 그에 상응하여 환갑잔치와 장례가 성대히 치러진다. 환갑잔치의 헌수獻壽.장수를 비는 뜻으로 술잔을 올림에서 황제가 어악御樂과 많은 선물을 하사하며, 장례에서도 황제는 적극 조의弔意를 표한다.

⑧ 가문이 벌열로 성장하거나 벌열로 지속하는 가운데 여러 문제가 발생한다. 그 문제는 벌열의 존폐 위기로 작동하지만 가문 차원에서 문제를 해결함으로써 해당 가문은 벌열의 위상을 확고히 한다.

---

1 임치균은 연작형 3대록소설을 모아 분석한 바 있다.(임치균, 「연작형 삼대록 소설연구」, 서울대 박사논문, 1992) 연작소설의 경우 전편에서는 2대의 이야기를 중심으로 3대 이야기가 부연되는 성향을 보이고, 후편에서는 3대의 이야기가 비중 있게 다루어진다. 연작 전체를 고려할 때 3대록의 성향이 보다 강화된다. 3대록소설은 벌열세계를 지향한다고 할 것이다.

2 나는 축첩제와 관련하여 양반의 풍류의식을 논한 바 있다.(조광국, 「기녀담 기녀등장소설 연구」, 월인, 2000, 18~29쪽)

〈소현성록〉〈소문록〉〈성현공숙렬기〉〈쌍천기봉〉〈옥수기〉〈임화정연〉의 경우에 그런 특성이 확인된다.[3] 대소설의 범주에 드는 작품을 일일이 거론하기에는 지면상 제약이 있어서, 여기에서는 〈유효공선행록〉〈유씨삼대록〉〈임화정연〉〈옥수기〉에 한정하여 살펴보고자 한다.

(가) 〈유효공선행록〉의 경우

① 유씨가문의 이야기가 1대 유정경, 2대 유연과 유홍 쌍둥이 형제, 3대 유백경, 유우성, 유백명 형제로 이어진다.

② 유씨가문은 처음부터 벌열로 제시된다. 그 집안은 개국공신 유백운 이래 대대로 고관대작에 오른 세대명문世代名門이다. 가부장 유정경은 국부장사 유경의 손자이며, 천자는 유정경에게 조선祖先 벼슬을 이어받게 하여 성의백을 봉했는데, 유정경은 일찍이 급제하여 병부시랑에 올랐다. 2대 유연은 승상에 오르고, 3대 유우성은 병부상서, 예부상서, 이부상서를 역임한다.

③ 유씨가문 구성원 중에서 다처를 거느리거나 축첩하는 이는 없다. 하지만 축첩에 대한 긍정적인 시선이 자리잡기도 한다. 유우성이 장원급제한 후 연석에서 함께 춤을 춘 명기인 찬향·월선 2명과 밤을 지새우는데, 부친 유연의 질책으로 2창을 첩으로 들이지 못하지만, 조부 유정경은 창기와 노는 것을 풍류라 하여 긍정적으로 받아들인다.

④ 유씨가문은 벌열의 가격家格에 맞게 다른 벌열과 혼맥을 형성한다. 1대 유정경의 처 경부인은 태상경 경참의 딸이다. 2대에서 장남 유연은 추

---

3 조광국, 「작품구조 및 향유층의 측면에서 본 〈소문록〉의 벌열적 성향」, 『국문학연구』 6, 국문학회, 2001, 193~224쪽; 조광국, 「고전소설에서의 사적 모델링, 서술의식 및 서사구조의 관련 양상 –〈옥호빙심〉〈쌍렬옥소삼봉〉〈성현공숙렬기〉〈쌍천기봉〉을 중심으로 –」, 『한국문화』 28, 서울대 한국문화연구소, 2001, 55~81쪽; 조광국, 「〈소현성록〉의 벌열 성향에 관한 고찰」, 『온지논총』 7, 온지학회, 2001, 87~113쪽; 조광국, 「〈옥수기〉의 벌열적 성향 –작품세계·향유층을 중심으로」, 『한국문화』 30, 서울대 한국문화연구소, 2002, 85~113쪽.

밀부 정관의 딸과 결혼하며, 차남 유홍은 성어사의 딸과 결혼한다. 3대
에서 유백경은 이부시랑 조명의 질녀와 짝을 맺고, 유우성은 태학사
이제현의 딸과 결혼하며, 유백명은 태상 백광순의 딸과 결혼한다.

⑤ 유씨가문은 국혼을 맺는다. 4대째 유세형(유우성의 차남)이 진양공주의
부마가 되거니와, 이로써 유씨가문의 위상은 보다 격상된다.

⑥ 없음.

⑦ 가부장 유정경의 생일에 헌수례가 벌어지는데, 만조백관이 모여 성대
한 축하자리가 마련된다. 그때에 어악이 내려지지는 않지만, 유연이
세상을 떴을 때 황제가 직접 조문하고 나중에 자신의 용포를 보내어
입관하게 한다.

⑧ 1대와 2대(유정경·유연)의 부자갈등 그리고 2대와 3대(유연·유우성)의
부자갈등이 작품의 중심 갈등을 이루며, 이에 병행하여 2대 유연·유홍
의 형제갈등이 나타나는바, 그러한 갈등은 계후문제와 상속문제에서
기인한다. 한편 정치적 대립과 신의의 문제도 다루어지면서 옹서갈등
그리고 2대 부부간, 3대 부부간의 부부갈등이 나타난다. 이러한 문제
로 유씨가문은 존폐의 갈림길에 놓이지만, 마침내 문제가 해결되고 벌
열로서의 위상이 보다 높아진다.

(나) 〈유씨삼대록〉의 경우

① 유씨가문의 이야기가 1대 유우성 세대, 2대 유세형 세대, 다음의 3대
에 걸쳐 펼쳐진다. 〈유효공선행록〉〈유씨삼대록〉의 연작관계를 고려
하면, 5대에 걸친 가문 이야기가 된다. 즉, 전편이 1대 유정경, 2대 유
연·유홍, 3대 유백경·유우성·유백명 형제의 이야기를 펼쳐내고, 후편
은 3대 유우성 세대를 중심으로 하여 4대, 5대에 이르는 이야기를 펼
쳐낸다. (세밀히 보자면 〈유효공선행록〉에서 활약한 1대와 2대 인물은 후편
〈유씨삼대록〉에서 배후 인물로 자리를 잡는다. 실제로 활약하는 중심인물인

유우성을 1대로 보아도 무리가 없다. 〈유씨삼대록〉은 유문의 가문사에서 유우성의 가계사로 분화되는 지점을 보여준다.)

② 〈유효공선행록〉에서부터 유씨가문은 처음부터 벌열이며, 〈유씨삼대록〉에서도 그러한 성향이 지속된다. 유우성 대에만 한정하더라도 유우성 부자 6인이 모두 2공, 3학사, 1상서에 오른다. 그에 상응하여 유씨가문의 권세는 높아지고 위상은 한층 더 격상된다.

③ 유씨가문 구성원 중에서 다처 혹은 축첩의 양상이 나타난다. 전편 〈유효공선행록〉에서는 유우성이 부친의 질책으로 2기(찬향·월섬)를 첩으로 들이지 않는 것으로 되어 있지만, 후편 〈유씨삼대록〉에서는 첩으로 들이는 것으로 바뀐다.[유우성의 장인(이제현)과 병부상서(강공)가, 아들의 축첩을 허용하지 않던 유연을 설득하여 승낙하도록 한다.] 또한 유우성 이후 세대인 4대 유세형은 2처(진양공주, 장혜앵)를 들이고, 유세창은 2처(남부인, 설초벽)를 맞이하며, 유세필은 1처1첩(박부인, 순부인)을 들이고, 5대 유현은 2처(양벽주, 왕소저)를 들인다.

④ 유씨가문은 다른 벌열가문과 혼맥을 형성한다. 유우성의 아들 세대에서 유세형의 처(장혜앵)는 이부상서 장춘의 딸이며, 유세경의 처(강부인)는 광록태우 강선백의 딸이고, 유세필의 처(박부인)는 예부상서 박영의 딸이고, 전임태후 박상규의 손녀다. 유우성의 손자 세대에서 유관의 처는 좌승상 설현의 딸이고, 유현의 처(양벽주)는 부친 양망이 태상경이고 조부 양정화가 태학사이다. 유몽의 처(상소저)는 개령후 상혁(개국공신 상우춘의 후손)이다.

유씨가문의 딸 또한 명문가문으로 출가한다. 유우성의 장녀 유설영의 남편(양관)은 태학사 양정화의 아들이고, 차녀 유현영의 남편(양산)은 참정 양계경(혹은 양계성)이고 조부는 도어사 양중기다. 삼녀 유옥영의 남편(사강)은 사각로의 아들이다. 유우성의 손녀 세대에서 유영주(진양공주 소생)와 유명주(장혜앵 소생)는 소경문, 소경원 형제와 겹사돈을 맺는데 소씨가문은 가부장 소우가 제남백 자리에 있는 명문가다.[그 앞 세대에서 소우와 유세기의 처(소부인)는 남매간이거니와 유씨가문은 소씨가문과 삼겹혼인을 맺는 양상을 보인다.]

⑤ 유씨가문은 국혼을 맺는다. 세 차례의 국혼을 통해 유씨가문과 황실의 연대가 공고해진다. 유세형(유우성의 차남)이 진양공주의 부마가 된다. 그후에 진양공주는 가정황제를 옹립하며, 그의 남편 유세형은 무종황제의 친한 벗이자 가정황제 때 대장군으로 활약한다. 이들 부부는 황실의 유지와 발전에 적극 기여한다. 한편 옥선군주(양왕의 왕비 소생)와 유세형의 아들 유양(장혜앵 소생)이 결혼하며, 유세필의 딸인 유예주(순부인 소생)는 융경황제의 배필이 된다. 그리고 유세기·유몽의 활약으로 제왕의 제위찬탈 역모가 진압되어 황실과의 연대는 훨씬 공고해진다.

⑥ 정덕 3년에 서촉절도사 풍양의 반역이 일자, 승상 유우성(정서대원수), 유세창(정서좌익장), 유세명(정서우익장) 3부자三父子가 출정하여 진압한다. (풍양이 이삼 백보 앞에 솔잎을 세워두고 화살을 쏘자, 유우성은 그 가운데를 꿰뚫는다. 진법대결에서 풍양이 구궁팔괘진을 치자, 유우성이 팔문금사진으로 제압한다.) 황제가 전공을 인정하여 유세경을 병부상서 부풍후, 유세창을 예부상서 영릉후에 봉한다.

또한 유세형·유관·유현 3부자가 서역을 평정하고 절강을 평정한다. 귀경한 후 병부상서 유현은 태후와 황후를 즐겁게 해주기 위해 모의진법을 보여주는 과정에서 궁중의 불순한 인물로서 적당과 내통한 모란을 제거한다.

⑦ 진양공주의 요청으로 유백경, 유우성에 대한 헌수가 행해지는데 그때 황제가 이원제자와 상방진찬을 내린다. 그 자리에서 광릉산, 수산조, 혜고금, 귀산조가 연주되며 성대한 잔치가 벌어진다.

⑧ 세대를 거듭하는 부자갈등, 즉 1대와 2대의 부자갈등 그리고 2대와 3

대의 부자갈등이 작품의 중심 갈등으로 자리를 잡는다. 이에 병행하여 2대 유연·유홍 형제 사이에 계후문제와 상속문제를 둘러싸고 갈등이 벌어진다. 또한 정치적 대립과 신의의 문제를 수반하는 옹서갈등도 발생하고, 2대의 부부갈등과 3대의 부부갈등도 벌어진다. 이러한 갈등으로 유씨가문은 위기를 맞지만 마침내 갈등이 해소되어 유씨가문은 벌열로서 위상을 드높인다.

(다) 〈임화정연〉의 경우

① 중심가문인 임문, 화문, 정문, 연문 4가문을 비롯하여 여문, 진문, 위문, 주문, 이문(1), 이문(2), 양문, 장문, 유문, 호문 등 적어도 14가문이 나온다. 이들 14가문에서 활약하는 인물들은 2대에 걸쳐 있다. 중심가문인 4가문에서는 '임처사-임규', '화경윤-빙아·원경 남매', '정연-연양·연경 남매', '연권-영아·춘경 남매'가 활약한다.

여문에서는 2대와 3대의 인물이 활약한다. 여문의 구성원 중에는 부정적인 인물도 있지만 회심의 과정을 거치고 정문의 인물들과 혼인관계를 맺음으로써 여문은 마침내 긍정적인 가문으로 거듭난다.

② 정문의 가부장 정현은 금자광록태위 이부상서 겸 총재의 벼슬을 하며, 화문의 가부장 화경윤은 예부상서에 오르고, 연문의 가부장인 연권은 이부시랑에 오른다. 이들 세 가문의 가부장들은 모두 명문가 출신이다. 임문의 경우에는 가부장인 임처사가 벼슬에 뜻을 두지 않고 시골에 묻혀 있어서 경제적으로 빈한하게 된 집안으로 설정된다. 하지만 임씨가문은 원래 "명문거족"으로서 임처사·임규 부자에 의해 학문적 명성을 지니는 가문으로 제시된다. 그리고 화문, 정문, 연문, 주문의 가부장은 호유용의 세력과 정치적으로 대립했다가 실세하여 귀양가게 됨으로써 이들 가문이 모두 한문寒門으로 전락할 위기에 처한다. 그러나 그 위기를 극복하고 임규는 좌승상 겸 대장군, 정연경은 추밀복야, 연춘경은

이부시랑, 화원경은 예부시랑을 거치고, 2대 정연경은 이부상서 겸 태
학사 남정후에 봉해진다.

③ 정현이 진부인과 첩 오씨를 거느린다. 임규는 3처(화빙아, 정연양, 연영
아)와 여러 첩(양씨, 왕소랑, 섬월, 난난, 진란 등)을 둔다. 정연경은 3처(위
소저, 여희주·미주 이복자매)를 두고 연춘경은 1처1첩(정소저, 어중선)을
둔다. 여문의 가부장 여익은 3처(강부인, 황부인, 소부인)를 둔다. (생략)
축첩제와 기녀와의 향락 생활이 벌열의 풍류로 미화된다.

④ 화문·정문·연문 3가문의 딸들이 임문의 임규와 결혼함으로써 네 가문
의 결속력이 강화된다. 이들 가문은 한문으로 전락할 위기에 처했다가
2대 아들들의 활약으로 벌열가문으로 성장한다. 그 과정에서 정연의
아들 정연경은 여금오의 두 이복자매(희주·미주)와 결혼하는데, 그 여
씨가문은 후궁 여귀비를 배출하고 가부장 여익 또한 금오 벼슬에 있는
권문세가인바, 정문은 여문과의 혼맥을 형성함으로써 벌열로서 위상
을 견고히 한다.

⑤ 국혼에 해당하는 내용은 없다.

⑥ 임문, 화문, 정문, 연문, 여문의 2대 인물들이 국가와 사회의 위기를 해
결한다. 그러한 위기 극복은 이들 가문의 결속을 통해 이루어진다. 정
연경·연춘경·화원경 3공자가 함께 과거에 응시하여 1위, 2위, 3위로 급
제하고, 그후 각각 간의태우·한림수찬·한림편수에 제수된다. 그리고
그 과정에서 임규의 집에서 3공자가 함께 거처하며, 귀향하거나 귀경
할 때마다 동행하곤 한다. (이러한 모습은 1대의 친분관계를 바탕으로 한
다.) 이들은 훗날 국가와 사회 질서를 지탱하는 정치 세력으로 성장한
다. 월국이 수년간 조공을 폐하자, 추밀 정공자(교유사), 어사 연공자(부
사)가 문제를 해결한다. 또한 설영 형제가 성조에게 반기를 들자, 상국
임규와 병부 진효렴이 의견을 제시하고, 그에 따라 처남매부 사이인
정공자(원수)와 여중옥(참모)이 출병하여 승전한다. 이는 임문·정문·진

문·여문이 연대한 벌열가문군閥閱家門群의 활약상을 보여준다.

⑦ 임태사(임규의 부친) 부부의 회혼례에 황제가 상방진찬을 내리고 금은을 하사하고, 어사태우 주경을 보내 헌수하게 한다.

⑧ 임규와 화·정·연 3소저의 결혼을 방해하는 세력에 의한 혼사장애, 간당 효유문 세력에 의한 문제, 여러 처첩갈등과 처처갈등으로 인한 문제, 여문의 처처갈등 및 계후 문제 등 여러 가지 문제가 발생한다. 이러한 문제들은 마침내 해결되고 임문, 화문, 정문, 연문의 중심적인 4가문과 그에 동조하는 여타 가문의 연대를 통해 긍정적인 벌열가문군閥閱家門群이 형성된다.

(라) 〈옥수기〉의 경우

① 주요 가문들로 화·왕·가·진 네 가문이 있다. 왕·진 두 가문의 구성원은 2대까지 나오고, 화문과 가씨가문은 3대까지 나온다. 그중 가씨가문의 경우 가남·경맹임의 혼인을 비롯하여 가유진·유승·유겸·유함 4형제와 혜영·단영 자매의 이야기가 펼쳐진다.

② 가씨가문의 1대 가운은 태주 선거현의 처사로 지내고 있으나, 남경분어사 화경춘이 공경하고 흠앙하는 인물로 제시된다. 그는 조정에서 국자박사를 제수하여 불러도 응하지 않고 처사로 지낸다.
2대 가남은 갑과에 장원하여 한림학사에 이르고, 이오의 반란 때 정서대원수로 출장하며, 승상 및 기국공에 봉해진다. 벼슬에서 물러난 뒤에는 황상으로부터 황금·백금을 받고 황상의 배려로 황성 근처에서 머문다. 3대 장남 가유진은 북평왕에 봉해지고 또한 부친의 봉작을 이어받아 기국공에 봉해진다. 3남 가유겸은 파릉공주와 혼인하여 부마가 되고, 또한 북로北虜를 진압하여 북로의 2공주(백룡·연연공주)를 아내로 맞이하여 북로 왕(엄답)의 사위가 된다. 4남 가유함은 문연각 학사를 거쳐 태학사에 오른다.

③ 가씨가문의 3대에서 장남 가유진이 3처(화여소·진월아·왕여란)를 맞이하고 4첩(도홍앵·설강운·설운아·홍교)을 거느린다. 3남 가유겸은 파릉공주의 남편으로 부마이면서 북로北虜 엄답왕의 두 딸(백룡공주·연연공주)과 혼인한다. 4남 가유함은 1처(성소저) 1첩(녹엽)을 거느린다. 혜영의 남편 왕신은 임소저를 제2부인으로 들인다. 다처축첩제와 기녀와의 향락 생활은 벌열의 풍류로 미화된다.

④ 2대 가남의 처(경맹임)는 부친(경구주)이 소흥에 퇴거한 전상서 경구주인데, 경구주는 명나라 태조 공신 장흥후 경병문의 후예다. 가씨가문의 3대는 4형제 2자매로 구성되어 있는데 모두 명문가 자녀와 혼인한다. 장남 가유진의 제1부인(화여소)은 조부 화경춘이 각로, 부친 화의실이 이부상서에 오르는 벌열가문의 여성이다. 제2부인(진월아)의 부친인 처사 진호는 훗날 황상으로부터 정허선생의 호를 받는다. 제3부인(왕여란)은 부친 왕지란이 상서로서 황후의 외고(혹은 외삼촌)이며, 그의 남동생(왕신)은 도어사 겸 직각에 제수된다. 3남 가유겸의 처(구소저)는 태학사 구준의 딸이다. 4남 가유함의 처(성소저)는 부친이 도어사 성옹이다. (성소저는 파릉공주와 이종간이기도 하다.)

⑤ 가씨가문은 국혼을 맺는다. 2대 가유겸이 파릉공주와 혼인한다. 가유겸은 한림편수 겸 정서사마로 출전하여 이오의 반란을 진압한 후 병부상서에 오르고, 부마도위가 된다.

⑥ 가씨가문의 집단영웅성이 구현된다. 이오의 반란이 일어났을 때 2대 가남(정서대원수)과 3대 유진·유겸 형제가 동시 출전하여 난을 진압한다. 북로北虜가 침입했을 때는 3대 장남 가유진(정북대원수)과 3남 가유겸(부마도위) 형제가 출정하여 진압한다.

⑦ 가씨가문이 모두 모인 가운데 잔치가 베풀어지는 장면은 없지만(이는 작품이 완성되지 않았기에 그렇게 볼 수 있지만), 그에 버금가는 잔치가 벌어진다. 가유진과 왕여란의 혼사에 황상이 개입하여 잔치 배설하고 내

외 귀척을 불러 모은다. 한편 화문의 경우에 육부인의 수연壽宴이 성대하게 묘사된다.

⑧ 가씨가문은 벌열 안착에 걸림돌이 되는 문제들에 부닥친다. 중요한 것으로 정실의 투기문제와 정치문제가 벌어지는데 이들 문제는 해결되고 가씨가문은 벌열로 안착하여 번성을 누린다.

이처럼 〈유효공선행록〉〈유씨삼대록〉〈임화정연〉〈옥수기〉 등 대소설은 벌열의 세계를 세밀하게 펼쳐냈다. 그리고 〈소현성록〉〈소문록〉〈엄씨효문청행록〉에 구현된 벌열의 양상은 제2부 개별 작품론에서 다루었는데 그것으로 대신하고자 한다. 그리고 일일이 거론하지 않았지만, 〈구운기〉에서도 그런 양상[4]이 보이며, 〈성현공숙렬기〉〈화씨충효록〉〈옥연재합기연〉〈양현문직절기〉〈창난호연록〉〈명주보월빙〉〈유이양문록〉에서도 이와 유사한 벌열상이 두루 확인된다.

2. 대소설의 벌열의식

다음으로 위의 ①~⑧항에 비추어 대소설의 일반적 성향을 재검토해 보고, 그와 관련하여 작품의식이 벌열의식임을 제시하고자 한다.

앞의 ①②항과 관련하여, 연작형 삼대록 소설의 경우 전편에서는 주로 2대 이야기가 펼쳐지고 3대 이야기는 부연되는 경향을 보이는데, 후편에서는 3대의 이야기가 비중 있게 다루어지는바, 연작 전체를 고려할 때 3대에 걸친 가문사가 부각된다.

〈임화정연〉〈화정선행록〉과 같이 2대에 한정되는 경우도 있다. 그중 〈임화

---

4 Zhang Wei, 「〈구운기〉 연구」, 아주대 박사논문, 2021, 34~35쪽.

정연)에서 중심가문인 임문, 화문, 정문, 연문 등 4가문의 활약상은 임처사와 임규, 화경윤과 빙아·원경 남매, 정연과 연양·연경 남매, 연권과 영아·춘경 남매 등 1대와 2대에 걸쳐 그려진다. 그에 이어서 〈임화정연〉의 후편 〈쌍성봉효록〉에서는 3대들의 활약상이 펼쳐지거니와, 연작 전체로 본다면, 3대 가문사의 틀을 유지한다.

〈화정선행록〉은 아직 후편이 발견되지 않았지만, 작품의 말미에 후편을 예고했는데 그 기록을 사실로 받아들인다면, 연작 전체로 보면 최소한 3대 가문사가 펼쳐졌을 것으로 보인다. 〈화씨충효록〉은 후편 〈호연록〉에서 3대 적장자와 총부의 부부갈등이 본격적으로 펼쳐진다. 〈유효공선행록〉〈유씨삼대록〉 연작과 〈명주보월빙〉〈윤하정삼문취록〉 연작의 경우에는 3대를 넘어 5대로 이어지기도 한다.

앞의 ③항과 관련하여, 조선 사회가 신분사회였음을 고려할 때 당시의 다처제는 엄밀히 말해 1명의 정실에 여러 첩을 둘 수 있는 일처축첩제一妻蓄妾制였다. 그런데 대소설에서는 조선의 사회현실과 달리, 한 남편이 여러 명의 처를 두는 일부다처의 세계를 펼쳐냈다. 〈소현성록〉과 〈유효공선행록〉의 경우에 일부일처제를 지향할지라도 다처제를 배제하지 않는다.

그러한 일부다처제는 가문의 성장과 존속을 펼쳐내는 허구적 설정이라고 할 수 있다. 또한 왕이 비빈妃嬪을 거느렸던 것이 대소설의 작품세계에서 수용, 변용, 형상화 과정을 거치면서 다처제가 구현되었을 것으로 보인다. 왕비와 빈 그리고 후궁이 대소설의 향유층이었다는 것은 그와 무관하지 않다.

앞의 ④항과 관련하여, 학파와 정파가 같은 부류끼리 어울리며 혼맥을 형성했던 조선 후기의 벌열상은 대소설에서 재현되었다. 대소설에서 혼맥은 '학파-정파-가문'의 연결고리를 형성하며 가문과 가문의 공고한 연대성을 드러낸다.

〈소현성록〉에서는 스승 가문과 문하생 가문이 통혼관계를 형성하는 것까지 설정했다. 사제지간의 혼맥(문하생 설규, 정화, 김현과의 혼맥)은 같은 학파(문하생이 100여 명)와 정파를 바탕으로 가문과 가문의 결속이 이루어짐을 잘 보여준다.

이 지점에서 혼사장애婚事障碍가 새삼 주목할 만하다. 주지하다시피 남녀 주인공의 결혼 과정에 제3의 인물이 끼어듦으로써 혼사장애가 발생한다.[5] 영웅소설에서는 제3의 인물이 자신의 욕망을 충족하기 위해 남녀 주인공의 혼사를 훼방하는 것으로 되어 있다.

그에 비해 대소설의 혼사장애에서 제3의 인물의 배후에는 적대가문의 당색黨色이 자리를 잡고 있거니와, 그 혼사장애는 적대가문과의 정쟁을 수반하면서 흥미진진하게 펼쳐지고 극복되는 것으로 마무리된다. 그 일련의 과정은 주동적인 벌열가문군閥閱家門群이 혼맥을 통해 형성되는 양상을 보여준다. 단적으로 〈임화정연〉에서 임문·화문·정문·연문 4가문이 혼맥 형성의 중심축이 되며 이 4가문에 동조하는 그밖의 가문들이 연대하여 신흥 벌열가문군을 형성하기에 이른다.

앞의 ⑤항과 관련하여, 대소설은 국혼을 설정하여 중심가문이 벌열로 성장하여 벌열 가문을 유지하고, 그 가문이 번성하는 과정을 담아낸다.

〈소현성록〉에서 소운성·명현공주의 국혼은 명현공주가 부정적인 인물로 그려짐으로써 벌열가문과 왕실 사이에 미묘한 갈등이 벌어지기도 한다. 명현공주는 소운성을 보고 첫눈에 반하여 황제의 사혼賜婚을 얻어내고, 결혼 후에는 시가에서 거만한 태도를 보임으로써 시가와 황실 사이에 갈등을 일으켜 시가를 궁지에 몰아넣었던 것이다. 하지만 공주가 병사하여 황실과 소씨가문 사이의 갈등이 해소되는 것으로 처리된다.

〈유씨삼대록〉의 경우, 유세형(유우성의 차남)이 진양공주의 배필이 된다. 황제의 사혼賜婚 지시로 그에 앞서 정해졌던 유세형의 혼사가 파기되는 상황이 벌어지는데, 그때 가부장 유우성은 아들의 애정과 의사보다는 가문의 존속과 안전을 중시하여 사혼을 받아들이는 쪽으로 가부장권을 행사하여 유세형을

5 이상택, 「낙선재본소설연구-그 예비적 작업으로서의 혼사장애 주지의 문제를 중심으로」, 『한국고전소설의 탐구』, 중앙출판, 1981, 298~328쪽.

통제한다. "그 거룩함이 어찌 예사 국혼에 비하리오"라는 국혼에 대한 극찬과 함께 유씨집안의 가격家格은 한층 격상된다. 한편 진양공주는 〈소현성록〉의 명현공주와는 정반대로 처음부터 시가에서 예를 갖추며 남편이 사랑하는 약혼녀를 맞이하게 하는 등 부덕을 베풂으로써 두 가문 사이의 연대를 강화하는 데 기여한다. 그러한 황실과 유씨가문의 연대는 그다음 세대에서 두 차례의 국혼(유양과 옥선군주의 국혼, 유예주와 융경황제의 국혼)으로 더욱 강화된다.

〈화정선행록〉의 경우에는 1부3처혼의 틀에서 임창연·화순공주의 국혼이 사혼賜婚의 양상을 띠는바, 그 사혼이 어떤 장애 요인도 없이 순탄하게 이행된다. 그 국혼은 황제가 임씨가문에 베풀어준 잔치가 총 29면의 분량에 걸쳐 장황하고 성대하게 기술된다. 국혼을 통해 황실과 임씨가문의 결속력이 강화되고 임씨가문은 흥왕의 길에 들어선다.

그리고 앞의 ⑥항과 관련하여, 대소설에서 영웅성의 구현은 영웅소설과 비슷하지만, 다소 다른 양상을 보인다. 영웅소설이나 군담소설에서의 출전과 승리는 대체로 한 개인의 영웅적 활약상에 그침에 반해, 대소설에서는 부자나 숙질, 혹은 형제가 동시에 출전하여 승리한다.

대소설에서의 이러한 출전 및 승전은 가문 차원, 특히 벌열 차원의 집단영웅성 내지는 집단우월성으로 귀결된다. 이것이 확대되어 하나의 가문보다 더 큰 차원인 연대가문군連帶家門群 차원의 집단영웅성 내지는 집단우월성이 구현되기도 한다. 이럴 때는 장인과 사위, 혹은 매형과 처남이 함께 출전하여 승리하는 이야기가 펼쳐진다.

한편 앞의 ⑦항과 관련하여 대부분의 대소설에서는 작품의 말미에서 성대한 헌수례 장면을 상세히 묘사하고 그와 함께 가문이 번창하는 모습을 장황하게 서술한다.

다음은 〈유효공선행록〉에 묘사된 헌수獻壽 환갑잔치 등에서 장수를 비는 뜻으로 술잔을 올림 장면이다.

하오월에 승상이 대연을 개장하여 유공께 헌수할새 만조백관이 다 모여 좌차座次가 번화하고 포진鋪陳이 구람에 연하고 천일天日을 가리더니 빈주가 술을 내오고 풍류를 재촉하여 날이 늦으매 승상이 주배를 천천히 향온을 가득 부어 부친께 진헌할새 몸에 망룡포를 입고 허리에 양지兩枝 백옥띠를 돋우고 머리에 자금통천관紫錦通天冠을 쓰니 아홉줄 면유는 설부월액雪膚月額에 영롱은영하여 천연히 태을선인이 옥제께 조회하는 듯하고 좌우의 패옥이 장장하여 정제 나직한 위에 황홀한 가운데 축수가사祝壽歌詞를 부르매 음성이 낭랑하여 천지 초목이 한가지로 화하니 좌우가 쇄연히 안색을 고치고 흡흡히 칭찬하여 침이 갈하더니(《유효공선행록》 권6)

그리고 〈소문록〉에는 1대 가부장 소연이 노환老患에서 회복하자, 자녀들이 경사로 여기고 그의 장수를 위하여 큰 잔치를 벌이는데 그때 황제가 상방진찬과 교방어악을 내려 양로연養老宴을 베푸는 장면이 묘사되어 있다.[6]

마지막으로 앞의 ⑧항과 관련하여, 대소설의 중심가문은 위기에 봉착하여 그 위기를 극복하여 벌열로 성장하거나 애초부터 지녔던 벌열의 입지를 보다 강화하기에 이른다. 대소설 개개의 작품마다 편차가 있음은 물론이다.

이를테면 유복자 소현성이 모친과 함께 선대로부터 이어온 벌열 가문의 입지를 강화시키는 가문 확립의 이야기를 펼쳐낸 〈소현성록〉이 있고, 벌열가문에서 한문 출신의 정실이 벌열 출신의 다른 부인과 윤서갈등倫序葛藤을 겪으면서 총부로 자리를 잡는 이야기를 펼쳐낸 〈소문록〉이 있다. 그리고 〈유씨삼대록〉은 소인가문을 군자가문으로 거듭나게 하는 적장자 유정경의 이야기를 펼

---

6 쏘 황야 이 소문을 드르시고 상방진찬과 교방어악으로 부마의 영총을 빗니시며 숨됴 듕신의 양노ᄒ믈 표ᄒ시니 텬은이 호탕ᄒ여 히산진주ᄂᆞᆫ 뫼가투며 바다갓고 풍뉴가취ᄂᆞᆫ 용음봉영이 반공의 어리니 연셕의 셩홈과 빈직의 즐기미 촉을 니어 진환홀시 명참졍(소연의 아내인 졍부인의 조카)이 좌샹의 고ᄒᆞ여 갈오ᄃᆡ 오ᄂᆞᆯ날 존슉(소연)을 뫼셔 셩연을 닙ᄒᆞ미 슉부의 너부신 복을 더욱 알니로소이다 … 오ᄂᆞᆯ 즐거온 흥은곡수 뉴상의셔 더은지라 (〈소문록〉 권14)

쳐냈고, 〈유씨삼대록〉은 그 후속작으로 군자가문이 환로형 인재를 내리 배출하여 벌열가문의 입지를 강화하는 이야기를 펼쳐냈다.

한편 〈창선감의록〉을 개작하여 적장승계의 종법질서를 대종가로 초점을 맞추어 이야기를 펼쳐낸 〈화씨충효록〉이 있다. 그 곁에는 적장승계의 종법질서를 그려내되 거기에 계실이 자신의 친자로 종통을 잇게 하려고 전실 적장자를 몰아내고 총부에게 위해를 가하는 〈엄씨효문청행록〉이 있다. 계실이 적장자 총부 부부에게 위해를 가하는 이야기에 차남과 차세대 부부에게서 정실이 윤서갈등을 겪으면서 정실 자리를 지켜내는 이야기를 보탠 〈화산기봉〉이 있다.

그 외에 개별 작품마다 독특하게 벌열가문 내부의 갈등·대립, 남녀 사이의 애정과 애욕 등을 펼쳐내기도 하고, 벌열가문 사이에 반목·정쟁을 펼쳐내지만, 중심가문은 벌열로서 그 위상을 확고히 하는 것으로 마무리된다.

다음으로 작품의식에 대해 논의할 차례다. 그동안 학계에서는 대소설의 작품의식에 대해 각자의 시각과 편의에 따라 가문중심주의 혹은 가문의식[7], 효이념(혹은 효우 이념), 유가 이념, 주자학적 이념 등으로 거론해왔다. (넓은 의미에서 가부장제 이념 혹은 남성중심적 이데올로기 등도 있다.) 그중에 이상택 교수가 "상층 벌열의 의식"이라고 칭했던 것을 새삼 주목하지 않을 수 없다.

⑦ 상층 귀족의 사회적 영달과 부귀, ⓒ 이미 있어온 국가 및 사회의 당위성 강조, ⓒ 인간의 수요빈부壽夭貧富와 사회적 신분은 하늘의 뜻에 따라 선험적으로 예정되어 있다는 것이라는 교조적 신념, ⓔ 성인의 가르침, 특히 충효열과 같은 도덕적 규범을 준행하는 삶, ⑩ 하늘이 정해준 배필과의 혼사를 성취하는 일, ⑭ 천의 및 천리에 순응하고 따라서 하늘이 정해 놓은 숙명을 거역하지 않는 삶 즉 순천자는 번창하고 역천자는 망한다는 이치에 대한 믿음, ⓢ 왕후장상과 같은 상층 인물은 하늘이 내었고, 따라서 현세에서의 삶이 끝나면 다시

7 조용호, 『삼대록소설 연구』, 계명문화사, 1996, 271~273쪽.

하늘로 복귀한다고 생각하는 상층 귀족의 선민의식[8]

상층 귀족의 선민의식은 곧 벌열의식이다. 앞에서 살펴본 대로 대소설은 벌열의 세계를 밀도 있게 구현했는데, 그 작품의식은 벌열의식이라 할 것이다.

그런데 주의해야 할 것은, 종래의 소설과는 달리, 대소설은 다른 계층의 삶과 의식은 외면한 채 벌열의 세계에 초점을 맞추어 벌열의식을 구현했다는 것이다. 대소설에서 벌열과 다른 계층 사이에 치열한 대립 상황은 보이지 않는다. 다른 계층의 삶, 예컨대 서민의 삶은 벌열 계층에 의해 시혜적으로 다루어졌을 뿐이다. 몰락사족과 서민의 생각이나 감정은 제대로 다루어지지 않았고 기껏해야 벌열의식에 동조하는 수준에서 구현되었을 정도다. 시작에서 끝까지 그 중심 이야기가 벌열 이야기인 것, 이게 대소설이다.

한 가지 더 있다. 대소설이 벌열 중심의 세계를 펼쳐냈다고 해서, 모든 벌열이 해피엔딩을 맞는 것은 아니라는 것이다. 벌열은 주동세력과 적대세력으로 양분되어 서로 각축을 벌이다가 주동적인 벌열 세력이 해피엔딩을 맞지만, 적대적인 벌열 세력은 비극적 결말을 맞는다. "충효열과 같은 도덕적 규범"과 "순천자順天者는 번창하고 역천자逆天者는 망한다는 이치에 대한 믿음"을 견지하는 벌열이 중심 세력이 되고, 권력과 금권을 앞세우는 벌열은 승승장구할지라도 종국에는 멸문滅門의 화를 당하는 것으로 결판이 난다. 요컨대 대소설은 벌열 간의 대립을 통해 긍정적인 거듭나는 벌열의 세계를 지향하는바, 그게 벌열의식으로 자리를 잡는 것이다.

이 지점에서 짚어보아야 할 것은, 벌열의식이 이미 형성된 완결체로 주어지는 게 아니라는 것이다. 벌열의식은 이념적 인물에 의해 생경하고 직설적인 구호 수준으로 제시되는 게 아니라, 구성원 모두가 치열한 삶의 현장에서 복잡한 인간관계와 갈등, 분노 표출과 대화, 현장성 있는 행위 등을 통해 밀도 있게 구

---

8 이상택, 「조선조 대하소설의 작자층에 대한 연구」, 『고전문학연구』, 3, 한국고전문학회, 1986.

현된다. 설령 대소설의 벌열의식이 선험적으로 주어질지라도 일상과의 괴리를 좁혀가는 과정에서 추상성을 벗어나 구체성을 확보하기에 이른다. 그와 관련하여 벌열의식은 벌열가부장제의식과 긴밀한 관련을 맺으며 종법주의 이념으로 예각화되기도 한다. (이에 대해서는 제3부 벌열가부장제와 종법주의 이념에서 상세히 다루었다.)

III. 대소설의 향유

조선 후기 17세기 무렵부터 19세기까지 벌열계층이 대소설의 향유층으로 자리를 잡았을 것으로 보인다.

장효현 교수는 대소설의 향유층이 상층 가문의 일원이었을 것으로 추정했고,[1] 박영희 교수가 실증 자료를 심도 있게 분석함으로써 17세기 중엽에 상층 가문이 대소설의 향유층으로 자리를 잡고 있었다는 점이 선명해졌다.[2] 그후 정병설 교수는 상층 가문의 여성이 작가층에 들어 있었을 것임을 추정하기에 이르렀다[3]

실증적 자료가 폭넓게 확보되지 않았지만, 작품에서 작중인물을 작가로 언급한 내용이 향유층이 상층 계층임을 추정케 해줄 수 있음을 짚어보고, 선행연구에서 밝힌 상층이 벌열층과 깊은 관련이 있음을 제시하고자 한다. 편의상 17세기, 18세기, 19세기로 나누어 살펴보기로 한다.

---

* 「벌열소설의 향유층에 대한 고찰」(『어문연구』 115, 한국어문교육연구회, 2002, 103~122쪽)의 제목과 내용 일부를 수정했음.
1 장효현, 「장편가문소설의 성립과 존재양태」, 『정신문화연구』 44, 한국정신문화연구원, 1991.
2 박영희, 「장편가문소설의 향유집단 연구」, 한국고전문학회, 『문학과 사회집단』, 집문당, 1995.
3 정병설, 「조선 후기 장편소설사의 전개」, 『한국 고전소설과 서사문학(상)』, 집문당, 1998, 245~262쪽.

1. 17세기

권섭(1671~1759)의 『옥소고玉所稿』 및 그의 종형제인 권욱의 손자 권진응
(1711~1775)의 『산수헌유고山水軒遺稿』는 당시 대소설이 향유되던 정황을 잘 보
여준다. 1692년 이전에 15책의 〈소현성록〉과 그 파생작인 〈한씨삼대록〉이 출
현했고, 청나라 초기에 창작된 재자가인소설才子佳人小說인 〈의협호구전〉이 유
입되어 규방에서 읽혔으며, 〈설씨삼대록〉〈조승상칠자기〉〈삼강해록〉이 읽혔
다.[4] 권섭의 모친 용인이씨(1652~1712)가 이들 작품을 필사해두었는데, 권섭
이 이 작품들을 차남, 딸, 장손, 누이에게 나누어주었다고 한다.

그와 관련하여 〈소현성록〉〈한씨삼대록〉〈설씨삼대록〉의 작품세계와 제목
이 눈길을 끈다. 〈소현성록〉은 '소광' 이후 소씨가문이 '소현성-10자5녀-손자
대'까지 벌열로 성장·안착하는 가문 3대사 이야기를 펼쳐낸 대소설이다. 그리
고 〈한씨삼대록〉〈설씨삼대록〉은 아직 발견되지 않아서 실상을 상세히 알 수
없으나, 두 작품의 제목이 삼대록으로 되어 있는 것으로 미루어,[5] 〈소현성록〉
과 같이 3대에 걸쳐 벌열로 안착하는 가문의 모습을 보여주는 것으로 추정할
수 있다.

안동권씨 가문과 그 며느리들의 친정은 어떤 가문이었을까? 이들 작품을
분배한 안동권씨의 친정은 권섭의 가문인데 그 가문은 17세기 서인 노론계로
당대의 문벌이었고, 권섭의 백부인 권상하(1661~1721)는 당시 노론의 수장首
長 송시열·송준길의 제자였다.[6]

권섭의 모친인 용인이씨집안도 "용인이씨 사위파士渭派 신충계藎忠系로 노

---

4 위의 논문, 321~327쪽.

5 서울대 규장각 소장본 〈소현성록〉에는 소현성에 관한 내용이 끝난 권6 마지막 부분에 "그 ᄌ
녜 그이ᄒ미 잇ᄂ지라. 일긔ᄅ롤 보미 후셰의 젼ᄒ염ᄌ 홀시 ᄆᆫ을 지어ᄂ니 소공 힝젹이 만히
드러시므로 별면은 골온 소시삼디록이라 ᄒ노라"(권6) 라며, "소씨삼대록"을 언급하고 있다.
〈소현성록〉은 〈소씨삼대록〉까지 합쳐진 것이다.(임치균, 박사논문, 1992, 52~56쪽)

6 박영희, 앞의 논문 참조.

론 벌열"[7]이었다. 그에 걸맞게 용인이씨의 조부 이연악은 목사를, 부친 이세백 (1635~1703)과 동생 이의현(1669~1745)은 영의정을 지냈다. 그리고 권섭의 조카이자 권상하의 손자인 권정성은 은진송씨(1676~1737)와 결혼했는데, 은 진송씨의 증조부는 송준길로 그의 가계 또한 당대 벌열인 "은진송씨 요년계遙 年系"[8]였다.

이처럼 대소설의 향유층이 당대 벌열층이었다는 점은 의미심장하다. 게다 가 그들이 향유한 〈소현성록〉의 작품세계를 보면 중심가문의 구성원이 3대에 걸친 고위 관직에 진출하는 것으로 설정되어 있는바, 이로 미루어 조선 후기 벌열의 모습과 대소설의 벌열서사, 둘 사이에 상동관계가 있음을 알 수 있다.

그리고 〈소현성록〉은 작품세계에서 작가층을 노정하고 있는데 그 작가층이 벌열층이라는 점이 주목할 만하다.

> 인종이 소현성을 ᄉᆞ모ᄒᆞ샤 조승상과 녀이간으로 힝적을 기록ᄒᆞ여 후세의 전
> ᄒᆞ라 ᄒᆞ시니 이인二人이 소부의 친근이 ᄃᆞ니나 셰쇄혼 일을 다 알기 어려워 진
> 왕(소운성)ᄃᆞ려 ᄉᆞ적을 드러지라 ᄒᆞᆫ디 진왕이 츄연 탄왈 부모 유적을 경히 니
> 미 고이ᄒᆞᆫ디 샹명上命이 계시니 감히 막지 못ᄒᆞᄂᆞ니 냥형兩兄은 모로미 슬피라
> 드듸여 좌우로 일긔日記롤 니여오니 … 일긔롤 가져 도라가 전을 지으며 그 츙
> 효덕힝을 칭찬ᄒᆞ더라 … 소현셩녹은 한갓 본부 일긔 쑌 아니라 조공 녀공이 샹
> 명을 밧ᄌᆞ왓시므로 일긔 일편된가 넉여 연가 절친의 두루 엿보아 기즁의 소 윤
> 화 셕 ᄉᆞ위四位 부인의 셰쇄지ᄉᆞ와 니셕 냥파兩婆의 힝ᄉᆞ롤 본다시 들어 문견이
> 혼갈ᄀᆞ튼 후 전을 지으니 (서울대 규장각 소장본 〈소현성록〉(奎 15401) 권21)

위 인용문에 따르면, 조공과 여공이 작가다. 하지만 이들 두 인물이 작중인

---

7 차장섭, 앞의 책, 300쪽.
8 위의 책, 335쪽.

물일 뿐이고 실제 작가는 아니다. 그런데 조공과 여공의 신분이 문인 고위직으로 설정되어 있거니와, 이는 선행 연구자들도 거론했듯이 당시 대소설의 작자층이 벌열층이었을 것임을 추정케 해준다.

그와 관련하여 대소설 〈소현성록〉의 출현 시기와 〈사씨남정기〉 〈구운몽〉 〈창선감의록〉의 출현 시기가 같은 17세기 후반이라는 점이 새삼 눈길을 끈다.

주지하다시피 〈사씨남정기〉 〈구운몽〉의 작가 김만중과 〈창선감의록〉의 작가 조성기, 이들 두 작가는 당시 명문가문의 일원이었다. 김만중의 가계는 "광산김씨 홍광파興光派 계휘계繼輝系로 서인 벌열"[9]이었다. 그는 '김장생-김집-김익겸'의 직계로 그의 형 김만기는 숙종의 장인이었다. 또한 조성기는 조원의 후예로 그를 제외한 4형제가 황해도 관찰사, 부사, 사간, 병조참판을 지냈던바[10] 그의 집안은 명문가에 준하는 가문이었다.

그리고 이들이 지은 〈사씨남정기〉 〈구운몽〉 〈창선감의록〉은 일정하게 벌열의 세계를 지향한다. 주인공 유연수(〈사씨남정기〉), 양소유(〈구운몽〉), 화진(〈창선감의록〉)이 속한 집안은 부자父子가 문인 고위 관료직을 차지하고 그들의 가문이 공히 벌열로 성장하는 양상을 보여준다.[11]

이러한 특징은 대소설에서 부각되는데 대소설의 작가층은 〈사씨남정기〉 〈구운몽〉 〈창선감의록〉의 작가층과 같이 벌열층이었을 것을 보인다. 즉 벌열층이 작가층으로 활동하는 사회문화적 토양에서 〈사씨남정기〉 〈구운몽〉 〈창선감의록〉 그리고 대소설 〈소현성록〉이 나왔다고 할 수 있다.

덧붙여 〈사씨남정기〉 〈구운몽〉 〈창선감의록〉이 대소설의 단초를 보인다는 점을 생각해보지 않을 수 없다. 이들 세 작품에서 자녀들의 활약상과 결혼상을 보태어 3대의 이야기를 확대한다면 손색없는 대소설이 된다.[12] 그중에서 〈구

---

9 위의 책, 291쪽.

10 엄기주, 「〈창선감의록〉 연구」, 성균관대 석사논문, 1984, 13쪽.

11 조광국, 『한국 고전소설의 이념과 사랑』, 태학사, 2019.

운몽〉의 개작으로 〈구운기〉가 나오고, 〈창선감의록〉의 개작으로 〈화씨충효록〉
이 나오게 된 것은 그 점을 잘 보여준다.

　　요컨대 대소설 〈소현성록〉은 〈사씨남정기〉 〈구운몽〉 〈창선감의록〉과 같은
사회문화적 토양에서 출현했거니와, 대소설의 향유층은 벌열층이라고 할 수
있다.

2. 18세기

18세기에 출현한 〈소씨명행록〉의 저작 과정과 작자 이광사를 알려주는 중요
한 실증 자료가 있다. 아래 인용문인데 그 내용은 이유원의 『임하필기林下筆記』
에 실려 있는 것으로 학자들에 의해 빈번하게 인용되어 왔다.

> 이원교(이광사)의 자녀 남매가 언서고담을 지어 〈소씨명행록〉이라 했는데, 가
> 고家故를 당하여 한쪽 구석으로 밀어두었다. 원교의 꿈에 한 여자가 나타나서
> 소씨라 자칭하며 책망하여 가로되 "어찌하여 사람을 불측지지不測之地에 빠뜨
> 려 놓고 신원설치를 해 주지 않는가" 했다. 깨어나서 크게 놀란 나머지 미편未
> 編을 계속하여 짓는데 형제와 숙질이 앉아 도왔다. 제삿날인데도 밤이 깊은 줄

---

12 ① 〈사씨남정기〉에서 유연수는 승상에 올라 천자를 보좌했으며, 그의 네 아들도 모두 급제·
출사하여 이름을 날린다. 유린은 병부상서, 웅은 이부시랑, 준은 호부상서, 난은 태상경에 오
른다. 작품 말미에서 서술자는 유연수의 문호가 번성한 것을 들고 있다. ② 〈구운몽〉에서 양
소유와 여덟 처첩의 사랑은 풍류의 차원에서 그려지지만 양소유 가문의 창달로 귀결된다.
장남 대경은 예부상서, 2남 차경은 경조윤, 3남 숙경은 어사중승, 4남 계경은 이부시랑, 5남
유경은 한림학사, 6남 치경은 금오상장군을 한다. 또한 장녀 전단은 낭야왕(월왕의 아들)의
왕비, 2녀 영락은 태자의 첩이 된다. 양소유 부자가 문무 양방면에서 높은 직위를 차지하고
있으며, 딸의 경우에는 국혼의 모습을 보이기도 한다. 양소유 역시 부마였다. ③ 〈창선감의
록〉은 화진의 7자(천인, 천보, 천상, 천수, 천웅, 천경, 천로)와 2녀(명교, 옥교)를 두었다. 천
인, 천보, 천웅은 장원급제했는데 천인은 남평후의 딸과 결혼하고, 천보는 한림학사로 계양
공주의 부마가 되어 태원왕에 봉해진다.

을 모르니 제사는 자못 늦어졌다. 어찌 문자의 묘가 이처럼 신이한 경지에 들어간 것이 아니겠는가.[13]

〈소씨명행록〉의 실체가 아직까지 확인되지 않았지만, 위 인용문에 작품을 짓다가 중도에 며칠을 미루다가 형제·숙질이 함께 지었다는 정보가 들어 있다. 그 제목은 앞에서 언급했던 〈옥연재합기연〉의 권15 표제지 이면에 쓰여 있다. 이로 미루어 〈소씨명행록〉이 대소설이었을 것으로 추정해볼 수 있다.

이광사(1705~1777)의 가문은 "전주이씨 덕천파德川派 수광계秀光系로 소론 벌열"[14]이었다. 증조부 이정영부터 조부 이대성(1651~?)을 거쳐 부친 이진검(1671~1727)에 이르기까지 내리 3대째 판서를 역임했다. 부친 이진검은 신임사화(1721~1722)를 일으켜 노론을 물리치고 소론 정권을 세운 소론 강경파 인물이다.

하지만 얼마 되지 않아 영조의 즉위로 소론이 실각하고 노론이 재집권하면서 이광사 집안은 정계에서 거리가 멀어지게 되었다.[15] 가문 구성원이 귀양을 가고 처형을 당하게 되었지만, 그들이 지녔던 벌열의식이 곧장 사라지지는 않았을 것으로 보인다.[16] 당시 당쟁에서 실세失勢했어도 당사자가 사면복권되고 (사후에라도) 그의 뒤를 이어 자식과 손자들이 정계에 나서곤 했거니와 그로 인

13 심경호, 「조선 후기소설고증(I)」, 『한국학보』 56, 일지사, 1989, 100쪽에서 재인용(李圓嶠之子男妹 倣諺書古談 爲蘇氏名行錄 遭家故 閣置一邊矣 圓嶠夢有女子 自稱蘇氏貴曰 何爲陷人於不測之地 不爲伸雪乎 覺而大驚 繼倣未編 兄弟叔侄同坐贊助 祭日不知夜深 祭稍晩抑文字之妙入神如是耶 (李裕元, 『林下筆記』권29, 諺書古談, 성균관대 대동문화연구원, 1961, 715쪽))

14 차장섭, 앞의 책, 300쪽.

15 이광사의 부친 진검과 큰아버지 진유는 영조 즉위 때에 귀양살이를 했고, 그후 1755년(영조 31)에 나주봉서 사건으로 큰아버지 진유가 처형되면서 이광사는 차남과 함께 부령으로 귀양가고 이광사의 형인 광정은 길주로 귀양갔다. 그때 아내 유씨는 3월에 자결하고 누이동생 유씨부는 8월에 병사했다. 이광사는 1762년(영조 38)에 신지도에서 73세로 죽었다.(심경호, 앞의 논문, 100~101쪽)

해 가문의 명성을 되찾을 수 있었기 때문이다.[16] 당시 당쟁에서 실세失勢했어도 당사자가 사면복권되고(사후에라도) 그의 뒤를 이어 자식과 손자들이 정계에 나서곤 했거니와 그로 인해 가문의 명성을 되찾을 수 있었다.

한편 벌열층이 18세기에도 독자층으로 자리를 잡고 있었음을 보여주는 자료가 있다. 앞항에서 언급한 안동권씨의 며느리 중에 은진송씨가 〈한씨삼대록〉을 베낀 때는 18세기다. 그리고 〈옥원재합기연〉 〈옥원전해〉 연작[17]은 필사자인 온양정씨(1725~1799)의 생존 시기로 보아 창작 시기의 하한선은 18세기다.

다음은 〈옥원재합기연〉의 권14, 권15에 다음과 같은 소설 제목이 적혀 있다.

명힝녹, 비시명감, 완월, 옥원지합, 십봉긔연, 신옥긔린, 뉴효공, 뉴시삼디록, 니시셰디록, 현봉빵의록, 벽허담관제언녹, 옥환긔봉, 옥닌몽, 현시냥웅, 명듀긔봉, 하각노별녹, 임시삼디록, 소현셩녹, 손방연의, 빵녈옥쇼봉, 도잉힝, 쥐미삼션녹, 쥐히록, 녀와뎐 (제14권 표지 이면 목록)

긔벽연의, 탁녹연의, 셔듀연의, 녈국지, 초한연의, 동한연의, 당젼연의, 삼국지, 남송연의, 북송연의, 오디툐ᄉ연의, 남계연의, 국됴고ᄉ, 쇼현셩녹, 옥쇼긔봉, 셕등옥, 소시명힝녹, 뉴시삼디록, 님하뎡문녹, 옥인몽, 셔유긔, 튱의슈호지, 셩탄슈호지, 구운몽, 남졍긔 (제15권 표지 이면 목록)

---

16 전주이씨 덕천파는 조선 후기의 대표적 양명학파 가문이다. 정제두가 조선 양명학의 사상적 체계를 수립한 이래 전주이씨 덕천파는 가학으로 양명학을 계승했다. 이들을 특별히 강화학파라 하는데, 이광사, 이광신, 이광명, 이충익, 이건창 등이 대표적인 인물이다.(최영성, 『한국유학사상사─조선 후기편 (상)』, 아세아문화사, 1995)

17 '파생작', '보유작'으로도 일컬어진다.(양혜란, 「18세기 후반기 대하 장편가문소설의 한 유형적 특징─〈옥원재합기연〉, 〈옥원전해〉를 중심으로」, 『한국학보』 75, 일지사, 1994, 94~97쪽; 정병설, 〈옥원재합기연〉 해제」, 『고전작품 역주·연구』, 서울대 한국문화연구소, 1997, 6~7쪽; 이지하, 「〈옥원재합기연〉 연작 연구」, 서울대 박사논문, 2001, 12~13쪽)

〈옥원재합기연〉을 비롯하여 대소설이 다수 기술되어 있거니와, 온양정씨가 대소설의 독자층이었음을 알 수 있다. (이들 대소설이 온양정씨의 생존 시기였던 18세기에 존재했음은 물론이다.)

온양정씨의 부친 광익과 그 형제는 벼슬하지 않았으며, 그 가문은 조선 후기의 한문寒門이었지만,[18] 시가는 "전주이씨 덕천파德泉派로 당시에 벌열축"[19]에 들었다. 남편 이영순(1724~1801)은 군수·동중추부사를 역임했다. 장남 이면항은 도사를 지냈고, 3남 이면경(1753~1812)은 이조판서·판의금부사를 역임했고, 4남 이면승(1766~1835)은 이조판서·제학을 역임했다. 온양정씨의 친정은 한문寒門이었으나 벌열가문의 며느리로 들어오면서 벌열의식을 지닐 수 있었던 것으로 보인다.[20] 이렇듯 온양정씨와 같은 벌열 여성이 대소설의 독자층이었다.

〈옥원재합기연〉을 필사했던 온양정씨의 시가가 바로 이광사의 가문과 같은 전주이씨 덕천파다. 그중 이광사 가계는 벌열이었다가 한문寒門으로 쇠락해져 갔지만, 온양정씨의 시가는 여전히 벌열축에 드는 가세를 유지했다. 요컨대 대소설의 향유층으로 벌열 혹은 그에 준하는 명문이 자리를 잡고 있었던 것이다.

대소설의 작가 논의로 되돌아가보자. 〈완월회맹연〉의 작자는 전주이씨(1694~1743)로 추정된다. 조부 이정린(1620~1682)은 좌랑을 역임했고, 부친 이언경(1653~1710)은 병조좌랑, 대사간을 거쳐 황해도관찰사를 지냈으며, 오빠 이춘제(1692~?)는 문과에 급제한 후 이참, 형판, 도총관을 역임했다. 3남 이창급은 부승지를, 4남 이창임은 대사간을 역임했다. 이 집안은 전주이씨 영해군파였는데 사도세자 사건으로 가문이 몰락하기 전까지는 명문거족이었다.

그리고 전주이씨(1694~1743)의 시가인 순흥안씨 가계를 살펴보면, 시조부

---

18 차장섭, 앞의 책, 44쪽, 51쪽.

19 위의 책, 306쪽.

20 〈소문록〉은 그 모습을 보여준다.(제2부 개별 작품론의 〈소문록〉 참조)

안식은 사간원 헌납을, 시아버지 안시상(1657~1722)은 알성문과에 급제한 후 세제시강원필선世弟侍講院弼善을, 시숙 안호(1681~1733)는 호조좌랑을, 남편 안개(1693~1769)는 부사를 역임했다. 아들 3형제 관제, 대제, 겸제는 모두 과거에 급제했다. 전주이씨의 친정은 명문이었으며 시가도 학문에 있어서 친정에 처지지 않는 가문이었다.[21] 요컨대 〈소씨명행록〉은(아직 발견되지 않음) 〈완월회맹연〉의 실제 작자가 벌열 구성원이거나 혹은 벌열에 준하는 명문가 소속이었던 것이다.

17세기 후반부터 18세기 초반 무렵에 출현했을 것으로 추정되는 대소설로 〈소문록〉(작가 미상)[22]이 있다. 그 작품세계 안에 작중인물들에 의해 작품이 만들어지는 과정이 다음과 같이 서술되어 있다.

> 뎡참정이 좌상의 고ᄒᆞ여 갈오디 … 졔ᄌᆞ로 ᄒᆞ여곰 젼을 짓고져 ᄒᆞᄂᆞ니 좌즁 군의 엇더 ᄒᆞ니잇고 … <u>병부시랑 니엄은 뎡가 친쳑이라 니어 닐오디 뎡문 소문이디"로 번셩ᄒᆞ미 고금의 드믄지라 엇지 쳔츄의 뉴젼치 아니리오 … 맛당이 뎡문록을 지으리니</u> 참졍은 소후의 풍뉴 화려을 도와 지으소셔 참졍 소광이 웃고 갈오디 사뎨 묘년의 허랑이 심ᄒᆞ믄 혈긔 호방홀 ᄢᅵ의 디니볼 고지 업고 식견이 조ᄎᆞ 단미ᄒᆞ야 남교호구로써 죵고의 즐기오믈 무단이 펴졀ᄒᆞ니 츈심이 탕양ᄒᆞ야 쟝디 뉴지을 쳘 업시 깃거ᄂᆞ며 규니 옥화"이 모화더니 이졔 연긔 츠고 혐이 기니 디심이 조ᄎᆞ 발근지라 관" 호구로 금슬 우지ᄒᆞ며 죵고낙지ᄒᆞ야 봉황이 깃드릴 곳을 어드니 엇지 팅ᄌᆞ가지를 취ᄒᆞ리오 이러무로 냥디모릉녀를 도라볼 의ᄉᆞ 업셔 임의 졸혼 쟝부와 환연혼 단시되믄 이 다 윤부인 현슉혼

21 정병설, 『완월회맹연 연구』, 태학사, 1998, 187~191쪽.

22 지현숙은 〈여와록〉에 〈소문록〉의 여주인공 석숙란이 언급되어 있는 점, 그리고 〈여와록〉은 '녀와젼'이라는 제목으로 〈옥원재합기연〉 권14의 목록에 기록되어 있는데 〈옥원재합기연〉이 1790년대에 필사되었다는 점을 토대로 〈소문록〉의 출현 시기를 '17세기 후반~18세기 초반'으로 추정했다.(지연숙, 「〈여와전〉 연작의 소설 비평 연구」, 고려대 박사논문, 2001, 180~184쪽)

덕홰라 혼갓 허랑만 긔록혼즉 언약홀가 ᄒᆞᄂᆞ이다 말을 파ᄒᆞ미 일좌 흡연이 칭션디소ᄒᆞ더라 … 니엄이 도라가 즉시 뎡문록을 지어 보ᄂᆞ며 왈 뎡가 등ᄉᆞᄂᆞᆫ 소년의 이기 아던지라 돈아를 가르쳐 이 젼을 지으나 소문 ᄉᆞ젹은 시러곰 명빅이 아지 못ᄒᆞ니 뎡공이 니어지으라 ᄒᆞ엿ᄂᆞᆫ지라 참졍이 제ᄌᆞ을 명ᄒᆞ여 소문록을 지으라 ᄒᆞᄃᆡ 모든 뎡지 부명을 브드나 됴졍의 분주ᄒᆞᆫ지라 미부 됴검으로 지으라 ᄒᆞ니 이 님션의 냥인이오 됴시의 의뎨라 뉴녀의 일을 올닌즉 님션과 됴시의 허다 방히ᄒᆞ미 잇ᄂᆞᆫ지라 님션으로 더부러 지졔ᄒᆞ여 노뉴을 쌔히고 됴시를 빗ᄂᆞᆷ믈 인ᄒᆞ야 젼편이 튜탁ᄒᆞ고 디긔를 긔록ᄒᆞ미 되니라 … 후의 홍연이 됴가를 인ᄒᆞ야 뎡소냥문녹을 가져오미 원가 모든 소년이 혼가지로 보더니 돌〃 분연ᄒᆞ여 갈오ᄃᆡ 소문 가온ᄃᆡ … 가장 회한ᄒᆞᄂᆞᆫ 바ᄂᆞᆫ 윤부인이 가시을 촉ᄒᆞ야 쵀부인을 쳔거ᄒᆞ미 투긔로 인ᄒᆞ야 승상이 취케 ᄒᆞ단 말은 뉴녀의 부인을 억탁ᄒᆞ여 무한훈 말이니 엇지 거짓 거시 되여 부인의 반셩 덕힝이 가리여 빅옥의 청증이 되엿ᄂᆞ뇨 원가 소년이 웃고 왈 소가 … 공졍훈 춤증은 우리 박긔 업ᄉᆞ리니 이 일노써 추이컨ᄃᆡ 므릇 젼이 헛되미 만토다 윤부인의 젼후 힝젹이 … 거즛 거시 되엿도다 취졔 감분ᄒᆞᆷ믈 인ᄒᆞ여 윤시 김가의 잇던 당초 ᄉᆞ젹부터 혼ᄭᅳᆺ틀 시작ᄒᆞ미 홍연이 ᄯᅩ훈 도아 소문의 일셩 가젹을 실 프다시 ᄌᆞ아니니 듯ᄂᆞ니 시로이 탄상치 아니리 업셔 드디여 일셰의 젼파ᄒᆞ미 추호도 가감 변ᄉᆞ훈 ᄇᆡ 업ᄉᆞ니 그 시의 뎡시ᄉᆞᆷ디록을 보ᄂᆞᆫ 지 다 평일 윤부인 덕힝과 다르믈 의아ᄒᆞ더니 밋 원가로부터 젼셜ᄒᆞ미 듯ᄂᆞ니 감탄치 아니리 업셔 명〃이 드른 지 분격ᄒᆞ야 후의 다시 소문의 진젹을 긔록홀시(< 소문록 > 권14)

위 내용을 미루어 작품 사이의 파생관계를 제시하면 다음과 같다.

① 병부시랑 이엄, 〈정문록〉(문맥상 〈정씨삼대록〉과 동일 작품)
② 조섬·임선 부부, 〈정소양문록〉
③ 어느 작가(취앵·홍연의 도움을 받음), 〈소문록〉

먼저 병부시랑 이엄이 〈정문록〉(혹은 〈정씨삼대록〉)을 지어 보내면서 정참정에게 '소문'의 사적事蹟을 "이어 지으라"고 했다. 정참정은 정사에 바빠 시간을 내지 못해 짓지 못하고 그 대신에 임선·조섬 부부가 '소문'의 사적을 보태어 〈정소양문록〉을 지었다. 그런데 〈정소양문록〉에 윤혜영 이야기가 잘못된 부분이 있어서 그것을 바로잡기 위하여, 작가는 취앵과 홍연의 도움을 받아 〈소문록〉을 지었다.[23]

이런 내용은 작중인물들이 한 말이어서 작가에 관한 실증은 아니지만, 조선 후기의 대소설의 창작 과정과 집단 창작의 실마리를 보여준다. 그와 관련하여 〈소씨명행록〉의 작품 외적 기술은 집단 창작의 가능성을 보여주며, 〈완월회맹연〉 또한 실제로 집단 창작되었을 가능성이 높다.[24]

한편 17세기에 출현한 것으로 추정되는 〈소현성록〉는 작품세계의 말미에 〈옥환빙〉이 파생작임을 알려주고 있는데, 〈옥환빙〉이 당시에 실재 있었음은 〈여와록〉을 통해 알 수 있다.[25] 위의 인용문을 따르면,〈정문록〉이 〈정소양문록〉(지금까지 발견되지 않았음. 처음부터 없었을 수도 있음)을 거쳐 다시 〈소문록〉으로 이어지는 파생관계를 형성하는데, 그 내용은 실재 증거는 아니지만, 대소설이 작자를 달리하면서 파생작으로 외연을 넓히며 존재했을 당시의 창작 정황을 보여준다.

덧붙여 작품세계에 기술된 것이긴 하지만, 이들 작자의 신분을 되짚어볼 만하다. 〈정문록〉〈정소양문록〉의 작자는 벌열가문의 남성과 여성이다. 〈정

23 나는 〈소문록〉의 작가를 '취앵'과 '홍연'으로 잘못 본 적이 있다. 지연숙이 밝혀 놓은 내용을 따라 다음과 같이 수정한다. "작가는 따로 있고 '취행'과 '홍연' 두 시비는 작가가 〈소문록〉을 짓는 데 도움을 준 사람들이다."(지연숙, 「〈소문록〉 연구사」, 우쾌재 외, 『고소설연구사』, 월인, 2002, 1105~1109쪽)

24 정병설, 앞의 책, 215~219쪽.

25 〈소현성록〉〈한씨삼대록〉〈설씨삼대록〉〈영이록〉의 경우에도 파생관계를 이룬다.(박영희, 「소현성록 연작연구」, 이화여대 박사논문, 1994, 179~212쪽; 박영희, 『장편가문소설의 향유집단 연구』, 한국고전문학회편, 『문학과 사회집단』, 집문당, 1995, 324쪽)

문록〉을 지은 이는 병부시랑으로 되어 있으며, 〈정소양문록〉의 작자는 조섬(조겸, 조선)과 임선 부부로 되어 있다. 또한 조섬의 의제義弟 조부인은 승상 조원의 딸이자 황후의 조카딸이며, 정소임의 부친은 정참정이다. 이렇듯 〈정문록〉〈정소양문록〉의 작자층은 벌열층으로 되어 있다.

3. 19세기

〈옥수기〉의 저자인 심능숙(1782~1840)은 크게 현달하지 못했고 그의 가문이 당시 핵심적인 세도가문은 아니었지만, "계속 지방 수령을 했고 명종의 처가임으로 해서 세습봉토가 경기도 김포지역에 있는 상층 사대부 집안"이었다.[26] 그런데 그의 가문을 면밀히 살펴보면, 그가 속한 그의 "청송심씨 온파溫派 강계鋼系"[27]는 명종의 장인 심강을 직계로 하는 조선 후기 벌열이었다. 심능숙의 증조부, 조부, 부친 항렬 중에는 영상, 승지, 판서, 참판 등 많은 고관이 배출되었으며, 심능숙의 손자 심구택은 좌승지에 올랐다.

심능숙이 벌열의 일원이었던 까닭에 벌열이었던 "여흥민씨 공규파公珪派 제인계齊仁系"[28]의 일원인 목사 민원용과 사돈을 맺을 수 있었던 것으로 보인다. 그의 외손자 민응식(1844~?)은 이조판서, 응식의 아들 민병승(1865~1946)은 고종 때 이조참판을 역임했다.

〈옥수기〉 발跋에는 대소설 〈옥수기〉의 향유층을 추정하게 해주는 정보가 담겨 있다.

---

26 김종철, 「옥수기 연구」, 서울대 석사논문, 1985, 20~21쪽.

27 차장섭, 앞의 책, 312쪽.

28 위의 책, 290쪽.

옥슈기 십스회는 소남 션싱 심공의 지으신 칙즈라 공이 문장과 긔절이 탁낙ᄒ 오스 률학과 병법이시며 명문공즈의 특별ᄒᆫ 직학과 규방직녀의 곡진ᄒᆫ 정스를 돈셰은스와 심궁한녀의게 소기ᄒ며 결년ᄒ야 츙효절녈이 근본으로 도라ᄀ게 ᄒ실시 경륜과 비치가 여항소셜에 젼스람의 이르지 못ᄒᆫ 셜화를 비로소 발ᄒ 시나 층절과 구어가 악착구츠ᄒ지 아니ᄒ고 부러 음난ᄒ미 업스니 진즛 경셰 긔담이 될 쑨더러 션싱 평일의 우의ᄒ오심을 ᄀ히 알니로다 정스(1857년) 츄간 의 민샹셔 우당 합하계오셔 녀강 은귀졍 상의 <u>딘셔 스권①초본②</u>ᄒᆫ 거슬 졍 셔ᄒ라 하탁ᄒᆞ스 왈 우리 외왕고의 유적이시니라 ᄒ오시기 협스의 간슈ᄒ야 시나 삼십여 년 동셔 표박ᄒᄂ 인스로뼈 겨를 치 못ᄒ고 일본 졍셔를 칠년 젼 <u>(1881년)의 납샹③</u>ᄒ온 후 구본 칙장②을 검열ᄒ야 용셩 교스 오뉵 년 칩복 ᄒᆫ 즁 션싱 문쪼를 다시 감동ᄒ야 <u>일통을 언변④</u>ᄒ야시나 <u>즁초⑤</u>ᄒ지 못ᄒ 다가 합하의 명ᄒ오심을 밧즈와 금즁 직소의 삼동 필연을 허비ᄒ오나 본문 디지를 일치 아니코즈 ᄒ므로 종〃 문셰 쎡〃ᄒ오미 도로여 송연ᄒ오나 옥슈 긔 언셜은 셰상의 쳐음으로 힝ᄒᄂ 비라 츠흡다 합하의 헌당 풍슈를 늑거ᄒ 오시미 슈십 년 셩상을 볏꼬이시니 션젹을 츄감ᄒ오시믈 밋지 못ᄒ미여 필셔 홈을 당ᄒ야 소싱의 마음의도 유〃창〃ᄒ온 비라 디져 이 칙 하회로 볼진디 가 화왕딘 스가 후진의 소셜을 이어 일우면 <u>님화졍연</u>과 <u>명힝졍의</u>로 더부러 스양 치 아니ᄒ올 듯 쏘ᄒᆫ 소남공의 혹시 유의미취ᄒ오심을 후학이 본바드올시 ᄒ 오나 비단 학문과 박식이 만분지일을 감당ᄒ지 못ᄒ온 밧 거연ᄒᆫ 쳔치가 뉵 십이 긋ᄀ오미 여가ᄀ 업스올 듯ᄒ오이다 <u>무즈(1888년)</u> 샹원 소싱 붕히 남윤 원 근셔

한글로 풀어썼을 당시 모두 5편의 이본이 존재했는데, 정리하면 다음과 같 다.

① 심능숙 저술 원본 한문본1; 진서 4권(①)

② 민응식 필사 한문본2; 민응식(1844~?)이 13세 때인 정사년(1857년, 철종 8) 가을에 여강 은귀정 상에서 '진서 4권'(①)을 초본抄本함.⇒ 남윤원에게 정서하도록 부탁함.⇒ 남윤원 소장(②)

③ 남윤원 필사 한문본3; ②를 보고 남윤원이 무자년 7년 전(신사년;1881년) 정서함.⇒ 민응식에게 납상함.⇒ 민응식 소장(③)

④ 남윤원 언해諺解 한글본1; 남윤원이 '구본舊本'(②)을 보고 언번함.(④)

⑤ 남윤원 중초 한글본2; 민응서 명령으로 중초함.⇒ 한글본으로 무자년(1888년, 고종 25)에 세상에 출현함.(⑤)

1857년(정사년, 철종 8), 민응식이 13세 때에 남윤원에게 한문본 필사와 한글본 언해를 부탁했는데, 이는 민응식이 〈옥수기〉의 독자였음을 말해준다. 또한 민응식이 한문본 필사에 이어서 한글본 언해와 필사를 부탁한 것을 미루어 민응식의 집안이 독자층이었고, "규방지녀", "심궁한녀"를 언급한 것으로 미루어, 규방여성이 독자층이었음을 알 수 있다. (한문본을 필사한 지 30년이 지나서 한글본이 1888년에 나왔음.)

〈옥수기〉 발문에 나오는 민응식은 심능숙의 외손자로서 여흥민씨 공규파 제인계의 일원이다. 이 가문의 직계 선조 중에 민유중(1630~1687)은 숙종의 장인이었으며, 민유중의 며느리 연안이씨(1664~1733)는 "역대연의歷代演義"의 향유자로서 손녀들에게도 연의소설을 탐독할 것을 권한 인물이었다.[29] 벌열인 여흥민씨 가문은 18세기 초엽 연의소설의 향유층이었으며 19세기 중엽에는 〈옥수기〉의 향유층이었던 것이다. 그리고 〈옥수기〉를 언해한 남윤원은, 민응식의 부탁을 받았다는 점과 "금중 직소의 삼동"을 지냈다는 점으로 보아 "1887~1891년 무렵 궁중 수비를 맡은 오위장이었을 것"[30]으로 추정되는바, 적

---

29 최강현, 「정경부인행록」, 『홍익어문』 12, 홍익대, 1993.

어도 벌열의 주변 인물이다.

이에 호응하여 〈옥수기〉의 작품세계는 일정하게 벌열 내지는 권문세가의 세계를 지향한다. 또한 위 인용문의 내용 중에 "이 책 하회로 볼진대 가화왕진 사가四家 후진後進의 소설을 이어 이루면 〈임화정연〉과 〈명행정의〉로 더불어 사양치 아니하올 듯"이라는 구절도 예사롭지 않다. 그 구절은 당시 벌열층이 〈옥수기〉를 비롯하여 〈임화정연〉 〈명행정의록〉과 같은 대소설의 향유층이었음을 가리킨다.(남윤원과 같은 벌열 주변 인물이 대소설의 한글 번역에 가담했을 뿐 아니라 대소설의 향유층이었음은 물론이다.)

그중에 〈옥수기〉와 〈임화정연〉, 두 작품은 공히 가문연대의 서사구조를 지니고 있다. 〈옥수기〉는 일정하게 가문연대를 통한 벌열군 내지는 권문세가군을 그려냈다. 〈임화정연〉은 적대적인 정치세력이 각각 가문연대를 이루는 것을 펼쳐내고 그중에서 임·화·정·연 4가문은 서로 연대하며 신흥 권문세가군으로 부상하는 일련의 과정을 치밀하게 펼쳐낸다.[31] 이러한 설정은 벌열층이 대소설의 향유층으로 자리를 잡았음을 방증한다.

한편 홍희복(1794~1859)은 1835~1848년 무렵에 중국소설 〈경화록鏡花錄〉을 번역하여, "제일기언第一奇諺"[32]이라는 제목을 달고 서문을 붙였다. 그 서문에는 소설 목록[33]이 적혀 있거니와, 그 소설들은 19세기 초엽에 유통되던 것들

---

30 서정민, 「〈명행정의록〉 연구」, 서울대 박사논문, 2006, 5쪽.

31 조광국, 「다중결연구조의 양상과 의미」, 『국어교육』 121, 한국어교육학회, 2006, 501~527쪽.

32 정규복, 「제일기언에 대하여」, 『중국학논총』 1, 고려대, 1984, 73~99쪽.

33 니 일즉 실학ᄒ야 과업을 닐우지 못ᄒ고 흰당을 뫼셔 한가혼 ᄣᅵ 만흐므로 셰간의 젼파ᄒᄂ 바 언문쇼셜을 거의 다 열남ᄒ니 대져 삼국지, 셔유긔, 슈호지, 녈국지, 셔쥬연의로부터 녁대연의에 뉴눈 임의 진셔眞書 '한문'을 높여 부르는 말로 번역ᄒ 비니 말숨을 고쳐 보기의 쉽기를 취ᄒᆯ 뿐이요 그 수실은 흐ᇰ지여니와 그 밧 뉴시삼대록, 미소명힝, 조시삼대록, 충효명감녹, 옥원지합, 님화경연, 구리공츙녈긔, 곽쟝냥문록, 화산션계록, 명힝정의록, 옥닌몽, 벽허담, 완월회밍, 명쥬보월빙 모든 쇼셜이 슈샴십 죵의 권질이 호대ᄒ야 혹 빅 권이 넘으며 쇼불하 슈십 권에 니르고 그남아 십여 권 슈삼 권식 되는 뉘 또 ᄉ오십 죵의 지ᄂ니 심지어 슉향젼 풍운젼의 뉘 가항의 쳔혼 말과 하류의 느즌 글시로 판본에 긔간ᄒ야 시샹에 미미ᄒ니 이로 긔록지 못ᄒ거니와(〈제일기언第一奇諺〉 서문)

54

인데, 거기에는 대소설이 다수 포함되어 있다.

그중에는 19세기 이전에 유통되던 것들도 있다. 〈옥원재합기연〉의 서지 목록에는 나오지 않는 것으로 〈미소명행〉 〈조씨삼대록〉 〈충효명감록〉 〈임화정연〉 〈구래공충렬기〉 〈곽장양문록〉 〈화산선계록〉 〈명행정의록〉 〈명주보월빙〉 등은 18세기 후반에서 19세기 전반 무렵에 창작되었을 것으로 추정된다.[34]

그리고 앞항에서 18세기 대소설로 추정되는 〈소씨명행록〉의 작가와 창작 과정이 『임하필기林下筆記』에 담겨 있음을 살펴보았는데, 『임하필기』의 저자 이유원(1814~1888)의 집안이 19세기에 권문세가였음을 주목할 만하다. 그의 집안은 조선 후기 벌열인 "경주이씨 알평파謁平派 항복계恒福系"[35]다. 조부 이석규(1763~1842)와 부친 이계조(1793~1856)는 대를 이어 판서를 역임했다. 이유원은 우의정에 있다가, 1873년(고종 10) 대원군이 은퇴한 후에, 영의정이 되어 민씨를 도와 세도를 크게 떨친 인물이다. 18세기에 이광사와 그 자녀들에 의해 창작된 〈소씨명행록〉이 무려 100년이 지난 19세기에도 이유원에 의해 언급되고 있다는 점은, 대소설이 19세기에 이르기까지 벌열계층을 향유층으로 하고 있음을 보여준다.

한편 최남선은 "일반 서민의 가정에서보다 특히 상류 귀족사회에 한하여 읽히던 소설" 목록을 열거했고, 이병기는 "궁중에서 이 책들을 빌어다 베꼈다."라고 언급했다.[36] 상류 귀족사회는 벌열 내지는 명문가이며, 궁중은 벌열보다 위에 있는 최상층 가문 황실이 있는 곳이다. 요컨대 19세기에도 벌열이 대소설의 주요 향유층이었던 것이다.

---

34 정병설, 앞의 논문, 252쪽.

35 차장섭, 앞의 책, 324쪽.

36 최남선, 〈조선의 가정문학〉, 《매일신보》, 1938년, 『육당최남선전집』 9, 현암사, 1974; 이병기, 「조선어문학명저해제」, 『문장』 19호, 1940.10.

4. 마무리

대소설은 17세기 태동기부터 19세기 소멸기까지 벌열의 문화권에서 창작되고 읽혀왔다.[37]

이른 시기부터 19세기에 이르기까지 허균, 채수, 김만중, 조성기, 박지원, 남영로, 심능숙 등은 벌열층에 속하는 소설 작가다. 그중에 김만중과 조성기는 〈사씨남정기〉와 〈창선감의록〉의 저자로 대소설 형성에 큰 영향을 끼쳤다. 그리고 남영로와 심능숙은 실제 대소설의 작가다.

아직 실증적으로 밝혀지지 않았지만 벌열층이 대소설의 창작과 향유에 관여했던 것으로 보인다. 벌열 주변의 인물들이나 직업적인 작가들이 대소설을 창작했을 것임은 물론이다.

20세기 초엽에도 대소설이 필사되었지만, 창작은 극히 일부에 국한되었을 것으로 보인다. 그 시기에는 신소설, 근대소설이 대세였기 때문이다.

---

37 장효현은 소수의 노론벌열로 권력이 집중된 19세기 이후 보편적인 수준의 가문의식은 쇠퇴하고 가문소설도 향유의 영역이 축소되었을 것으로 추정했다. 최길용은 가문소설계 장편소설사의 마지막 시기를 1801년에서 신소설이 출현하기 시작한 1906년경까지로 보았다. 그리고 정병설은 개화기 이전, 즉 1860년 이전에 장편소설이 쇠퇴의 길로 접어들었을 것으로 추정했다.(장효현, 앞의 논문, 39쪽; 최길용, 「가문소설계 장편소설의 형성과 전개」, 『우리문학연구』 10, 우리문학회, 1995; 정병설, 앞의 논문, 252~257쪽)

제2부

벌열의 세계

I. 〈소현성록〉: 벌열 지향

1. 문제 제기

〈소현성록〉에 대해서 개략적으로 언급한 이래,[1] 이본 고찰을 겸하여 연작형 삼대록 소설로서의 성향을 규명한 연구와 그후 이 작품을 비롯하여 파생작까지 폭넓게 고찰한 연구가 있고, 가정소설과 가문소설의 차별성을 드러내면서 이 작품의 특성을 밝히는 연구가 있다.[2] 이들 연구의 방법과 시각이 저마다 달랐지만, 작품의 주제가 가부장 질서의 확립과 가문의 번영이며 작품의식이 가문의식이라는 일치된 견해를 보였다.

그런데 17세기 무렵 조선 사회가 벌열의 대두기인바, 〈소현성록〉은 그런 시대적 상황을 일정하게 구현한 것으로 보인다. 선행논문에서는 그런 시대적 특수성을 중요하게 보지 않음으로써 작품의 주제와 작품의식에 관한 논의가 일반론적인 수준에서 머문 것으로 보인다. 그 한계를 극복하기 위한 일환으로 벌열 성향에 논의의 초점을 맞추고자 한다.

---

* 「〈소현성록〉의 벌열 성향에 관한 고찰」(『온지논총』 7, 온지학회, 2001, 87~113쪽)의 제목과 내용 일부를 수정했음.

1 김기동, 『한국고전소설연구』, 교학연구사, 1983; 이수봉, 「가문소설연구」, 『동아논총』15, 1978.

2 최길용, 「연작형 고소설 연구」, 전북대 박사논문, 1989; 임치균, 「연작형 삼대록소설 연구」, 서울대 박사논문, 1992; 박영희, 「〈소현성록〉 연작 연구」, 이화여대 박사논문, 1994; 이승복, 「처첩갈등을 통해서 본 가정소설과 가문소설의 관련 양상」, 서울대 박사논문, 1995.

논의할 지점은 둘이다. 하나는 〈소현성록〉이 지향하는 세계가 상층가문, 즉 벌열가문의 세계라는 것에 대해서이다. 이 작품은 일정 부분 가문의 번영을 지향하는 가문사家門史를 펼쳐내는데 그 가문은 일반 가문이 아니라 특정의 상층가문, 즉 벌열로 초점화되는 것으로 보인다. 그와 관련하여 중심가문이 처음부터 벌열로 설정되어 있고 마지막까지 벌열로 지속되는 모습을 보여준다는 점이 주목할 만하다.

다른 하나는 〈소현성록〉이 벌열의 지속을 지향하면서 벌열의 내부에서 발생하는 문제점 및 그 해결 방안을 구현했다는 것에 대해서이다. 벌열 내부의 여러 가지 문제들이 발생하는데 그중에서도 부부갈등이 핵심 문제로 자리를 잡는다. 부부갈등은 해당 세대에만 국한되는 게 아니라 다음 세대로 이어지면서 반복·심화되고 다른 가문으로 확대되는 양상을 보인다. 이런 부부갈등은 소씨가문이 벌열로 존속하는 데 걸림돌이 되지만 마침내 해결됨으로써 소씨가문은 명문으로서 가문의 위상을 높이게 된다는 점이 새삼 눈길을 끈다.

2. 벌열의 세계

2.1. 벌열의 양상

〈소현성록〉[3]에서 소씨가문은 벌열의 모습을 구현한다. 제1부에서 제시한 ①~⑧의 항목에 따라[4] 차례대로 살펴보면 다음과 같다.

　① 소광·양부인 이후 1대 소현성 이야기가 나오고, 화부인 소생 5자 2녀,

---

3 〈소현성록〉(규장각 21권21책)
4 "제1부 일반론"의 "II. 대소설의 외연" 참조.

석부인 소생 5자3녀, 소씨 소생 6자2녀, 윤씨 소생 3자2녀 등 2대 이야기가 이어진다. 2대 중에서 소운성과 소운명을 중심으로 이야기가 전개된다. 또한 3대 이야기는 소운경의 장남 세현, 소운성의 장남 세광, 소운명의 장남 세량과 차남 세필을 중심으로 전개된다.

② 소현성의 조상은 한당漢唐 시절 "교목세가", "팔백년 구족"이며 대대로 명재상을 배출했다. 부친 소담은 태조의 "안거사마" 제의를 거절한 채 처사생활을 영위했는데, 이는 기질상 환욕宦慾이 없었기 때문이다.

1대 소현성은 참정·승상을 역임한다. 2대 소운경은 별과급제·강릉후, 소운희는 별과급제, 소운경은 한림학사 어사중승, 소운현은 동평장사, 소운몽은 금문직사, 소운희는 공부시랑·공부상서, 소운의는 태학사 예부상서, 소운숙은 상서령, 소운명은 시중대사도, 소운변은 동궁 시강학사, 소운필은 병부상서, 소운성은 문무장원을 거쳐 병부대사마·진왕에 오른다. 3대에서 소운성의 여덟 아들들이 급제하여 영화를 누리며, 소운명의 장남 세량은 한림학사, 차남 세필은 장사태수에 제수된다. 이에 상응하여 양태부인은 진국부인에 봉해지고, 소현성의 처 화부인과 석숙란은 각각 경국부인과 초국부인에 봉해진다.

③ 양태부인은 부친 양광문이 참정, 친동생은 상서, 조카 양현이 과거에 급제한 명문가의 여성이다. 1대 소현성의 제1부인 화부인의 부친은 평장사 화한이고, 제2부인 석숙란의 조부는 대장군 석수신, 부친은 참정 석현으로 그 가문이 권문세가이고, 제3부인 여부인 또한 부친 여운이 추밀사이고 또 4촌 여구미가 후궁인 권세가의 여성이다.

소씨가문의 2대인 열 아들 모두가 명문가 여성과 혼인한다.[5] 그중에 소운변(화부인의 아들)의 장인은 석숙란과 일가 동기인바, 화부인·석숙란은 정실·제2처 관계이면서도 사돈지간이다. 3녀 소수아는 소현성의 문생 정화와 혼인하고 4녀 소수빙은 김현과 혼인하는데, 김현은 예부낭중 김희와 태조 황후의 족질인 왕씨의 아들로 명문 출신이다. 장녀 소수정의 남편은 성준이고 성준은 7자 소운숙의 처남으로 소부와 성부 양가가 겹혼인을 맺는다. 3대 세광(소운성 1남)은 병조우시랑 설회의 딸, 세현(소운경 1남)은 태상경 양상의의 딸과 혼인한다. 이처럼 소씨가문은 벌열가문과 혼맥을 형성한다.

④ 2대 소운성은 명현공주와 혼인하여 부마가 된다. 5녀 소수주는 태자(훗날 인종황제)와 혼인하여 황후에 오르고 4자 2녀를 낳았는데 그의 아들이 훗날 황제에 즉위한다.[6]

⑤ 양태부인의 84세 생일날 헌수례獻壽禮가 베풀어진다. 황상이 어악과 상방진수를 베풀고, 또한 황후가 궁인을 시켜 문안한다. 그때 악공, 기녀, 하례품이 하사되며, 만조백관이 황명을 받고 소부에 이르러 참례하는 등 잔치가 장대하게 거행된다.[7]

⑥ 소현성의 부친 소담은 1처(양부인) 2첩(석파·이파)을 둔다. 1대 소현성

---

5 1자 소운경(위승상의 딸). 2자 소운희(한림학사 강양의 딸, 개국공신 전혁의 외손). 3자 소운성(제1부인: 참정 형욱의 딸, 제2부인: 명현공주: 황제의 딸, 제3부인: 정국공 위양관의 진손: 전임 승상 위계의 장녀: 이부상서 강선명의 외손녀). 4자 소운현(개국공신 대장군 조빈의 진손, 보국장군 남북절도사 왕진명의 외손, 용두각 태학사 조명의 딸). 5자 소운몽(태자태사 홍관의 진손, 형주자사 홍익경의 딸, 병부시랑 여희의 외손). 6자 소운의(한림학사 조국공 유연의 진손, 태자태부 유한의 장녀, 호부상서 조국창의 외손). 7자 소운숙(평장 성우경의 손녀, 청주자사 정조의 외손녀). 8자 소운명(태상경 임숙부의 딸, 전권위림장 영덕의 외손. 소운명의 재실(전임 추밀사 여간의 외손, 승상 이현의 진손, 상서 이원의 딸). 9자 소운변(전임 병부상서 참지정사 석현의 진손, 태자태사 석자명의 딸, 예부시랑 왕수언의 외손). 10자 소운필(전임 좌승상 양경지의 외손, 좌승상 평장사 평양후 구준의 딸).

6 소수주가 인종의 정비가 되는 부분은 역사적 사실과 다르다. 『송사』(권242, 열전 제일 후비 상)에 따르면, 곽왕후가 폐위되어 병들어 죽고 조황후가 황후에 오른다. 그런데 작품에서는 두 인물 사이에 소황후라는 허구적 인물을 설정했다.(임치균, 박사논문, 69~71쪽) 이처럼 〈소현성록〉은 역사적 사실과 다르게 국혼을 이루는 것으로 허구화했다.

7 샹이 어악과 상방진슈롤 〈급ᄒ시고 휘 궁인으로 문안ᄒ시며 악공 챵녜와 상〈지물을 슐위의 실어 보닉시고 황봉어쥬로 헌슈ᄒ실ᄉ〣 만됴와 병뷔 황명으로 즈운산의 니르러 참녜ᄒ미 셩혼위의와 츄죵이 남문으로브터 즈운산 십여 리의 니엇고 진잔이 구산ᄀ튼며 추일 반공의 쇼〈 눈디 무슈 챵녜 구름ᄀ치 못다시니 홍상이 화림을 일윗고풍악 소리 구텬을 흐르니 연셕의 장ᄒ믄 쳔고의 비홀 디 업더라. 승상이 위친지심으로 〈양치 못ᄒ나 미우의 쾌흔 빗치 업셔 강잉ᄒ여 관복을 닙고 빈긱을 슈응ᄒ니 당즁의 직이 만여인이라(권21)

은 3처(화부인, 임부인, 여부인)를 두며, 2대 소운성은 2처 2첩을 두고, 3 대 소운명은 7처를 둔다. 한편 다른 가문에서는 기녀와의 풍류행각이 일상적인 것으로 받아들여지기도 한다.[8]

⑦ 개인의 영웅성을 바탕으로[9] 소씨가문의 집단영웅성 내지는 집단우월 성이 구현된다. 진종황제 시절 운남국이 반란을 일으키자 소현성·운성 부자(1대·2대)가 동시에 출전하여 제압한다. 이들 부자는 천문관측, 지 략 등을 동원하여 승리한다. 군담은 개인의 차원보다 한 단계 높은 벌 열의 차원에서 벌열의 내외 문제를 해결하고 동시에 국가 수호에 대한 벌열의 기여도를 강화하는 요소가 된다.

⑧ 1대에서부터 소씨가문은 벌열 안착에 걸림돌이 되는 여러 문제에 봉착 한다. 그중에 부부갈등이 핵심을 이룬다. 이들 부부갈등은 주로 처처 간의 윤서갈등에서 비롯되는데 이 윤서갈등은 1대, 2대에 걸쳐 반복적 으로 일어난다. 그 문제의 인물들은 1대에서는 소현성의 화부인(제1부 인)과 여부인(제3부인)이고 2대에서는 소운성의 명현공주, 소운명의 정 씨(제3부인)이다. 그밖에 소현성의 누이 교영의 간통 사건과 3대 소세 명(소운숙의 2남)의 모반 사건이 일어난다. 이들 문제는 모두 해결된다.

2.2. 벌열의식

〈소현성록〉의 이러한 벌열적 모습에서 벌열의식 내지는 벌열적 세계관을 살펴

---

8 소씨가문의 경우에는 기녀작첩奻女作妾을 금지하고 기첩을 대동한 풍류나 향락생활을 경계하 는 것으로 그려진다.

9 1대 소현성의 영웅성 구현(도사로부터 칼을 얻는 화소, 천년 묵은 지네 귀신을 격퇴하는 화소, 걸인 단경상을 자식의 스승으로 삼는 화소); 2대 소운성의 영웅성 구현(부모가 삼태성을 삼키 는 태몽 화소, 육도삼략을 홀로 깨우치는 화소, 칠성검과 명마 청룡만리운을 얻는 얻는 화소, 암수 호랑이, 다섯 요괴(산계, 여우, 뱀, 거북, 사자)와 칠백 년 묵은 여우를 퇴치하는 화소)

볼 수 있다. 이상택 교수는 대하소설에서 다음과 같은 벌열의식이 드러남을 규명한 바 있다.[10] 그 벌열의식은 앞항에서 다룬 〈소현성록〉의 벌열 세계의 각 항목들과 긴밀한 관련을 맺는다. 각 번호에 따라 세부 사항을 살펴보면 다음과 같다.

ㄱ 소현성, 2대(10남 5녀), 3대에 걸친 상층귀족의 사회적 영달과 부귀를 그려낸다.[11]

ㄴ 진종황제 시절 운남국의 반란에 1대 소현성과 2대 소운성이 출전하여 승리한다. 또한 3대 소세명(소운숙의 2남)이 모반을 일으키지만 소운성에 의해 진압된다. 이처럼 국가 및 사회체제의 당위성이 강조되며, 그에 반하는 것은 처단된다.

ㄷ 관상을 보는 여도사는 소씨가문이 벌열로 지속하게 되는 것과 며느리들의 운명을 결부시킨다.[12] 소현성의 10자5녀의 운명은 물론이고 10명의 며느리 운명도 하늘이 정해준 대로 따르는 것으로 되어 있다. 하늘에 의해 예정된 운명은 개인의 운명에 해당하는 것을 넘어서 벌열 소씨가문의 운명으로 주어진다.

---

10 이 책의 37쪽 참조.

11 소현성 싱시의 오디 손가지 보고 십ᄌ 오녀의 ᄌ녜 변셩ᄒ여 승상 강능후 운경은 뉵ᄌ ᄉ녀를 두고 공부상셔 운희ᄂᆫ 삼ᄌ 이녀를 두고 진왕 운셩은 십ᄌ 이녀를 두니 이ᄌᄂᆫ 곳 셕시 쇼싱이라 평댱 운현은 오ᄌ 이녀를 두고 시랑 운몽은 이ᄌ ᄉ녀를 두고 학ᄉ 운의ᄂᆫ ᄉᄌᄅᆯ 두고 팔ᄌ대ᄉ도 운명은 남부인긔 십ᄉᄌ 칠녀를 두고 니부인의긔 이ᄌᄅᆯ 두고 민시 등 ᄉ위부인긔 각각 일ᄌ식 두어시니 합ᄒ여 이십구인이오 시강학ᄉ 운변이 일ᄌᄅᆯ 두고 녜부샹셔 츄밀ᄉ 운필은 칠ᄌ 삼녀를 두어시니 셩손이 팔십 칠인이오 외손이 변셩ᄒ니 댱녀 셩참졍부인은 삼ᄌ 삼녀오 ᄎ녀 뉴ᄉ공부인은 ᄉᄌ 이녀오 삼녀 졍시랑 부인은 일ᄌ 일녜오 ᄉ녀 김참졍 부인은 팔ᄌ 이녀오 오녀 소황후ᄂᆫ ᄉᄌ 삼녀를 탄싱ᄒ시니 니외 손이 일뵉이십이인이라 그 변셩ᄒᆫ 영뇩을 셰인이 가히 블워ᄒᆯ너라(권21)

12 틱부인이 … 모든 쇼겨를 부루니 졔 쇼졔 부르ᄂᆫ 명을 조ᄎ 니르러 웅딘ᄒ고 시립ᄒ니 니긔 냥안을 길게 쩌 술피고 다 슈복이 제미ᄒ여 지앙이 업ᄉᄆᆯ 고ᄒ고 믄득 형부인을 가르쳐 만구갈치ᄒ여 갈오디 타일 쳔승지국의 모쳠ᄒ여 틱ᄉ의 덕을 펴리다 또 님시를 가르쳐 갈오디 어지다 쇼져여 것ᄎ로 볼진딘 돌 쇽의 옥이 든줄 뉘 알니오 소문을 빗뉘리ᄂᆫ 형부인이오 소문을 변셩ᄒ리ᄂᆫ 님쇼졔라 ᄒ니 화 셕 냥부인이 흔연 단좨러니(권15)

64

② 소현성 가문은 충효열을 빛내는 가문으로 형상화된다. 소현성의 누이 소교영이 간음했다가 모친 양부인에게 사약을 받고 죽는 것으로 처리되고, 소현성이 제가齊家를 잘하고 충효를 선양하는 자로 알려져 문하생이 처음에는 25명이었다가 나중에는 100여 명으로 늘어난다.

⑩ 소운명과 임씨, 이씨, 정씨, 그 외의 네 부인이 모두 하늘이 정한 부부로 설정된다.[13]

⑭ 투기를 부리며 모해하는 여성을 비롯하여 그 하수인으로서 모략을 일삼는 문객·시비·문직이는 징치懲治된다. 반면에 선인들은 하늘의 숙명을 순종하는 삶을 추구하기에 흥하게 된다. 부덕을 갖춘 여성은 벌열과 함께 흥하고 그렇지 못한 여성은 병들어 죽거나 쫓겨나거니와, 이러한 권선징악적 성향이 소씨가문의 존립과 관련된다.

④ 상천上天의 선관 남두성과 태을노군이 꿈에 나타나 10남5녀의 탄생을 예고한다. 여관 이고가 양태부인이 수가 다하여 천궁에 올라갈 것이라 말한다.

3. 명문벌열로 성장하는 데 걸림돌이 되는 문제들

벌열의 위기를 초래하는 문제들 가운데 부부갈등이 중심을 이룬다. 이 부부갈

---

13 소시랑 운명은 동방 금강 신션이라 일즉 유람ᄒ여 봉니산의 니르니 봉니궁 션녀 흠셩의 용뫼 특뉴ᄒ믈 보고 금강신이 유졍시로뻐 더져 인연을 미ᄌ나 봉니부인이 그 얼골을 밋고 덕을 일흐믈 미온ᄒ여 얼골을 박식을 민ᄃ라 남가 녀ᄌ롤 삼으니 이 님시오 이쇼졔논 남히 보타 용녜라 … 금강션녀 슈인이 일시의 니르러 고하디 아등이 졍군부 즁소 환시 녜라 평일 동방션의 풍치롤 ᄉ랑ᄒ여 볘기와 돗 밧들기를 원ᄒ디 션관이 허치 아니시니 샹샹 슬허ᄒ더니 진셰의 나아가 인연을 미ᄌ지이다 원ᄒ니 일노뼈 슈인을 블근 실을 미야 동방션의게 인연ᄒ니 이곳 민시 부시 뇨시 조시라 다 경혼 연분이 금셰의 지합ᄒ고 젼셰 원슈 후셰 보복ᄒ미라 사룸이 덕을 닷그면 원한이 어름 스듯ᄒ고 복을 밧ᄂ니(권19)

등은 대를 이어 반복되기도 하고 다른 가문으로 확대되기도 하며, 그런 가운데 다른 문제들을 노정하기도 한다. 이러한 문제들은 모두 해결되고 해당 가문은 벌열로 정착한다.

3.1. 소씨가문의 대代를 잇는 부부갈등

부부갈등은 부모 세대에서 자식 세대로 이어지는 모습을 보인다.[14] 1대 소현성의 부부갈등이 펼쳐지고, 그후에 2대에서는 소운성의 부부갈등과 소운명의 부부갈등으로 그 갈등이 확대된다.

먼저 1대 소현성 부부의 경우를 살펴보자. 소현성은 3처를 두는데, 정실 화주은, 제2부인 석숙란, 제3부인 여부인이 있다. 이 중에 화주은·여부인의 투기와 실덕失德으로 부부갈등이 발생한다.

소현성·화주은의 부부갈등은 다음과 같다. 정실 화주은은 석숙란이 제2부인으로 들어오자 투기심을 부리며 그녀를 박해하고, 남편과 갈등을 일으킨다.

　① 석파가 석숙란을 소현성의 제2부인으로 맞이하게 함.
　② 화주은과 석파가 반목함.
　③ 소현성과 화주은이 반목함. 소현성의 간호로 화해함.
　④ 석숙란을 맞이하게 되자 화주은이 아들을 때리며 화풀이함.
　⑤ 석숙란과 남편의 혼인날 화주은이 혼절함.
　⑥ 소현성이 거듭 병구완을 하고 이에 화주은이 화를 풂.
　⑦ 소현성이 제가齊家를 잘함. 매달 열흘은 화주은과, 열흘은 석숙란과 지내고, 나머지 열흘은 서당에서 머묾.

---

14 임치균은 부부갈등이 반복되고 있음을 짚었다.(임치균, 박사논문)

⑧ 화주은과 석파의 반목이 지속되자, 석숙란이 친정으로 감.

⑨ 화주은이 석숙란에게 감동함.

화주은이 일으킨 부부갈등은 가문을 위기에 빠뜨리는 쪽으로 확대된다. 예컨대 며느리 정씨(소운명의 제3부인)의 계교에 속아 시비들의 말만 믿고 이씨(소운명의 제2부인)를 간음한 자로 치죄하는가 하면, 시아버지의 2첩(석파와 이파)의 의복을 마련해주지 않고 인색하게 굴었다. 이로써 화주은의 투기와 실덕은 개인의 자질 문제에 한정되지 않고 소씨가문이 벌열로 성장하는 데에 저해 요소로 자리를 잡게 된다.

화주은의 그러한 부정적인 자질은 가문 존속의 차원에서 엄격하게 다루어진다.[15] 단적으로 집안의 맨 위에 있는 양태부인이 개입하여 화주은의 상원위(제1부인) 박탈과 화주은 소생의 적장자 박탈을 언급하기에 이른다.

> 셕시로 총집ᄒᆞ미 내 집 법도를 어즈러이미라 오직 냥편홀 도를 상냥ᄒᆞ여 가ᄉᆞ를 셕시를 맛길진딕 너의 상원위 아오로써 셕시를 맛기고 운셩을 승젹ᄒᆞ여 장ᄌᆞ를 삼지 아니ᄒᆞᄂᆞ뇨 그딕 나히 ᄉᆞ십이 지닉시니 화평지되 업ᄂᆞᆫ다 슌셜이 부졀업ᄉᆞ나 부득이 두어 글노 니르ᄂᆞ니 익이 상냥ᄒᆞ라(권17)

상원위 자리와 적장자 자리에 대한 결정에 있어서 양태부인의 가권家權 행사가 부각되는 장면이다. 양태부인은 상원위 자리를 석숙란에게 넘겨줄 수 있다면서 큰며느리 화주은을 책망했으며, 또한 적장자 자리를 화주은 소생인 장남 소운경에게서 석숙란 소생인 3남 소운성에게 옮길 수 있다고 경고했다. 그녀가 행사한 가권은 남편 소광과 사별한 후 남편의 가부장권까지 포괄하거니와, 차기 종부인 총부家婦의 자질을 바로잡음으로써 가문의 존속과 성장에 기

---

15 이하 3.1. 항목의 내용은 이전 논문을 대폭 수정한 것이다.

여하고자 하는 종부권宗婦權에 해당된다. 총부와 적장자가 바뀌지 않음으로써 종법에 맞는 쪽으로 이야기가 전개되었거니와, 양태부인의 발언에는 화부인이 덕성을 갖추어 온전한 총부로 거듭나기를 바라는 강한 열망이 담겨 있다.[16]

다음으로 소현성·여부인(제3부인)의 부부갈등을 살펴보자.

① 추밀사 여운이 후궁 여구미를 동원하여 황제의 사혼을 얻어내어 소현성을 사위로 맞이함.
② 여부인이 석숙란을 시기했다가 소현성에게 훈계를 들음.
③ 여부인이 봉서 사건, 양부인 생일날 독약 사건을 일으킴.
④ 여부인이 석숙란으로 변하여 남편을 유혹하여 석숙란이 축출되게 함.
⑤ 여부인이 화주은으로 변하여 남편을 유혹하는 등 음란한 행동을 하다가 들통이 남.
⑥ 여부인이 축출 당함.

여부인의 투기와 모해의 대상이 제2부인인 석숙란에서 정실 화주은으로 확대된다. 여부인은 정실을 차지하고자 하는 욕망을 드러내는바, 그 욕망을 충족하기 위한 계획은 주도면밀하게 펼쳐진다. 먼저 제2부인인 석숙란을 쫓아낸 후에 정실 화주은을 쫓아냄으로써, 정실자리가 석숙란에게 옮겨지는 과정을 거치지 않고 단번에 여부인 자신이 정실자리를 오르고자 했다. 여부인의 그런 욕망은 윤서훼손倫序毀損 및 총부탈취冢婦奪取의 악행으로 이어지면서 소씨가문이 벌열로 정착하는 데에 큰 걸림돌이 된다.

여부인의 징치懲治 과정에서 양태부인이 종부권을 행사하는 모습은 보이지

---

16 〈소현성록〉은 총부와 적장자를 바꿀 수 있다는 생각보다는 총부와 적장자를 지켜내야한다는 생각을 작품의식으로 담아냈다고 할 수 있다. 훗날 소현성이 친구 위의성이 별세한 후에 계실이 전실 자식의 적장자위를 빼앗으려 하는 것을 막아내고 적장자를 옹립한 후에 자신의 사위로 삼은 것은 그 점을 잘 보여준다.

않는다. 다만 여부인의 악행은 정실과 제3부인 사이의 윤서훼손倫序毀損 문제로 연계되고, 그후에 여부인의 악행이 발각되어 징치되면서 윤서가 지켜지는 것으로 마무리된다. 이로써 여부인 문제는 소씨가문 내의 며느리들 사이에서 총부와 다른 부인 사이의 윤서倫序가 지켜짐으로써 가문의 안정을 이루어야 한다는 작품적 의미를 획득한다.

다음으로 2대 소운성·명현공주 부부의 경우를 보자. 명현공주가 먼저 혼약한 형씨를 앞질러서 소운성의 제1부인이 된다.

① 명현공주가 운성에게 반함. 태종을 졸라 조강(제1부인) 형씨를 폐하고 운성과 혼인함.
② 명현공주가 양태부인과 동렬로 앉음. 공주가 소운성의 다섯 창기에게 사사로이 형벌을 내림.
③ 명현공주가 소운성과 형씨가 만난다는 사실을 태종에게 알림. 태종이 소현성·운성 부자를 잡아들임. 소현성이 명현공주의 패악함을 아룀. 태종이 승상 부자를 방면함.
④ 명현공주가 형씨를 죽이려 하고, 양태부인과 시부모에게 무례히 행동함. 소현성이 태종에게 알리고 명현공주를 강상죄로 다스리려 함. 명현공주가 사죄함.
⑤ 소운성이 명현공주에게 문병을 오나, 공주가 칼로 찔러 죽이려 함.
⑥ 명현공주가 병들어 죽음.

소운성의 아내인 명현공주에 의해 야기되는 윤서훼손의 문제성은 1대 소현성의 아내인 여부인에 의해 야기된 것에 비해 심화되는 양상을 보여준다. 명현공주는 혼례의 법도를 깨뜨렸을 뿐 아니라, 제1부인인 형씨를 폐하고 자신이 정실로 들어갔던바, 부인들 사이의 위계질서를 깨뜨렸다.

그러한 명현공주의 윤서훼손 행위는 개인적인 애욕에서 비롯되며 투기와 부부불화를 수반한다. 명현공주는 소운성에게 첫눈에 반하여 태종의 위세를 업고 강압적으로 혼인했으며, 남편이 자신을 가까이 하지 않자 남편의 마음을 사기 위해 악인들과 공모했다. 명현공주의 애욕은 투기로 이어지며 부부불화로 이어지거니와, 공주는 남편이 사랑하는 다섯 창기의 귀를 자르고, 심지어 남편을 칼로 찔러 죽이려 하는 등 과격한 성향을 띤다. 이러한 애욕, 투기, 부부불화는 1대 소현성의 처들에게서는 보이지 않고 명현공주에게서 보이는 특징적인 모습이다.

명현공주의 부정적인 모습은 개인 차원을 넘어서 가문의 위계를 위협하는 차원으로 확대된다. 명현공주는 황실의 공주임을 내세워 시조모媤祖母 양태부인과 동렬로 앉음으로써 가문 내적 위계질서를 훼손했다. 그러한 명현공주의 모습은 며느리가 양태부인의 종부권에 대항하는 성향을 띤다. 1대 소현성의 경우 총부와 다른 부인 사이의 윤서 문제는 수평적 위계질서를 훼손하는 것이라면, 2대 소운성의 경우 명현공주의 문제는 그러한 수평적 위계질서를 훼손했을 뿐 아니라 수직적 위계질서를 훼손하는 데까지 확대된 것이다.

한편 소운성·명현공주의 부부갈등은 황실과 소씨가문 사이의 갈등으로 번진다. 태종이 공주의 말만 듣고 소현성 부자를 옥에 가두자, 소현성도 물러서지 않고 공주를 옥에 가두고 강상죄로 다스리려고 했다. 그 대립에는 공주는 출가했어도 황실의 구성원으로 존대받아야 한다는 황제의 생각 그리고 출가한 공주는 한 집안의 며느리로서 시가의 질서에 따라야 한다는 벌열가문의 생각, 이 두 생각의 부딪침이 함축되어 있다.

그런데 그 대립은 군신관계의 차원에서 다루어질 수 있는바 소씨가문이 황실에 저항하는 것으로 비춰질 수 있어서, 소씨가문은 한순간에 나락으로 떨어져내릴 위기 상황에 직면할 수 있게 된다. 물론 소씨가문 어른들의 조심스러운 대처로 그 위기를 모면하게 되고, 한편 명현공주가 사죄하고 얼마 지나지 않아 병들어 죽음으로써, 황실과 소씨가문 사이의 대립은 봉합되기에 이른다. 위기를 일으킬 만한 요소가 제거되고, 소씨가문은 벌열의 위세를 유지하게 된다.

(우리 소설사의 흐름에 비추어볼 때, 공주를 사이에 두고 벌어지는 벌열과 황실의 대립은 〈소현성록〉에서 처음 설정되었다.)

다음으로 2대 소운명 부부의 문제를 살펴보자. 소운명은 제1부인 임씨, 제2부인 이씨, 제3부인 정씨를 맞이하는데, 이들 부부갈등은 앞선 부부와 같이 제3부인 정씨의 투기妬忌와 실덕失德에서 비롯된다.

① 정씨가 소운명을 좋아함. 황제의 사혼 명령으로 혼인함.
② 정씨가 이씨를 해치려고 문객 성영, 시비 옥난·매섬, 문직이를 매수함.
③ 정씨가 이씨와 성영이 통정하여 잉태했다고 모함함.
④ 정씨가 시노侍奴인 소의·장기를 사주하여 이씨를 살해하고자 함.
⑤ 겉으로 이씨가 죄가 없다고 간하여, 남편 소운명의 총애를 받음.
⑥ 소현성이 혼서를 소각하고 정씨를 친정으로 쫓아냄. 정씨가 향민의 처로 전락함.

이들 부부갈등은 소운성·명현공주 부부의 경우와 비슷하게 여성의 남성 흠모, 황제의 사혼, 처처갈등, 시가와의 결별 등의 과정을 거친다. 세부적으로 다르게 전개됨은 물론이다. 이를테면 명현공주와 소씨가문의 결별이 병사라는 간접적인 상황으로 처리되었다면, 제3부인 정씨와 소씨가문의 결별은 시가에 의한 축출이라는 직접적인 상황으로 처리된다.

또한 여성의 악행에 있어서, 명현공주는 황실의 위세를 배경으로 전면에 나섰다면, 정씨는 배후에서 은밀히 하수인을 사주했다. 그와 관련하여 주목할 만한 것은, 하수인 노릇을 하는 자들의 행태다. 정씨의 하수인으로 문객門客, 시비侍婢, 시노侍奴, 문직이 등이 있는데 이들과의 결탁은 소씨가문이 벌열로 유지되는 데 있어서 걸림돌 역할을 한다.

여기에서는 문객門客을 중심으로 살펴보기로 한다. 단경상과 성영은 공히 몰락사족의 출신이다. (조선 후기 명문가 내지는 벌열가문에 기식寄食하면서 어느 정도는 벌열에 도움을 주었던 몰락사족 출신의 문객을 형상화한 경우다.) 단경상은 가난하여 빌어먹고 지내다가 소씨집안에 들어와 성심껏 아들들의 글공부를 맡는다. 그와 반대로 성영은 정씨와 공모하여 자신이 이씨와 통정하여 이씨를 임신하게 한 간부라고 꾸밈으로써 소씨가문에 위해를 가한다. (거짓임이 들통난 후에는 장사 지방으로 도피하여 관아의 하관으로 몸담았다가 훗날 소세필(이씨의 소생)에게 잡혀 죽음을 당한다. 이와 같이 벌열 주변에서 기식하는 문객을 통해서 벌열 존속의 위기를 그려내기도 한다. 성영의 캐릭터는 〈사씨남정기〉의 문객 냉진과 유사하다.)

요컨대 〈소현성록〉은 부부갈등을 중심축으로 삼고, 그 갈등을 대를 이어 반복적으로 일어나는 것으로 구성하고, 거기에 윤서훼손, 국혼 문제, 여성의 애욕 문제, 문객·시비의 악행 등을 결부하여, 벌열의 위기와 그 극복 과정을 펼쳐낸 것이다.

3.2. 사위 가문에서의 부부갈등

한편 부부 문제는 한생·소월영·영씨 부부, 김희·취씨·소수빙 부부, 정화·소수아 부부를 통하여 소씨가문에서 사위 가문으로 폭을 넓혀가는 양상을 보인다.

먼저 소월영은 한생의 제1부인이었으나 제2부인 영씨에게 조강(상원위, 정실)의 자리를 내놓을 위기에 처했다가 나중에 남편 한생이 과오를 자책하면서 그 위기를 모면한다. 소월영 부부의 문제는 명현공주에 의해 고난을 당하는 형씨를 위로하기 위해 건네는 이야기 중에 나오는 것으로서 그리 큰 비중은 차지하지 않지만, 명현공주와 같은 여성에 의해서 부부갈등이 발생하는 측면을 확대·심화하는 기능을 한다. 나아가 윤서훼손 문제가 제2부인 영씨의 투기와 실덕에만 책임이 있지 않고, 창녀와 즐기며 영씨와 함께 소월영을 박대한 한생에게도 그 책임이 있다는 점을 짚어내기도 한다.

다음으로 소수빙(석숙란의 2녀)은 김현의 제2부인이었으나 제1부인 취씨에 의해 박해를 당한다. 취씨(제1부인)에 의해 소수빙(제2부인)이 박해를 받는 것은, 1대 소현성 부부의 경우 화주은에 의해서 석숙란이 박해를 받는 것을 그대로 옮겨 놓은 형국이다. 그러면서도 출가한 딸에 대한 애정 및 영향력, 벌열의 위세 문제 등을 새롭게 제기한다.

① 김현은 예부낭중 김희의 2자인데 모친 왕부인은 장남 김환을 사랑함.
② 김현이 어사가 되어 출타하자 소수빙이 김환 부부와 제1부인인 취씨에 의해 고난에 빠짐.
③ 소운성이 김환을 징치함.
④ 김현이 돌아와 취씨를 내치고 소현성에게 부탁하여 형을 사면하게 함.
⑤ 소문에서 소수빙을 돌려보내지 않자, 김현이 왕모를 모시고 소문에서 기거함.
⑥ 김현이 형 김환과 떨어져 사는 것을 슬퍼함.

소씨가문에서는 소수빙·김현 부부를 시가에 돌려보내지 않는다. 이는 친정인 소씨가문에서 출가한 소수빙 부부를 사랑하기 때문이며, 특히 김씨가문에 도덕성에 어긋나는 일이 벌어져서 그런 가문에 딸 부부를 둘 수 없었기 때문이라는 점에서 나름대로 타당성을 확보한다. 그러나 김씨가문의 문제가 해결된 후에 딸과 사위를 시가로 돌려보내는 것이 마땅한데도, 더욱이 사위인 김현이 형과 떨어져 사는 것을 슬퍼하는데도 돌려보내지 않은 것은 문제가 있다. 출가한 딸을 사랑하여 친정에 머물게 한 것은 김씨가문을 능가하는 소씨가문의 위세를 보여준다. (비록 부정적인 쪽으로 그려내지는 않았지만.)

이러한 설정은 소현성이 석숙란을 오해하여 석숙란을 내치고 장인 석참정과 옹서갈등을 보이기까지 했다가 그 오해가 풀린 후에는 석숙란을 친정에 머물게 하지 않고 시가로 돌아오게 하는 설정과는 대조적이다.[17] 이 경우에도 석씨가문에 비해 소씨가문의 영향력과 위세가 컸기 때문으로 볼 수 있다. 딸의 경우와 며느리의 경우에서 공히 명문벌열인 소씨가문의 위세가 사돈 가문에까지 미쳤거니와, 이는 '사돈관계에 있는 두 가문에서 벌열이 우위인 사회적 위계'를 보여준다.

소수아(화주은 필녀) 또한 그런 모습을 보여준다. 소수아는 정화의 처로서 집안의 권세를 믿고 방자하게 남편을 대하는 것으로 형상화된다. 이 경우는 소씨가문의 딸이 투기와 실덕失德을 보이는 경우여서 주목할 만하다.

① 소수아·정화가 혼인함. 정화가 풍류를 멀리 하나 수아에게 휘둘림.
② 정화에게 미첩美妾이 있다는 장난말을 듣고 수아와 화주은이 정화를 다그침.
③ 소현성이 수아를 꾸짖고 정화의 고향으로 내려 보냄.
④ 설규가 베푼 잔치에서 정화가 창녀 옥섬과 춤추며 가사를 지어줌.
⑤ 수아가 듣고 정화와 부부싸움을 벌이고 굶어 죽으려 함. 정화가 애걸함.
⑥ 정화·설규가 귀경하고 소현성이 딸 수아의 투기를 잡지 못함.

정화는 소수아 한 여성만을 아내로 맞이하고 풍류를 가까이하지 않지만, 항상 소수아의 투기에 의해 휘둘린다. 앞의 소월영과 소수빙, 두 여성의 경우에는 다른 여성의 투기와 모략으로 소씨가문의 딸들이 피해를 본 경우라면, 소수아의 경우에는 그 반대로 소씨가문의 딸이 투기를 부려 남편을 괴롭힌 경우이다. 그런데 소씨가문에 들어온 다른 가문의 여성들, 예컨대 화주은, 여부인, 명현공주, 정씨 등은 징치懲治를 당했음에도 그러한 성향을 보인 소수아는 그에 상응하는 정도로 징치되지 않는다. 소수아는 친정아버지 소현성의 꾸짖음을

---

17 ① 석숙란, 여부인의 모함으로 친정으로 쫓겨남. ② 소현성이 석숙란 소생의 혈통을 의심함. ③ 여부인의 악행이 들통나 소현성이 석숙란을 데려오려 하나 석부에서 거절함. ④ 팔왕이 사위와 장인을 화해하도록 하기 위해 술을 먹임. ⑤ 소현성이 발병하여 석숙란을 청하나 석부에서 거절함. ⑥ 석숙란이 자진하여 소부로 돌아와 소현성을 간호함.

당할 뿐이고, 그렇다고 소수아 본인이 투기심을 버리고 온순한 여성으로 변하는 것도 아니다. 소수아의 경우에는, 온순한 여성으로 변한 소월영, 소수빙과 달리, 친정 쪽의 타이름에도 자신의 행태를 바꾸지 않는 것으로 형상화되어 있다는 점에서 새롭다.

요컨대 부부갈등이 사위 가문 쪽으로 확대되기도 하는데 그때 친정인 소씨 가문에서 딸의 잘못을 바로잡는 온당한 모습을 보이기도 하지만, 사위나 사위 가문의 잘못을 지적하고 출가한 딸을 옹호할 뿐 아니라 버릇없는 딸을 그대로 용인하는 모습을 보이기도 한다.

이로 보건대 〈소현성록〉은 부부갈등을 풀어가는 방식에서 이중성을 보인다고 할 수 있다. 비슷한 수준의 잘못을 저질렀어도 며느리의 경우에는 징계가 따르지만, 딸의 경우에는 며느리에 상응하는 정도의 처벌을 가하지 않는다. 심지어 투기하는 딸이 온순하게 변하지 않아도 용인하는 태도를 보인다. 그러한 이중성은 다른 가문에 비해 우위에 있는 소씨가문의 높은 위상을 보여주는 것이면서도 벌열의 자기 가문 중심적 성향을 보여준다고 할 것이다.

3.3. 기타 문제들

한편 여성의 실덕失德 및 투기와 관련하여 창기와 유희를 즐기는 남성의 풍류 문제가 일정 부분 형상화되어 있다. 소현성은 15세 때 명창 4인(육낭, 홍선, 경홍, 선낭)과 즐긴다. 병부대사마 소운성은 교방의 명기 수십 인을 불러 운희, 운현, 운몽 등 여러 형제들과 창기를 데리고 놀았으며, 또한 청주자사가 명창 10인을 보내자 5창은 자신 곁에 두어 즐기고 다른 5창은 형제들에게 넘겼다. 소운명은 제1부인 임씨가 박색이어서 창녀 4,5인을 총애하고 창첩娼妾 2인을 맞이했다. 또한 소현성의 문하생 출신인 예부상서 조명은 만조백관 중에 미첩을 둔 자들을 모아 잔치를 베풀고 미색을 겨루었다. 이처럼 풍류는 소현성(1대),

소운성·운명(2대)에 의해 대를 이어 수용되며, 또한 다른 가문에서도 일상적인 모습을 보인다.[18]

그런데 양태부인에 의해서, 그후에는 소현성에 의해서, 기녀를 동반하는 풍류는 배척되며, 소현성의 주장에 따라 전국의 창루娼樓 혁파가 단행된다. 소씨 가문에서 기녀를 동반하는 풍류를 금지했던 것은 가성家聲이 더럽혀질 것, 즉 벌열가문의 명성이 훼손될 것을 염려했기 때문이다.[19] 이는 가모권을 지닌 양태부인에 의해 그후에는 가부장권을 지닌 소현성에 의해 소씨가문이 벌열로서 도덕적 우월성을 갖추게 되었음을 의미한다.

한편 문하생 문제가 형상화되어 있다. 소현성이 제가齊家를 잘한다는 소문이 나서 25인이 문하생으로 들어오는데 나중에는 문하생이 100여 명으로 늘어난다. 그의 제자로 제1 문언박, 제2 범중엄, 제3 공조부, 제4 영공 여종 설규 정화 김현 조명 성사건 등이 거론된다. 조명은 앞서 언급했다시피 풍류생활에 빠졌다가 소현성의 훈계를 받은 인물이다. 또한 소현성은 문언박과 범중엄에게 형제 우애와 제가를 달성할 수 있는 방안에 대해 답변하기도 한다. 이들 중에서 설규, 정화, 김현 등은 소현성과 혼맥을 형성하는 당사자들이다. 이처럼 이들 문하생들은 소현성의 가르침을 받으면서 한편으로 소씨가문의 사위가 되는바, 이는 소씨가문이 벌열로서의 위상을 드높이는 데 또다른 요소가 된다.

그밖에 승상 위의성(소현성의 부친 소담의 친구) 가문의 문제에 소현성과 구준(구래공)이 개입하는 것으로 되어 있다.

---

18 이러한 것은 17세기 이후 조선 후기의 일상적인 풍속의 하나였다.(조광국, 『기녀담 기녀등장 소설 연구』, 월인, 2000, 145~146쪽)

19 네 쇼임은 즁ᄒᆞ고 나이 졈으니 맛당히 슉야의 우려ᄒᆞ여 쳥념ᄒᆞ기ᄅᆞᆯ 쥬ᄒᆞ고 급훈 셩을 니지 말고 옥수ᄅᆞᆯ 결ᄒᆞ미 공졍ᄒᆞ며 쳥쵹을 듯지 말고 의지 업손 스룸을 보호ᄒᆞ고 풍뉴쥬육을 베프지 말나 만일 가르치믈 역ᄒᆞ여 창기ᄅᆞᆯ 모ᄒᆞ고 잡뉴ᄅᆞᆯ ᄉᆚ괴여 어즈러이 실쳬ᄒᆞ여 가셩을 더러일진디 니 눈의 뵈지 말나(권14)

① 위의성의 정실 강씨가 2남 1녀를 낳고 별세, 방씨를 계실로 들임.

② 위의성이 아들 유양 형제를 구준에게 의탁하고 딸 선화를 소운경과 혼약한 뒤 병사함.

③ 방씨가 전실자식의 대종大宗을 끊고 재산을 차지하려고 모해함.

④ 소현성·구준이 유양 형제를 보호함. 3년 후 소운경과 위선화가 혼인함.

⑤ 방씨가 친아들 위유홍의 만류에도 전실자식을 해치려다가 병사함.

⑥ 위유양(승상 구준의 사위), 위유희(한공의 사위), 위유홍(형장 양익의 사위) 3형제가 각각 승상, 상서복야, 형부시랑에 올라 위부가 중흥함.

가부장 위의성의 사후에 위씨가문은 계후문제와 재산상속 문제가 발생하여 위기에 처한다. 이에 그와 친분이 있는 소현성과 구준이 이들 가문 문제에 적극 개입하고, 그 과정에서 소부·위부·구부 사이에 삼각혼 형태의 결연을 이루어냄으로써 결국에는 위문을 중흥하게 한다. 앞에서 거론한 문하생 관계와 여러 가문간의 결연 등은 벌열의 세계를 형상화한 것이라 할 수 있다.[20]

소씨가문은 여러 문제의 극복을 통하여 벌열로서의 안착과 번영을 이루고, 2대 소운성이 형수 형씨·위씨를 모시고 가문을 이끌어가면서 부귀영화를 누리는 도중에 한 차례 더 문제가 발생한다. 7남과 그후손들이 따로 거주하려 함으로써 일문이 공간적으로 그리고 정서적으로 나뉠 위기에 봉착하는 것이다. 그때 소운성이 승상 소현성의 유서를 되새기고 백마의 피를 마시면서 형제간의 화목한 삶을 맹세함으로써 문제를 해결한다. 이처럼 벌열로서 소씨가문의 강한 결속력이 부연되기도 한다.

---

20 〈소현성록〉의 독자 중에는 서인(특히 노론)의 가문이 있는데, 그들은 문하생 관계와 혼인관계를 맺어 친밀한 사이를 형성하고 있었음을 참고할 만하다.

4. 마무리

〈소현성록〉은 벌열의 세계를 펼쳐내고 벌열의식을 드러내는 대소설의 일반적인 장르적 성향을 보여준다. 처음부터 주인공 가문이 벌열로 설정되어 있고 마지막까지 벌열로 지속되는 모습을 보여주며, 그에 걸맞는 벌열의식을 드러낸다.

세부적으로 부부갈등을 서사의 중심축으로 삼고, 그 갈등을 대를 이어 반복적으로 일어나는 것으로 구성하고, 거기에 윤서훼손, 국혼 문제, 여성의 애욕 문제, 문객·시비의 악행 등을 결부하여, 벌열의 위기와 그 극복 과정을 펼쳐냈다. 그에 곁들여 창기와의 유희를 수반하는 풍류의 배척과 창루 혁파를 통해 가문의 도덕적 우월성을 확보하고, 100여 명의 문하생을 거느림으로써 가문의 명성을 높이고, 친구 집안의 적장자를 옹립하고 그를 사위로 맞이함으로써 종법 체제를 지향하는 모습을 설정했다. 그 일련의 과정은 소씨가문이 명문 벌열로 거듭나는 과정에 해당한다.

한편으로 부부갈등을 사위와 딸 쪽으로 확대했는데 며느리의 경우에는 징계가 따르지만, 딸의 경우에는 며느리에 상응하는 정도의 처벌을 가하지 않는 태도를 노출했다. 그러한 이중성은 다른 가문에 비해 우위에 있는 소씨가문의 높은 위상을 보여주는 것이면서도 벌열의 자기 가문 중심적 성향을 보여준다고 할 것이다.

II. 〈소문록〉: 한문 출신 정실의 벌열 정착

1. 문제 제기

〈소문록〉은 현재까지는 서울대 규장각 소장본이 유일본이다.[1] 일찍이 이 작품이 개괄적 수준에서 소개된 적은 있으나,[2] 아직까지 후속 연구는 부진한 편이다.

이승복 교수가 가정소설과 가문소설을 논의하는 자리에서 처첩갈등에 초점을 맞추어 비교적 구체적으로 다룬 적이 있는데,[3] 이 연구는 처첩갈등의 구조와 의미를 해명하는 유형론 차원의 것이었던 탓에 작품의 개별적인 특성을 짚어내는 데에는 일정한 한계를 안고 있다.

여기에서는 개별 작품론으로 방향을 틀되, 벌열의 세계와 관련지어 그 특성을 살펴보고자 한다.

2. 〈소문록〉에 구현된 벌열의 세계

---

* 「작품구조 및 향유층의 측면에서 본 〈소문록〉의 벌열적 성향」(『국문학연구』6, 국문학회, 2001, 193~225쪽)의 제목과 내용 일부를 수정했음.
1 〈소문록〉(규장각 14권14책)(『필사본고전소설전집』 12~13, 아세아문화사, 1982)
2 김기동, 『한국고전소설연구』, 교학연구소, 1983.
3 이승복, 『고전소설과 가문의식』, 월인, 2000.

2.1. 벌열의 양상

〈소문록〉은 제명처럼 소씨가문의 이야기를 통하여 벌열의 모습을 구현한다. 제1부에서 제시한 ①~⑧의 항목에 따라[4] 차례대로 살펴보면 다음과 같다.

① 이야기가 1대 소연에 그치지 않고 2대 소현, 3대 환홍·차홍 형제로 이어지면서 소씨가문의 이야기를 담아낸다. 〈소현성록〉〈성현공숙렬기〉〈쌍천기봉〉 등에서 2대, 3대의 이야기가 모두 비중 있게 다루어지는 것과는 달리 〈소문록〉에서는 2대 소현을 중심으로 이야기가 펼쳐진다. (〈소문록〉에서 1대가 작품 서두부터 결말까지 지속적으로 개입하며 3대 환홍·차홍 형제 이야기도 일정하게 다루어지지만, 그 내용은 부수적으로 간략하게 다루어진다.)

② 소씨가문은 대대로 '교목세가喬木世家', '백년구족百年九族', '잠영명벌簪纓名閥'이다. 그에 걸맞게 가부장 소연도 현직 승상이며, 장남 소광은 병부상서, 차남 소증은 예부시중, 3자 소현은 상서·승상·평남후, 4자 소윤은 이부시랑, 5자 소양은 간의태우의 고위 관직에 오른다. 3자 소현의 큰아들 환홍은 부마로 간택되고 차남 차홍은 평남대장군·서정후에 봉해진다. 이처럼 소씨가문은 벌열로 설정된다.

③ 소씨가문은 대체로 벌열가의 딸들을 며느리로 들인다. 1대 소연의 제1부인 정씨는 정부마와 공주 사이에 난 딸이며, 소연과 정씨 사이에 난 5자 1녀는 모두 명문거족과 혼사를 맺는다. 그중 주인공인 3남 소현의 처들 중 조씨의 부친은 승상이고 양씨의 부친은 참정이다. 이러한 벌열간의 혼사는 국혼과 함께 벌열로서의 소씨가문의 지속과 확대에 기여한다.

---

4 "제1부 일반론"의 "II. 대소설의 외연" 참조.

④ 소씨가문은 국혼을 맺는다. 2대 소현과 장씨·조씨·양씨와의 결합은 국혼은 아니지만 황실과 관련된 혼맥을 형성한다. 장씨는 황제의 외생녀로서 옥선군주이고, 조씨는 조황후의 내질로서 궁중에서 자랐으며, 양씨는 양귀비의 질녀인데, 이들 모두 황제의 사혼으로 소현의 처가 된다. 3대 환홍이 유황후의 딸인 옥성공주와 결혼하여 부마가 됨으로써 국혼의 모습을 보인다. 이로써 소씨가문은 벌열로 지속되고, 황제는 황실의 안정을 이룬다.

⑤ 소씨가문 구성원 중에서 다처 혹은 축첩의 양상이 나타난다. 이러한 양상은 1대에서 2대로 이어진다. 1대 소연은 3부인(정씨·유씨·원씨)과 3기첩(취선·태진·월중매)을 둔다. 2대의 소현은 4부인(윤혜영·조씨·최씨·양씨)을 두고 황제가 준 명기 녹양(녹앵)을 첩으로 맞이하며, 또한 가월, 옥영과 더불어 환락하기도 한다. 다처·축첩은 벌열의 일상 풍속을 보여주는 것은 물론이고 벌열의 경제력과 사회적 지위를 보여준다.

⑥ 소현(2대)과 차홍(3대) 부자가 함께 출전하여 전공을 세운다. 여타 대소설과 마찬가지로 전쟁담은 개인의 차원보다 한 차원 높은 가문의 차원에서 내외 문제를 해결하고 동시에 벌열의 국가 기여도를 강화하는 계기가 된다.

⑦ 1대 가부장 소연이 노환老患에서 회복하자, 자식들이 기뻐하며 소연의 장수를 위하여 큰 잔치를 벌인다. 그때 황제가 상방진찬과 교방어악을 내려 양로연養老宴을 베푼다. 승상 소연과 정부인 부부가 90세를 누리고 별세하고, 2대 소현의 처인 윤씨도 칠순을 넘기고 별세하는데, 황제가 이들의 충의와 덕도를 기리며 화려한 장례를 치르도록 한다.

⑧ 소씨가문이 벌열로 존속하지 못할 위기에 처하게 되지만, 그 위기를 극복하고 벌열의 위상을 공고히 한다. 이에 대해서는 "작품구조: 가장, 정실, 제2부인의 삼각갈등" 항에서 상세히 다루기로 한다.

2.2. 벌열의식

이제 이 작품에 구현된 벌열의식에 대해 살펴보고자 한다. 이상택 교수가 언급했던 "상층 벌열의 의식"[5] 즉 벌열의식이 〈소문록〉에서도 확인된다.

ⓐ 소씨가문은 부귀와 영달을 한껏 누리는 것으로 되어 있다. 서술자의 말을 빌리자면, 소씨가문은 '소승상이 묘당에 큰 권을 잡고 모든 아들이 청운에 나열하여 임군이 중히 여기고 백료가 공경하니 부귀 혁혁하며…당시 소가에 미칠 이가 없'는(권4) 풍족한 삶을 누린다.

ⓑ 송나라 진종황제 시절 소씨가문은 소연(1대)·소현(2대) 부자의 충성이 돈독하여 임금의 총애를 받는다. 또한 소현(2대)·차흥(3대) 부자도 남만의 침입을 물리쳐 송나라 및 황실 존립의 충신이 된다.

ⓒ 조씨와 유보모는 윤혜영을 안궁으로 내친 다음 굶어 죽게 했지만 윤혜영은 인삼·영지초·감천수를 먹고 위기를 모면하고, 마침내 부귀영화를 누린다. 그러한 삶은 이미 하늘의 뜻에 따라 전생으로부터 선험적으로 예정되어 있다. 윤혜영의 부귀 영화는 개인적 차원에서 소씨가문의 차원으로 나아가거니와, 그에 상응하여 소씨가문의 벌열 지속 또한 하늘의 뜻에 따라 선험적으로 예정되어 있다고 할 수 있다.

ⓓ 1대 소연은 황제에 의해 궁지에 몰리게 된 며느리 윤혜영의 억울함을 알고 있으나 충성을 앞세워 며느리 문제에 직접 개입하지 않고 조망하는 모습을 보인다. 윤혜영 또한 눈앞에 고난이 닥쳤어도 충효를 내세워 감내한다. 윤혜영의 도덕적인 규범을 준행하는 삶은 남편 소현과 다른 세 부인들을 감화시키고, 그로 인하여 가정과 가문은 화락和樂을 이룬다. 또한 3대 환흥·차흥의 충효로 인하여 국가의 안녕이 유지되며

---

5 이 책의 37쪽 참조.

그에 따른 소씨가문의 벌열의 위상은 유지된다.

ⓜ 소현과 윤혜영은 혼인 이후 부부간의 갈등을 보이는데, 그것은 어려서 결혼한 탓에 서로 부부관계를 잘 몰라서였다. 10년 동안의 별거생활을 하지만 그것은 하늘의 뜻이었으며, 별거생활을 마치고 온전한 부부 결합을 이룰 수 있었던 것 또한 하늘의 뜻이었다.

ⓗ 소현과 윤혜영의 부부 사이를 이간질한 유보모의 행위는 천의 및 천리에 맞지 않은 행위여서 그녀는 등창이 나서 죽게 된다. 그러나 윤혜영의 경우 투기심을 보이지 않고 덕행을 행했기에 결국 잃었던 정실자리를 회복하게 된다. 이러한 서사세계의 모습은, '무릇 세상 사람의 사오나온 마음을 버리고 어진 것을 기를 뜻을 맹동하고 흥망을 비춰는 거울을 삼기를 위하여' 〈소문록〉을 지었다는, 작품 말미의 작가의 언급과 호응을 이룬다.

ⓢ 〈소문록〉에서 소현 일가는 왕후장상으로 상층 귀족인 벌열이다. 여타의 대소설과는 달리 〈소문록〉에는 이들 벌열 구성원들이 하늘에서 나왔고 현세에서의 삶이 끝나면 하늘로 복귀한다는 것이 직접 기술되어 있지는 않지만, 소씨가문이 벌열이라는 일종의 선민의식이 작품세계를 관통한다.

이상, 〈소문록〉에는 벌열의 세계가 드러나 있으며 그에 상응하는 벌열의식이 내포되어 있음을 살펴보았다.

3. 작품구조: 가장, 정실, 제2부인의 삼각갈등

다음으로 이 작품의 개별적 특성을 알아볼 차례인데, 그 일환으로 작품세계에서 펼쳐지는 벌열의 내외적 위기와 그 위기의 해소 과정에 주목하기로 한다.

〈소문록〉은 주로 소현과 두 명의 처妻가 벌어지는 갈등에 초점을 맞추어 소씨가문의 위기를 드러낸다. 그러한 문제는 소현·조씨의 부부갈등, 소현·윤혜영의 부부갈등, 윤혜영·조씨의 처처갈등이 병행·교차하는 삼각갈등을 통하여 구현된다.

3.1. 소현·조씨의 부부갈등

소현·조씨의 부부갈등은 소현의 풍류행각 및 다처제·축첩제에 대한 조씨의 반감에서 비롯된다. 이들 부부의 갈등을 순차적으로 제시하면 다음과 같다.

① 윤혜영과 사이가 좋지 않던 소현이 가월·옥영과 환락함.
② 한림학사 소현, 황제의 사혼으로 장씨와 혼인함.
③ 황제의 사혼으로 소현이 조씨(제3부인)와 혼인함.
④ 상서 소현, 조씨에게 시비 옥영을 취하려는 의도를 표명함.
⑤ 소현, 미모의 최소저에게 반하여 처로 맞이함.
⑥ 소현이 황제와의 바둑내기에서 이겨 미녀 양씨를 처로 들임.
⑦ 황제가 내려준 명기 녹양(녹앵)을 첩으로 삼음.
⑧ 윤혜영과 소현의 화목 이후 조씨와 소현은 부부싸움을 벌임.
⑨ 윤혜영의 아들 환홍으로 종통을 잇게 하여 조씨의 분노를 삼.

소현이 이처럼 여러 처첩을 거느린 것은 그의 풍류관에서 기인한다. 남자라면 '호탕번화'한 풍류남아여야 하며, 대장부라면 여러 처첩을 두는 것이 마땅하다는 게 그의 지론이었다. 이런 풍류관은 그가 처첩을 얻을 때나, 윤혜영을 만나 대화할 때, 조씨와 다툼을 벌일 때 그리고 평소 형제들과 대화할 때와 형제들이 소현의 풍류행각을 언급할 때 빈번하게 확인된다.

이러한 소현의 풍류행각 및 다처·축첩 행위에 대해 제3부인인 조씨가 노골적인 거부감을 표출한다. 소현이 미모의 최소저를 부실로 맞이했을 때, 소현이 윤혜영을 찾았을 때, 소현이 양씨를 부실로 맞이했을 때, 임금이 준 명기 녹양(녹앵)을 첩으로 삼았을 때, 그때마다 조씨는 노기를 띠고 소현의 무신無信을 들먹이며 심한 부부싸움을 벌였다. 심지어 조씨는 남편의 면전에서 "최녀로 더불어 인연이 길할까 즐겨 말라 첩이 부디 이 요물이 못 살도록 희짓고 죽어 모진 혼백이 되어 최녀의 고기를 먹으리라"며 최씨를 저주하기도 했다.

물론 이러한 조씨의 행위는 그녀의 투기심에서 비롯된 것이지만, 한편으로 가장의 풍류 생활과 다처제·축첩제를 비판하는 의미를 띤다는 점에서 주목을 끈다. 조씨의 이러한 비판적 태도는 최씨와의 갈등과 논쟁에서 구체화된다.

조씨는, 자신이 남편 소현이 방탕한 사람인 줄 모르고 결혼했지만 최씨는 그것을 알면서도 결혼했으니 최씨가 어리석다고 비난한 데 이어, 최씨가 옹호하는 다처제·축첩제를 비판하는 데까지 나아갔다. 조씨는 두 여자가 한 남자를 섬기며 투기심을 보이지 않은 이비二妃: 아황과 여영. 요임금의 두 딸로서 한 지아비인 순임금을 섬겼음는 만년에 한 번 나올 법한 여성들일뿐, 현실적으로는 존재하기 어려운 사람들이라고 말함으로써, 다처제·축첩제가 실제 여성들의 감정이나 생각과는 동떨어진 것이라는 견해를 펼쳤다. 이어서 조씨는 최씨도 소현의 풍류행각 때문에 결국에는 섭섭한 처지에 빠지고 말 것이라고 힐난했다.

가장의 풍류 생활과 다처제로 인해 고통을 당하는 조씨의 모습은 다음과 같이 극명하게 제시된다.

> 됴시 발연 노왈 상공이 스스로 무음 져번리믈 잇고 첩을 핍박ᄒᆞ여 말이 비록
> 언연ᄒᆞ나 일이 엇지 항복되미 이시리오 툐툐ᄒᆞᆫ 길이 막혀 냥지음용이 그쳐지
> 고 편양지셕의 위틱ᄒᆞᆷ믈 당ᄒᆞ니 연약ᄒᆞᆫ 심졍이 촌//이 그쳐져 다만 젼 언약을
> 싱각ᄒᆞ야 스라 히로홀 졍이 막히나 죽어 동혈ᄒᆞᄂᆞᆫ 원을 긔약ᄒᆞ야 몽혼이 경//

혈뉘 소상듸의 쓰릴너니 … 첩이 비록 불민ᄒ나 흔흡지 아니리오 츈취 격년토록 흔번 무르미 업셧다가 오날날 무슴 ᄇᆞ람으로 이곳의 이르러 식로이 조롱ᄒ야 심ᄉ를 도도ᄂᆞ뇨 보건듸 놀ᄂᆞ오니 아니오미 영화로다 (권13)

위의 내용은, 조씨가 윤혜영으로부터 빼앗은 정실자리를 놓치고 다시 제2처의 처지로 떨어져 남편의 사랑을 받지 못했을 때에, 조씨가 당하는 심적 고통을 상세하게 담아내고 있다. 조씨가 예견한 대로 최씨도 훗날 이러한 고통을 겪게 된다. 이러한 고통을 정확하게 꿰뚫고 있었기에 조씨는 윤혜영과 갈등을 일으키고 남편과 부부갈등을 일으켰던 것이다.

이러한 조씨가 취한 일련의 행위는 가장의 풍류 생활과 다처제·축첩제가 얽혀 있는 가부장제에 대한 비판의 의미를 지닌다. 일차적으로 조씨의 행태는 일부일처제의 가정을 지향하는 것으로 부각된다. 조씨는 정실 윤혜영을 내치고 정실자리를 차지한 후, 제2부인 장씨마저 병사하자 득의양양해 했는데, 조씨가 '한 남편에 한 아내'가 될 수 있어서였다. 그러나 그것도 잠시, 최씨가 남편의 후처로 들어오자 조씨는 남편과 부부갈등을 일으키고, 최씨와 처처갈등을 일으키는데, '한 남편에 한 아내'의 꿈이 한순간에 물거품이 되었기 때문이다.

그런데 고려해야 할 게 있다. 남성 쪽에서 일부일처를 지향하는 것과 여성 쪽에서 일부일처를 지향하는 것을 구분해야 한다는 것이다. 남성 쪽에서는 당사자의 자유의지에 따라 일부일처와 일부다처 중에서 어떤 것을 선택해도 문제가 되지 않는다. 1대 소연은 3처(정씨, 유씨, 원씨)와 3첩(취선, 태진, 월중매)을 거느렸으며, 2대 소현도 여러 처첩을 들였다. 그러한 다처 및 축첩의 행태는 대를 이어 반복된다. 소현의 처첩 획득은 황제의 주도로 이루어진 것이거니와 가문을 넘어서 사회적으로 일부다처가 용인되는 모습을 보여준다. (2대에서 소현을 제외한 4형제는 각각 한 명의 처 외에는 다른 처첩을 들이지 않는데 이는 개인적 성향에 따른 선택에 해당한다.)

그러나 여성 쪽에서 일부일처를 주장하는 경우에는 사정이 다르다. 그것은 가부장제, 나아가 벌열가문의 체제에 위배되는 것으로 받아들여진다. 다처제와 축첩제를 수용하는 윤혜영·최씨·양씨는 긍정적으로 그려지지만, '한 남편에 한 아내'를 소망하여 소현과 부부갈등을 일으키는 조씨가 부정적인 인물로 형상화되는 것은 그 때문이다.

조씨가 비록 부정적으로 형상화되지만, 그녀는 한편으로 벌열의 풍류행각 및 축첩제로 인해 심하게 고통을 당하는 벌열 규방의 의식을 일정하게 대변한다. 그러나 남성 중심의 가부장제적 틀에서 보았을 때, 조씨는 벌열 출신으로서 벌열의 질서를 깨뜨리는 모순적인 존재여서 부정적으로 형상화될 수밖에 없다. 이러한 벌열 내부의 개연성이 있는 문제를 형상화하되, 조씨의 투기와 일부일처 지향 행위를 부정적인 것으로 보고, 그러한 여성에게 교훈을 제공함으로써 벌열의 지속성을 확보하고자 하는 것, 이것이 〈소문록〉에 들어 있는 작가의식의 한 축이라 할 수 있다. (물론 여성의 생각을 전혀 반영하지 않은 것은 아니다. 다음 항 참조.)

3.2. 윤혜영·소현의 부부갈등

한편 〈소문록〉에서 또 하나의 부부갈등을 찾을 수 있는데, 그것은 윤혜영·소현의 부부갈등이다. 이 갈등은 부부가 화목을 이루기 전과 후, 두 국면으로 나뉘어 설정된다.

먼저 윤혜영과 소현이 결혼한 후 화합하지 못하고 갈등을 일으키는 국면을 순차적으로 나열하면 다음과 같다.

① 소현과 윤혜영이 혼인, 윤혜영에게 은애恩愛를 베풀지 않음.
② 윤혜영, 외로움과 한이 깊어가고 소현을 냉대함.
③ 소현이 윤혜영이 아버지의 가르침을 받지 못했다며 책망함.

④ 윤혜영이 다른 여인을 처로 맞이하라고 대꾸함.

⑤ 황제의 사혼으로 소현이 조씨를 제3부인으로 맞이함.

⑥ 윤혜영은 주위 부인들에게 소현과 연분을 끊었다고 천명함.

⑦ 윤혜영은 소현이 제3부인 조씨에 의해 병이 든 가홍을 돌아보지 않는 것을 보고 실망함.

⑧ 부모의 권유로 소현과 윤혜영이 합방하지만 서로 냉담하게 하루밤을 보냄.

소현이 윤혜영과 혼인한 후에 아내를 거들떠보지도 않은 채 외당 일에만 힘쓰자, 윤혜영은 한이 깊어져 마침내 남편을 냉대하는 상태에 이른다. 이에 소현은 다른 여성들을 처첩으로 맞아들이면서 윤혜영과 화락하지 못하는 괴로움에서 벗어날 수 있었지만 윤혜영은 그럴 수 없었다.

남편의 은애恩愛를 받지 못하는 윤혜영은 "고요한 경점의 적막 긴 시름이 마음의 중중하니 빙혼이 바아지며 옥골이 초췌"할(권1) 정도로 심리적 고독과 고통을 감수해야 했다. 이에 윤혜영은 부부 인연이 잘못 맺어졌음을 토로하고, 홀로 늙어 죽기로 결심하고 "임의 소씨로 연분을 그친지 오랜지라."며 부부관계를 끊겠다는 생각을 주변에 알렸다.

훗날 조씨와 유보모의 간악한 공모와 악행이 밝혀짐으로써 소현과 윤혜영의 사이가 좋아지게 되지만, 윤혜영은 일찍이 소현에 의해 입었던 마음의 상처가 아물지는 않았다. 소현이 윤혜영의 비위를 맞추고, 유보모를 철공의 첩이 되게 하여 내보내고, 윤시랑(장인)의 사당을 지어주는 등 윤혜영의 마음을 돌리려고 애쓰지만, 그때마다 그녀는 소현의 과오를 들추어낼 뿐이었다.

이 지점에서 시기적으로 〈소문록〉 이후에 출현한 〈여와록〉에서 이런 윤혜영을 어떻게 평가했는지가 궁금하다.

윤가 여주는 가부의 박대를 혼호여 홍뉘 뉴미를 좀가 사룸의 괴로이 넉이는

긴 셜홰 평싱의 곳지 아아냐 가부로 ᄒ여곰 월쟝규벽ᄒᄂ 통신을 감심ᄒ야 몸
이 미화쟝 가온대 금초며 구〃히 별야 못거지 의롤 도모ᄒ고 향을 고쟈 부쳐의
뎨지 ᄃᆡ믈 발원ᄒ야 몸이 이단으로써 대우의 일홈을 비우ᄒ니 죄 더옥 듕ᄒ고
(규장각 소장본 <여와록>(가람古813.5-Y4), 17장 뒷면~18장 앞면)

위 인용문은 윤혜영의 행태를 비판하는 내용으로 일관한다. 윤혜영이 남편
으로부터 박대를 받았다고 해서 평생토록 남편에게 한을 품은 것, 심지어 가까
이하고자 하는 남편을 외면하고 몸을 숨기고 산 것, 불교에 의지한 것을 두고,
윤혜영에게 죄를 물었던 것이다. 그 죄로 윤혜영은 황릉묘에서 추방되는 처벌
을 받게 된다.

<여와전>에서 드러나는 윤혜영에 대한 비판적인 서술시각은 윤혜영이 왜
그러한 삶을 살고자 했는지 그 원인이 남편의 박대에 있음을 분명히 하고 있
다. 하지만 남편의 박대에 관해 윤혜영에 초점을 맞추어 그녀의 행태를 비판했
을 뿐 남편이 어떤 문제점이 있는지에 대해서는 침묵한다. 그 점에서 <여와전>
은 남성 중심의 가부장제적 시각에 치우쳐 있음을 보여준다고 할 것이다.

하지만 <소문록>에서는 시종 윤혜영에 대한 긍정적 서술시각이 견지된다.
윤혜영이 남편에게 지나칠 정도로 불평과 불만을 거듭 토로하는 것이 그려질
때도 그녀에 대한 부정적 시각은 표출되지 않는다. 윤혜영의 불평과 불만의 중
심에는 '가장이 왜 정실을 홀대하느냐'라는 시각이 자리를 잡고 있다. 정실을
홀대하는 가장에 대한 반문에는 다처제·축첩제 하에서 정실을 정실답게 대우
해야 하는 것이 가장의 책임이라는 윤혜영의 생각이 담겨 있다. 그런 윤혜영의
생각이 긍정적으로 서술되는바, 작품의 주제로 수렴되는 것으로 보인다.

다음으로 소현이 윤혜영을 사랑하게 됨으로써 어느 정도 부부화락이 이루
어진 국면을 보자. 이 국면에서 윤혜영에 대한 긍정적 서술시각이 견지되면서
소현에 대한 비판적인 시각이 부상한다. 소현에 대한 비판적인 시각은 일차적
으로 윤혜영의 태도를 통해 나타난다. 그 요체는 다처제·축첩제에서 가장이 아

내에게 취해야 할 책임은 정실뿐만 아니라 다른 처첩에게도 이행되어야 한다는 것이다.

이에 대해 상세히 살펴보고자 한다. 윤혜영이 소현과 화목을 이룬 후, 남편에게 다른 부실들에게도 은애를 베풀라고 권하지만, 이미 조씨에게서 정이 떠난 소현은 윤혜영의 권고를 받아들이지 않음으로써 소현과 윤혜영의 갈등이 되풀이된다.

남편이 자신에 대한 오해를 푼 것은 좋지만, 윤혜영이 문제삼은 것은, 남편이 조씨, 최씨, 양씨 등 다른 처와 부실들을 냉대하는 것이었다. 윤혜영은 지난날 자신이 감당해야 했던 한스러움과 외로움을 이제는 다른 처들이 겪게 되었다는 것을 문제삼은 것이다. 윤혜영이 보기에 소현은 예나 지금이나 변함없이 여러 처와 부실들을 놓고 사랑의 대상과 냉대의 대상을 가르는 옳지 않은 태도를 취할 뿐이었다.

이에 윤혜영은 대장부의 도량과 군자의 신의를 들먹이며 남편의 단점을 지적하기에 이른다.

> 상공의 쳐신인들 뒤장부의 아녀즈를 다 편히 거느리미 남즈의 도량이오 션휘 혼갈가타미 군즈의 신의여눌 후박이 현졀ᄒ미 슈미 젼도ᄒ여 ᄋ녀의 일편된 의ᄉ와 다르지 아니니 규중 어두온 소견이도 깁히 우민ᄒ미 일심의 누누ᄒ여 상공을 권유터니 쳡의 졍셩이 감동치 못ᄒ던지 ᄉ람이 미ᄒ니 취신을 못ᄒ던지 ᄆ츰ᄂ 유익ᄒ미 업ᄉ니 (권14)

윤혜영은 소현에게 여러 처첩들을 고루 편하게 거느리는 것이 남편의 도리임을 환기시킨다. 소현은 이러한 윤혜영의 지적을 받아들여 조씨, 최씨, 양씨에게 번갈아가며 이틀씩 묵는 등 여러 처들과 원만한 부부관계를 맺기에 이르고, 이로써 부부갈등은 물론이고 그동안 지속되던 처처갈등까지 해소된다.

윤혜영에 의해 거론된 부부갈등은 다처제·축첩제 사회에서 벌열의 가문 내적 갈등이라는 점에서 좀더 주의깊게 따져 볼 게 있다. 조선 후기의 가부장제가 일률적이지는 않고 계층에 따라 다른 모습을 보였을 것인바, 벌열가문의 가부장제는 벌열가부장제라고 구별할 수 있을 만큼 가부장 혹은 가장의 권한이 극대화되었다고 할 수 있다.

그런 벌열가문에서 윤혜영은 정실의 가장에 대한 비판적인 시각을 드러내고 있거니와, 그 작품적 비중은 결코 작지 않다. 윤혜영은 벌열가문에서 가장이 여러 처첩들 중에서 어느 한 쪽을 편애하는 게 문제의 발단이고 처첩 대우에서 조화와 균형을 회복하는 것이 문제의 해결책으로 보았거니와 그렇지 못한 가장에 대해 비판적 목소리를 냈던 것이다.

벌열가문에서 가장에 대한 비판적인 목소리는 정실 윤혜영으로 그치지 않고 가문 내의 다른 사람을 통해 확대되기도 한다. 시부모도 조씨·유보모의 모함으로 윤혜영이 고난당한 것을 두고, 윤혜영의 잘못이 아니라고 보았다. 그리고 아들 소현을 향해 "흉인의 악얼이 아니라 너의 탓이라"고 꾸짖었던바, 시부모는 악인들의 악행보다는 가장 소현의 탓임을 강조했다.

시부모가 벌열가부장제에서 가장보다 우위에 있는 가부장 부부라는 점에서 그 의미를 결코 간과할 수 없다. 윤혜영이 소현의 단점을 연거푸 추궁하며 불평을 늘어놓아도 부정적으로 그려지지 않고 시종 긍정적으로 형상화될 수 있었던 것은 그 때문이다. 이처럼 다처제·축첩제에서 가장에 대한 윤혜영의 비판은 시부모의 가장에 대한 비판에까지 맞닿는 양상을 보여준다.

요컨대 〈소문록〉은 소현과 윤혜영의 부부갈등을 놓고 볼 때 그 책임이 정실보다는 가장에게 있다는, 가장에 대한 비판적인 시각을 드러내되 가장을 바로잡음으로써 벌열가문의 안정이 이루어질 수 있음을 보여준 작품이라 할 수 있다.

3.3. 윤혜영·조씨의 처처갈등

윤혜영·조씨의 갈등은 윤서갈등倫序葛藤을 보여준다. 조강糟糠의 자리, 즉 정실의 자리를 차지하기 위해 벌이는 윤서갈등은 작품의 초반부터 시작하여 작품 전체에 영향을 미치는 핵심적인 갈등이다. 윤혜영·조씨의 관련 상황을 순차적으로 제시하면 다음과 같다.

    ① 조씨·유보모·임선 무리가 윤혜영이 투기를 부렸다고 모함함.
    ② 조씨가 윤혜영이 절에 가서 잉태를 기원한다는 거짓말을 퍼뜨림.
    ③ 조씨가 윤혜영의 아들인 가홍을 풍상을 맞아 중병으로 죽게 함.
    ④ 조씨가 쌀 대신에 모래를 넣어 보내 윤혜영을 굶겨 죽이려 함.
    ⑤ 조씨가 요무妖巫 이유랑을 사주하여 윤혜영과 그 소생을 해치려 함.
    ⑥ 조씨가 단성공주를 동원하여 윤혜영을 내치고 상원부인에 오름.
    ⑦ 소현이 내쫓긴 윤혜영을 몰래 만나자, 조씨가 이를 방해함.
    ⑧ 윤혜영이 소현과 몰래 만나는 일을 두고 조씨와 논쟁함.
    ⑨ 부마 환홍이 모친의 억울한 일을 아뢰어 상원부인을 회복함.
    ⑩ 조씨가 윤혜영에게 감복함.

윤혜영과 조씨 사이에 벌어지는 윤서갈등은 크게 두 단계를 거친다. 하나는 윤혜영이 남편 소현과 사이가 좋지 않았을 때의 갈등이고, 다른 하나는 윤혜영이 소현의 사과를 받아들여 서로 사이가 가까워진 후의 갈등이다.

소현은 윤혜영과 결혼한 후로 사이가 좋지 않자, 조씨를 처로 맞이하여 화목한 관계를 이룬다. 그때 유보모는 조씨를 정실자리에 올려놓기 위해 온갖 계교를 짜내던 중, '조씨-유보모-임선'이 한통속이 되어 윤혜영과 소현 사이를 이간질한다(위의 ①~⑤). 조씨가 윤혜영에게 가하는 위해危害의 횟수는 많아지고 강도는 갈수록 심해진다. (이는 조씨가 정실자리에 대한 애착이 그만큼 크다는 것을 의미한다.) 결국 남편의 사랑과 보호를 받지 못하던 윤혜영은 명철보신책明哲保身策으로 조씨에게 정실자리를 미련없이 내주기에 이른다.

윤혜영과 조씨의 대립은 선과 악의 대립의 형태를 띠는데, 처음에는 조씨가 우위에 서고 윤혜영이 열세에 놓이는 양상을 보이다가 나중에는 그 처지가 반전되고, 또 다시 반전에 반전을 거듭하는 양상을 보인다. 조씨가 윤혜영을 모함하여 기선을 잡았으나, 이후에 다른 처첩을 맞이하는 소현에게 조씨가 투기를 부림으로써 부부싸움을 하고, 그 과정에서 조씨·유보모의 악행이 알려지면서 소현은 조씨를 배척하고 윤혜영을 가까이 한다. 그때 유보모가 다시 간계를 부려 황제가 윤혜영의 정실자리를 내놓게 하고, 조씨를 상원부인에 오르게 한다. 하지만 조씨 일당의 죄상이 훤히 밝혀지면서, 소현은 윤혜영만을 진정한 처로 여기게 된다. 이런 윤서훼손 문제가 '소현-윤혜영-조씨'의 삼각갈등에서 중심 갈등으로 자리를 잡는다.

부실이 정실의 자리를 넘보는 것은 조선 시대에 일어날 수 있었던 일이다.[6] 17세기 후반에 출현한 〈소현성록〉에서 처처갈등이 근본적으로는 정실과 그 이하의 부인 사이의 윤서갈등이고, 그 갈등이 3대에 걸쳐 반복적으로 구현된 것은 우연은 아니다. 이런 흐름 속에서 〈소문록〉은 벌열 가문에서 일어날 처처갈등을 윤서갈등의 차원에서 펼쳐내되, 벌열의 유지를 위해서는 윤서倫序가 훼손되어서는 안 된다는 작가의식을 담아냈다고 할 것이다.

4. 한문寒門 출신 여성의 대응책과 자긍심

앞에서 〈소문록〉의 삼각갈등에 대해 살펴보았다. 소현·조씨의 부부갈등에서

---

6 종실이나 고관대작이 정실을 홀대하고 첩실을 가까이하는 경우가 간혹 있었는데, 명종 때 명기 관홍장에게 미혹된 이천군 이수례가 그랬다.(조광국, 『기녀담 기녀등장소설연구』, 월인, 2000, 145~146쪽)

는 여성의 일부일처 의식을 드러내고, 소현·윤혜영의 부부갈등에서는 다처제·축첩제에서 그 책임을 다하지 않는 가장에 대한 정실의 비판적인 목소리가 담겨 있음을 알아보았다. 그리고 윤혜영·조씨의 처처갈등에서는 한 가정의 위계질서를 무너뜨리는 윤서훼손倫序毀損이 문제 상황으로 펼쳐졌음을 알아보았다.

이러한 삼각갈등의 세 인물 중에서 문제를 풀어가는 중심인물로 윤혜영이 설정되었다는 점에 유의할 때 윤혜영이 취한 명철보신책明哲保身策과 봉제사奉祭祀가 서사 과정에서 어떤 모습을 보이며 궁극적으로 어떠한 의미를 지니는지 상세히 살펴보지 않을 수 없다.

4.1. 명철보신책의 의미

윤혜영은 온갖 역경과 어려움을 겪으면서 소씨가문에 정착하는 주인공으로 설정된다. 그런데 그녀에게 나름대로의 약점이 있었다. 그것은 윤리·도덕이 부족하다든지 아니면 투기를 부린다는 그런 차원의 것이 아니었다. 한문寒門의 딸로서 현실적으로 벌열인 소씨가문에 내세울 만한 가문적 배경이 없었던 것이 약점이었다. 그녀는 조실부모하여 외가에 맡겨졌다가 소현의 정실인 호씨가 병사한 후에 그 뒤를 이어 계실繼室로 들어왔다. 그 때문에 윤혜영은 남편에게 홀대받았고, 윤혜영 이후에 들어온 조씨가 정실자리를 노리자 정실자리를 내주고 말았다.

반면에 조씨는 벌열가문의 출신이었다. 부친이 승상이며, 모친은 황후의 동생이다. 그런 조씨가 윤혜영이 정실자리를 빼앗기까지 처음에는 소씨가문에서 큰 물의를 일으키지만 곧 잠잠해진다. 주변 사람들이 한문 출신의 윤혜영보다는 벌열 출신의 조씨를 현실적으로 우대했기 때문이다. 단적으로 가부장 소연은 상소하여 조씨와 유보모의 간계를 밝히고자 했으나 주위의 만류로 실행하지 못하고 정실 윤혜영을 내칠 수밖에 없었다.

흥미롭게도 윤혜영과 조씨의 대립 못지않게 윤혜영과 유보모 사이의 대립이 긴장감 있게 펼쳐진다. 유보모가 정실 윤혜영을 능멸하고 깔보았는데, 그것이 가능했던 것은 그녀가 조씨를 돌보는 보모였기 때문이다. 즉 유보모의 배경에는 조씨의 벌열가문이 있었음에 반해, 윤혜영의 가문은 한문寒門에 불과했던 것이다.

남편 소현마저 처음에는 윤혜영을 사랑하지 않고 조씨를 선호하기도 했다. 그 상황에서 윤혜영이 소씨가문에서 쫓겨나지 않기 위해 "명철보신책"을 취했는데, 그것은 정실자리를 내놓는 것이었다. 그 명철보신책이라는 것은 벌열 가문에서 입지가 작았던 한문寒門 출신 여성이 취할 수밖에 없었던 현실적 선택을 의미한다. 정실자리를 내놓은 것을 명철보신책이라고 지칭하는 대목이 작품 여러 곳에서 나오는바, 이는 역설적으로 윤혜영의 취약한 처지를 거듭 보여준다.

마침내 윤혜영의 명철보신책이 실효를 거두게 된다. 그 과정은 두 단계를 거친다. 첫 단계는 조씨가 악행을 일삼다가 제 풀에 꺾이게 되고 소현이 윤혜영에 대한 오해를 풀게 되는 단계이다. 그 과정에서 소현과 윤혜영 부부는 친밀한 관계를 회복하고, 그 기간 동안에 윤혜영은 어진 성품을 인정받아 소씨 문당과 족속, 즉 소씨 문족門族에 의해 받아들여진다.[7]

그러나 윤혜영이 소씨가문에 온전하게 정착하기까지는 갈 길이 멀었다. 조씨와 유보모의 거듭되는 음모로 인해 길고 긴 시련을 겪어야만 했기 때문이다. 이 단계가 윤혜영의 명철보신책의 두 번째 단계에 해당한다. 윤혜영은 앞에 나서지 않고 숨을 죽이며 은둔생활을 선택했다. 그 과정에서 윤혜영의 시비인 취앵이 조씨·유보모의 악행을 정부인에게 알려 소현의 귀에 들어가게 했으나 오히려 상황만 더 악화될 뿐이었다. 다행스럽게도 두 아들 환홍·차홍의 현달로

---

7 이씨 모든 문당과 족속이 다토아 닐오디 어진 부인이 죄업시 츌범 되니 우리 모리 다시 종족의 돈목훈 아름다오믈 보지 못홀지라 가히 등문고을 치고져 원훈ᄂᆞ이다(권8)

윤혜영은 현실적 입지가 강화되기에 이른다. 두 아들이 상소를 올려 모친 윤혜영의 억울함을 낱낱이 파헤침으로써 윤혜영은 모든 시련을 극복하고 소씨가문에 정착하게 된다.

윤혜영이 택한 명철보신책은 권문세가 출신인 조씨가 정실자리를 빼앗는 등 많은 위해를 가하더라도 거기에 대응하지 않고 그들의 간계가 저절로 드러나게 놓아두는 것이었다. 벌열 출신의 후처 앞에서 현실적으로 존립의 어려움을 겪던 한문寒門 출신의 윤혜영은 그런 명철보신책을 선택하지 않을 수 없었고, 그 결과 벌열에 뿌리를 내릴 수 있었던 것이다.

4.2. 친정아버지에 대한 봉제사의 의미

윤혜영은 작고한 부친 윤시랑에 대한 봉제사奉祭祀를 지냈다. 이 봉제사는 딸자식의 부친에 대한 효행을 의미하기도 하고, 남편의 사랑을 받지 못하는 여성의 정신적 자위행위自慰行爲를 의미하기도 한다.

그런데 윤혜영은 그 봉제사를 고집스러울 정도로 고수하는 모습을 보인다. 즉 명철보신책 차원에서 정실자리를 내놓음으로써 자신의 처지가 악화된 상황에서는 물론이고 부부관계의 단절 상황에서도 봉제사를 고수한 것이다. 여기에는 친정가문이 우수하다는 윤혜영의 자긍심이 자리잡고 있다.

> 이 비록 흔문의 미약혼 조최로 긔타의 영귀흐미 업스나 오히려 윤가 셰디 청결혼 문회라 그딕 임의 뉵녜로 도요를 읇고 닉 쏘혼 션집히 녜훈을 심모ᄒ니 산님의 노ᄂ 종젹이 아니여놀 (권9)

윤혜영은 한문寒門 출신인 탓에 현실적으로 약세인 처지에 놓여 있음에도 불구하고 그에 아랑곳하지 않고 친정이 청결한 문호라는 자부심이 있었다. 또한 친정아버지인 윤시랑의 사당을 소씨집안 안에 짓게 하고 거기에 윤시랑의 신묘를 봉안할 정도였다. 이러한 일련의 행위는, 벌열 출신이 아니라며 윤혜영을 얕잡아보는 주위 사람들 속에서 혈통 있는 가문의 딸이라는 자긍심을 고취하고 그 혈통적 우수성을 주변에 알리기 위한 노력의 일환으로 볼 수 있다.

윤혜영이 혈통 있는 가문의 후손이라는 것은 두 아들(환흥·차흥)을 통해 재차 부각된다. 단적으로 윤씨의 두 아들이 조씨의 세 아들(몽흥·수흥·삼흥)보다 훨씬 뛰어난 인재로 설정된다. 조씨의 차남 수흥은 윤혜영의 장남 환흥에 가려서 부마로 발탁되지 못하고, 윤혜영의 차남 차흥이 과거에서 문과 장원을 할 때 조씨의 몽흥·수흥은 급제하지도 못한다. 소씨가문이 벌열로 지속되는 데 있어서 윤혜영의 두 아들이 핵심 인물로 자리를 잡는 것이다.

두 아들의 뛰어난 능력이 윤혜영의 자질과 품성에서 비롯됨은 물론이다. 소현의 처첩들은 모두 화락하게 되는데 그 화락은 처첩들의 윤혜영에 대한 공경에서 비롯된다. 훗날 가부장 소연(1대)은 주나라의 문무 성인이 태임太任과 태사太姒로부터 나온 것과 같이 소씨가문의 흥성을 이룬 환흥·차흥의 현달이 윤혜영의 인품과 덕행에서 비롯했다고 치켜세웠을 정도다. 이는 소씨가문이 벌열로 지속되는 데 있어서 윤혜영의 기여도가 매우 큼을 말해준다.

그에 그치지 않고 윤혜영과 두 아들의 우수성은 계후繼後 차원으로 확대된다. 소현은 조씨 소생인 몽흥이 장남임에도 불구하고 윤혜영 소생인 환흥을 가문의 계후자로 세웠다.

> 소휘 니어 닐오디 부인이 엇진 연고로 말이 이예 밋눈뇨 부인이 다만 정훈 위의 나아갈 분 아니라 종통을 전ᄒᆞ미 맛당이 상원부인이 장ᄌᆞ 니을 거시오 환이 장찻 부마의 ᄲᅢ혀시니 공쥬로써 위굴ᄒᆞ미 이 신하의 도리 아니라 ᄯᅩᄒᆞᆫ 환ᄋᆞ로써 승적ᄒᆞ믈 이날의 정ᄒᆞ리소이다 (권13)

윤혜영은 "정한 위" 즉 정실로 복귀하고 큰아들은 종통宗統을 승적承嫡한다.

이로써 '정실-적자'에 기반하는 종통이 확립된다.

계후 문제는 〈성현공숙렬기〉〈엄씨효문청행록〉〈유씨삼대록〉 등의 작품에서 핵심적인 문제이다. 〈성현공숙렬기〉〈엄씨효문청행록〉은 양자를 들여 적장자로 삼은 뒤 친아들을 낳았을 때 처음 세운 적장자를 '파양罷養'해야 하느냐 하지 말아야 하느냐의 문제, 즉 계후 문제를 작품의 주된 문제로 삼는다.[8](〈성현공숙렬기〉에서 계후 문제는 부부갈등을 비롯하여 부자갈등, 형제갈등, 모자갈등 등으로 확대되며, 2대 유린·풍소저의 부부갈등으로까지 확대된다.) 그리고 〈유씨삼대록〉은 적자가 있음에도 양자를 들임으로써 발생하는 계후 문제를 설정했다.

이들 작품과는 달리 〈소문록〉은 윤혜영의 아들을 가문의 계후자로 정함으로써 조선 시대에 적자를 계후로 정한 종법적 질서를 무난하게 펼쳐냈다. 앞에서 살펴본 대로 조씨는 간악한 모략을 써서 윤혜영을 여러 차례 곤경에 처하게 했거니와 그것은 자신이 윤혜영의 상원위 즉 정실자리를 빼앗기 위한 것이었지만, 결과적으로 그녀의 악행이 밝혀져서 윤혜영이 정실로 복귀하게 되고 그녀의 두 아들이 가문 창달에 기여하고 특히 큰아들이 가문의 계후자로 선정됨을 살펴보았다.

그러한 서사적 전개는 다음과 같은 세 가지 의미를 지닌다. 첫째 정실과 그 이하 서열의 처 사이에 윤서가 깨지지 않아야 한다는 것이고, 둘째 정실의 인물됨이 정실다워야 한다는 것이고, 셋째 정실의 큰아들이 가문의 계후자로 선정되기에 합당한 자질과 능력을 갖추어야 한다는 것이다.

정실의 아들이 종통을 잇는 게 조선 후기의 종법적 질서였음을 고려할 때, 〈소문록〉은 '정실-적장자'로 이어지는 종법적 질서를 매우 이상적으로 그려낸 작품이라 할 것이다. 그리고 '정실-적장자'의 연결고리는 친정아버지에 대한 봉제사가 보태짐으로써 '친정아버지-정실-적장자'의 연결고리로 확대되는바,

---

8 박영희, 「18세기 장편가문소설에 나타난 계후갈등의 의미」, 『한국고전연구』 1, 한국고전연구학회, 1995.

그 확대된 연결고리는 시가인 소씨가문의 안정적인 존속에 중심적인 비중을 차지하게 된다.

친부에 대한 윤혜영의 봉제사를 재론하자면 친정의 혈통, 즉 친정가문의 탁월성, 나아가 한문寒門 출신인 정실의 친정가문에 대한 자긍심이 담겨 있다. 그와 관련하여 윤혜영은 차남(차홍)이 그 봉제사를 잇게 하는 것을 주목하지 않을 수 없다. 이런 외손봉사外孫奉祀는 일차적으로 친정아버지에 대한 윤혜영의 지극한 효심의 일환이다. 그리고 그 외손봉사는 소씨가문의 뛰어난 아들들이 친정가문의 혈통에서 나왔다는 것, 즉 소씨가문이 벌열의 위상을 굳힘에 있어서 친정가문이 크게 기여했다는 자긍심을 단적으로 보여준다고 할 것이다.

덧붙여 윤혜영이 여러 처첩 중에서 상원위가 되었다는 것은 여러 명의 처들 중에서 가장 윗자리를 차지하는 총부冢婦가 되었다는 것을 의미한다고 할 수 있다. 요컨대 〈소문록〉의 중심적인 질문은 소씨가문이 벌열로 지속함에 있어서 한 가문의 중심 며느리이자 맏며느리인 총부는 한문 출신이 좋은가 아니면 벌열 출신이 좋은가이다. 그 답은, 총부는 벌열가문의 출신이 아니고 한문寒門 출신이어도 얼마든지 좋다는 것이다.

5. 마무리

대소설 〈소문록〉은 벌열의 세계를 펼쳐내고 벌열의식을 드러내는 대소설의 일반적인 장르적 성향을 보인다.

한편 이 작품은 가장, 정실, 제2부인의 삼각갈등을 작품의 핵심적인 서사구조로 설정하여 다음과 같은 문제의식을 구현했다. 소현·조씨의 부부갈등에서는 여성 쪽에서 지향하는 일부일처의식을 문제적으로 짚어냈고, 소현·윤혜영의 부부갈등에서는 벌열 남성의 풍류행각과 다처제·축첩제 유지에 대한 남성의 무책임에 대한 비판의식을 드러냈으며, 윤혜영·조씨의 처처갈등에서는 윤서훼손에 대한 부정적 시각을 드러냈다.

그 답은 1부1처제를 선호하는 여성의 의견은 수용할 수 없고, 남성의 적극적인 책임 하에 다처제·축첩제를 유지해야 하고, 처첩간의 윤서倫序를 지켜야 한다는 것이다. 궁극적으로 가장, 정실, 제2부인 사이에서 벌어지는 삼각갈등의 해소는 명문 벌열의 존속으로 수렴된다.

그리고 이 삼각갈등에서 문제 해결의 주체로 윤혜영이 설정되거니와 이는 소씨가문이 명문벌열로 존속함에 있어서 윤혜영의 기여가 중심적인 것과 동궤를 이룬다. 윤혜영이 한문寒門 출신의 며느리라는 점을 고려하면, 벌열의 존속에 친정이 한문인 정실의 기여도를 중시한 것이라 할 수 있다. 윤혜영이 소씨가문 내에서 숱한 고난을 당하는 중에 말없이 죽은 듯이 물러나는 그녀의 모습은 궁여지책이라기보다는 역설적으로 자신의 때를 기다리는 명철보신책으로 강조되며, 그 고난 중에 친정아버지에 대한 봉제사는 친정에 대한 자부심으로 뒷받침된다. 훗날 차남이 그 봉제사를 잇게 하는데 그 외손봉사外孫奉祀를 하게 하는 윤혜영의 행위에는 소씨가문이 벌열가문의 위상을 높임에 있어서 친정가문의 혈통이 핵심적인 역할을 했다는 친정가문에 대한 자긍심이 고스란히 담겨 있다. 이러한 명철보신책과 봉제사는 한문寒門 출신의 며느리가 벌열 시가에서 정착하기 위한 노력의 일환이라는 의미를 획득하게 된다.

벌열인 소씨가문 내에서 벌어지는 삼각갈등은 시종 '소씨가문이 벌열로 지속함에 있어서 한문 출신의 총부가 그 역할을 제대로 해낼 수 있는가'라는 물음과 표리관계를 이룬다. 가장(소현), 정실(윤혜영), 제2부인(조씨)의 삼각갈등은 구체적으로 가장(소현), 총부(윤혜영), 처(조씨)에의 삼각갈등을 보여준다. 그 삼각갈등에서 조씨가 부정적으로 그려지고 윤혜영이 시종일관 긍정적으로 그려지거니와 이는 한문 출신의 여성일지라도 자질과 품성을 갖추었다면 정실의 자리를 보장하여 총부로 세워야 함을 그려냈다고 할 것이다. 요컨대 〈소문록〉의 주제는 **한문寒門 출신 정실의 벌열 정착**이라 할 수 있다.

III. 〈유효공선행록〉: 벌열가문의 자기갱신

1. 문제 제기

〈유효공선행록〉[1]은 〈유씨삼대록〉과 함께 18세기에 널리 읽혔다.[2] 18세기는 벌열기閥閱期 중간쯤에 해당하는데, 그때 출현한 이 연작은 벌열의 세계를 일정하게 반영한다.

김기동이 개괄적으로 논의한 이후,[3] 김영동과 임치균은 인물갈등(형제갈등, 부자갈등), 가문창달과 유가이념이 밝혀졌다.[4] 송성욱은 〈유효공선행록〉과 〈유씨삼대록〉의 연작 관계를 고려하면서, 이 연작이 도학과 의리를 중시하는 계후 결정을 통해 가부장제 사회에서의 부권의 확립을 형상화하는 것으로 보고, 이는 17세기 이후 나타난, 도덕과 명분을 중시하는 산림의식山林意識과 관련이 있는 것으로 추정했다.[5]

---

* 「〈유효공선행록〉에 구현된 벌열가문의 자기갱신」(『한중인문학연구』 16, 한중인문학회, 2005, 145~170쪽)의 제목과 내용 일부를 수정했음.
1 〈유효공선행록〉(규장각 12권12책)(『필사본고전소설전집』 15, 16, 아세아문화사, 1982). 이하 인용 쪽수는 『전집』을 따른다. 참고로 '서울대 6권6책본'으로 보완했다.
2 연암이 1780년 정사正使였던 삼종형 박명원을 따라 청나라에 들어갔다가 책장이 헤지고 떨어진 〈유씨삼대록〉 두어 권을 목격했다車中置舖蓋 有東諺劉氏三代錄數卷 非但諺書蠹荒 卷本破敗는 기록이 있다.(박지원, 『연암집』, 경인문화사, 1982, 178쪽) 당대의 비평소설인 〈여와전〉, 〈황릉몽환기〉에서 〈유효공선행록〉과 〈유씨삼대록〉의 등장인물에 대한 평이 이루어졌다.(지연숙, 『장편소설과 여와전』, 보고사, 2003)
3 김기동, 『한국고전소설연구』, 교학연구사, 1983, 648~653쪽.

이승복은 유씨가문이 훈벌勳閥의 모습을 재현한 것임을 간파하고, 인물갈등의 편폭을 넓혀, 효의 긍정적인 면과 문제적인 면을 제시하고, 그러한 효의 이중성에서 효의 수단적 구실의 측면을 추출하여 그것이 타락한 훈벌의 명분 회복과 관련이 있다고 보았다.[6]

박일용은 산림의식(송성욱)과 훈벌(이승복) 개념을 비판적으로 수용하되, 인물갈등, 효 이념의 관련성에 대해 심층적으로 논의하면서 산림세력과 벌열세력의 대립이 형제간 대립으로 설정되었으며, 그 대립이 사림의 시각에 의해 해소되는 것으로 읽어내고 그에 덧붙여 영락해 가는 산림의 의식이 작품세계에 반영된 것으로 보았다.[7]

그런데 주축 세력인 유씨가문이 벌열가문을 재현하고 있다는 점을 고려하면, 영락해 가는 산림의 의식(박일용)이 반영되어 있다는 견해는 수정할 여지가 있다. 그와 관련하여 타락한 훈벌의 명분 회복의 견해(이승복)가 작품의 실체

---

4 김영동은 형제갈등이 중심 갈등이고, 그 갈등의 해소 과정을 통해 가문창달을 지향하며, 여기에는 양반지배층의 유교적 가치체계와 이념이 구현되어 있다고 보았다.(김영동, 「〈유효공선행록〉 연구」, 『한국문학연구』 8, 동국대, 1985; 이수봉, 「가문소설연구」, 『동아논총』 15, 1978) 임치균은 〈유씨삼대록〉과의 연작 관계를 밝히는 한편, 형제갈등과 부자갈등의 해소 과정을 통해 유씨가문의 완성을 지향하며, 이 과정에서 구현되는 효 이념을 사대부의식의 표출로 보았다.(임치균, 「유효공선행록 연구」, 『관악어문연구』 14, 서울대 국어국문학과, 1989) 최길용은 표제·서두·결미, 배경, 인물, 사건, 주제면에서 이들 연작의 연계성을 추정하고, 주제가 유학적 윤리이념의 강조와 가문창달의 이상추구임을 들었다.(최길용, 「〈유효공선행록〉 연작 연구」, 『국어국문학』 107, 국어국문학회, 1992)

5 송성욱, 「고소설에 나타난 부의 양상과 세계관」, 『관악어문연구』 15, 서울대 국어국문학과, 1990.

6 효우의 실현이 실질적으로 가문의 내적 회복을 이끌어내지 못하는 측면이 있지만, 대외적으로는 '가문의 명예 회복과 번영'에 기여하는 '수단적 구실'의 측면이 있다고 보았다. 이는 '타락한 훈벌'이 효우 실현을 통하여 명분을 얻고 사회적인 평가 회복을 노리는 것과 직결된다고 보았다. 나아가 작가의식은 유림의 대표인 산림을 통해 명분과 실리를 얻고자 했던 집권층의 의식이며, 작가는 상층사대부였을 것으로 보았다.(이승복, 「〈유효공선행록〉에 나타난 효우의 의미와 작가의식」, 『선청어문』 19, 서울대 국어교육과, 1991)

7 박일용, 「〈유효공선행록〉의 형상화 방식과 작가의식 재론」, 『관악어문연구』 20, 서울대 국어국문학과, 1995.

에 한 걸음 다가섰다고 할 수 있다. 하시만 명분 회복의 도달점, 그 실체가 무엇인지 논의할 여지가 남아 있다. 또한 김성철은 개인 문제를 가문 차원으로 넓혀 불완전한 가문과의 재결합의 과정을 읽어냈지만 (그와 함께 인물과 구성의 비정형성非定型性에 대한 논의도 했지만)[8] 그 재결합의 실체가 무엇인지 제시하지 않았다.

내가 보기에 그 실체는 군자가문이다. 효우 실행 과정에서 야기되는 문제들은 소인가문이 군자가문으로 거듭나는 과정에서 나온 문제와 밀접한 관련이 있다. 이에 양혜란이 효우의 실행의 문제점을 가부장제의 동요로 연계한 것[9]은 재론의 여지가 있다. 그리고 전성운이 재자와 군자의 대립[10]으로 본 것 또한 재자를 소인으로 교체하여[11] 소인과 군자의 대립관계로 설정하는 것이 더 유효할 것으로 보인다.

이 작품은 소인가문에서 군자가문으로 거듭나는 벌열의 세계를 담아내는 작품이며, 그 과정에서 '군자형 인물에 의한 군자가문의 실현'을 이념으로 받아들일 만큼 절대화함으로써, 효우애孝友愛 실행의 일방성, 즉 '아들·아내의 아비·남편에 대한 일방적 의무와 순종' 그리고 '형의 아우에 대한 일방적인 희생'의 극단적인 모습을 드러낸 것으로 보인다.

---

8 김성철, 「〈유효공선행록〉 연구」, 고려대 석사논문, 2002, 48–51쪽.

9 양혜란, 「〈유효공선행록〉에 나타난 전통적 가족윤리의 제문제」, 『고소설연구』 4, 한국고소설학회, 1998.

10 전성운, 「〈유효공선행록〉에 나타난 군자와 재자의 갈등과 의미」, 『조선 후기 장편국문소설의 전망』, 보고사, 2002.

11 정병설은 소인이 정치현실을 바라보는 중요 개념임을 지적하고, 소인은 조선 후기 장편소설의 인물 형상과도 밀접한 관련이 있음을 들었다.(정병설, 「조선 후기 정치현실과 장편소설에 나타난 소인의 형상–〈완월회맹연〉과 〈옥원재합기연〉을 중심으로」, 『국문학연구』 4, 국문학연구회, 2000)

2. 인물갈등과 효우애孝友愛

〈유효공선행록〉의 인물갈등으로 ①유연·유홍의 형제갈등(2대 형제간), ②유정경·유연의 부자갈등(1대·2대 부자간), ③유연·유우성의 부자갈등(2대·3대 부자간), ④유연·정관의 옹서갈등(2대·1대 옹서간), ⑤유연·정부인의 부부갈등(2대 부부간), ⑥유우성·이명혜의 부부갈등(3대 부부간)을 꼽을 수 있다.

이들 인물갈등은 각각 관련 인물들의 성격차이에서 비롯되는 측면이 있다. ①유연·유홍의 형제갈등의 경우, 유연은 효우관인孝友寬仁하여 매사에 효우의 실현을 먼저 고려하나, 유홍은 간교암험奸巧暗險하고, 영기가 뛰어나나 바르지 못하고, 자신의 욕망을 실현하고자 하는 인물이다.[12]

②유정경·유연의 부자갈등의 경우, 유연은 절직효순하나, 부친 유정경은 시험잔잉하다. 그러나 유정경이 보기에 장남은 아비의 뜻을 따르지 않으면서 겉으로만 순한 낯빛을 짓는, 아첨하기를 잘하는 아들로 보이는 반면, 차남 유홍은 순한 낯빛을 띠지 않으나 아비의 뜻을 순종하는 군자로 보인다.[13] 유정경은 이들 두 아들에 대해 "일편된 애증"을 보인다.

③유연·유우성의 부자갈등의 경우, 우성은 재주가 뛰어나고 활발하며 풍류 남아의 모습을 지니지만, 유연은 이를 마땅치 않게 여긴다. 도학군자를 지향하는 유연에게 그러한 우성은 도학군자의 먼지에 불과할 뿐이다. 그리고 ④유연·

---

12 남이 셰상의 나셔 군유룰 압두ᄒ고 지학이 내 우히 오르 리 업셔야 바야흐로 남지 되여 붓그럽지 아니ᄒ리니 그러므로 녜붓터 유룰 니고 양을 닌 탄이 이시니 내 혹문이 비록 강하 굿투나 격연훈 도학이 형만 못ᄒ고 그 말난은 션비 되여 열친 샤군지도룰 밧드니 날 굿툿 니ᄂ 무용훈 ᄉ룸이라 엇디 즐겨 참을 비리오 그러므로 형을 업시ᄒ여 영빈의 우희 동피 잇단 말을 듯지 아니랴 ᄒᄂ니 대인기 두 번 형의 허믈을 고ᄒ여 긋치 닑의 이러시니 그치지 못ᄒ지라 그 디ᄂ 죠흔 계교룰 가라쳐 업시ᄒ미 엇더ᄒ뇨(권1, 『전집』 15, 63~64쪽)

13 일공ᄌᄂ 더옥 각별 ᄒ날이 대슌 이후 ᄒ낫 효ᄌ롤 내신지라 엇디 범인의게 비기리오만은 ᄉ룸 이른든 영모ᄒ미 안흐로 깁플 ᄯ룸이오 밧그로 궁과ᄒ미 업셔 야 안견의 더옥 화긔 자약ᄒ고 홍은 샤침의셔는 금슬을 희롱ᄒ고 가ᄉ룰 음영ᄒ여 담쇠 흔 〃 타가 부젼의 니르즉 우 〃히 슬픈 빗과 ᄉ모ᄒᄂ 언단이 ᄉ룸으로 ᄒ여금 눈믈 흐르믈 셰다지 못ᄒ게 ᄒ니 공이 무이ᄒ여 댱ᄌ의 승안화긔 ᄎᄌ의 슬픈 빗만 못ᄒ가 의심ᄒ니(권1, 『전집』 15, 37~38쪽)

정관의 옹서갈등의 경우, 유연은 고집스러운 모습을 보이는 반면, 정관은 순리에 맞게 처신하며 관용하는 모습을 보인다. 그리고 ⑤유연·정부인의 부부갈등의 경우, 유연은 매사에 부친과 아우의 일에 대해 과도하게 깊이 생각하여 아내에게 냉담하게 대하는 반면, 정부인은 그런 남편을 이해하지만 남편의 냉대가 지나쳐 남편을 피한다.

마지막으로 ⑥유우성·이명혜의 부부갈등은 부부관계가 원만치 못해서 발생한다. 우성은 풍정을 이기지 못하는 풍류남아인 반면, 이명혜는 애정보다 덕성을 중시하는 여성인바, 성격과 기질 차이에서 부부갈등이 비롯된다.

이들 인물갈등은 이러한 성격차를 넘어서서 가문구성원간 관계, 즉 부자관계, 형제관계, 부부관계와 얽히면서 확대 심화되고, 그 과정에서 관련 인물간 효우애 실현에서의 일방성의 문제점을 담아내기에 이른다. 주지하다시피 효는 부자관계에서의 덕목이고, 우友는 형제관계에서의 덕목이며, 애愛는 부부관계에서의 덕목이다.[14]

①유연·유홍의 형제갈등의 경우, 유홍은 강형수의 옥사와 관련한 뇌물수수 사건, 형의 적장자 탈취, '유정경-유홍-요정-만염' 등의 정치적 연대 구축, 형수 모함(시아버지 능욕, 시비와의 간통) 및 폐출, 만귀비당 소속 및 정궁 폐위 가담, 형 살해 사주, 형과 부친 사이의 편지 위조 등 일련의 부정적인 사건과 행위를 지속적으로 펼친다. 이에 반해 유연은 형제간 우애를 지키기 위해 적장자의 자리를 내어주면서도 전혀 불평하지 않고 인내하며 아우가 깨우치기만을 기다리며, 적장자로 복귀한 후에는 자신의 친아들 우성 대신에 조카 백경을 계후로 삼는 등 우애의 실현을 위해 최선을 다한다. 이 형제갈등을 통해 형의 아우에 대한 이해와 배려의 측면이 처절하게 펼쳐지는 반면에 아우의 형에 대한 불경의 측면이 강화됨으로써 우友 실현에서의 일방성이 문제시된다.

②유정경·유연의 부자갈등의 경우, 아우 유홍의 유연에 대한 잦은 참소와

---

14 애愛는 남편의 아내에 대한 배려·이해·관용, 아내의 남편에 대한 존경·순종을 포괄한다.

무고로 부자갈등이 더욱 깊어진다. 유정경은 유연을 미워하여 매질하고, 또한 유연의 적장자를 빼앗기도 하며, 유연을 죽이려고 위협하기도 하며, 유연에게 자결할 것을 강요하기도 한다. 그러나 유연은 부친에게 저항하지 않고 순종하여 효를 행하는 모습을 보인다. 문중회의에서 계후가 유홍으로 결정되자, 유연은 이러한 부친의 잘못을 감춰주기 위해 스스로 미친 체하기도 한다. 유정경·유연의 부자갈등의 해소원리로서 효孝가 구현되는데, 그 효는 '아비에 대한 아들의 일방적 의무와 순종'의 차원에서 이루어진다. 한편 유연의 저항,[15] 정부인의 탄식,[16] 태자의 발언[17] 등을 통해, 이러한 '아비에 대한 아들의 일방적 의무와 순종'의 성향을 띤 효에 대한 비판과 반성이 제기되기도 한다. 이로 인해 '아들에 대한 아비의 이해와 배려'가 환기된다.

③유연·유우성의 부자갈등의 경우, 유연은 재주가 있으되 풍정風情이 넘치는 성격의 우성을 미워하여 계후를 조카 백경으로 바꾸는 것으로 심화된다. 또한 유연은 우성이 이소저를 애욕적으로 대하는 것, 2창(찬향·월선)과 관계를 맺

---

15 유연이 부친 유정경에게 저항한 것을 들 수 있다. 유연은 유홍의 참소만을 믿고 다짜고짜 매질하는 부친에게 '부위자은父爲子恩하고 자위부은子爲父恩해야' 한다는 성인의 말을 언급하고, 부친의 잘못을 지적하는 것이 인자의 도리라고 대꾸한다. 또한 과거응시를 놓고 부자가 두 차례에 걸쳐 대립하는데, 첫 번째에 유연은 과거에 응시하지 않고 버티다가 두 번째에 마지못해 순종하는데, 그 때에도 유연은 죽으라는 명령은 봉행하려니와 세상에 나아가라는 말은 들을 수 없다며 거절하기도 했다.

16 계후변경 당시 유연이 미친 체하자, 아내는 유연에게 효우의 결과가 이런 것이냐고 물으면서 눈물을 짓는다. 여기에는 부자관계에서 효가 아비 중심으로 치우쳐 일방성을 띠는 것에 대한 비판적 시각이 담겨 있다.

17 므릇 어진 스룸은 어진 스룸을 됴히 녀기고 스오누온 스룸은 스오누온 스룸을 됴히 녀기누니 뉴〃샹종은 상시라 셩형과 졍셔(졍션)와 유션은 다 국가의 직신直臣이요 경졍과 요졍과 만염은 다 령신佞臣이라 신이 시이틀以로 지〃ᄒᆞ누이다 … 비간이 듀의게 염통을 ᄢᅵ히니 튱신이 아닌 거시 아니라 아비(《6권6책본》에는 '님군이'로 되어 있음) 무도ᄒᆞᆷ이요 신성이 헌공의 의심을 니ᄅᆞ니 효지 아니미 아니라 아비 불명ᄒᆞᆷ이니 어진 스룸이 스오누온 스룸의게 득지 못ᄒᆞᆷ은 고금의 샹시라 엇지 죡이 의려ᄒᆞ시리잇고 … ᄒᆞ믈며 부조 ᄉᆞ이는 텬눈이니 ᄌᆞ식이 불효ᄒᆞ나 부의ᄌᆞᆫᄒᆞᆷ은 덧〃ᄒᆞᆫ 도리라 엇지 그 ᄌᆞ식을 죽을 곳의 너키를 탄연이 ᄒᆞ는 지 인〃의 뜻이리오 이 ᄒᆞᆫ 일의 졍경의 무상ᄒᆞᄆᆞᆯ 가이 알니로소이다(권3, 『젼집』 15, 161~163쪽)

은 것 등을 미워하며, 우성이 과거에 응시하는 것을 반대하기도 한다. 또한 유연은 친아들 우성에게 외가의 피가 흐른다고 하여 우성을 구박하기도 한다.[18] 심지어 우성이 나타나면 혼절하기도 하며, 훗날 문중 의견에 홀로 맞서서 우성의 적장자 복원을 반대하기조차 한다. 우성의 인물됨이 유연의 뜻대로 도학군자로 변화한 후에야 부자화해가 이루어졌던바,[19] 유연·유우성(2대·3대)의 부자갈등은 '아비에 대한 아들의 일방적 의무와 순종'의 차원에서 해소된다. 그 과정에서 유연의 태도는 전혀 변함이 없는데, 작품의 한쪽에서는 '아비에 대한 아들의 일방적 의무와 순종'의 성향을 띤 효에 대한 비판과 반성의 모습이 우성, 유정경, 정부인을 통해 제기되기도 한다.[20] 요컨대 유연·유우성의 부자갈등을 통해 '아들에 대한 아비의 이해와 배려'가 환기되는 것이다.

④정관·유연의 옹서갈등의 경우, 정관이 딸이 억울하게 매를 맞고 폐출된 것을 보고, 유정경·유홍 부자를 삼키고 싶을 만큼의 원한을 품고, 그들이 죄상을 상소하려고 했으며, 딸을 개가시키려고 했는데, 반면에 훗날 이 사실을 알게 된 유연이 장인을 원수로 여긴다. 훗날 유정경이 정관에게 자신의 죄를 고

---

18 유연은, 장인이 유정경·유홍 부자의 죄상을 상소하려 한 것, 폐출당한 딸의 재가를 추진한 것, 아내가 폐출되어 자결하지 않고 승려가 된 것, 남장차림을 한 것 등을 들어 장인과 아내를 부정적으로 평가한다. 우성이 그런 외가의 핏줄을 이어받고 있다고 해서 배척하려 한다. 유연은, 사과하러 온 장인 정관의 면전에서 아들 우성을 불러 정부인의 잘못을 지적하면서 모자가 유문을 떠나가라며 밀쳐내기도 한다.

19 유연은 고집을 부려서 우성의 회심을 이끌어낸다. 우성은 부친에게 심하게 맞고 병이 들었다가 깨어나는 과정을 통해 부친의 사랑을 깨우치고 부친의 뜻에 부합한 인물로 변한다. 이로써 부자갈등이 해소된다.

20 ①우성은 부친에게 효성을 다하지만, 유연이 받아주지 않자, 부친에게 반발함. ②부친이 우성에게 정부인과 정을 끊으라고 하지만, 우성은 조부가 모친의 죄를 용서했고 또한 모친이 수절했음을 들어 모친과의 정을 끊을 수 없다고 반발함. ③또한 유연과의 부자의 윤을 끊고 이 명예와 부부의 낙을 끊겠다고 말했다가 부친에게 70대를 맞고 기절함. ④유정경은, '자식이 용렬할지라도 아비는 그 허물을 감추어 줌이 옳은 데, 매양 나무라는 것은 편벽된' 처사라 하여, 우성을 사랑으로 감싸기는커녕 용납조차 하지 않으려는 유연을 마땅치 않게 여기며, 끝까지 고집을 부리는 유연을 때림. ⑤정부인 아들의 방탕함이 아비의 사랑을 받지 못해서라고 지적함.

하려 하자, 유연은 만류하여 정관(장인)이 먼저 사죄할 것을 청하기도 하고, 정관이 세 차례에 걸쳐 거듭 사과하면서 딸을 용납해달라고 청하지만, 유연은 끝까지 아내의 잘못을 지적하면서 모자母子가 유씨집안에서 떠나라고 꾸짖기도 하고, 문중에서 백경을 파양罷養하기를 요청하나 유연은 전혀 요동치 않는 등, 그 때마다 장인의 진노를 산다. 옹서갈등의 해소는 사위가 철저히 장인을 무시하는 가운데 장인이 사위에게 용서를 구하는 선에서 이루어지는바, 사위가 처가를 무시하는 차원 즉, '처가의 사위 가문에 대한 일방적 순종'의 차원에서 이루어진다. 그 과정에서 '처가의 사위 가문에 대한 일방적 순종'에 대한 비판과 반성의 모습이 주변인들을 통해 제기되기도 한다.[21] 이는 사위와 장인의 상호 간 이해와 배려를 환기하는 것이라 할 수 있다.[22]

⑤유연·정부인의 부부갈등의 경우, 유연이 부부관계를 부자·형제관계와 대등하게 보지 않고 후자를 전자보다 우선시하는 태도와 깊은 관련이 있다. 유연은 부친에게 이유도 없이 맞을 때 나타난 아내를 꾸짖어 내보내는가 하면, 부친과 아우의 잘못을 알면서도 부친의 명령에 순종하여 아내를 내치기까지 하고, 아내가 자신을 살해 위기에서 벗어나게 해주자 고마워하기는커녕 아내를 폐출녀廢黜女로 일컬으며 아내의 남장차림을 꾸짖기도 한다. 또한 장인이 작성한 상소초上疏草를 보고 분노하여 아내를 내치기도 하고, 아들에게 모자지정母子之情을 끊으라고 명령하기도 한다. 정부인은 아무 잘못도 없이 남편의 질책을 받으면서도 죄인으로 자처하고 죽기를 작정하고, 자신의 처지를 운명 탓으로 돌리고 남편이 자신을 받아들일 때까지 근신하는 태도로 일관한다.[23]

---

21 정공자는 누이에게 매형의 처사를 불평하며 시가를 떠나 친정으로 와서 부친을 함께 섬기기를 청하기도 하고, 유연의 친한 친구인 박상규는 정관·정부인 부녀보다 유연에게 잘못이 있음을 지적하고 유연과 설전을 벌이기도 한다. 또한 부친 유정경은 정관에게 진솔하게 사과하면서 고집부리는 유연을 때리기조차 한다.

22 장인이 아내를 대변한다는 점에서 옹서갈등은 부부갈등의 연장선상에 놓이기도 하며, 또한 남편의 뜻을 전적으로 따르고자 하는 아내가 친정아버지를 설득함으로써 옹서갈등이 해소되기 때문에 '아내의 남편에 대한 일방적 순종'의 성향을 띠기도 한다.

이들 부부간에 보이는 갈등은 '남편에 대한 아내의 일방적 의무, 절대적 순종'의 차원에서 해소된다. 그 과정에서 아내의 남편에 대한 일방적 순종에 대한 반성적, 비판적 시선이 작품 곳곳에 나타난다. 악행을 일삼지만 아내를 잘 대해주는 유홍과 도덕군자이지만 아내를 냉대하는 유연, 두 형제를 대조하는 대목,[24] 시비 난향이 쫓겨난 정부인에게 남편의 은애가 없음과 부부의 도리가 끊겼음을 말하는 대목,[25] 유정경, 유정서가 유연의 잘못을 지적하고 정부인의 숙덕고절淑德高節을 칭송하는 것 등에서 이를 확인할 수 있다.[26]

⑥유우성·이명혜의 부부갈등의 경우, 유우성은 아내 이명혜가 자신의 연정戀情을 받아들이지 않자 뼈에 사무치도록 아내를 미워하게 되며, 자신의 구애를 이명혜가 연거푸 거절하자, 2창을 불러들여 음란한 모습을 보이기도 하고, 마침내 이소저를 강압하여 부부관계를 맺기에 이른다. 이에 이명혜가 병이 들고 마는데, 우성은 오히려 그 병이 아내의 고집에서 비롯된 것이라고 항변한다. 이로 인해 우성이 부친에게 과도하게 맞아 병이 들고, 우성은 간호하러 들어온 이소저에게 찻잔을 내던지고, 이명혜의 머리채를 잡고 벽에 부딪치며 발로 내지르기까지 한다. 이 부부갈등에서 '남편의 아내에 대한 위압과 폭력'의 모습이 두드러진다. 반면에 이명혜는 일정 기간 동안 부부관계를 맺지 말라는

---

23 시동생의 참소로 억울하게 폐출당할 때도 전혀 불평하지 않았고, 귀가 후에도 덕이 부족함을 내세워 근신하며 지낸다. 또한 우성의 계후를 조카로 바꿀 때 정관·강형수·박상규·서모(주씨)의 분노·탄식·질책이 있었지만, 동조하여 남편을 탓하지 않는다. 또 친정아버지가 유정경·유홍의 죄상에 대해 상소하고자 할 때, 그리고 남편의 잘못을 지적할 때마다 목숨을 걸고 만류한다.

24 공지 … 미양 미우롤 씽기여 울고즈 ᄒᆞᄂᆞᆫ ᄉᆞᆨ뿐이오 입을 열어 호화ᄒᆞᆫ 말이 업ᄉᆞ니 이ᄂᆞᆫ 그 야〃 의게 득지 못ᄒᆞᆷ를 셜워하고 동싱의 뜻이 갈니이믈 한ᄒᆞ여 일야의 싱각ᄂᆞᆫ 빈 증〃 녜ᄒᆞ여 블격간 ᄒᆞ신던 대효롤 흠앙ᄒᆞ미 본바다 감화코즈 ᄒᆞᄂᆞᆫ ᄆᆞ음이 줌자기와 밥먹기룰 폐ᄒᆞ니 어느 결의 부〃 지의롤 념녀ᄒᆞ리오 이러므로 명시롤 디ᄒᆞ나 흔뗨 화긔 업고 됴금도 은근혼 언에 업셔 힝여 말홀 젹이〃셔도 믄득 대인 식봉을 게을니 말나 준졀훌 ᄯᅮ롬이오 별노 다른 셜화ᄂᆞᆫ 업더라 쇼졔 공즈롤 보면 믄득 면식의 연지 ᄶᅢ치니 굿ᄒᆞ여 고기룰 드지 못ᄒᆞ고 혹 공지 슌편이 말이나 못ᄒᆞᄂᆞᆫ ᄶᅵ라도 쇼졔 몬져 눗빗출 거두어 썩〃이 ᄒᆞ니 이러므로 부뷔 심이 싱쇼ᄒᆞ고 이 공즈 부〃ᄂᆞᆫ 모들 졔 즈자 견권ᄒᆞ니 셩시 비록 홍의 불인을 ᄲᅧ려 닝담ᄒᆞ나 즈연 ᄉᆞ괴미 깁퍼 부뷔 훈 당의 모다 화긔 낭연ᄒᆞ니(권1, 『전집』 15, 66~68쪽)

시아버지의 명령을 준행하는 모습을 보여줌으로써 부덕婦德을 갖춘 모습이 그려지고 그녀에 대한 주변인물의 긍정적 시선이 제시된다. 이를테면 줄곧 유우성의 편을 들던 시할아버지 유정경도 이명혜를 위로해 줄 정도였다. 요컨대 이들 부부갈등은 '남편의 아내에 대한 위압과 폭력'의 형상에 대비하여 '아내의 남편에 대한 일방적 의무와 순종'의 모습을 보여준다.

한편 이들 6가지 인물갈등은 긴밀한 상호관련성을 지닌다. ①유연·유홍의 형제갈등이 ②유정경·유연의 부자갈등에 영향을 주고, ②유정경·유연의 부자갈등이 다시 ①유연·유홍의 형제갈등에 영향을 미치면서, 이 두 갈등이 서로 겹치면서 심화되는 모습을 보인다. 또한 ③유연·정부인의 부부갈등은 ①유연·유홍의 형제갈등과 ②유정경·유연의 부자갈등에서 야기되며, 나아가 ④유연·정관의 옹서갈등을 일으킨다. 또한 ⑤유연·유우성의 부자갈등은 ②유정경·유연의 부자갈등과도 관련을 맺는다. 또 ⑥유우성·이명혜의 부부갈등은 ⑤유연·유우성의 부자갈등을 담아내고, ②유정경·유연의 부자갈등을 담아낸다.

이에 상응하여 부자갈등, 형제갈등, 부부갈등(옹서갈등 포함) 등도 서로 연결된다. 먼저 2대 부부갈등과 3대 부부갈등이 상호 연결되면서 '아내의 남편에 대한 일방적 의무와 순종'의 문제점이 드러나며 '남편의 아내에 대한 이해와 배려'가 지속적으로 환기된다. 그리고 유연·유홍 형제갈등에서 '형의 아우에 대한 이해와 배려', 즉 손윗사람의 손아랫사람에 대한 이해와 배려가 잘 구현되

25 난향이 고왈 부인이 엇지 이럿틋 구챠ᄒᆞ시니잇ᄀᆞ 노얘 평일 부인긔 은이 업고 당 ᄎᆞ시ᄒᆞ여 비록 부형의 명이나 ᄆᆡ롤 들ᄆᆡ 힘을 다ᄒᆞ여 쇼졔의 유체롤 상케 ᄒᆞ시고 또 슈졀간고ᄒᆞ시미 이 지경의 니ᄅᆞ니 비록 오긔의 무리라도 감동ᄒᆞ져든 믄득 쥰졀ᄒᆞᆫ 빗ᄎᆞ로 크게 거졀ᄒᆞ게 ᄒᆞ마 못ᄒᆞᆯ ᄇᆡ니 쇼졔 혹ᄉᆞ긔 무숨 죄롤 이ᄃᆡ도록 지어게시니잇ᄀᆞ 부〃 지간은 군신일체 쥐 무도ᄒᆞ니 미ᄌᆡ 물너가고 당왕이 뜻을 달니ᄒᆞᄆᆡ 태ᄇᆡᆨ이 다라나니 부ᄌᆞᄂᆞᆫ 난쳐ᄒᆞ면 피ᄒᆞ고 군신도 실의ᄒᆞ면 ᄇᆞ리ᄂᆞ니 ᄒᆞ믈며 부〃 ᄃᆡ륜으로뼈 젼쥬ᄒᆞ엿거놀 의 임의 ᄀᆞᆺ고 졍이 임의 머러진 후 괴로이 ᄉᆡᆼ각ᄒᆞ미 식자의 우음이 되리니 ᄎᆞᆨ으로 힝ᄒᆞ샤 노야와 서로 모도신즉 족히 노야의 념녀롤 더르시고 쇼져의 효롤 완젼이 ᄒᆞ리이다(권4, 『전집』 15, 285~286쪽)

26 유연의 아내에 대한 배려와 애정의 측면이 없는 것은 아니다. 유연은 부친에 대한 효와 아내에 대한 긍휼로 괴로워하기도 하며, 태향산 암혈에 병들어 있는 정부인을 간호하면서 정소저의 온량함과 자신의 몰인정함을 깨닫고, 은근한 부부관계를 맺기도 한다.

어 있는데, 이는 유정경·유연의 부자갈등에서 '아들에 대한 아비의 이해와 배려'가 보완되어야 함을 환기한다고 할 수 있다.[27] 또한 부자갈등이 1대·2대(유정경·유연)의 부자갈등, 2대·3대(유연·유우성)의 부자갈등이 중첩되는 모습을 보이는데, 이를 통하여 '아들에 대한 아비의 이해와 배려'가 더욱 심도 있게 환기된다.[28]

유우성·이명혜의 부부갈등은 부부갈등과 부자갈등을 함께 제기한다. 이들 부부갈등에 결합되어 있는 유정경·유연의 부자갈등은,[29] 이들 유정경과 유연이 앞서 보여주었던 부자갈등과는 다른 모습을 보여준다. 처음에는 유정경이 부정적인 모습을 보이고, 유연이 긍정적인 모습을 보였다면, 이들 부부갈등과 관련한 대목에 와서는 유정경은 너그러운 모습을 띠고, 고집스러운 유연은 부정적으로 비춰진다. 부친 유정경에게 자식에 대한 이해와 배려 등 애정을 촉구하던 유연이, 아들 우성에게는 애정을 베풀지 않는 아비가 되고 마는 것이다. 이들 부부갈등은 '남편에 대한 아내의 일방적 의무와 순종'의 문제를 제기하면서 동시에 아비에게 아들의 일방적 의무와 순종을 강요하는 문제를 심도 있게 환기한다.

이렇듯 〈유효공선행록〉은 부자관계, 부부관계(옹서관계 포함)에서는 '아비·

---

27 정관이 13도 어사와 함께 작성한 상소문의 내용에서 단적으로 확인된다.(신이 국은이 여천ᄒ고 폐ᄒ의 인셩ᄒ심이 죵간여류ᄒ시니 신이 죽기를 두리지 아니ᄒ와 공논과 인졍을 병쥬ᄒ여 부ᄌᄌ효 군의신튱ᄒ(《6권6책본》: 부ᄌᄌ효ᄒ고 군의신튱ᄒ며 형이례경ᄒ는) 조졍의 샹풍피쇽ᄒ는 난젹과 례의념치 일는 쇼인을 엄히 다ᄉ리ᄉ 후인을 징계ᄒ심을 바라ᄂ·이다 신이 불승황공통절병영지디 ᄒ노이다.(권3, 『전집』 15, 204쪽))

28 1대·2대의 부자갈등은 아비의 회심으로 해소되나, 2대·3대의 부자갈등은 아비의 회심이 없이 아들의 회심만으로 해소된다. 2대·3대의 부자갈등은 1대·2대의 부자갈등을 싸안으면서 '아들에 대한 아비의 이해와 배려'를 역설적으로 강조한다 할 것이다.

29 처음에는 이 혼인에 대해 유연은 반대하고 유정경은 찬성한다. 혼인한 후, 유연은 이들이 부부관계를 맺지 못하도록 둘을 떼어 놓으나, 유정경은 꾀병으로 아픈 체하는 우성을 간호하게 하여 둘을 함께 지내게 한다. 유연이 2창과의 유희를 들어 우성을 맹타하자, 유정경은 유연의 과도함을 질책한다. 유정경은 우성의 편을 드나, 유연은 이명혜를 통하여 자신의 의견을 관철하고자 했다.

남편에 대한 아들·아내의 일방적 의무와 순종'의 문제점을 제기하면서 '아들·아내에 대한 아비·남편의 이해와 배려'를 환기하고, 형제관계에서는 '형의 아우에 대한 끝없는 이해와 배려'를 통해 '아우의 형에 대한 공경'을 환기함으로써, '아비·형·남편과 아들·아우·아내 쌍방의 온전한 효우애孝友愛'를 지향한다. 요컨대 부자간 자효慈孝의 쌍방성, 형제간 애경愛敬의 쌍방성, 부부간 은애恩愛의 쌍방성을 지향하는 것이다.

3. 군자가문으로 거듭나기

한편 6가지 인물갈등은 가문과 사회 차원으로 확대되면서 새로운 의미를 형성한다. 그 의미는 효우애 실현과 가문창달, 이 두 가지의 관계 차원에서 밝혀볼 수 있다. 온전한 효우애를 실현함으로써 가문창달을 이루어내는 것이 서술의식 내지는 작가의식임은 분명하지만, 여전히 서사세계에서는 '아비·형·남편과 아들·아우·아내 양자간 효우애 실현에 있어서의 일방성'에 대한 비판이 지속적으로 제기되며 그 비중 또한 결코 작지 않다. 이 지점에서 궁금한 것은, '아비·형·남편과 아들·아우·아내 사이의 일방성'의 측면과 가문창달의 측면, 이 두 가지는 어떤 관련이 있는 것인가이다. '아비·형·남편과 아들·아우·아내 사이의 일방성'이 완전히 해소되지 않는 상태에서 가문창달이 지향점으로 제시되고 있는데, 왜 그럴까.

이 둘 사이에 핵심적인 자리를 차지하는 인물은 유연이다. 그는 여러 인물갈등의 중심에 서는데, 시종일관 긍정적이고 모범적인 인물로 그려지는 것이 아니라 문제가 있는 인물로 그려지기도 한다. 아들에게 고통을 가하는 아비로, 그것을 만류하는 부친에게는 고집을 피우는 아들로, 아내에게는 상식을 벗어나는 언행을 일삼는 남편으로, 그리고 자신의 실수를 인정하며 사과하는 장인에게는 매몰찬 사위로 그려지는 것이다.

그렇다면 유연이 부친, 장인, 아내, 아들에게 고통을 안겨준 까닭이 무엇인가에 대해 해명할 필요가 있는데, 그것은 곧 유연의 주된 생각을 해명하는 것이기도 하다.

유연을 중심으로 벌어지는 6개의 인물갈등을 다음 두 개의 기준으로 정리해 볼 수 있다. 하나는 "유연이 관련 인물들에 의해 어려움을 당하는가, 아니면 관련 인물들에게 어려움을 주는가"를 가르는 기준이고, 다른 하나는 "유연과 관련하는 인물들이 친족인가, 아니면 처족인가"를 가르는 기준이다.[30] 이에 따라 인물갈등을 구분하면 다음과 같다.

구분	유연이 어려움을 당하는 경우	유연이 어려움을 주는 경우
친족	(a) ① 유연·유홍의 형제갈등 ② 유정경·유연의 부자갈등	(b) ③ 유연·유우성의 부자갈등 ⑥ 유우성·이명혜의 부부갈등
처족	-	(c) ④ 유연·정관의 옹서갈등 ⑤ 유연·정부인의 부부갈등

(a)유연이 친족(부친과 아우)에게 어려움을 당하는 경우. 여기에는 ①유연·유홍의 형제갈등과 ②유정경·유연의 부자갈등이 겹쳐지면서 유정경·유홍과 유연이 대립하는 모습을 띤다.

그 대립은 개인 성품의 차원을 벗어나 가문과 사회 차원으로 확대된다. 사건의 발단은 강형수의 옥사를 둘러싼 '요정-유홍·유정경' 사이의 뇌물수수사건이다.[31] 이 사건은 작품의 서두 부분에서부터 주목을 끄는 비중이 큰 사건인

---

30 전반부에서는 친족간 갈등, 후반부에서는 처족과의 갈등이 부각된다.(양혜란, 앞의 논문, 274쪽) 이를 수용하여 그 의미를 밝혀내고자 한다.

31 금오 요정이 강형수의 처를 겁탈하려다가 정씨가 자살하기에 이르고, 이에 요정이 사건을 은폐하려고 유홍에게 뇌물을 주어 유정경으로 하여금 강형수를 절도로 귀양보내는 사건이다. 그 과정에서 유연이 부친에게 사건처리의 부당함을 고하나 유홍은 유연이 뇌물을 받았다고 참소한다. 이에 추밀부사 정관이 13도 어사와 함께 만언소를 지어 요정의 죄상과 뇌물을 받은 유정경의 죄상을 밝히려다가 유연의 성품을 보고 그만 둔다.

바, 유연, 피해자 강형수, 그리고 형부상서(남공)의 발언을 통하여 권문세가가 사람을 능욕한 사건으로 제시되고,[32] 궁극적으로는 유씨가문의 명예와 직결되는 문제로 인식된다.[33]

이런 상황에서 유연이 취하는 행위는 다음 두 단계를 밟는다. 첫째는 부친과 아우가 강형수에게 죄를 덮어씌운 잘못을 지적하는 단계이고, 둘째는 부친과 아우로부터 모진 고통을 당하면서도 지효至孝를 실행하는 단계이다. 이 두 단계를 통합적으로 보면, 유연과 유정경·유홍의 대립은 가문의 진로 차원에서의 대립의 성향을 띤다.

애초에 유씨가문은 유백운의 후예로 국부장사인 유경이 있었고, 그 손자 유정경은 황제로부터 성의백의 봉작과 남방 3천호를 받고 조선祖先 벼슬을 이어받았다. 가부장인 유정경과 그의 차남 유홍은 부정적인 방법을 통해서라도 그런 권문세가의 세도를 유지하려는 인물들이었다.

정관이 작성했던 상소문의 내용을 보자.

녜부샹셔 유정경은 본디 부지 방탕음란무도ᄒᆞ니 일즉 그 어미를 돌노 쳐 머리 ᄭᅢ여지니 파샹풍ᄒᆞ여 죽고 이민 화란 슈어스로 '이민 화란 슈어스'[34] 가져 그

---

32 유연의 말: 비록 대신이ᄂᆞ 힝시 간ᄉᆞ하고 죄목이 히이ᄒᆞ니 젹실홀지디 가히 호발도 용샤치 못홀 거시니 원컨디 대인은 짐삼 샹찰ᄒᆞ샤 셰가권문의 국법 어즈러이ᄂᆞᆫ 힝실을 엄시ᄒᆞ시고 고단ᄒᆞᆫ ᄉᆞ족 욕ᄒᆞᄂᆞᆫ 풍속을 쓰러브리게 ᄒᆞ시면 셩샹의 만힝이오 야의 디션이시리이다(권1, 『전집』 15, 13쪽)

강형수의 말: 뉴졍경이 〃럿툿 모호이 ᄒᆞ야 도로혀 쇼싱을 원츤ᄒᆞ니 당〃ᄒᆞᆫ 남ᄌᆞ 되여 이 분ᄒᆞᆫ 거슬 셜치 못하고 셰샹의 이시미 구ᄎᆞ홀 뿐 안냐 국가 톄면으로 니른들 옥시 금은을 슈뢰ᄒᆞ고 원옥을 결치 아냐 이런 지경의 이시되 만뢰 결구ᄒᆞ니 … 묘명 즁신이 강도의 형샹을 ᄒᆞ고 반야의 ᄉᆞ족부녀를 겁살ᄒᆞ미 ᄯᅥ여 즁졍이 분울ᄒᆞ니(권1, 『전집』 15, 16~17쪽)

남공(형부상서)의 말: 강형슈ᄂᆞᆫ ᄉᆞ림의 괴슈오 옥시 디단ᄒᆞ거눌 션성이 엇지ᄒᆞ여 져 뇨젹을 다ᄉᆞ리지 아니하고 도로혀 원교를 죄쥬시뇨(권1, 『전집』 15, 19쪽)

33 서술자의 발언: 이 졍히 황금 슈빅 양이 뉴시 가문을 어즈러이고 부ᄌᆞ형뎨 불화ᄒᆞᄂᆞᆫ 근본이 되여 맛ᄎᆞᆷ니 인륜디변을 이르혀니 슬프다 ᄉᆞ룸이 욕심을 삼가지 아닐 것가(권1, 『전집』 15, 10쪽)

34 '이민 화란 슈어스' 구절이 〈6권6책본〉에 '밋 ᄒᆞ람 순어스'로 되어 있다.

114

아비 창첩을 드려 통첩을 솜아 통간ᄒ고 일이 누설홀가 두려 짐독ᄒ여 죽이고 샹〃의 민가 녀즈룰 아ᄉ미 ᄒ두 번이 아니라 ᄉ룸이 금슈로 지목ᄒ되 죠샹여경으로 벼슬이 후빅의 이르고 위 통지의 잇시니 임의 쟉녹을 도젹ᄒ미 극ᄒ지라 … 조정의 샹풍피쇽ᄒᄂ 안젹과 례의념치 일ᄂ 쇼인을 엄히 다ᄉ리ᄉ 후인을 징계ᄒ심을 바라ᄂ이다[35]

유정경·유홍 부자는 서사 진행 과정에서 알려진 것보다 더욱 심한 죄를 짓던 자들로서 전형적인 소인의 모습을 띤다. 그러기에 서사 과정에 알려진 대로, 유홍이 뇌물을 받고 강형수를 참소했던 일, 유정경이 그 죄상을 알게 되어서도 진상을 덮어버리려 했던 일, 나아가 유정경이 형부상서와 형부우시랑의 지적을 받자 적반하장 격으로 동관으로부터 천대함을 받는다고 상소하여 예부상서로 자리를 옮겨버리는 일쯤은 그리 어려운 일이 아니었다. 심지어 그런 잘못을 지적하는 아들 유연의 적장자위嫡長子位를 빼앗고 며느리 정씨마저 폐출한 것 또한 어려운 일은 아니었다.

반면 유연은 그런 악행을 지적하는 양심 있는 도덕군자로 표방된다. 그에 따라 유연과 유정경·유홍의 대립은 군자君子와 소인小人의 대립의 형상을 띤다. 이 대립은, 가문의 진로와 관련하여, 유씨가문이 소인가문으로 남느냐 아니면 군자가문으로 거듭나느냐의 기로에 서 있음을 의미한다.[36] 위의 상소문에 지적되었던 유정경·유홍의 악행들은 유씨가문이 이미 소인가문의 성향을 띠게 되었음을 말해준다. 이런 것을 수용하지 않으려 한 인물이 바로 유연이었던 바, 유연의 "집심執心", 즉 부친에 의해 부정적으로 여겨졌던 유연의 고집은 가문의 진로와 결합하면서 성품 차원을 벗어나 가문갱신의식家門更新意識으로 자

---

35 권3, 『전집』 15, 200~204쪽.

36 김성철이 유연과 유홍의 형제갈등을 가문의식과 사적 욕망의 대립으로 보았다.(김성철, 앞의 논문, 17~26쪽)

리 잡는다.

유연의 그런 의식은 유정경이 계후를 장남 유연에서 차남 유홍으로 변경함으로써 일시 좌절되기에 이른다. 계후변경을 통해 부친은 차남에게 종통을 계승하게 했기 때문이다. 이러한 종통계승의 시도는 권세가문이 부정적인 방법을 써서라도 기득권을 유지하고자 하는 집단적 욕망 내지는 의식에 해당한다. 이에 유연과 유정경·유홍의 대립은, 한 집안 안에서 선악을 넘어 기득권을 유지하고자 하는 가문의식과 군자가문으로 거듭나고자 하는 가문의식의 대립을 함축한다고 할 수 있다.

또한 한 가문 내에서 군자와 소인의 대립 형국은 정치적 차원으로 확대되기에 이른다. 유연과 유정경·유홍이 보여주는 정치적 차원에서의 대립은 크게 두 단계를 거친다. 첫째 '유정경-유홍-요정-만염'의 정치적 연대 구축과 '태자-유연'의 친분 구축을 통해 구현된다. 전자의 무리는 유연의 절의가 세상에 알려지는 것을 막기 위해 유연을 과거에 응시·급제하게 하고, 그들 뜻대로 유연이 급제하자, 유연을 모해한다. 태자는 그들을 아첨하는 신하라고 비판하고 유연의 죄를 벗겨내기에 이른다.

둘째, 이런 정치적 대립은 만귀비당과 황후당의 대립으로 심화·확대된다. 황제가 만귀비의 참소를 받아들여 정궁을 폐하고 태자를 소홀히 대하자, '유홍-요정-만염'의 만귀비당에 의해 폐모불가론廢母不可論을 내세운 '유연-유정서-정관-유선'의 황후당이 원찬되거나 삭직되고 만다.[37] 나중에 제위에 오른 태자(효종)에 의해 만귀비당은 축출되고 유연, 정관 등은 복직된다. 유연과 유정경·유홍의 대립은 이러한 정치적 대립과 맞물리면서 문중 차원의 대립을 낳기도 한다. 즉 친족인 유정서와 유선이 가세함으로써 '유연-유정서-유선'과 '유정경-

---

37 유연이 황후당이 된 것은 자진해서가 아니라 유홍의 모략에 의해서였다. 유홍은 만귀비에게 형을 참소하고, 부친을 꼬드겨 유연이 폐모불가론을 상소하게 함으로써 유연을 황후당으로 몰아 귀양을 가게 했던 것이다. 이렇듯 유연은 타의에 의해서 정치적 대립으로부터 자유로울 수 없었다.

유홍'의 대립으로 심화되는 것이다.[38]

요컨대 〈유효공선행록〉은 개인 차원에서 군자와 소인의 대립의 층위, 정치적 차원에서 황후당과 만귀비당의 대립의 층위를 설정하고, 두 층위 사이에 유씨가문을 놓고 그 유씨가문 구성원들이 군자와 소인으로 갈리고 나아가 황후당과 만귀비당으로 갈리는 형국을 특징적으로 형상화한 작품이라 할 수 있다.

18세기 조선 후기 사회는, 군자·소인 논의가 개인의 차원에서 일어났었고, 그런 논의가 이미 당파의 차원으로 확대되어 군자당·소인당 논의가 일어났던 앞 시대의 사회적, 정치적 영향권에 놓여 있었다. 그 와중에 군자·소인 논의가 가문에도 적용되었음을 쉽게 상정할 수 있는바, 이 작품은 그런 모습을 특징적으로 구현한 것이라 할 수 있다. 즉 이 작품은 '개인-가문-왕권' 차원에 맞추어 각각 '군자; 유연-황후당-태자'와 '소인; 유정경·유홍-만귀비당-선제先帝'의 대립 구도를 짜고 전자에 의해 후자가 대체되는 과정을 제시했다. 개인 차원에서는 소인小人이 회심하여 군자君子가 되는 것, 가문 차원에서는 서로 다른 당색黨色을 취한 구성원들이 서로 대립·갈등하다가 같은 당색을 취함으로써 가문통합을 이루는 것, 사회 차원에서는 그 가문이 국가를 수호하여 긍정적으로 평가받는 것, 이 세 차원을 중층적으로 형상화한 것이다.

한편 유씨가문이 군자형 벌열가문으로 거듭나는 과정에서 유연의 지극한 효우의 실행이 병행된다. 유연은 부친과 아우의 죄를 직접 들춰내는 방법을 택하지 않고 지극한 효우의 실행의 방법을 택한다. 이러한 효우의 실행은 일차적으로 일반적 심성론의 차원에서의 효우의 실행이며, 대내외적으로는 가문의 명분 제고에 기여하는 것이기도 하다. "사림士林의 괴수"로서 한림학사가 되는 강형수가 유정경·유연을 인정했다는 것은, 조정에 진출한 사림이 유씨가문을 긍정적으로 인정했음을 의미한다. 요컨대 유씨가문은 유연의 지극한 효우 실

---

[38] 궁궐의 신하들 중에 유씨 문중 10여 인이 어진 유연을 옹호한다. 반면에 유정경은 유정서가 유연으로부터 뇌물을 받았다고 모함한다.

행을 통하여 사람으로부터 긍정적인 평가를 받게 됨으로써 군자형 벌열가문으로 온전히 거듭나게 될 수 있었던 것이다.[39]

(b)유연이 친족인 아들에게 어려움을 주는 경우. 유연이 친아들 우성에게 거듭되는 고통을 안겨 주면서까지 갈등을 지속했는데, 그것은 어떤 의미를 지니는가? 즉 이들 부자갈등에서 '아비에 대한 아들의 일방적 의무와 순종'의 효 실행에 대한 반성이 제기되고 '아들에 대한 아비의 이해와 배려'를 환기할 정도로 유연이 그런 완고한 인물로 형상화되었는데, 그 이유는 무엇인가?

이에 답하기 위해 유연과 우성의 인물상을 대조해보기로 한다. 유연은 은인자중한 성품으로 도학道學과 수신修身을 중시하며 사람을 존중하는 도학지향형 인물인 반면, 우성은 재기발랄한 성품으로 벼슬길로 나아가는 것을 힘쓰고 권력을 중시하며 풍류 성향을 지닌 환로지향형 인물이다. 유연은 환로지향적인 아들 우성을 인정하기는커녕 미워하여 자신과 비슷한 도학군자형 인물인 백경(유홍의 아들)으로 계후를 바꾸기에 이른다. 이런 계후변경은 유연·유홍 형제간 우애의 실현이라는 의미를 지니지만, 한편으로 '유씨가문의 종통 차원에서 군자의 확립'이라는 의미를 지니기도 한다.

적장자는 혈통상 '유정경(1대)-유연(2대)-유우성(3대)-유세기(4대)'로 이어져야 하는데, 실제로는 '유정경(1대)-유홍(2대)-유연(2대)-유백경(3대)-유세기(4대)'로 이루어진다. 계후변경이 2대, 3대, 4대에 걸쳐 총 세 차례나 발생하는데, 이 과정을 통해 가문의 색깔이 선명하게 부각된다. 유씨가문이 '유정경-유홍-유우성'으로 이어지는 환로지향형 가문이 될 가능성이 제기되었으나, 그렇게 되지 않고 '유연-유백경-유세기'로 이어지는 도학지향형 가문으로 자리를 잡는다.[40]

---

39 유홍은 해배된 뒤 형의 인덕에 감동하지만, 여전히 유연과 의견을 달리하기도 한다. 유홍은 고집하여 친아들 유백명을 출사시키는데 유백명은 '의논에 참여하지 못하는 버린 명사'로 머물고 만다. 이런 구성은 유씨가문을 군자형 벌열로 나아가게 하는 유연의 생각이 옳았음을 뒷받침한다.

환로지향적 성향을 지닌 유정경·유홍이 소인이었음을 고려한다면, 군자형 인물이던 유연에게 환로지향적 성향을 보이던 아들 유우성이 유정경·유홍과 같은 소인으로 전락할 것으로 보였거니와, 유연과 유우성의 부자대립은 유연과 유정경·유홍의 대립에서 보였던 군자와 소인의 대립을 일정하게 이어받는다. 군자형 인물인 유연은 그러한 유우성에게 종통을 잇게 하지 않고 자신과 성향이 비슷한 군자형 인물인 유백경으로 계후를 변경한 것이다. 유백경 역시 자신의 친아들을 계후로 삼지 않고 유세기를 계후로 삼았던 것은, 유세기가 군자형 인물이었기 때문이다.

우성 또한 군자다운 모습을 갖추게 되어 부자간 화목을 이루게 된다. 이들 부자간 화목은 앞항에서 살펴본 대로, 우성이 철저히 부친이 원하는 대로 성향이 바뀌는 차원에서, 즉 '아비에 대한 아들의 일방적 의무와 순종'의 차원에서 구현된다. 이는 유씨가문이 군자가문으로 거듭나기를 원했던 유연의 소망과 의지가 강렬했음을 의미한다.

한편 유연이 우성을 핍박한 것은 장인 정관 및 아내 정부인과의 갈등과 관련되어 있었기 때문임은 앞서 살펴본 대로인데, 바로 이어서 좀더 구체적으로 살펴보기로 한다.

(c)유연이 처족인 정관과 아내에게 어려움을 주는 경우. 유연과 정부인의 부부갈등은 '남편에 대한 아내의 일방적 의무, 절대적 순종'의 차원에서 해소되며, 옹서갈등은 사위가 처가를 무시하는 차원 즉, '처가의 사위 가문에 대한 일방적 순종'의 차원에서 해소된다. 이와 관련하여 유연이 처족을 이해·배려하기는커녕 오히려 그들을 핍박한 이유가 무엇인가를 알아보기로 한다.

---

40 유연이 친자인 유우성의 계후를 조카 유백경(유홍의 아들)으로 바꾼 것은, 유홍을 배려하여 형제간 우애를 확립하고자 했기 때문이고, 조카 유백경이 유연 자신과 같이 군자형 인물이었기 때문이다. 그리고 유백경이 계후를 친자에서 유우성의 아들 유세기로 바꾼 것은, 유연에 대한 은혜를 갚기 위해서였고, 또한 유세기에게서 도학지향적인 군자의 모습을 확인할 수 있어서였다.

먼저 유연은 친족관계(부자관계·형제관계)와 처족관계(부부관계·옹서관계)에 있어서, 전자를 후자보다 중요하게 여기는 태도를 취한다. 물론 유연이 아내 정부인에 대한 연민과 동정, 그리고 연정을 곳곳에서 표출하곤 한다. 하지만 처족(장인·아내)이 친족(부친·아우)의 문제점을 거론하는 순간, 유연은 친족에 우호적인 태도를 보이는 반면, 처족에는 반감을 품는 태도를 취한다. 친족(부친·아우)이 부정적인 소인이고, 처족(장인·아내)이 긍정적인 인물임에도 친족과 처족에 대한 유연의 차별적인 태도는 더욱 선명해진다.[41]

이러한 모습을 보이는 〈유효공선행록〉은, 장인을 비롯한 처족의 구성원이 소인으로 그려지고 친족의 구성원이 군자로 그려지는 여타의 작품들과 대조된다. 〈명주기봉〉의 화정윤은 황제의 인척이라는 권세를 믿고 과부를 겁탈하고 죄 없는 백성을 도륙하는 인물로, 〈옥원재합기연〉의 이원의와 〈창난호연록〉의 한제는 신의를 저버리고 권세에 아부하는 인물로, 〈양현문직절기〉의 이임보는 구밀복검口蜜腹劍의 인물로 간신의 전형으로 그려져 있고, 장모 역시 그에 걸맞게 소인형, 악인형 인물로 그려져 있으나, 친족(사위가문)은 자기 가문을 모해하려는 처족(장인가문)을 포용하는 모습을 보인다.[42] 이와는 달리 〈유효공선행록〉의 유연은 긍정적 인물인 장인이 부친과 아우의 소인배적 죄상을 밝힌 것을 두고, 장인을 거듭 배척하여 심각한 옹서갈등을 일으키고 나아가 부부갈등을 심화시키는 것이다.

유연이 처족을 이해하고 관용하기는커녕 주변인들의 비판을 받으면서까지 그런 일련의 갈등을 일으킬 수밖에 없었는데, 그 이유는 유연에게 가문의 갱신이 거의 절대적인 목표 혹은 가치였지만, 동시에 '가문의 유지와 존속'이 그

---

41 아내가 노복과 간통하고 시아버지를 능욕했다는, 부친과 아우의 모함으로 아내가 궁지로 몰렸다. 유연은 그 내막을 알면서도 아내를 가문에서 내친다. 이에 장인이 부친과 아우의 죄상을 상소하려 하자, 유연은 그런 장인의 마음을 헤아리기보다는 불쾌한 마음을 감추지 못한다.

42 한길연, 「소인형 장인이 등장하는 옹서대립담 연구」, 『고소설연구』 15, 한국고소설학회, 2003, 285~288쪽.

전제 조건이었기 때문이다. 유연의 입장에서, 처족(아내와 장인)을 이해하고 배려한다는 것은, 친족(부친과 아우)의 죄를 인정해야 하는 측면이 있어, 궁극적으로는 유씨가문의 부정적인 면을 인정함으로써 유씨가문의 존립을 위태롭게 하는 것이 되고 만다.

그러기에 유연은 장인이 부친과 아우의 죄상을 상소하려 했다는 말을 듣고 장인을 용납하지 않으려 했으며, 심지어 장인이 세 차례에 걸쳐 사과를 했어도 그 사과를 받아주지 않았던 것이다. 또한 그 지나침을 지적하는 친구 강형수·박상규와 심한 언쟁을 벌이기도 했고, 심지어 외가의 피가 흐른다고 하여 친아들의 계후를 조카로 바꾸었던 것이다. 그리고 누명을 쓰고 쫓겨났던 정부인의 죄상에 대한 시비를 가리기는커녕 폐출당한 여자가 자결하지 않은 점, 사찰에서 지낸 점, 그리고 남장차림을 한 점 등을 죄목으로 들어 정부인을 질책·냉대하기조차 했던 것도 그와 무관하지 않다. 이런 유연의 처사는 가문의 자기갱신에 있어서 가문의 유지와 존속이 절대적인 전제 조건임을 보여준다.

요컨대 이 작품은 가문의 존속과 갱신, 이 두 가지를 절대적인 목표 혹은 가치로 제시하면서 가문창달을 지향하는 과정에서 효우애 실행의 극단적 일방성을 드러낸 문제작이라 할 수 있다.

4. 마무리

〈유효공선행록〉은 부자관계, 부부관계(옹서관계 포함)에서는 '아비·남편에 대한 아들·아내의 일방적 의무와 순종'의 문제점을 제기하는 한편, '아들·아우에 대한 아비·남편의 이해와 배려'를 환기하고, 형제관계에서는 '형의 아우에 대한 끝없는 이해와 배려'를 통해 '아우의 형에 대한 공경'을 환기한다. 즉 '아비·형·남편과 아들·아우·아내 쌍방의 온전한 효우애'에 바탕을 둔 가문통합과 화합을 지향한다. 그런데 이 작품은 이러한 문제점과 지향점 사이에 큰 괴리를 보인다.

그 괴리의 중심에 서 있는 인물이 주인공 유연이다. 대체로 여타의 대소설에서는 복수의 주인공이 나타나지만, 이 작품에서는 주인공이 유연 한 명이라고 할 수 있다. 유연은 도학, 수신, 효우 중심의 군자형 인간상을 지향하는 자로서, 그런 군자형 인간상을 자기 자신은 물론이고 가문 구성원에게 실현하고자 하는 인물로서 그려진다. 그는, 첫째 소인형 부친과 아우에게는 철저한 자기희생과 인내를 바탕으로 그들이 회심이 이루어지게 하고, 둘째, 환로형 아들에게는 도학과 수신을 철저히 받아들이도록 하여 군자로 거듭나게 하며, 셋째 아내에게는 남편에 대한 철저한 순종을 강요하며, 넷째 장인에게는 유씨가문의 잘못에 대한 비판을 원천적으로 봉쇄하고자 했던 것이다.

이렇듯 〈유효공선행록〉은 군자형 인물인 유연을 주인공으로 설정하여 개인 심성의 차원에서 군자를 재현하고, 나아가 가문과 사회 차원에서 군자가문을 재현한다. 세부적으로 이 작품은 벌열가문의 진로를 두고 소인가문으로 남을 것인가 아니면 군자가문으로 나아가야 할 것인가의 갈림길에서 군자에 의해 소인가문이 군자가문으로 갱신하는 모습을 형상화해낸다. 군자가문의 실현이 절대 명분으로 자리잡기 때문에, '아들·아우·아내의 아비·형·남편에 대한 일방적 의무와 순종'이라는 문제점과 '아비·형·남편과 아들·아우·아내 쌍방의 온전한 효우애'라는 지향점, 이 둘 사이에 큰 괴리를 보이는 것이다.

17세기를 거쳐 18세기에 이르는 조선 후기에는, 일찍이 사림이 훈벌勳閥을 대체하던 과정을 거친 후, 사림이 산림과 훈벌로 분화되던 과정, 정치적 사회적으로 군자소인론君子小人論이 일어나던 과정 등을 거치고 있었으며, 명실 공히 벌열은 정치, 사회 등 각 분야에서 적지 않은 역할을 하기에 이르렀다. 그 와중에서 벌열에 대한 긍정적 시선과 부정적 시선이 혼재하게 되었는데 그런 분위기에서 부정적인 시선을 극복하고자 하는 벌열가문도 있었을 것이다. 세분하자면 ㉠산림과의 우호적인 관계를 지속함으로써 산림이 지향하는 군자적 모습을 해당 가문도 지니고 있음을 천명하려는 벌열이 있었는가 하면, 한편 ㉡ 산림과 거리를 두면서 자체적으로 군자를 확보하여, 가문 내에 군자형 인물들과 환로형 인물들의 조화를 이룸으로써 가문의 창달을 이루려는 벌열도 있었을 것이다.

〈유효공선행록〉은 ㉠과 ㉡을 공유하는 사회상을 외연으로 하여, 소인가문이 군자가문으로 자기갱신하는 모습을 담아냈는데, 그 과정에서 '군자형 인물에 의한 군자가문의 실현'을 절대화함으로써 효우애 실행의 극단적 일방성을 드러낸 문제작이라 할 수 있다.

IV. 〈유씨삼대록〉:
군자가문에서 환로가문으로의 도약

1. 문제 제기

〈유효공선행록〉과 〈유씨삼대록〉[1] 연작은 전후편을 관통하여 '벌열로서 유씨가문의 창달'이라는 거대담론을 형성한다.

연작 사실이 확인되기 전에 이루어진 개별 작품론[2] 이후, 임치균이 연작 사실을 밝혀내면서[3] 연작의 연계성 논의가 본격적인 궤도에 올랐다. 그는 인물갈등의 분석을 통해 전편과 후편의 개별적 특성을 어느 정도 밝히면서, 5대에 걸쳐 이루어지는 유씨가문의 창달이 연작의 통합적 원리로 자리잡고 있음을 적시했다.[4] 이어 최길용은 전편과 후편의 연계성에 주안점을 두어 주제가 "유학적

---

* 「〈유씨삼대록〉의 가문창달 재론」(『한중인문학연구』 20, 한중인문학회, 2007, 145~166쪽)의 제목과 내용 일부를 수정했음.

1 〈유씨삼대록〉(고려서림, 1988)

2 이수봉이 사대부 창작설과, 주제면, 사상면, 구성면, 인물 묘사면에서의 특성을 제시했고, 김현숙은 인물갈등을 세대별로 분석하고 3대기 구성의 특징을 적시했다.(이수봉, 「〈유씨삼대록〉연구〉, 『동천조건상선생 고희기념논총』, 개신어문연구회, 1986, 713-744쪽; 김현숙, 「〈유씨삼대록〉 연구-삼대기구성을 중심으로」, 이화여대 석사논문, 1989)

3 임치균, 「유효공선행록 연구」, 『관악어문연구』 14, 서울대 국어국문학과, 1989, 214-216쪽.

4 임치균, 「연작 〈유씨삼대록〉 연구」, 『홍익어문』 10·11합, 홍익대 홍익어문연구회, 1992, 790-805쪽.

윤리이념의 강조와 가문창달의 이상추구"라는 결론을 내렸다.[5] 이들은 공히 가문창달을 주제로 적시함으로써 거대담론의 차원에서의 작품 해명에 기여했다.

이러한 거대담론 차원의 논의는 송성욱, 이승복, 박일용에 의해 어느 정도 극복되었다. 송성욱은 계후갈등 및 종손의 성격에 초점을 맞추어 유씨가문의 창달이 산림의식山林意識의 수용과 깊은 관련이 있음이 밝혔다.[6] 그런데 이 연구는 환로형 인물축에 대한 분석을 남겨둠으로써 결과적으로 유씨가문의 창달에 대한 해명이 미흡하다는 한계를 남겼다.

이에서 한 걸음 더 나아가 이승복은 '타락한 훈벌이 산림의식을 수용하여 가문창달을 이루게 되었다'라는 심화된 주제론을 펼쳤다.[7] 그런데 이승복은 후편과 관련하여 "3대에 걸친 정실·제2부인의 갈등구조가 유씨가문의 창달을 지향하며, 이는 유씨가문에 한정된 특수성으로 볼 수만은 없고 조선 후기 보편적인 양반 지배층의 이상과 가치를 구현한 것"[8]이라 했던바, 그의 논의는 가문창달이라는 거대담론 차원으로 되돌아가고 말았다.

한편 박일용은 연작 관계로 보는 시각과 일정한 거리를 두면서, "〈유효공선행록〉이 산림 계층과 벌열 계층 사이의 정치적 대립을 가문 내적 갈등 형태로 변개하는 가운데 영락해 가는 산림의 산림적 세계관을 반영한 반면, 〈유씨삼대록〉은 벌열적 세계관을 반영한다"[9]는 견해를 펼쳤다. 이는 '산림=몰락양반층'과 '훈구=벌열층'의 대립적 시각을 바탕으로 한다. 내가 보기에 산림의식은

---

5 최길용, 「〈유효공선행록〉 연작 연구」, 『국어국문학』 107, 국어국문학회, 1992, 131-160쪽. 최길용이 쓴 '연계성'이란 용어를 수용했음을 밝힌다.

6 송성욱, 「고소설에 나타난 부의 양상과 세계관」, 『관악어문연구』 15, 서울대 국어국문학과, 1990.

7 이승복, 「〈유효공선행록〉에 나타난 효우의 의미와 작가의식」, 『선청어문』 19, 서울대 국어교육과, 1991, 162-184쪽.

8 이승복, 「〈유씨삼대록〉에 나타난 정-부실 갈등의 양상과 의미」, 『국어교육』 77·78합, 한국국어교육연구회, 1992, 221-238쪽.

9 박일용, 「〈유씨삼대록〉의 작가의식 연구」, 『고전문학연구』 12, 한국고전문학회, 1997, 195-197쪽.

몰락양반의 계층의식에 한정되는 게 아니라, 벌열층에게 자양분이 되어 얼마든지 벌열의식으로 자리를 잡을 수 있는 것이어서, 박일용의 견해는 재론할 여지가 있다.

그와 별도로 조용호는 전편과의 연계성에 초점을 맞추지 않았지만, 후편이 "차자의 양화, 선민의식, 부의 절대우위 등의 방식을 통해 획득과 성취의 가문사를 주제로 한다"[10]고 보았다. 유씨가문의 창달이 차자에 초점을 맞추어 창달의 가문사를 짚어냈다는 점에서 작품의 실체 해명에 한 걸음 가까이 다가섰다. 하지만 전편과의 연계성 논의가 아니었으며, 그 때문에 후편에서 차자에 의한 가문 창달의 실체가 무엇인지 분명하게 제시되지 않았다는 한계를 남겼다.

내가 보기에, 이 연작은 전체적으로 "ⓐ소인가문 ⇒ ⓑ군자가문 ⇒ ⓒ환로가문"으로 이어지는 유씨가문의 창달을 형상화한 것으로 보인다. 이 연작은 처음부터 유씨가문을 벌열로 설정하되, ⓐⓑ는 전편에서 이루어지고, ⓑⓒ는 후편에서 이루어지는데, 이에 상응하여 연작의 이야기는 1대·2대에서 3대·4대·5대로 확장되는 가문사家門史가 된다. 즉, 전편 〈유효공선행록〉은 유씨가문이 소인가문에서 군자가문으로 갱신함으로써 긍정적인 벌열로 거듭나는 작품세계를 보여준다면,[11] 후편 〈유씨삼대록〉은 전편의 작품세계를 이어받아, 군자가문의 토대 위에서 환로가문으로 도약하는 유씨가문의 모습을 새로이 형상화한 것으로 보인다.

이 지점에서 중요하게 볼 것은, 세대가 교체되면서 가문의 특성이 어떻게 바뀌는가이다. 이 점이 해명될 때 전편에 대한 후편의 변별성이 밝혀질 것으로 보인다. 〈유씨삼대록〉은 벌열인 유씨가문이 군자가문과 환로가문의 조화를 이루되, 전편에서 이룬 군자가문의 속성은 배면에 자리를 잡는 반면에 환로가

---

10 조용호, 『삼대록소설 연구』, 계명문화사, 1996.

11 조광국, 「〈유효공선행록〉에 구현된 벌열가문의 자기갱신」, 『한중인문학연구』 16, 한중인문학회, 2005, 145-170쪽.

문의 속성은 전면에 부각되는 것으로 보인다. 한편 전편에서 적장자의 자리를 내주었던 유우성과 그 혈통이 부상하며 가문 안에서 분파를 형성하거나 소종으로 자리를 잡는 지점을 엿볼 수 있게 한다는 점에서 새로 주목할 만하다.

2. 군자형 인물에 의한 벌열가문의 보전

2.1. 명분론적 종통계승

연작 전체에서의 종통宗統은 '유정경(1대)→㉠유연(2대)→㉡유백경(3대)→㉢유세기(4대)→유견(5대)'으로 이어진다. 여기서 계후 변경은 크게 세 차례에 걸쳐 일어난다. 첫 번째는 ㉠의 경우인데, 큰아들(유연)에서 차남(유홍)에게 갔다가 다시 큰아들(유연)로 되돌아온다. 두 번째는 ㉡의 경우인데, 유연의 조카(유백경; 유홍의 아들)로 바뀐다. 세 번째는 ㉢의 경우인데, 유백경의 조카(유세기; 유우성의 아들)로 변경된다.

〈유효공선행록〉에서 유연과 유정경·유홍의 대립은 군자와 소인의 대립의 형상을 띤다. 그 대립은 벌열인 유씨가문이 소인가문으로 남느냐 아니면 군자가문으로 거듭나느냐의 기로에 서 있었음을 함축한다. 유정경·유홍의 악행은 유씨가문이 이미 소인형 벌열가문으로 깊이 빠져들었음을 말해준다. 장남인 유연이 잘못을 바로잡고 집안을 군자가문으로 거듭나도록 애쓰는데, 그 일환으로 유연은 친아들 유우성을 계후로 정했거니와, 이는 조카가 군자형 자질을 지니고 있어서 자신이 지향하는 가문을 군자가문으로 뿌리내리게 할 수 있다고 여겼기 때문이다.[12]

〈유씨삼대록〉은 전편에서 성취된 군자가문의 성향에 따라, '㉡유백경(3

---

12 해당 문단은 조광국, 앞의 논문, 161쪽.

대)→ⓒ유세기(4대)'의 종통계승자는 군자형 인물로 형상화된다. 이들의 군자적 모습은 매사에 진중하고 온양공겸한 성품, 지효至孝 등으로 표출된다. 유세형이 장소저 문제로 그의 부친 유우성으로부터 꾸지람을 듣게 되는데, 유백경은 유우성을 만류하여 가문을 화평하게 이끈다. 또한 유백경은 부친상 3년을 지내다가 몸이 상해 49세의 이른 나이에 세상을 떴을 정도로 효성스러운 군자의 모습을 보인다.

유백경을 이어 종통을 계승한 유세기는 양부養父 유백경에 의해 예의군자로 불렸다. 이부인이 보기에 부드러움으로 강함을 제어하고 어짊으로 사나움을 제어하는 유연의 군자적 유풍을 지닌 자이다. 그는 어사 백공의 청혼을 받지만, 부모의 허락 없이 자의로 결정할 수 없다면서 거절했고, 아내 소소저와 합방하지 않은 적이 있었는데 성인이 조혼早婚을 하지 않으며 부친의 병중에 합방하는 것은 옳지 않다는 것을 이유로 들어 주위 사람들로부터 찬탄을 받았다. 또한 병중에 있는 양부 유백경을 위하여 새벽까지 시침하는가 하면, 양부養父의 삼년상 기간 동안 너무 슬퍼하여 병이 들 정도로 지효至孝를 행했다.

'ⓛ유백경(3대)→ⓒ유세기(4대)'의 군자적 면모는 지나친 환욕宦慾과 권력욕을 경계하는 것에서도 찾아진다. 유백경은 출사出仕하지 않고 사람의 추앙을 받는 군자로 제시되며,[13] 사후에는 태자사부로 추증된다. 또한 유세기는 과거에 급제하여 현달했지만 항상 겸손한 태도를 취하면서, 가문이 지나치게 번창하는 것을 꺼렸다. 그는 유세형의 자식들이 출사·현달하는 것만으로도 가문의 영광이 족하다고 여기고, 친아들 9명에게 청운靑雲은 성정을 그릇되게 하는 것이라며[14] 과거에 급제하여 공명을 좇는 것을 막았다.[15] 또한 자식들의 혼사에서 환

---

13 빅경은 현명 군주로 … 말근 힝실이 쵸야 낫투 누 텬즈 여러번 청직으로써 부르시되 졍흔 뜻이 잇서 종시 환로에 누으가지 아니 〃 이 졍히 기산영수에 귀씻논 놉흔 조쾌를 짜릉지루 텬즈 아름다이 너기수 도호를 운수션성이루 ᄒᆞᆺ 사람의 웃듬을 숨으시니(『권1』, 『유씨삼대록』 1, 70쪽. '사람'은 '사림'이 맞음. 국립중앙도서관 19권19책의 권1에는 '사림'으로 되어 있음)
14 장남 유견 1인만 과거 응시를 허락받고, 장원급제하여 한림학사가 된다.

로·출사와 거리를 둔 산인·처사와 통혼했다.

이렇듯 'ⓐ유연(2대)→ⓑ유백경(3대)→ⓒ유세기(4대)'로 이어지는 종통계승은 혈통론적 계승이 아니라 명분론적 계승인데,[16] 거기에는 가문 구성원간 효애 및 우애 그리고 종통계승자인 양부양자 간 의리와 지효가 자리를 잡는다. 전편 〈유효공선행록〉에서 추구한 군자가문이 후편 〈유씨삼대록〉으로 이어지는바, 이들 연작은 '계후는 군자로 선정되어야 하며, 이를 위해서는 명분론적 종통계승이 불가피하다'라는 의미를 형성한다. 5대 유건은 계후 변경 없이 종통을 계승하는데 이는 그가 군자적 자질을 갖추었기 때문이다.

2.2. 가문의 존속과 안위

'ⓐ유연(2대)→ⓑ유백경(3대)→ⓒ유세기(4대)→유건(5대)'의 군자형 인물축은 종통계승자로서 유씨가문의 존속과 안위를 담당한다. 이들은 가문의 대소사에 태연자약한 태도를 견지함으로써 중심을 잡는다. 유세기는 조카 유현(유세형의 차남)과 양벽주의 결연 즈음에 양벽주가 중도에 재앙이 많을 것을 예견하여 차분히 대처했고 훗날 양벽주가 죽은 것으로 알고 다들 슬퍼할 때 천문을 보고 그녀가 살아 있음을 예견하고 부화뇌동하지 않았다.

그리고 군자형 인물축은 국가적 위기의 순간에 직면해서는 문호門戶 보전을

---

15 셩의빅이 몬져 공금ᄒ고 겸양ᄒ믈 직히여 부중이 너모 셩만ᄒᄆᆯ 두리고 그 ᄌ녀 구인을 가리치 각별 엄이 ᄒ야 졔지딘 십셰딘 작비난 문득 ᄉ곡에 이러 진시승을 갈니여 수학ᄒ기 ᄒ고 일즉 빗난 옷슬 맛난 음식으로 그 몸에 나오지 안야셔 그 구복에 죽지 못ᄒ기 ᄒ고 조홍죠빙은 션왕의 업이 아니라 ᄒ야 쾌ᄌ을 다 나히 이십이 된 연후에 혼인을 이루여 문지을 갈일 언정 궁달을 취치 아니ᄒ야 쇼인과 치수의 무리을 결혼ᄒ야 부인의 치장이 다 형추 노군으로 경긔ᄒ고 지ᄌ 다 졔학ᄒ고 풍신니 특이ᄒ려 죠말ᄒ문 조쇼에 ᄊᆞ리오 쳥운은 셩경을 그릇 만드난 문나라 ᄒ야 과거을 보지 못ᄒ게 ᄒ더니(「권13」, 333~334쪽)

16 박영희는 종통론적 종법의식과 혈통위주의 종법의식으로 개념화했다.(박영희, 「장편가문소설에 나타난 母의 성격과 의미」, 「한국고전소설과 서사문학(상)」, 집문당, 1998, 263~282쪽)

우선시하는 태도를 보인다. 예컨대 가정 6년에 귀비가 정궁 폐위를 도모하고, 또한 환관 진수, 장경과 함께 국권을 농락하며 충신을 살해하기 시작했을 때, 유세기는 벼슬을 사임하여 그런 정치적 소용돌이에 유씨가문이 휘말리려 들지 않게 했다.

한편 이들은 가문 내에서 상대적으로 군자답지 못한 자들을 통제하고 그들에게 적극적으로 조언함으로써 가문의 안위와 존속에 기여한다. 군자적 자질이 결여되어 소인으로 전락할 위험성을 안고 있는 인물들로는 '유우성(3대)→유세형(4대)→유관(5대)'와 종통문제를 일으키는 유세광(4대)·유홍(5대) 부자가 있다.

먼저 군자형 인물인 유연(2대)이 친아들 유우성(3대)을 통제하는 것을 보자. 전편 〈유효공선행록〉에서 유연은 재기가 넘치는 친아들 유우성에게서 소인으로 전락할 위험성이 있다고 보고 계후를 조카 유백경에게 넘김으로써 가문의 안위를 도모했다. 유우성은 풍정風情을 걷잡지 못하고 어린 아내 이명혜에게 성폭력을 가했다가, 부친의 장책을 받고 학문에 정진하여 군자적 자질을 갖추기에 이르고, 이후 출사出仕하여 현달한 뒤에 종통계승자인 유백경과 함께 가문의 대소사를 잘 다스려나가는 인물로 거듭난다.

다음으로 군자형 인물인 유세기(4대)가 동생 유세형을 변화시키는 것을 보자. 유세형은 산천정기와 일월광휘를 가졌으나 범사에 고집되고 편벽되어 친형 유세기처럼 관대하지 못하며, 군자의 도를 갖추지 못하고, 가문에 걱정을 끼치는 부정적인 인물로 제시된다.[17] 그는 혼인 전에 장혜앵을 만나 애욕을 드러냈으며, 진양공주의 배필이 된 후에는 마음에 들지 않는다 하여 부부갈등을 일으켰다. 이에 유세기는 유세형이 장혜앵에게 미혹되어 진양공주를 박대한 처사를 이명혜에게 알렸고, 군자답지 못한 유세형의 혼암昏暗한 처사를 꾸짖었고, 진양공주의 덕행(유우성의 상소를 만류한 것, 부마·장혜앵에게 죄가 내리지 않게 하기 위하여 궁궐로 들어간 것)을 거론하며 유세형을 깨닫게 했고, 유세형과 장혜앵 사이에 부부싸움이 벌어지자 유세형을 달래기도 했다. 이렇듯 군자형 인물인 유세기의 통제와 조언으로 유세형은 군자적 자질을 갖추어 수신제가修身齊家에 힘쓰고 훗날 부친 유우성과 함께 환로형 인물축이 되어 유씨가문의 대외적 발전을 담당하는 인물로 거듭난다.

또한 유세기(4대)는 가문에서 발생한 계후갈등을 해소하기도 한다. 유백경이 유세기를 양자로 들여 종통을 잇게 하자, 유백경의 친아들인 유세광과 그의 아내 위부인(4대)이 그의 아들 유홍(5대)으로 계후를 잇게 하려고 유세기·소부인 부부에게 독초를 먹이는 사건을 벌였는데, 유세기·소부인 부부는 알면서도 함구하고, 하수인인 시비들(난영·설운)을 고향으로 돌려보냄으로써 치독 사건이 누설되는 것을 막았다. 유세기 부부의 온화한 인덕仁德으로 유세광(4대)이 회과悔過함으로써 가문 내의 화목과 우애가 회복된다.[18] 여전히 불만을 품은 위부인·유홍 모자가 무녀와 복자를 시켜 유세기·유견 부자를 죽게 해달라고 축원하기도 하나, 유세기는 이에 개의치 않고 더욱 우애에 힘쓰며 민간 작폐의 죄를 입어 유배를 가는 유홍(5대)을 위해 상소하여 풀려나게 했다. 이로써 위부인·유홍의 온전한 회개가 이루어지고, 그로 인해 가문의 안정이 회복된다.

유견(5대) 역시 가문의 안위에 힘을 쓴다. 유현은 유세형의 차남으로서 문장 실력과 재주가 빼어나지만 마음이 방일하고 언사가 호매하기도 하다. 유현은 부친 유세형의 명을 좇아 학업에 힘쓰던 중,[19] 이복동생 유혜를 시켜 미모의 장

---

17 셰형의 ᄌᆞᄂᆞ 문회니 산천경긔와 일월광휘를 가져 동지 현활ᄒᆞ고 성질이 호협ᄒᆞ니 부모 심의ᄒᆞ야 퇴부를 널리 구ᄒᆞ더니 이히 봄에 갑과에 쎄이니 승상이 깃거오나 년쇼미려호믈 두려워 두어 히 말미를 쳥ᄒᆞ야 글을 닑으니 무릇 졔ᄌᆞ 수응과 ᄃᆡ인 졉물에 민쳡ᄒᆞ미 과인호되 다만 범ᄉᆞ에 고집되고 편벽되미 그 형의 관디홈과 갓지 못ᄒᆞ니 승상이 미양 경계 왈 너의 성졍이 편ᄉᆞ에 갓ᄀᆞ오니 군자의 도 아니르 모로미 온후인ᄌᆞ홈을 줍아 션셰 명풍을 추탁지 말ᄂᆞ(「권1」, 「유씨삼대록」, 1, 97~98쪽)

18 그 과정에서 호방한 인물이었다가 부친에 의해 군자 풍모를 보완하게 된 유우성이 개입하여 유세광을 회과를 이끌어내기도 한다.

19 일찍이 유세형은 유세기의 권면으로 군자적 자질을 갖추게 되었는데, 그런 유세형이 아들 유현에게 거문고를 타고 노래를 짓는 행위를 금지시키고 예기禮記를 익히게 하여 유현이 군자적 자질을 지니게끔 한다.

설혜에게 편지를 전달하게 하는데 그만 유혜가 죄를 뒤집어쓰게 된다. 그때 군자형 인물인 종형 유견(유세기의 장남)이 유현을 온유하게 질책하여 그의 잘못을 바로잡고자 했다.

3. 환로형 인물에 의한 벌열가문의 창달

3.1. 군자형 인물의 배후화 및 환로형 인물의 전면화

후편 〈유씨삼대록〉은 전편 〈유효공선행록〉을 계승하여 유연(2대)의 뒤를 이어 '유백경(3대)-유세기(4대)-유견(5대)'의 군자형 인물축을 확대하고 이 인물축이 명분론적 종통계승과 가문의 존속과 안위를 담당하도록 설정했다. 이로 보아 이 연작은 전후편이 상응하는 모습을 보인다고 할 수 있다. 그런데 전편과 후편 사이에는 세부적으로 다음과 같은 차이점을 보인다.

전편에는 군자형 인물축과 소인형 인물축이 설정되고, 후편에는 군자형 인물축과 환로형 인물축이 설정되는바 전편의 소인형 인물축 대신에 후편에서는 환로형 인물축이 설정되는 것이 다르다. 나아가 전편에서는 두 인물축의 대립이 부각된다면, 후편에서는 두 인물축의 조화가 부각된다. 즉 전편은 군자형 인물과 소인형 인물의 치열한 대립 과정을 그려내면서 군자형 인물이 소인가문으로 전락하고 있는 유씨가문을 군자가문으로 거듭나게 하는 것을 구현함에 비해, 후편은 군자형 인물축과 환로형 인물축이 서로 보완하여 가문창달을 이루는 것을 형상화한다.

한편 전편의 소인형 인물들과 후편의 환로형 인물들이 전혀 이질적인 것은 아니다. 환로형 인물들은 자칫 소인으로 전락할 위험성이 있는 인물로 비춰지기 때문이다. 전편에서 소인형 인물들(유정경·유홍)은 출사出仕하여 사리사욕을 채우고 탐욕을 일삼으며 무고를 행하는 인물들인데, 이들 소인형 인물들은 호방풍정한 성향을 지니기도 한다. 후편에서도 유우성 이래 'ⓑ유세형→ⓒ유현'과 같은 환로형 인물들이 호방함, 풍정, 재기과인 등의 성향을 지닌 인물이면서 소인으로 전락할 위험성을 지닌 인물로 제시된다. 이에 군자형 인물인 유연은 유우성이 소인형 인물로 추락할 것을 염려하여 계후를 변경하고 유우성이 군자적 자질을 갖추도록 힘쓴다.[20] 유우성 때와 마찬가지로 환로형 인물축이 군자형 인물축에 의해 온유, 인내, 우애 등의 군자적 자질을 보완하는 것으로 그려진다.

그와 병행하여 후편에서 대외적 가문창달은 군자형 인물축보다는 주로 환로형 인물축에 의해 이루어진다. 즉 'ⓛ유백경→ⓔ유세기→유견'의 군자형 인물축이 전면에서 활약하는 경우는 일부분에 한정되고, 'ⓐ유우성→ⓑ유세형→ⓒ유현'으로 이어지는 환로형 인물축의 활약이 부각된다. 군자형 인물은 배후에 자리잡으며 환로형 인물들에게 군자적 자질을 보완하게 하고, 그렇게 된 환로형 인물들은 전면에 나서서 대외적으로 가문의 흥왕興旺을 담당하고 국가 질서를 뒷받침하는 것이다.[21]

3.2. 국가 및 황실의 안위 지탱

이제 환로형 인물축의 전면화 양상에 대해 상세히 살펴보기로 한다. 환로형 인물로는 유우성과 유우성의 다섯 아들, 그 손자들이 있다.

유우성과 세기·세형·세창·세경·세필 6부자는 모두 과거급제 후 2공, 3학사, 1상서를 역임하여 가문의 명성을 드높인다. 예컨대 유우성은 12세에 장원급제하여 15세에 한림학사 어사태우 자리에 오르고, 소인 이동양을 축출하고 귀

---

20 조광국, 앞의 논문, 164쪽.
21 박일용이 '전면'과 '배면'이라는 용어를 썼다.(박일용, 앞의 논문, 196쪽)

양간 직신直臣 양중기의 사면복권을 이끌어냈다. 임종을 앞둔 효종은 이런 유우성을 교목세신喬木世臣이라 하며 그를 존중하라는 유언을 내리고, 제위를 계승한 정덕황제는 선제先帝의 유언에 따라 그를 승상에 제수하고 형남 아홉 고을을 식읍으로 내렸다. 유우성의 뒤를 이은 차남 유세형은 갑과에 급제한 뒤, 한림에 제수되고, 황제의 총애를 받아 훗날 국가의 병권兵權을 맡는 중심인물로 성장한다. 이렇듯 환로형 인물축은 국가 및 황실의 안위를 담당하는 중심축이 된다.

이러한 환로형 인물축의 활약상은 대내외적인 변란을 진압하는 데서 잘 드러난다. 먼저 대외적인 변란을 보자. 왜구의 침입을 맞아 유우성(3대)·유세형(4대) 부자가 출정하여 승리를 거두고 각각 초국공·진공에 봉해졌다. 또한 유우성(3대)·유세창·유세명(4대) 3부자는 서촉절도사 풍양의 반역을 진압한 뒤, 세창은 예부상서 영릉후, 세경은 병부상서 부풍후에 봉해졌다. 서역 연합군의 침범을 맞아 유세형(4대)·유관(5대 장남)·유몽(5대 조카) 3인이 출정하여 진압하고, 숙질 사이인 유세경(4대)·유현(5대)이 출정하여 달달과 달목은을 격퇴했다.

다음으로 대내적인 사건을 보자. 제왕이 제위찬탈을 기도할 때, 병권을 맡은 유세형은 병중이고, 유세경·유현은 출정 중이었다. 그때 유우성(1대)·유세기(2대) 부자가 상의하고, 그 의견에 따라 유몽(3대; 유세창의 셋째 아들)이 호위병 100명을 동원하여 제왕의 반역을 막아냈다. 또한 유세형(2대)은 관료 사회를 정화했던바, 불법 관원 20여 명, 권세를 농락한 환관 수십 명을 가려내어 사형 또는 귀양의 처결을 받게 했다. 이렇듯 유우성과 그 자손들은 부자, 숙질, 형제가 함께 움직이면서 국가와 황실의 안위를 담당한다.

한편 유씨가문은 벌열로서의 가격家格에 걸맞게 세 차례의 국혼을 맺는다. 유세형은 진양공주를 맞이하여 부마가 되고, 유양(유세형의 5자, 장혜앵의 3자)은 옥선군주(효종황제의 후궁 소생인 양왕의 딸)와 혼인하며, 유세필(유우성의 5남)의 딸 예주소저는 태자의 정궁이 된다. 그 과정에서 유세형의 아내인 진양공주는 정덕황제의 정사를 도왔고, 후사가 없는 정덕황제의 뒤를 이어 가정황제(홍헌왕의 아들)가 즉위하는 데 결정적인 도움을 주었다. 이처럼 유씨가문의 구성원은 며느리를 포함하여, 대를 이어 황제 옹립과 제위 보전에 중심적인 역할을 한다.

4. 가문사에서 가계사로의 변이

한편 군자형 인물의 배후화 및 환로형 인물의 전면화로 이루어지는 유씨가문의 창달에서, 유우성 가계의 부상한 것을 주목할 만하다. 이와 관련하여 유우성 가계가 종통계승을 되찾고, 또한 그 가계에서 또 하나의 적장계보가 형성되는 점은 주목할 만하다.

4.1. 종통계승에서 유우성 직계혈통의 부상

연작 전체에서 종통은 '①유정경(1대)-②유연(2대)-③유백경(3대)-④유세기(4대)-⑤유건(5대)'으로 이어진다.

① 유정경(종장)
② 유정경이 계후를 장남 유연에서 차남 유홍으로, 다시 유연으로 번복함.
③ 유연이 계후를 친아들 유우성에서 조카 유백경으로 바꿈.
④ 유백경이 친아들이 있는 상태에서 조카 유세기(유우성의 아들)를 계후로 삼음.
⑤ 유건(유세기의 친아들)

위에서 종통계승이 바뀌는 경우는 ②, ③, ④이다. ②에서 종통계승은 장남에서 차남으로 다시 장남으로 번복되는 과정을 통해 적장승계로 귀착되고, ③

과 ④에서는 종통계승이 입양승계로 이루어진다.

주목할 것은 그 종통계승이 직계혈통보다는 명분에 따르는 성향을 띠며, 계후자의 기준이 군자형 인물이라는 것이다. ②에서 처음에는 유정경이 유연을 적장위에서 폐하고 차남 유홍으로 종통을 잇게 하여 문제를 일으켰지만, 그후에 유연의 적장위를 복원시켰다. 그렇게 전개된 주된 요인은 유정경이 유연의 군자적 자질을 인정했기 때문이다. 그리고 ③과 ④에서 각각 친아들이 있는데도 입양승계를 단행했는데 그 이유는 입양계후자가 군자형 인물이었기 때문이다.

그런데 흥미로운 것은 '①유정경(1대)-②유연(2대)-③유백경(3대)-④유세기(4대)-⑤유견(5대)'의 종통에서 '③유백경(3대)'의 경우를 제외하면, 1대 유정경 이래 직계혈통과 일치하는 종통계승이 이루어지는 형국이다. 다만, 유우성이 빠지고 그 자리에 유백경이 종통을 잇고 있는 모양새를 보여준다.

두 차례나 직계혈통을 고수하지 않고 입양승계를 이루었는데도, 전체적으로 보면, 혈통과 합치되는 쪽으로 종통이 이어진 셈이다. 이로 보면, 후편은 명분론적 종통계승과 혈통론적 종통계승의 대립을 통한 명분론적 종통계승의 절대적 우위를 보여주는 것이 아니라, 명분론과 혈통론의 조화를 지향하는 종통계승을 보여준다고 할 것이다. 즉, 〈유씨삼대록〉은 〈유효공선행록〉을 이어받아, 군자적 자실을 갖춘 자라면 입양계후자로 세울 수 있다는 소망 그리고 직계혈통에서 종통이 나오기를 바라는 소망, 이 두 소망이 만나는 종통승계의 지점을 구현했다고 할 수 있다.

그 점을 다른 각도에서 보여주는 사건이 설정되는데, 그것은 '유세광·위부인(4대)-유홍(5대)' 가계에서 벌이는 종통 탈취 사건이다.

ⓐ 유세광·위부인 부부의 종통 불만

ⓑ 유세광의 종통 이양 요청, 유세기의 거절

ⓒ 위부인의 유세기·소부인 부부 치독置毒 사건, 유세기·소부인의 함구

ⓓ 유세찬·유세형 형제의 다툼.

ⓜ 위부인·유홍 모자의 악행(무녀·복자를 통한 유세기·유건 부자 저주)

ⓑ 유세형 및 유세기의 차분한 대처, 유세광의 회개, 유세기·세광·세찬 형제의 우애 회복

ⓢ 유홍의 민간 작폐 및 유배 생활

ⓞ 유세기의 지성, 유세기의 도움으로 유홍의 면사免死, 위부인의 개과 및 유홍의 해배

'유세광·위부인-유홍' 가계는 혈통적 승계를 이루기 위해 '유세기-유건' 가계로 넘어간 종통을 되찾으려 한다.[22] 그 이면에는 백만 금과 삼천 칸의 많은 재산을 찾으려는 욕망이 숨어 있었음은 물론이다. 이러한 종통갈등은, 예전에 나타났던 세 차례의 종통갈등 해소 때와 같이, 계후자의 군자적 자질을 중요하게 여기는 명분 차원에서 해소된다.

그리고 '➌유백경(3대)-➍유세기(4대)-➎유건(5대)'의 종통에서 놓쳐서는 안 될 게 있다. '➌유백경(3대)'의 경우를 제외하면, '➍유세기(4대)-➎유건(5대)'는 유우성의 직계혈통에서 계후자가 되었다는 것이다. 전편에서는 유우성이 종통계승을 하지 못하는 것으로 그쳤지만, 후편에서는 전편에서 보였던 유우성의 단점을 최소화하는 반면 그의 긍정적인 활약상을 부각시키고 그에 상응하여 그의 큰아들인 유세기가 출계出系하여 종통을 회복하고 그의 직계혈통 유건이 종통을 잇는 일련의 과정을 부각시킨 것이다. 이는 종통을 계승할 만한 군자형 인물들을 배출할 정도로 유우성의 가계가 부상했음을 의미한다.

---

22 '유세광-유홍' 가계는 혈통상 '유정경-유홍-유백경-유세광-유홍'으로 이어지는 가계다. 그리고 '유홍'의 자리에 '유연'이 들어서서 적장자를 회복한 다음에 유연이 유백경을 입양하여 계후를 삼음으로써 '유정경-유연-유백경'으로 종통이 이어지는데, 유백경 후에는 종통에서 벗어나 방계에 속하게 된다.

4.2. 가계의 분립; 가문창달의 확대

한편 유씨가문에서 대외적 가문창달에 기여하는 환로형 인물들 대부분은 유우성 및 그의 직계 자손이다. 출계出系하여 종통을 계승한 장남 유세기 가계 이외에, 차남 유세형의 가계가 환로형 인물축으로 설정된다. 그리고 그런 유세형 가계가 적장계보를 분립하게 되는데, 그 분파分派는 가문창달의 확대를 의미한다.

유씨가문의 세대별 특징을 정리하면서, 이에 대해 상세히 알아보자.

세대의 중심인물	가문의 시기별 특징	작품
1대 유정경	소인형 벌열가문 시기	유효공선행록
2대 유연	군자가문으로의 갱신기	유효공선행록
3대 유백경·유우성	환로 진출을 통한 가문 발전기	유씨삼대록
4대 유세기·유세형	환로가문으로서의 도약기	유씨삼대록
5대 유관	가문의 분파기	유씨삼대록

전편 〈유효공선행록〉에서는 유정경·유연·유우성이 주로 다루어진다. 1대 유정경 세대는 소인형 벌열가문의 시기, 2대 유연의 세대는 군자가문으로의 갱신기를 맡는다. 소인배인 유정경·유홍 부자에 의해 타락하던 유씨가문이 유연에 의해 군자가문으로 거듭난다.

후편 〈유씨삼대록〉에서는 3대 유백경·우성과 그 이후의 4대, 5대에 걸친 자손들의 이야기가 다루어진다. 3대에서는 유백경이 군자형 인물로서 출사出仕하지 않은 채 가문의 안위를 담당하는 반면, 유우성은 출사하여 가문창달에 이바지한다. 3대에 이르러서 유씨가문은 군자가문의 토대 위에서 출사 인물을 다수 배출하는 가문의 발전기를 맞는다. 4대의 중심인물은 유세기와 유세형이다. 이 둘은 모두 출사하는데, 유세기는 군자형 인물로서 유백경의 양자로 입양되어 가문의 종통과 가문의 안위를 담당하며, 유세형은 환로형 인물로서 부마가 되어 국가의 안위를 책임진다.

특히 4대에서는 유세형의 활약이 부각되며, 이에 상응하여 유씨가문은 환로가문으로서의 도약기를 맞는다. 3대 유우성 세대 때부터 있었던 이러한 변화의 조짐은 4대 유세형 이후 5대에 이르러 결실을 맺게 된다. 대외 변란을 막아낸 것도, 제위 찬탈을 막아낸 것도 모두 '유우성-유세형-그 자손'이 중심 역할을 담당하며, 또한 세 차례에 걸친 국혼도 이들 가계를 중심으로 이루어진다.

5대에 유씨가문은 분파기分派期를 맞는다. 부마 유세형의 사후에, 유관이 "적장"의 소임을 맡는데 이로써 종통 이외의 다른 계보 즉 유우성 이하의 계보가 분립한다. 유우성은 종통승계에서 제외되었지만 그의 장남은 종가로 입양되어 종통을 승계하고, 차남 유세형은 부친 유우성 이하 '유우성-유세형-유관'의 계보를 형성하기에 이르고 유관은 그 계보의 적장이 된다. 즉, '유우성-유세형-유관'의 가계는 유우성을 파시조로 하는 하위 종통 혹은 소종을 형성한다고 볼 수 있다.

이상, 4대 이후 주역군이 모두 유우성의 자손이다. 장남 유세기 가계는 군자형 인물축으로 설정되는 한편, 차남 유세형 가계는 환로형 인물축으로 설정되며 새로운 분파를 형성한다. 그와 관련하여 작품 말미에서는 유우성 자손의 활약상이 강조되어 있다.

다삿 형데 주손이 빅여 인이오 부귀영춍이 디″의 구ᄒ니 비룩 인셰 번ᄒ믈 슬허ᄒ나 문호논 더욱 충디ᄒ더루 밋 ᄉ손등에 나려서논 주손이 텬ᄒ에 미만ᄒ야 ᄀ히 그 수를 희아리지 못ᄒ나 오즉 셩의빅(유세기)의 후손과 진공(유세형)의 후손이 더욱 셩만ᄒ야 도덕군주와 공명지상과 문장달ᄉ와 충신효주 셰″승″ᄒ야 쳥ᄉ쥭빅에 일홈이 헉″ᄒ고 쳔추 만셰에 교화 민멸치 아니ᄒ니 션흡드져 쵸공(유우성)은 엇던 ᄉ람이관디 우흐로 문셩공갓ᄒ 할아부(유정경) 잇고 아리로 오주 남″ 군주 영웅호걸을 싱ᄒ야 명셩이 당셰에 진동ᄒ고 부귀 텬ᄒ를 흔들어 조금도 위티ᄒᆫ 곳에 도라가미 업시 이갓치 구비ᄒ뇨 이 반다시 문성공의 셩덕과 효공의 효우로 ᄒ날 도라살피ᄉ 그 ᄌ손이 향복ᄒ시미루 그려나 셩의빅(유세기)의 도미와 진공(유세형)의 디략이 ᄯᅩᄒ 그 죠션에 누리미 업시니 엇지 한번 긔록ᄒ미 업시리오 우는 은쳥 광록디부 영운은 긔ᄒ노루[26]

위에서 "다삿 형뎨"는 유우성의 다섯 아들로, 출계出系한 유세기를 포함하여, 세형, 세창, 세경, 세필을 가리킨다. 출계하여 종통을 이은 유세기 가계와, 출사·현달하여 분파할 정도가 된 유세형 가계, 이 두 가계의 조화를 통해 유씨 가문의 창달은 더욱 확대된다.

후편 〈유씨삼대록〉은 종통계승을 담당하는 군자형 인물축에 의한 대내적 가문보전과 출사·현달을 담당하는 환로형 인물축에 의한 대외적 가문창달, 이 두 가지의 조화를 통해 보다 큰 차원의 가문창달을 그려내는바, 그 가문창달의 중심에는 유우성의 가계가 자리를 잡는다. 요컨대 이 연작 전체가 유씨가문의 5대에 걸친 가문사家門史라면, 후편 〈유씨삼대록〉은 유씨가문의 이야기를 유우성과 그의 아들·손자의 3대 이야기로 집약한 가계사家系史라 할 수 있다.

5. 마무리

17세기 이후 조선 후기 산림山林은 정치, 사회, 문화 등 여러 분야에서 영향을 끼쳤다. 이들 중에는 출사出仕하여 현실정치에 참여하는 자들이 있었는가 하면, 재야에 머무르면서 현실정치에 일정한 영향력을 행사하는 이들도 있었다. 물론 경제력과 환로宦路를 확보하지 못함으로써 몰락의 길로 들어선 이들도 있었다.

한편 상층 벌열은 고위 관료를 배출함으로써 가문의 위상을 유지했다. 이들은 산림과 유대관계를 강화하면서 산림의 식견과 비판을 받아들였는가 하면,

---

23 「권18」, 『유씨삼대록』, 2, 895~896쪽.

산림과 일정한 거리를 두었을지라도 여전히 산림 세력을 의식하여 가문의 체통을 유지하려고도 했을 것으로 보인다. 그런 상황을 나름대로 형상화한 게 전편 〈유효공선행록〉이다. 이 작품은 유씨가문이 산림의 비판적 목소리를 겸허히 수용하여, 상층 벌열이 자칫 기득권을 유지하고 확대하려다가 소인형 가문으로 전락할 위기를 극복하고 군자형 벌열가문으로 거듭나는 작품세계를 선보였다.

그리고 벌열 중에는 산림과 직접적으로 유대관계를 맺는 단계를 넘어서서 자체적으로 산림을 배출하는 가문도 있었다. 이들 가문이 지속적으로 고위 관료를 배출함으로써 국가적, 사회적 장악력을 키웠음은 물론이다. 즉 출사出仕·현달顯達한 인물을 배출함과 동시에 학문에 몰두하는 지식인이나 산림을 배출함으로써 가문의 대내외적 위상을 높였던 것이다.[24] 이런 벌열가문은 가문 외부의 산림과 교류를 굳이 애쓰지 않아도 되었다. 이렇게 자체적으로 배출한 산림 성향의 군자형 인물과 환로형 인물의 조화를 통해 벌열가문의 창달을 형상화한 것이 후편 〈유씨삼대록〉이다.

전체적으로 〈유효공선행록〉〈유씨삼대록〉 연작은 벌열과 산림이 만나는 지점을 포착하여 5대에 걸친 가문사家門史를 펼쳐낸 대소설인바, '유연(2대)-유백

---

24 17~18세기 장동김문은 산림과 관련을 맺는 것을 넘어서서 가문 자체에서 산림처사, 은사를 표방하는 인물을 배출함으로써 청백·절의·도학의 가풍을 유지해왔다. 다른 한편으로는 '서인-노론'의 중심에서 국가적 관료를 배출하는 명문벌열로 위상을 정립해갔다. 숙종 후반에 김창업은 김창집이 영의정에 오르자 김창집의 위의가 높아지는 것을 그리 반기지 않았으며 심지어 아들 김신겸이 문과 시험을 치르지 못하게 했다. 문중에서 김신겸의 출사를 권하자, 이미 출사한 이들은 어쩔 수 없으나 하늘이 어찌 우리 가문만 세세로 공경을 맡기겠으며 구차한 영화는 한 때일 뿐이니 덕을 갖추고 복을 절용하여 가문이 추락하지 않게 하는 것이 낫다고 했다.(이경구, 「17-18세기 장동 김문 연구」, 서울대 박사논문, 2003, 145~154쪽) 안동김씨 상헌계는 누대에 걸쳐 유력한 고위 관료나 학자가 많이 배출함으로써 명문 벌족으로 명성을 떨쳤다. 척화파의 거두로서 명망을 지닌 김상헌, 나란히 정승에 오른 김수흥, 김수항 형제, 역시 정승에 올라 노론 4대신의 한 사람인 김창집, 산림은 아니었지만 대학자인 김창협 등이 배출했다. 이에 더해 김창흡, 김원행, 김양행 등 산림의 배출은 안동김씨 가문에 학문적 명성이라는 날개를 달아주었다.(우인수, 『조선 후기 산림세력연구』, 일조각, 1999, 188쪽)

경(3대)-유세기(4대)-유견(5대)'로 이어지는 종통계승을 담당하는 종자들은 군자형 인물들로서 가문의 정신적 지주의 역할을 한다. 그러한 흐름의 시작은 전편 〈유효공선행록〉에서 전면에 자리를 잡으며 확고하게 펼쳐지고, 그런 흐름이 후편 〈유씨삼대록〉으로 지속되는데 후편에서는 그런 흐름이 작품의 배면에 자리를 잡는다.

그리고 후편 〈유씨삼대록〉에서는 '유우성(3대)-유세형(4대)-유현(5대)'은 환로형 인물로서 가문의 대외적 창달에 적극 기여하는 중심축으로 작품의 전면에 부상한다. 유씨가문은 3대 유우성을 기점으로 군자가문에서 환로 진출을 통한 가문 발전기를 맞이한 이래, 4대 유세형의 활약을 통해 환로가문으로서의 도약기를 이루는 것이다. 5대에서는 대외 변란과 제위 찬탈 기도를 막아내고 가문의 분파기를 맞이할 정도로 가문창달이 보다 확대된다.

특히 후편 〈유씨삼대록〉의 3대 유우성과 그 자손 이야기는 '군자형 인물축과 환로형 인물축의 조화', 그리고 '군자형 인물축의 배후화 및 환로형 인물축의 전면화'의 양상을 보인다. 군자형 인물인 '유세기(4대)-유견(5대)'은 유우성(3대)에게서 출계出系한 자들로서 가문의 보전을 담당하고, 환로형 인물인 '유세형(4대)-유현(5대)'은 유우성처럼 국가 사회의 안위를 담당한다. 그리고 '유세형(4대)-유관(5대)' 가계가 분립할 만큼 가문창달이 더욱 확대된다. (작품에는 분명하게 적시되지 않았지만, '유우성(1대)-유세형(2대)-유관(3대)'의 가계는 따로 분파를 형성하며 소종의 종통을 새로 형성하는 것이라고 추정할 수 있다.)

요컨대 〈유효공선행록〉〈유씨삼대록〉 연작이 유씨가문의 5대에 걸친 가문사家門史라면, 후편 〈유씨삼대록〉은 유씨가문의 이야기를 유우성과 그의 아들·손자의 3대 이야기로 집약한 가계사家系史라 할 수 있다.

제3부

벌열가부장제와
종법주의 이념

I. 〈엄씨효문청행록〉: 벌열가부장제

1. 문제 제기

〈엄씨효문청행록〉[1]은 〈명주보월빙〉·〈윤하정삼문취록〉 연작의 방계적 연작 내지는 파생작에 해당한다. 이들 세 작품은 많은 분량으로 되어 있고 그 만큼 복잡다단하여, 연작 전체를 대상으로 벌열가부장제를 논의하다보면 산만해질 우려가 있어서 〈엄씨효문청행록〉에 한정하는 것이 효율적이다.

  그동안 이 작품에 대한 선행연구를 살펴보면 다음과 같다. 먼저 개략적 해설 수준의 논문이 있다.[2] 이어서 인물 갈등의 구성적 측면에 초점을 맞춘 연구가 나왔는데, 그 요지는 이 작품이 가문의 주도적 갈등, 애정 갈등, 정치적 갈등을 중심 갈등으로 하며, 이러한 갈등이 유교주의적 이념을 구현한다는 것이다.[3]

  한편 〈성현공숙렬기〉와 〈엄씨효문청행록〉을 계후갈등형 장편가문소설의 범주에 넣고 계후갈등의 측면을 부각시키면서 부정적인 모母의 복합적 성격에 대해 고찰한 연구가 있다.[4] 이 연구는, 종통론적宗統論的 종법의식宗法意識과 혈통위주의 종법의식이 갈등을 보이다가 종통론적 종법의식으로 귀착된다는 점

* 「〈엄씨효문청행록〉에 구현된 벌열가부장제」(『어문연구』 122, 한국어문교육연구회, 2004, 227~253쪽)의 제목과 내용을 수정했음.
1 〈엄씨효문청행록〉(장서각 30권30책)(『한국고대소설대계(3)』(한국정신문화연구원, 1982)
2 김진세, 「〈엄씨효문청행록〉 해제」, 위의 책, 3~26쪽.
3 유현주, 「〈엄씨효문청행록〉 연구」, 숙명여대 석사논문, 1989, 45~84쪽.

을 밝혀내는 성과를 남겼다.

선행 연구에서는 가부장제가 본격적으로 논의되지 않았다. 물론 선행 연구에서 언급된 유교주의적 이념 혹은 종통론적 종법의식 등은 그 자체로 가부장제 이념 혹은 가부장제 의식 등과 어느 정도 관련이 있기는 하지만, 가부장제 논의가 정면에서 비켜나 있다. 그들이 전제로 하거나 언급하는 가부장제 개념은 다음과 같은 한계점을 안고 있다.

선행 논문에서는 가부장제를 일반적이고 보편적인 개념 혹은 이념으로 다루었다는 점을 들 수 있다. 가부장제의 개념이 일반성과 보편성을 지니기는 하나, 사회 변화에 따라 특수성을 지니기도 한다.[5] 가부장제가 동·서양이 같은 양상을 보인다고 할 수는 없으며, 우리의 경우만 하더라도 고려시대, 조선시대, 현대에 이르기까지 세부적인 편차가 없을 수 없다. 조선 후기의 한 국면을 담당하고 있는 계층이 벌열인데, 가부장제 개념 혹은 이념도 그 계층과 관련하여 정밀하게 논의할 수 있지 않겠는가.

그 점을 염두에 두고 다음 순서에 따라 논의하고자 한다. 첫째, 거시적으로 대소설에 드러나는 벌열의 세계가 〈엄씨효문청행록〉에 설정되어 있음을 살펴볼 것이다.

둘째, 엄씨가문의 장남 엄백진 가계, 차남 엄백현 가계, 삼남 엄백경 가계로 나뉘어 다양한 갈등이 펼쳐지는데, 이들 갈등은 부부 차원, 부자 차원, 가문 차원에 걸쳐 복합적인 층위를 이루거니와, 그 갈등을 해소하는 일련의 과정에서 지향되는 것이 벌열가부장제임을 살펴볼 것이다.

마지막으로 작품의식이 벌열가부장제의식임을 제시하고자 한다. 벌열가부

---

4 박영희, 「장편가문소설에 나타난 母의 성격과 의미」, 『한국고전소설과 서사문학(상)』, 집문당, 1998, 263~282쪽.

5 Caroline Ramazanoglu(1989), *Faminism and the Contradictions of Oppression*, 김정선(역), 『페미니즘, 무엇이 문제인가』, 문예출판사, 1997, 65~70쪽; Sylvia Walby(1990), *Theorizing Patriarch*, Babil Blackwell Inc, 유희정(역), 『가부장제이론』, 이화여대출판부, 1996, 264쪽.

장제의식은 앞의 세부 갈등 국면을 통해서 어느 정도 드러난 것이긴 한데, 인물 형상의 측면, 효 구현의 측면을 중심으로 조명해 보고자 한다.

2. 구조적 측면에서 본 벌열 지향

〈엄씨효문청행록〉은 여타의 대소설처럼 벌열의 세계를 구현한다. 작품에서 드러나는 벌열의 모습은 대체로 여덟 가지로 구현되는데,[6] 각각의 세부 사항에 맞춰 이 작품을 적용해보면 다음과 같다.

① 벌열의 세계는 2대, 3대로 지속되는 특징을 보이며, 2대나 3대 구성원의 활약이 두드러진다. 3대에 걸쳐 벌열의 세계가 정착하여 확장되는 모습을 보인다. 편의상 가계도로 대신한다.

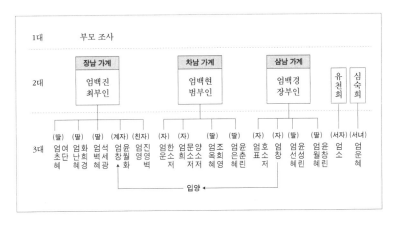

② 엄씨가문은 처음부터 벌열로 제시된다. 1대 부모가 일찍 세상을 뜬 것으로 되어 있으나 2대, 3대에 이르러 벌열적 속성이 강화된다.

---

6 "제1부 일반론"의 "II. 대소설의 외연" 참조.

③ 엄부와 윤부가 겹사돈의 통혼관계를 통하여 가문연대를 강화한다. 삼남 가계 동오왕 엄백경과 장후 사이에 낳은 2자2녀 중에서 차남 엄창, 쌍둥이 딸 선혜와 월혜가 모두 윤광천·윤희천 형제의 자식들인 윤월화, 윤성린, 윤창린과 혼인했다. 그리고 차남 가계 엄백현의 딸 윤은혜가 윤광천의 아들 윤춘린과 혼인했다. 한편 엄창이 큰아버지 엄백진의 계후를 위해 입양된 점을 고려한다면, 엄창과 윤월화의 혼인은 장남 가계 엄백진과 윤광천의 혼인관계로 볼 수 있다. 이들의 결연은 엄씨와 윤씨, 두 가문 사이의 연대라는 속성을 지닌다.

④ 엄씨가문의 구성원과 윤씨가문의 구성원 중에 훗날 동오왕에 오르는 자가 있다.

⑤ 엄희가 문소저·양소저 2처를 얻으며, 화희경은 엄난혜 이외에 처첩(영수옥·낭옥·빙설)을 얻는다.

⑥ 조카사위 및 처삼촌(윤창린·엄백현)이 함께 출정하는, 벌열가문들 사이의 유대관계를 보여준다. 그와 함께 벌열의 집단영웅성 내지는 집단우월성을 드러낸다.

⑦ 황제가 풍악을 베풀어 잔치에 흥을 더해주는데, 이는 엄씨가문의 드높은 위상과 명성을 보여준다.

⑧ 벌열 존립에 위기가 닥치기도 하나 반드시 극복된다. 이와 관련하는 〈엄씨효문청행록〉의 세계에 대해서는 바로 이어지는 다음 항에서 살펴보기로 한다.

3. 벌열가부장제의 세부 양상

엄씨가문은 장남 엄백진 가계, 차남 엄백현 가계, 삼남 엄백경 가계 등 세 가계로 되어 있다. 이들 세 가계에서 발생하는 여러 문제와 그 해결 방안을 살펴보자.

3.1. 장남 엄백진 가계: 최부인·화희경·엄난혜의 장모사위갈등 및 부부갈등

장남 엄백진 가계에서는 장모 최부인, 사위 화희경, 딸 엄난혜 등 3인이 장모사위갈등 및 부부갈등을 일으킨다. 먼저 장모사위 갈등을 보자.

① 화희경이 엄난혜에게 반하자, 부친(화유)과 백부(화운)가 청혼함.
② 엄부에서는 허혼하려 했으나, 최부인의 반대에 부딪쳐서 거절함.
③ 화희경이 계책을 써서 다시 청혼하여, 엄부의 허락을 받아냄.
④ 3일 후 엄부에 간 화희경이 술을 퍼마셔 대니, 최부인이 대로함.
⑤ 황후소의 난을 진압한 화희경이 낙양 창루에 들러 희첩을 취함.
⑥ 화부에서 화희경을 벌하고, 최부인은 노발대발하며 딸을 불러들임.
⑦ 최부인이 적면단을 딸에게 주며 희첩 영소저에게 먹이게 함.

장모사위갈등은 결혼 전부터 조짐이 있었는데 그 요인은 사위의 풍류 성향이었다. 화희경은 평소 풍류와 호색으로 명성이 높은 자였는데 그런 풍류랑이 엄난혜에게 첫눈에 반해서 부친과 백부를 내세워 엄부에 청혼하자, 엄난혜의 모친인 최부인은 화희경의 방탕함을 통한해 하며 반감을 표출했다.

하지만 화희경과 엄난혜의 결혼은 성사되었는데, 화희경은 황후소의 난을 진압한 후에 낙양에 들러 낙양 자사가 베풀어준 연석에서 기녀들과 질탕한 유희에 빠져들었다. 그의 호색적인 모습은 낙양에서 풍류로 일화를 남겼던 이태백과 낙양자사 시절 기생들의 인기를 끌어 그들이 던진 귤이 마차게 가득찼다는 일화를 남긴 두목에 비견될 정도였다.[7] 그로 인해 최부인은 딸을 친정으로 불러들이고 사위의 희첩인 영소저에게 악행을 저지르는 등 장모사위갈등은 심각한 양상을 띠게 된다.

이런 장모사위갈등은 혼사 문제를 놓고 가장 혹은 가부장과 대립하는 여성의 모습을 보여준다는 점에서 주목할 만하다. 화희경 쪽의 청혼에 가부장 엄백진은 허락하지만 의외로 아내 최부인이 남편과 달리 반대 의사를 표함으로써 혼사가 지연되었다. 이에 화희경이, 여자의 말을 듣지 말라는 내용의 편지를 엄부로 보내고, 이를 본 최부인이 분노함으로써 혼사문제는 더 꼬이게 되었다. 화희경·엄난혜의 혼사를 둘러싸고, 화부의 남자들(화희경, 부친 화처사, 백부 화운)과 엄부의 남자들(부친 엄백진, 숙부 엄백현)로 이어지는 허혼許婚의 쪽과 최부인으로 대변되는 반대쪽이 대립각을 이루다가, 최부인의 의견이 받아들이지 않는 쪽으로 귀결된다.

주지하다시피 화희경·엄난혜의 혼사는 가부장제의 영향력을 받는 혼사이다. 최부인의 혼사 반대는 가부장권에 대한 저항의 의미를 지니는데, 그 저항이 악행을 수반함으로써 그녀는 훗날 징치의 대상이 되거니와, 결과적으로 자녀의 혼사 문제에서 아내는 자신의 주장을 내세워서는 안 된다는 것이 작품의 식으로 자리를 잡는다.

한편 장모사위갈등은 사위와 딸의 부부갈등의 원인이 되기도 한다. 이들 부부갈등은 앞의 ④를 이어 전개되는데, 정리하면 다음과 같다.

ㄱ 첫날밤, 화희경은 만취한 채 위력으로 엄난혜와 부부관계를 맺음.
ㄴ 엄난혜가 시댁과 화평을 누리나 남편에게는 마음을 열지 않음.
ㄷ 화희경이 창기 4인으로 아내를 희롱하고, 완력으로 아내와 합하나, 엄난혜는 마음을 닫음.
ㄹ 황후소의 난을 진압한 후, 화희경이 낙양 창루에 들러 희첩을 취함.
ㅁ 화부에서 화희경에게 벌을 주지만, 엄난혜가 시아버지 화처사에게 청

---

7 낙양 … 본쥬 조시 연셕을 비셜ᄒ고 명창을 갈히여 가무로뻐 즐기믈 도으니 … 풍뉴랑이 규리 홍안 수모ᄒ는 심시 군친을 영모ᄒᆫ 여가의ᄂ 진실노 츈졍을 니긔지 못홀 비라 연셕을 님ᄒ여 술을 마시며 졔창을 닛글어 유희 방탕ᄒ니 슈앙ᄒᆫ 풍치의 홍광이 옥면의 침노ᄒ니 우취뉴지의 풍뉴 더옥 쇄락ᄒ여 견지 블승칭도ᄒ고 본쥬 조시 경앙ᄒ여 왈 화후빅이 진실노 침향 난간의 슐취ᄒᆫ 니빅이오 양쥬 노상의 귤 탐ᄒ던 두랑이라 셩텬조의 별명ᄒ시미 헛되지 아니타(권6)

150

하여 남편이 풀려나게 함.

ⓗ 화희경이 아내에게 자신의 잘못을 고백하며, 영소저를 희첩으로 삼은 사연을 고함.

ⓢ 화희경·엄난혜 부부의 정이 두터워짐.

부부갈등 및 그 해소 과정에는 가장권 차원과 가부장권 차원의 문제가 내재되어 있다.

먼저 화희경·엄난혜 부부간의 가장권 문제를 보자. 화희경의 애정추구는 남성중심적이다. 그는 엄난혜를 사랑했지만, 그녀의 생각이나 감정을 전혀 고려하지 않은 채 고압적인 태도로 일관했다. 자신을 풍류남이라 자처하고, 신혼 첫날밤 불안정한 심리 상태를 보이는 아내를 대하면서 큰소리를 지르며 유모를 내쫓고, 술에 취해 강압적인 육체관계를 맺었다. 심지어 마음의 문을 열지 않는 아내 앞에서 창녀 4인을 데리고 희롱했다.

엄난혜는 마음의 문을 닫아버리고 친정에 머물면서, 친정어머니 최부인의 말만 듣고 남편에게 악심을 품었다. 그러나 화희경이 자상한 태도를 보였을 때 엄난혜의 투기심과 반감이 모두 사라지고 말았다.[8] 심지어 친정 최부인이 화희경이 희첩을 취했다는 소식을 듣고 노하면서 엄난혜의 감정을 돋울 때에도 정작 남편의 다정다감한 태도를 접하면서 엄난혜는 화를 풀고 남편을 용인했다. 이들 부부의 갈등은 남편·가장이 아내에 대해 다정다감한 태도를 보이고, 아내가 투기심을 버림으로써 해소되는 과정을 거쳐 가장권이 확립되는 양상을 보여준다. 남성 중심적이고 가장 중심적인 모습을 보여주는 것이다.

---

8 복이 블초무상ᄒᆞ여 엄하의 득죄ᄒᆞ여 반년이나 슬하의 용납지 못ᄒᆞᄆᆡ 부인의 심녀를 ᄭᅵ치니 엇지 광부의 힝시 한심치 아니리오 … 녯 허믈을 곳쳐 ᄎᆞ후 투협지심을 두로혀 부뷔 셔로 거친바 업시 화락ᄒᆞ샤이다 … 드듸여 그쩌 영시 취혼 곡졀과 그 비고혼 졍ᄉᆞ롤 갓초 셜하ᄒᆞ니 엄쇼졔 임의 엄구의 교훈 가온디 쾌히 ᄭᅢ다ᄅᆞ미 잇고 본품은 인ᄌᆞ관혜훈이라 싱의 화평혼 ᄉᆞ식의 긴 말숨이 평싱 쳐음이오 영시의 비원혼 졍ᄉᆞ롤 드르미 마음의 크게 감동ᄒᆞ여 날호여 안식을 곳치고(권8)

한편 부부갈등은 당사자들에 의해서가 아니라 양쪽 집안의 가부장들이 개입함으로써 해결되는 양상을 보인다. 화씨집안의 가부장 화처사는 아들 화희경에게 장책 40대를 때리고 불고이취不告而娶의 죄를 들어 질책했으며, 화희경이 칭병사조稱病辭朝하고 석고대죄를 해도 쉽게 용서하지 않았다. 이는 아들과 며느리의 부부관계를 회복시키기 위한 일종의 조처였다. 또한 엄씨집안에서도 가부장 엄백진이, 아내 최부인을 꾸짖는 한편, 딸 엄난혜가 투기심을 버리도록 권면했다. 화씨집안에서 화처사가 가부장권을 행사함으로써 화희경이 올바른 가장이 되도록 했다면, 엄부에서는 엄백진이 가부장권을 행사함으로써 아내 최부인과 딸 엄난혜로 이어지는 여성의 투기심을 제어하여 사위의 가장권을 세워준 것이다.

그런데 양가의 가부장이 내린 조처가 남편의 잘못과 아내의 잘못을 대등하게 다룬 것은 아니었다. 남편의 호색행각과 축첩행위는 수용되는 것으로, 아내는 부덕婦德을 함양하여 호방한 남편을 수용하는 것으로 마무리된다. 특히 부부 사이에 문제가 발생할 때 남편과 아내에 대한 질책과 조처가 차별적으로 이루어진다. 부부갈등의 책임이 남편과 아내 양쪽에 있음을 짚어내면서도 시종일관 여성 쪽의 책임이 크다고 보는 것이다.

그와 관련하여 주목할 것은 여성의 좋고 나쁨 혹은 선악의 기준이 남편을 향한 부덕의 함양 여부, 즉 남편을 향한 순종 여부에 있다는 것이다. 엄난혜가 부덕을 갖춘다는 것은 남편 화희경의 가장권과 시아버지의 가부장권에 순종한다는 것이고, 장모 최부인이 부덕을 갖춘다는 것은 딸과 사위의 문제에 개입하지 말라는 남편의 가장권 및 가부장권에 순종한다는 것이다.

남편에 대한 아내의 순종은 남편에 의한 아내의 통제를 의미한다. 여성의 부덕이 인품을 뜻하는 것을 벗어나 남편의 잘못된 행위에도 순종해야 한다는 율법성을 지니는바, 남편에 대한 아내의 순종은 남편에 의한 아내의 억압을 의미한다.

요컨대 장남 엄백진 가계는 여성이 가장과 가부장에 의해 중첩적으로 통제를 받는 벌열가부장제의 한 단면을 구현했다고 할 것이다.

3.2. 장남 엄백진 가계: 최부인·엄창의 양모양자갈등

최부인·엄창은 양모양자갈등養母養子葛藤을 일으킨다. 양모양자갈등의 핵심
은 종통계승과 관련한 계후의 선정에 있다. 엄백진·최부인 부부는 딸 셋을 둔
처지에서 조카 엄창을 입양하여 종사宗嗣를 잇게 했는데, 그후에 친아들 엄영
을 낳게 된다. 이로써 계후를 양자가 유지해야 하는가 아니면 친아들에게 넘겨
야 하는가의 문제를 놓고 구성원 간에 심각한 갈등을 일으켰다.

① 엄백진·최부인 부부가 조카 엄창을 양자로 들여 종통을 잇게 함.
② 최부인이 친자 엄영을 낳은 후, 엄영을 계후자로 세우려 함.
③ 엄백경이 형 엄백진에게 친자 엄창을 돌려달라고 청했다가 형의 분노
　를 삼.
④ 양모養母 최부인이 엄창을 해치려 하나, 양자 엄창이 효를 다함.
⑤ 최부인은 윤월화(엄창의 아내)를 해치려 하나, 윤월화는 지극한 효를 행
　함.
⑥ 죄상이 밝혀져 최부인이 사형처결을 받지만 엄창의 석고대죄로 사면됨.
⑦ 양자 엄창이 가문의 종통을 잇고, 가문에 화평이 찾아듦.

양모양자갈등은 크게 두 국면에서 전개된다. 첫째 국면은 최부인·엄창으로
국한된 국면이다. 최부인의 엄창에 대한 박해·위해의 축과 엄창의 최부인에 대
한 절대적인 효의 축이 맞물린다. 최부인은 매선·영교(시비), 신계랑(무녀), 문
소저(며느리)와 모의하여 엄창을 모해하고 해치려고 하지만,[9] 엄창은 지효至孝

---

9 엄창이 거처하는 곳에 요예지물을 묻어두기, 후원 밀실에서 엄창을 저주하는 방술을 행하기, 김
　후섭을 사주하여 엄창을 살해하고자 하는 시도, 엄창을 태장 60대 때리기, 엄창이 부모를 살인
　하고자 한 강상죄인으로 몰기, 뇌물을 주어 귀양 가는 엄창을 살해하도록 사주하기, 유배지에서
　엄창을 해치려는 시도 등.

를 행한다.

둘째 국면은 최부인과 윤월화의 고부갈등 국면이다. 최부인은 며느리 윤월화에게 온갖 박해를 가하고 해치려 하는 반면,[10] 윤월화는 매 순간마다 절대적으로 순종하는 모습을 취한다. 이러한 고부갈등은 최부인·엄창의 양모양자갈등의 연장이기도 하다.

양모양자갈등은 분량이 적지 않으며 또한 다른 갈등과 긴밀한 관련을 맺을 만큼, 엄씨집안의 핵심적인 갈등으로 자리를 잡는다. 이 갈등은 종통론적 종법의식과 혈통위주의 종법의식의 대립의 양상을 띠다가, 종통론적 종법의식이 수용되는 것으로 결말이 난다.[11]

그런데 엄창이 종통 계승자로 결정되기까지 엄백진·백현·백경 삼형제의 가문회의와 친척들이 참여하는 문중회의를 거치는데,[12] 그때 엄백진은 계후의 선정기준을 엄씨가문의 창달에 두는 발언을 했다. 엄백진은 한 가정을 책임지는 가장이며, 형제들을 포함하여 엄씨가문을 책임지는 가부장이고 한편으로 엄씨문중을 이끄는 종장宗長이었다. 엄백진은 벌열가의 종장 자격으로 계후를 결정한 것이다.

---

10 신혼 첫날밤 윤월화의 정인이 장난치는 것으로 꾸미기, 윤월화를 남왕의 빈희로 삼게 하려는 시도, 윤소저를 태장하기, 윤월화가 최부인에게 저주사를 행했다고 뒤집어씌우기, 윤월화의 세숫물에 적면단을 풀어넣기, 윤소저를 하심정에 가두고 학대하기, 윤월화가 위정을 간부로 삼았다고 모해하고 임금에게 표를 올려 귀양 가게 만들기, 귀양 가는 윤월화를 해치려는 시도 등.

11 박영희, 「장편가문소설에 나타난 모의 성격과 의미」, 『한국고전소설과 서사문학(상)』, 집문당, 1998, 263~282쪽.

12 틱시 냥뎨롤 디흐여 왈 우형이 디종이 즁흐므로 남아롤 엇지 못흐고 무용흔 삼녀롤 두고 부인이 년금수십이라 엇지 다시 비웅의 경수롤 바라리오 이졔 문장의 신싱아롤 보니 하눌이 유의흐샤 오문을 흥케홀 쳔니귀라 … 니 금일노븟터 삼뎨의 신싱아로 계후롤 졍후여 종수롤 빗니고조 흐누니 신아의 명을 창이라 흐고 즈롤 슌경이라 흐리라 츄밀은 맛당흐시믈 일콧고 왕은 빅슈의 어지지 못흐믈 불쾌흐나 형장의 금일 말슴은 진실노 문호의 디시라 … 틱시 친히 틱일흐여 즁당의 연셕을 베풀고 친척을 모화 디수롤 졍홀시 … 창아의 유모 셜향이 공즈롤 안아 좌즁의 노흐니 모다 보미 범범흔 쇼이 아니라 불셰긔린이니 강보 쇼이로디 하눌이 각별 엄문을 위하여 니신 비라(권1)

엄백진으로 대표되는 벌열가부장제 질서를 수용하지 않으려는 움직임이 없었던 것은 아니다. 형 엄백진이 친아들(엄영)을 낳게 되자 삼남 엄백경은 엄창에게 닥칠 고난을 염려하여 엄창을 돌려달라고 요청했다. 그러나 엄백진은 친아들 엄영을 죽일지언정 계후를 번복할 수 없다면서 심하게 질책한다.[13] 엄씨가문의 가부장 엄백진의 입장에서 보면, 엄백경의 요청은 엄창 개인과 엄백경·엄창 부자의 사정私情 즉 혈연상 인정만을 중시한 것일 뿐이지, 가문 차원의 공적인 입양의 명분名分을 고려한 것은 아니었다. 벌열 엄씨가문을 대표하는 가부장이자 종장으로서 엄백진은 아우의 주장을 물리쳤던 것이다.

또한 최부인의 입장에서 보면, 남편의 결정은 친자 엄영의 장래 행복을 빼앗는 것이었으며 친아들이 응당 받아야 할 전재산을 잃는 것이었다.[14] 최부인의 엄창·윤월화 부부에 대한 박해·모해, 살해 시도, 그리고 뼈에 사무친 원한[15] 등은 입양계후 승계를 종법의 정통으로 수용한 벌열가부장의 종법주의적 처사에 대한 극단적 불만과 반감의 표출에 해당한다. 최부인이 남편 엄백진과 둘째시동생 엄백현에게 미혼단을 먹이기조차 했는데, 엄백진이 가문의 종장이고, 엄백현은 형을 옹호하는 자였거니와, 최부인의 악행은 벌열가부장권에 대

---

13 창아논 오문의 줌탁이라 … 우형이 계후ᄒᆞ여 슉질의 졍을 쎼 부즈의 친을 미즈니 임의 조션의 고호고 문묘의 비알ᄒᆞ고 종족의 알외여 다시 명졍언슌 ᄒᆞ미 미쳣거늘 이졔 현뎨 니런 굉ᄒᆞᆫ 말을 ᄒᆞᄂᆞᇦ 이 말을 두 번 니른즉 우형이 당당이 영아롤 가즁의 업시ᄒᆞ여 할랏지이ᄒᆞ여 아의 념녀롤 쓴코 그러치 아닌즉 우형이 틱빅우즁의 단발문신ᄒᆞ여 형양의 도라가 어진 졔질노 종통을 밧드러 션셰롤 현양ᄒᆞ던 고ᄉᆞ롤 효측ᄒᆞ리라(권3)

14 부인이 … 변식 노왈 … 우리 죽은 후면 흉흉ᄒᆞᆫ 창과 요괴로온 윤녜 가ᄉᆞ롤 총단ᄒᆞᄂᆞ 날 너논 구ᄎᆞ히 한 그릇 밥과 한 벌 옷슬 어더 닙을가 시부냐 나의 니러 근노ᄒᆞᆷ은 엄시 누뒤 누거만 지산을 네게 쇽ᄒᆞ여 평싱이 평안콰져 ᄒᆞ미니 쇼아논 다만 어뮈 말듸로 미ᄉᆞ롤 쥰힝ᄒᆞ고 결 모로논 쇼리롤 말나(권10)

15 갈오듸 … 윤시 ᄒᆞ나 못 죽어시니 … 인ᄒᆞ여 챵을 죽이지 못ᄒᆞ니 분한ᄒᆞᆫ 즁 니 도로혀 ᄉᆞ지의 나아가게 이르니 이리 죽어도 죽엄이요 져리 죽어도 죽엄이라 아모리 죽어도 일반이라 죽기논 셥지 아니ᄒᆞ여도 챵을 죶니 죽이지 못ᄒᆞ여 일을 셩ᄉᆞ치 못ᄒᆞ니 엇지 이닯지 아니리요 죽어 황천야듸의 도라가나 명목지 못ᄒᆞᄂᆞ니 너희등은 잡말 말고 두고 보라 니 죽은 녕혼이 훗터지지 아녀 모진 흉악ᄒᆞᆫ 귀신이 되여 죶ᄎᆞ다니며 원슈의 놈 챵을 넉시라도 보아 밤낮 엄시 축슈ᄒᆞ노라(권27)

한 정면 도전의 의미를 지닌다. 하지만 최부인의 악행이 누설되어 처형될 위기에 처하면서 벌열가부장권은 견고히 유지되는 것으로 결말이 난다.

입양계후를 세운 후에 친아들이 태어났다고 해서 계후를 번복하는 것은 친부친자 관계의 사정私情을 내세운 것이어서 받아들일 수 없고, 입양계후가 종통의 명분에 부합하는 것이어서 그 입양계후를 확고히 해야 한다는 것이 종통론적 종법주의다. 그러한 입양계후의 종통론적 종법의식은 벌열가부장제를 공고히 하는 벌열의식으로 자리를 잡는다.

3.3. 차남 엄백현 가계: 엄희·문소저·양소저의 부부갈등 및 처처갈등

차남 엄백현 가계에서는 엄백현의 2남 엄희·문소저의 부부갈등과 문소저·양소저의 처처갈등이 주요 갈등으로 자리를 잡는다.

① 추밀 엄백현의 2남 엄희는 문소저(이부시랑 문영의 딸)와 혼인함.
② 문소저는 재색은 있으나 부덕婦德이 없어서 엄백현의 불만을 삼.
③ 엄희가 부모의 허락으로 양소저(공부낭중 양유의 딸)를 재취함.
④ 엄희가 제2처 양소저와 화락하나, 문소저와 부부갈등이 깊어짐.
⑤ 문소저가 최부인, 익섬 등과 모의하여 양소저를 모해함.
⑥ 엄백현이 문공에게 사정을 알리면서 문소저를 내침.
⑦ 문소저가 개과천선하니 엄희가 문소저와 화락함.

먼저 엄희·문소저의 부부갈등을 보자. 엄희는 문소저가 수려한 용모를 지녔으나 얼굴에 살성殺星이 어려 있다 하여 문소저를 가까이 하지 않았다. 이런 엄희의 감정을 알아채지 못하고 문소저는 첫날밤 엄희의 옷깃을 부여잡는 등 적극적으로 애정을 표출했다가 엄희로부터 창류娼流라는 비난을 받았다.

이들 부부갈등에는 사족녀土族女가 갖추어야 할 부덕婦德의 하나가 애정 표출을 자제하는 것임이 전제되어 있다. 애욕을 드러내는 제1부인 문소저가 창기로 인식될 만큼 부정적으로 받아들여지는 반면에 제2부인 양소저는 애정을 직접 표출하지 않는 등 부덕을 지닌 여성인 까닭에 남편의 사랑을 받는 자로 받아들여진다. 여성은 애정을 표출해서는 안 되고, 남편이 애정을 주도해야 한다는 것, 이처럼 애정과 애욕이 남성·가장 중심적으로 펼쳐진다.

이렇듯 남성·가장 중심으로 설정된 애정과 애욕은 가부장인 시아버지의 시각으로 확대된다. 아들 엄희가 문소저가 애욕을 드러냈다는 이유로 문소저를 싫어하자 부친 엄백현도 아들의 그런 태도를 수용하고 부부관계를 강요하지 않으며, 제2부인을 들여 달라는 아들의 요청을 받아들이기까지 했다. 부친의 동조를 얻은 엄희는, 항거하는 문소저를 투부妬婦라고 비난하고, "마음대로 풍류호질을 만나" 일생을 즐기라며 질책했다. 여기에는 여성이 애욕을 지니면 남편이 아닌 다른 남성에게도 그런 애욕을 품을 수 있다고 보는 남성중심적 의식, 여성의 애욕을 혐오하는 남성중심적의 의식이 깔려 있다.

시부 엄백현은 문소저와 양소저 중 먼저 손자를 낳는 쪽을 원비元妃로 삼겠다고 공언했다. 엄백현은 차남 가계의 가부장으로서 가계의 존속·번영을 우선적으로 고민한 것이지만, 거기에는 며느리 문소저의 애욕을 부정적으로 보는 선입견이 깔려 있다. 정실이 남편을 향해 애욕을 보였다는 것만으로 정실 자리를 빼앗기는 상황에 처하고 만 것이다. 이렇듯 여성의 애욕은 남편·가장 중심적 차원에서 시부·가부장 중심적 차원으로 확대된다.

이후 문소저가 보여주는 일련의 악행은 위의 ⑤에 보이는 것처럼 문소저와 양소저의 처처갈등으로 구현된다.

ㄱ 문소저, 최부인, 익섬이 공모하여 양소저의 자금합을 훔쳐냄.
ㄴ 문소저, 최부인이 양소저가 외간 남자와 정분을 나누는 것으로 꾸밈.
ㄷ 문소저가 적면단으로 양소저를 추물로 만들려고 시도함.

ⓛ 음서淫書를 위조하여 양소저를 간부姦婦로 모해함.

ⓜ 문소저가 흉예지물을 시부모 침실에 숨겨 두고 양소저가 한 짓으로 꾸밈.

ⓝ 문소저가 개과천선하자 양소저가 장남을 문소저의 장남으로 입양시킴.

　문소저가 양소저를 모해하는 것은 남편이자 가장인 엄희에 대한 반감에서 나온 것이긴 하나, 한편으로 시아버지이자 가부장인 엄백현 권위에 대한 불순종의 의미를 띠기도 한다. 이에 이르면 문소저의 악행은 엄씨가문의 차남 엄백현 가계에 손상을 입히는 것이 된다. 나아가 문소저는 큰댁 최부인과 결탁하여 자신과 직접적인 관련이 없는 엄창·윤월화 부부에 위해危害를 가함으로써 엄씨가문을 위기에 몰아넣기에 이른다. 이러한 문소저의 행위는 엄씨가문의 종장 즉 벌열가부장에 대한 정면 도전이라는 의미를 지닌다.

　문소저의 악행이 징치懲治되고, 나중에 문소저가 개과천선하는 것으로 마무리된다. 문소저는 자신의 과오를 철저히 깨닫고 남성·가장에게 순종하는 아내로, 시아버지·가부장에게 순종하는 며느리로, 궁극적으로는 벌열가부장권에 순종하는 여성으로 거듭나게 된다.

3.4. 삼남 엄백경 가계의 정치적 갈등

삼남 가계의 엄백경은 동오왕으로서 황실에 충성을 다하고 있었다. 엄백경은 부인 장씨 사이에 엄선혜·월혜 쌍둥이 자매, 엄표·엄창 형제를 두었는데, 엄창이 장남 엄백진 가계에 입양됨으로써 엄씨가문의 종통을 잇게 되었다. 나아가 쌍둥이 자매를 놓고 윤씨가문과 통혼通婚함으로써 엄씨가문이 벌열 가문으로 안착하는 데 결정적으로 기여했다.

　그런데 엄백경의 아들 엄표로 인해 문제가 발생하게 된다.

① 동오왕(엄백경)의 장남 엄표는 시기심이 많으며 이를 꾸짖는 부모를 원망함.
② 동오국의 세자가 된 엄표는 세자빈(호빙)이 절색이 아니어서 불만스러워함.
③ 엄표가 미녀성색美女聲色, 가무연락歌舞宴樂을 일삼음.
④ 엄표가 윤성린(여동생 선혜의 배필)을 독살하고자 함.
⑤ 엄표가 봉암·여혜정 무리에게 미혹되어 부친에게 반감을 지님.
⑥ 엄표가 부친(동오왕)의 치상차治喪次 들른 백부伯父 엄백진과 사신 윤성린을 해치고자 함.
⑦ 엄표의 반역이 일으키나 윤창린(대원수)·엄백현(부원수)에게 진압 당함.

동오왕의 세자 엄표는 어리석고 자질이 부족한 인물이었다. 그는 부모에 대한 불순종과 원망, 아름답지 않은 아내에 대한 불만, 형제자매에 대한 시기, 가무연락歌舞宴樂에의 탐닉 등을 일삼았다. 여동생의 남편인 윤성린을 독살하려고 했고, 백부 엄백진을 살해하려 하다가 종국에는 반란을 일으켰다.

엄표의 인물됨을 잘 아는 동오왕 엄백경은 아들 '엄표를 오국의 왕위를 계승하지 못하도록 하라'는 유언을 남겼으며, 그러한 취지의 유표遺表를 황제에게도 올렸다. 이는 엄백경이 친아들의 잘못된 행위를 미연에 방지하고자 하는 것으로 국가 차원의 일이기도 하지만, 엄씨가문을 보호하기 위한 것이기도 했다. 엄표의 반란이 일어나자 윤창린(대원수)과 엄백현(부원수)이 엄표의 반란을 진압하기에 이른다. 윤창린이 엄백경의 사위인바, 윤창린의 출정은 사위가 장인 엄백경의 유지를 받들었다는 것을 의미하며, 함께 출정한 엄백현이 차남 가계의 가부장인 점을 고려하면, 그의 출정은 엄씨가문 차원의 출정에 해당한다.

이렇듯 엄표는 개인의 부정적 성품 차원을 넘어, 부부 차원(엄표·호빙)의 가장권을 온전히 세우지 못하고, 부자 차원(엄백경·엄표)의 가부장권을 위협하고, 궁극적으로는 엄백진을 정점으로 하는 종장권 및 벌열가부장 질서를 위협하는 인물이어서 징치당하는 인물로 그려진다. 요컨대 엄표의 반란과 그 진압은, 엄씨가문의 벌열 지속에 대한 위협 요인이 가문 내부에 있다는 것과 그 해결책도 가문 내부에서 스스로 구해야 한다는 의미를 지닌다.

이에 더하여 엄씨가문의 구성원이 국가적 위기를 다스리는 중심세력으로 자리를 잡는 것이 새삼 주목할 만하다.

○ 윤창린·엄백현이 견융이 반란을 진압하고 각각 오국왕·오국공에 봉해짐.
○ 거란왕이 엄창·엄영 형제의 지극한 효우 소문을 듣고 송나라 침입을 멈추고 조공을 바침.
○ 엄창(남평도원수)이 정병을 훈련시키는 안남국(왕:뉴일)·서융 연합군을 격파함.

엄창이 출정하여 안남국을 정벌하는 등 국가의 위기를 해결하고, 엄창·엄영은 변방의 침략을 제압하는 위업을 달성했다. 이처럼 엄씨가문은 숙질叔姪 또는 형제에 의한 집단적 도덕성 및 집단적 우월성을 확보하며, 반역으로 인한 멸문의 위기를 모면하고 국가의 중심세력으로 자리를 잡음으로써 명실상부한 벌열 가문으로 거듭난다. 그 과정에서 윤창린의 견융 진압은 엄씨가문의 차남 가계를 일으켜 세웠다는 의미를 지닌다.

4. 작가의식: 벌열가부장제의식

본항에서는 앞항의 연장선에서 논의를 작가의식 차원에서 심화시켜보기로 한다. 그 일환으로 인물의 성격과 효(혹은 효우)의 형상 측면을 중심으로 살펴보기로 한다.

인물의 성격에 대해 알아보자. 엄창·윤월화 부부, 엄영 등은 긍정적으로 그려지고, 최부인, 문소저, 엄표 등은 악행을 저지르는 부정적인 인물로 형상화된다. 그런데 고집스럽고 편협하며 악행을 일삼은 인물이라 할지라도 최부인, 문소저와 같이 개과천선하면 엄씨가문에 재수용될 수 있는 것으로 마무리되고, 엄표와 같이 개과천선하지 않는 악인은 자살하는 것으로 끝난다. 최부인과 문소저의 경우는 악인에서 선인으로 그 성격이 바뀌는 입체적인 성격의 인물에 해당하는 반면에 엄표는 악인으로 일관하는 평면적 인물에 해당한다.

이러한 상반된 결말을 맞이하는 주요 기준은 개과천선인데, 그 개과천선은 개인적 윤리도덕의 차원을 넘어 가문의 존속과 발전이라는 큰 차원을 지향한다. 개인의 욕망 차원에서 벗어나지 못하면 악인으로 남고, 가문의 발전을 고려하면 선인으로 변하는 것이다. 가문의 발전이란 엄씨가문 전체의 발전인바, 이런 성격 형상에 작가의 벌열가부장제의식이 용해되어 있다.

다음으로 효의 형상 측면을 보기로 하자. 선인형 엄창·윤월화 부부의 최부인에 대한 절대 순종적 효행도 벌열가부장제의식의 구현 측면에서 바라볼 수 있다.

> 이갓흔 즁장은 처음이라 삼십여장의 미쳐ᄂᆞᆫ 비록 낫비출 변치 아니ᄒᆞ고 일성을 부동ᄒᆞ나 점점 호흡이 나즉ᄒᆞ고 긔운이 엄식홀 듯하니 스ᄉᆞ로 주긔 긔운이 이 미롤 견디지 못홀 쥴 알ᄆᆡ 주부인 잔학훈 성되 주가의 간언을 청납ᄒᆞ여 수ᄒᆞ실 쥴은 아지 못ᄒᆞ나 혹주 요힝을 바라 주안을 우러러 머리조아 갈오디 욕지 무상ᄒᆞ여 주위 성노롤 촉범ᄒᆞ여ᄉᆞ오ᄆᆡ 복원 주위ᄂᆞᆫ 성덕을 드리오샤 용샤ᄒᆞ시믈 바라ᄂᆞ이다 히이 셜ᄉᆞ 무상ᄒᆞ오나 두 번 작죄치 아니리이다 … 한림이 역시 오열ᄒᆞ여 아의 손을 잡고 슈루장탄 왈 우형이 블초ᄒᆞ여 주전의 득죄ᄒᆞᄆᆡ 만흐니 주위 진노ᄒᆞ샤 다ᄉᆞ리시미 맛당ᄒᆞ니 오히려 블호혼 죄 즁ᄒᆞ고 다ᄉᆞ리미 경하거ᄂᆞᆯ 현데 엇지 니러툿 과도히 슬허ᄒᆞ여 우형의 심회롤 돕ᄂᆞ뇨(권21)

엄창이 죽을 정도로 맞으면서도 양모 최부인에게 한 마디 불평조차 하지 않은 것은 효에서 비롯된 것이다. 한편 그런 지극한 효행은 가부장의 생각과 의

도가 최부인에게 수용되기를 바라는 데서 행해진 것이기도 하다. 엄창이 파양罷養되어 친부에게 되돌아가기를 소망한 적도 없고 그런 발언을 한 적도 없으며, 그와 관련하여 어떤 심리적 갈등을 보이지도 않았음은 그 점을 방증한다. 최부인에 대한 엄창의 효가 절대적인 만큼, 그에 비례하여 종부宗婦를 비롯하여 가문 구성원이 모두 가부장권에 절대적으로 순종해야 한다는 작가의식이 엄창의 효로 표출되었다고 할 수 있다. 요컨대 가부장 엄백진의 계후결정이 종부宗婦 최부인에게 수용되거니와, 그 수용 과정이 엄창·윤월화 부부의 양모에 대한 지극한 효행을 수반하는 과정을 거치는 것이다.

여기에 가부장절대존중의식家父長絶對尊重意識이 자리를 잡는다. 장남 가계의 엄백진이 아내 최부인의 악행을 눈치채지 못하고 있을 때, 동생 엄백현은 형수 최부인의 악행을 알면서도 발설하지 않은 채, 귀신의 측량치 못할 조화라고 말할 뿐이었다.[16] 엄백현은 형수에 의해 일이 잘못 되어 감을 눈치 채면서도 직접 거론하지 않고 주변에서 보호하는 역할을 할 뿐이다. 이렇게 엄백현이 직접 나서지 않은 것은, 작품의 결말을 고려할 때, 가부장의 위신이 회복되기를 은근하고도 끈덕지게 기다렸기 때문이다.

이상, 엄창의 효행은 벌열가부장권에 대한 절대 순종 및 신뢰를 뜻하는 것임을 살펴보았다. 엄창의 효행은 한편으로 자신의 가장권, 가부장권의 확립을 시사한다. 엄창의 절대효絶對孝는 아내 윤월화, 그리고 아우 엄영으로까지 확대된다. 특히 엄영이 친모 최부인에게 불평을 늘어놓자 엄창은 타이르고 훈계

---

16 츄밀이 티스와 부인의 여러 말숨으로 징단ᄒ디 형장의 쇼탈ᄒ미 오히려 부인의 교언식ᄉ巧言巧飾辭ᄂᆫ 구밀복검口蜜腹劍을 치 아지 못ᄒ고 다만 윤시 이미ᄒ믈 거의 알오디 능히 부인의 허물을 아지 못ᄒ믈 탄식ᄒ나 ᄉ이지ᄎ事已至此ᄒ니 츄역텬얘라 한님 부부의 운읙이 긔구ᄒ믈 츠셕홀 ᄯᆞ름이러라 이에 형장을 향ᄒ여 안식을 화희 ᄒ여 탄식 왈 윤시의 만난 바ᄂᆫ … 귀신의 측량치 못홀 조화라 인녁의 밋츨 비 아니나 다만 텬도의 묵묵ᄒ시(신) 가온디 복션명응지니롤 기다릴 거시니이다 … 간인이 어니 곳의 은복ᄒ믈 모로거니와 오라지 아녀 간당이 발각ᄒ고 윤시의 누명이 반ᄃ시 표표히 신셜ᄒ오리니 향ᄌ지의向者之義 금일 셜ᄒᄂ니 만히 잇ᄉᆞᆸᄂ니 형장은 믈냐ᄒ샤 타일 텬운이 슌활ᄒ미 악인이 즁긔 ᄶᅥ러지고 현인이 등비ᄒᄂᆫ 경ᄉ롤 보시리이다(권20)

162

하는데, 이는 현재의 장남으로서 그리고 미래의 가부장이자 종장으로서의 엄창의 면모를 보여주는 것에 해당한다. 선행 연구에서 이 작품의 주제를 엄창과 엄영의 효우로 보았던바,[17] 그 효우는 벌열가부장제의식의 소산인 것이다.

한편 엄창이 최부인(양모)에게 효도를 보인 것과는 달리 화희경이 최부인(장모)에게 효를 다하지 않는 이유도 이러한 각도에서 접근해 볼 수 있다. 효의 측면에서 볼 때 엄창과 화희경이 보여주는 태도는 효와 불효라는 상반되는 양상을 띤다. 그런데도 이 둘은 양립한다. 화희경은 엄난혜의 남편이자 가장이다. 사위가 자신의 마음에 들지 않는다고 최부인이 사위·딸 부부 사이에 끼어들게 되면 화희경의 가장권과 그 부친의 가부장권이 설 자리를 잃게 된다. 장모사위갈등에서 장모를 악인으로 형상화한 것은 작품의식이 사위의 가정으로까지 범위를 넓혀서 가부장제를 지향함을 보여준다.

이와는 달리 친정붙이가 사위의 가장권과 사돈의 가부장권을 보호 내지는 옹호하고 있는 것으로 그려지기도 한다. 앞서 살펴본 대로 윤월화의 부친이 딸 윤월화의 가정과 가문에 간섭하지 않는 것이다. 이와 관련하여 가문간불간섭의식家門間不干涉意識을 찾아볼 수 있다. 가문간 불간섭이란 어떤 벌열가문의 문제는 해당 가부장의 책임 하에 해결되어야지 다른 가문에서 간섭해서는 안 된다는 것이다. 장남 엄백진 가계에서 폐출당한 며느리 윤월화의 억울함은, 친정 아버지 윤광천이 평진왕이었기에 친정가문의 개입으로 쉽게 풀릴 수도 있었으나, 윤광천은 사건을 하늘의 뜻에 맡기고 방관자처럼 사건을 관망할 뿐이다.

왕이 그 심시 만다루믈 이셕ᄒ여 이의 좌룰 날호여 손을 잡고 등을 어로만져 츄연 ᄌ상 왈 소녜 불초ᄒ여 임의 군가의 기뷔되고 강상의 듸죄라 숙경으로 옹셔의 졍이 ᄭᆫ쳐시나 아들이 엇지 녯 마ᄒᆞᆷ을 변ᄒ리오 다시 옹셔의 졍을 완

17 김진세, 「〈엄씨효문록〉 해제」, 『한국고대소설대계(3)』, 한국정신문화연구원, 1982, 3~26쪽; 김기동, 『한국고전소설연구』, 교학연구사, 1983, 589~593쪽.

젼키 어려오나 고우의 ᄌ식이오 아부의 동긔로 인호의 졍이 ᄌ별ᄒ리니 네 ᄯ
모로미 말을 희졀ᄒᆫ 빙부로 우이 너기지 말고 다만 녕존의 고우와 녕ᄆᆡ의 싀
아븨로 싱각ᄒ여 친친ᄒᆫ 졍을 변치 말나 … 현셔와 아녀는 실노 옥뎨의 명ᄒ신
텬졍냥필이라 비록 조물이 닉그ᄒ고 쇼녜 홍안지히롤 면치 못ᄒ나 혜건디 오
리지 아녀 누명을 시원ᄒ고 … 죵요로온 영복이 무흠ᄒ리니 쇼쇼익경을 과도
히 근심ᄒ리오(권20)

윤광천은 사위 엄창에게 한 마디 불평도 하지 않고, 비록 옹서翁壻 관계가 끊
어졌지만 부친끼리 친구이고 또한 누이들의 시아비임을 고려하여 친한 정을
끊지 말자고 청할 뿐이었다. 심지어 딸 윤월화에게 해준 것은 명철보신明哲保身
하라는 부탁뿐이었다.

이처럼 화희경·엄난혜 부부의 가정·가문에 대한 장모 최부인의 태도와 엄
창·윤월화 부부의 가정·가문에 대한 친정붙이의 태도가 상반되게 그려지지만,
둘 다 공통적으로 사위의 가정·가문에 대해 친정 쪽에서 간여해서는 안 된다는
것을 드러낸다. 요컨대 가부장절대존중의식, 가문간불간섭의식이 벌열가부장
제의식의 일환으로 주어지는 것이다.

5. 마무리

지금까지 〈엄씨효문청행록〉에 구현된 벌열가부장제에 대하여 고찰했는데, 요
약하면 다음과 같다. 첫째, 이 작품은 거시적으로 대소설의 범주에 드는 소설
로서 벌열을 지향한다.

둘째, 이 작품에 중심가문인 엄씨가문은 세부적으로 장남 엄백진 가계(장모
사위갈등 및 부부갈등, 양모양자갈등), 차남 엄백현 가계(부부갈등 및 처처갈등), 삼
남 엄백경 가계(정치적 갈등) 등 세 가계로 나뉘면서, 구성원 간에 여러 갈등을

드러낸다. 부부관계에서는 남성·가장 중심적인 모습이 펼쳐지고, 장남 가계, 차남 가계, 삼남 가계의 가부장과 그 이하 구성원 관계에서는 가부장 중심적 질서가 구현되며, 엄씨가문 전체 차원에서는 가문 차원의 가부장 중심적 질서가 강조된다. 그리고 엄씨가문은 벌열가문을 지향하거니와, 그 가문이 지향하는 질서는 벌열가부장제 질서이다.[18]

셋째, 이 작품의 작가의식은 벌열가부장제의식이다. 인물 형상의 측면에서 악인은 벌열가부장제를 위협하는 인물로 형상화되고 선인은 그 반대로 형상화되며, 효 구현의 측면에서 효는 단순한 윤리도덕의 수준에서 제시되는 것이 아니라 벌열가부장제의식과 긴밀한 관련을 맺는다. 이러한 벌열가부장제의식은 가문간불간섭의식家門間不干涉意識, 가부장절대존중의식家父長絶對尊重意識으로 표출된다.

대소설의 총체구조를 통하여 작가가 추구하고 있는 일련의 가치체계를 제시한 이상택 교수는 작가의식이 상층 벌열의 의식임을 지적했으며,[19] 송성욱 역시 한국과 중국 소설을 비교하면서 우리의 대소설이 상층벌열의 가문의식을

---

18 가부장제 논의와 관련하여 〈장화홍련전〉, 〈김인향전〉, 〈황월선전〉, 〈효열지〉, 〈어룡전〉, 〈양풍전〉, 〈김취경전〉 등 계모형 가정소설, 그리고 계모형 가문소설 〈화산기봉〉을 대상으로 연구한 이승복의 논문이 있다. 그는 계모형 가정소설은 서민형 가부장 질서를 문제 삼으면서 가부장 질서와 가족윤리가 어떻게 파괴되는가를 보여주고 있음에 반해, 〈화산기봉〉은 상층의 가부장 질서를 문제 삼으면서 가부장적 질서의 유지·강화와 가문의 외적 번영을 지향한다고 결론을 내렸다.(이승복, 「계모형 가정소설의 갈등 양상과 의미」, 『관악어문연구』 20, 서울대 국어국문학과, 1995, 271~291쪽; 이승복, 「〈화산기봉〉攷」, 『선청어문』 24, 서울대 국어교육과, 1996, 549~566쪽)
〈엄씨효문청행록〉의 양자·양모 갈등과 〈화산기봉〉의 전실자식·계모의 갈등이 일치하지 않지만, 가문의 종통계승과 관련한 계후문제를 정면에 내세웠다는 점은 일치한다. 가문소설 〈화산기봉〉이 대소설의 범주에 들거니와, 〈화산기봉〉에 구현된 "가부장 질서"(이승복)는 곧 벌열가부장 질서다. 〈화산기봉〉, 〈엄씨효문청행록〉을 비롯하여 여타의 대소설에서 구현한 가부장제는 벌열가부장제라 할 수 있다.
19 이상택, 「조선조 대하소설의 작자층에 대한 연구」, 『고전문학연구』 3, 한국고전문학회, 1986(이수봉 외 공저 『한국가문소설연구논총』, 경인문화사, 1992, 34~55쪽에 재수록)

담고 있음을 적시했다.[20] 이러한 작가의식은 〈엄씨효문청행록〉에서도 찾아지는데, 이러한 상충벌열의 의식은 바로 벌열가부장제의식이다.

---

20 송성욱, 「조선조 대하소설의 구성 원리에 대한 방법론적 접근」, 『한국 고전소설과 서사문학
(上)』, 집문당, 1998, 243쪽; 송성욱, 「한·중 고전소설의 친소 관계」, 『인문과학연구』 5, 가톨릭
대 인문과학연구소, 2000, 13~17쪽.

II. 〈화씨충효록〉: 적장승계의 종법주의 이념

1. 문제 제기

〈화씨충효록〉[1]은 주지하다시피 〈창선감의록〉의 개작에 해당한다. 나는 〈창선감의록〉에 그런 적장승계의 종법주의 이념이 구현되어 있음[2]을 밝힌 적이 있는데, 〈화씨충효록〉에서는 그런 이념적 성향이 더욱 강화되는 양상을 보이고 있어서 새삼 주목할 만하다.

〈화씨충효록〉에 대한 선행 연구로 김수연과 이지영의 논문이 있다. 이들은 〈창선감의록〉의 개작으로서의 특징을 비롯해 각자 자신의 연구 시각으로 작품의 특성을 제시했다. 김수연은 초창기에 양문록 구조 지향, 세대록 구조 및 연작 지향, 규방의 흥미소 확대, 여성소설의 성취 등을 꼽았고, 박사논문에서는 인물의 형상화 방식에서 인간적 고뇌를 심화하고 세속적 욕망을 구체화하는 성향을 띠며, 인정물태에서 단선적 인간관이 극복되고, 아내 중심의 부부관계를 지향하며, 거기에는 남성중심적 지배 이데올로기에 반발하는 여성의식이 자리 잡고 있음을 밝혔다. (18세기 말에 여성이 개작했을 것으로 추정했다.)[3]

---

* 「〈화씨충효록〉에 구현된 적장승계의 종법주의 이념」(『고소설연구』 53집, 한국고소설학회, 2022, 101~135쪽)의 제목과 내용 일부를 수정한 것임.
1 〈화씨충효록〉(장서각 37권37책)(『낙선재본 고전소설 자료집 화씨충효록 1~5』(한국정신문화연구원, 2004)
2 조광국, 「〈창선감의록〉의 적장자 콤플렉스」, 『고전문학과 교육』, 38, 한국고전문학과교육학회, 2018, 85~90쪽.

이지영은 〈화씨충효록〉에 여성의 일상과 감정이 잘 표현되어 있고, 등장인물이 일상적인 인물로 형상화되었음을 짚어내고, 규범성이 강한 〈창선감의록〉이 여성에 의해 여성 취향에 맞게 〈화씨충효록〉으로 개작된 것이라고 보았고,[4] 후속 논문에서 부부갈등(화춘·임씨의 갈등, 유성희·양아공주의 갈등)이 확대되고 그 내용이 남편의 폭력 앞에서 고통을 당하는, 일상적인 아내의 모습으로 채워졌다는 점에 주목했다.[5]

두 연구자의 성과를 정리하자면, 〈화씨충효록〉은 남성중심적 규범성과 이념성이 약화된 반면에 일상성을 지닌 여성의 시각과 목소리가 강화되어 여성 혹은 여성 독자에게 위안을 주는 쪽으로 변개된 작품이라 할 수 있다. 그런데 두 연구자의 연구 성과에도 불구하고 여전히 논의할 여지가 있다. 내가 보기에는 남성중심적 이데올로기가 약화된 게 아니라, 오히려 강화된 것으로 보인다.(두 연구자의 성과를 수용하자면, 남성중심적 규범성과 이념성이 강화되는 중에 여성의 시각과 목소리도 커졌던바, 양쪽의 골이 더 깊어지는 양상을 보인다고 할 것이다.)

이 지점에서 남성중심적 이데올로기는 구체적으로 무엇인가라는 새로운 논점이 부상한다. 그것은 서두에서 제시한 적장승계嫡長承繼의 종법주의宗法主義 이념이다. 그와 관련하여 〈화씨충효록〉에서 적장승계가 대종가의 종법으로 초점화되고, 가문의 적장승계가 가문의 공동운명적 성향을 띠며, 군자의 핵심 자질로 적장승계를 향한 신념이 내세워지는 한편, 그 적장승계가 공론화되는 과정을 통해 적장승계의 종법주의 이념이 편폭을 넓히며 밀도 있게 구현되었

---

3 김수연, 「〈화씨충효록〉 연구」, 이화여대 석사논문, 1998; 김수연, 「〈화씨충효록〉의 성격과 소설사적 위상」, 『고소설연구』 9, 한국고소설학회, 2000; 김수연, 「〈화씨충효록〉의 문학적 성격과 연작 양상」, 이화여대 박사논문, 2008.

4 이지영, 「〈창선감의록〉의 이본 변이 양상과 독자층의 상관관계」, 서울대 박사논문, 2003, 210~212쪽, 222쪽.

5 그런 아내가 맞이하는 행복한 결말은 권선징악의 교훈적 메시지라기보다는 고통을 당하는 여성 독자에게 위안을 주는 기능을 한다고 보았다.(이지영, 「〈창선감의록〉의 개작을 통해 본 소설 읽기와 필사의 위안 효과」, 『문학치료연구』 8, 문학치료학회, 2008, 51~77쪽)

음을 살펴보고자 한다.

2. 대종가의 적장승계

〈창선감의록〉은 '1대 가장(화욱)-2대 적장자(화춘)-3대 입양계후(화천린)'로 이어지는 적장승계를 선보였다. 〈화씨충효록〉은 〈창선감의록〉에 없는 화성홍의 탄생과 죽음 그리고 화천린의 입양과 정혼의 새로운 설정을 통해 적장승계 과정을 치밀하게 펼쳐냈다. 그 과정은 '종장-종자-종손'의 적장승계가 확립되는 국면과 그 이후 종손 자리에 입양종손이 들어서는 국면으로 나뉜다.

2.1. 종장·종자·종손으로 이어지는 적장승계

서두에서부터 '1대 가장(화욱)-2대 적장(화예)'에서 적장승계의 진통을 강화하는 한편, 3대에서는 새 인물 화성홍의 설정과 서사구조의 변개를 통해 적장승계가 이루어지는 과정을 심도 있게 펼쳐냈다.

먼저 화씨집안은 대종가大宗家로 설정된다. 〈창선감의록〉에서 화욱은 명나라 태조를 돕다가 전사한 화운 장군의 7대손이고, 그의 아들 화춘은 적장嫡長으로 지칭되며, 그 집안은 화씨종사花氏宗祀 혹은 화씨가문의 백 대 종사花門百世之祀로 거론되는바 화씨가문의 종가로 설정되긴 하지만, 그 집안이 대종인지 소종인지 분명하지 않다. 그와 달리 〈화씨충효록〉에서는 화씨대종花氏大宗이라고 명시된다.

그에 상응하여 '종장-종자-종손'의 3대에 걸친 종통이 적장승계로 이어지는데 그 과정이 종자(적장자)의 출생, 종자의 자질 결여 및 총부 들이기 그리고 종손의 출생 등으로 치밀하게 펼쳐진다. 종자의 출생을 보면, 장남이 이미 태어난 상태였던 〈창선감의록〉과 달리, 뒤늦게 정실(심씨)에게서 태어나는 것으로 바뀌었으며, 종사宗嗣가 끊어질까 염려하던 중에 늦게야 얻은 아들로서 종사의 중함을 지닌 종자였기에 그 기쁨이 매우 큰 것으로 그려진다.

하지만 종자(적장자) 화예의 자질이 열 번 가르쳐야 겨우 해득하고 백 번 일러야 알아듣는 정도로 〈창선감의록〉보다 심각하게 제시되며, 그에 대한 종장인 화욱의 실망감도 훨씬 크게 그려진다. 그런 상황에서 총부 들이기가 시도되는데, 그 과정이 간략한 서술로 그친 〈창선감의록〉과 달리, 화욱이 성부인의 권유를 받아들여 총부를 맞이하고, 일가가 임씨를 보고 기뻐하는 장면[6]이 상세히 펼쳐진다. 그 기쁨은 총부가 덕행을 갖추고 있어서 종자 화예를 보완할 것이라는 기대감과 총부의 성품을 이어받는 종손이 태어날 것이라는 기대감과 긴밀한 관련을 맺는바, 그 기대감은 '종장-종자-종손'의 적장승계에 대한 기대감으로 수렴된다.

그런 상황에서 화예의 부족한 자질은 〈창선감의록〉에 비해 강화된다. 화예는 종자(적장자)로서 품성을 갖추기 위해 노력하기는커녕 시녀 홍장과 창녀를 대상으로 애욕과 관능의 행태를 일삼다가, 송죽헌 시품평 자리에서 화욱의 분노에 직면하고 만다.

> 니 너(화예)를 만닉晚來의 어더 화시 종소를 잇고 션조 소묘를 의탁ㅎ여 조죵
> 의 블효를 면홀가 깃거 ㅎ엿더니 블초조不肖子의 무상ㅎ미 화시 문호를 픠망
> 홀 긔샹이라 너를 슬나 두엇다가 쟝춧 무어시 쓰리오 형옥(화진)은 년미약관
> 年未弱冠이로ᄃᆡ 진죄 너게 십비 졀승絶勝ㅎ지라 네 엇지 붓그럽지 아니리오 네
> 초후ᄂᆞᆫ 회과조칙悔過自責ㅎ여 정도正道의 도라가고 섭녑涉獵ㅎ여 공부를 지극

---

6 성부인이 공을 위로ㅎ여 부조의 은이 샹히우지 안니케 ㅎ고 권ㅎ여 미부를 틱ㅎ니 공이 아조의 블초ㅎ믈 블관이 여기나 몸인즉 화시 죵쟝이라 며나리나 부ᄃᆡ 슉녀를 엇고져 ㅎ여 너비 구ㅎ여 소공 님복의 녀ᄋᆞ를 마조니 님시 용뫼 유아ㅎ고 셩졍이 단일졍슉ㅎ니 공이 신부의 덕힝이 어질믈 보고 만심환희ㅎ여 소랑이 지극ㅎ고 셩졍 이부인이 아람다이 여기더라(권1)

히 ᄒ여 문지 디달大達홀진디 용셔ᄒ려니와 맛춤니 개과슈심改過修心ᄒ미 업
ᄉ면 화시ᄂ 디디 공ᄌ公子 황손皇孫의 ᄉ뫼嗣廟라 너 갓ᄒ 블초 쇼인의게 종ᄉ
를 밧드지 못홀 거시오 화시花氏 디죵은 망치 못홀 거시니 인뉸의 참담ᄒ기를
도라보지 못ᄒ고 초소 ᄉ정을 녀렴慮念치 못홀지라 당당이 적쟝션후를 밧고와
종ᄉ宗嗣를 졍홀 거시니 인뉸의 븟그러오믈 면코져 ᄒ거든 삼가 슈힝ᄒ기를
게얼니 말나 (권1)

위 발언에는 종자(적장자) 화예 때문에 가문이 패망할 수도 있다는 염려가
대종 확립을 위해 적장선후嫡長先後의 교체를 감행할 수 있다는 분노어린 질책
으로 이어지고, 그 분노가 차남 화진에게로 향해져, "인륜의 변이 두렵거든 힘
써 형을 극간할지어다"라는 위협적인 명령으로 표출되는 감정의 흐름이 담겨
있다. 그런 중에도 위 발언에는 대종大宗은 망치 못할 것, 즉 대종은 적장승계
로 이어져야 한다는 화욱의 평소 신념이 잘 드러나 있다.

그런 설정은 일회적으로 그치지 않는다. 화욱이 조카 성준에게 "양자兩子를
두어, 쓸데없는 차아次兒는 재조와 인물이 용속庸俗지 않고, 중히 바라는 장자長
子는 불인불학不仁不學하니 조선祖先을 욕 먹일가 슬퍼하노라"라며 속마음을 내
비쳤다. 이 탄식은 〈창선감의록〉에는 나오지 않는다. 귀중한 장남과 쓸데없는
차남의 차별적 사고는 대종장 자리는 적장승계로 이루어져야 한다는 생각의
한 단면이기도 하다. 조카 성준도 분명히 인식하고 있었다. 성준은 오해하는
화예를 향해, 화욱의 질책이 화예를 격동하여 수행코자 하기 위해서 한 것이었
고, 더욱이 화욱이 효우군자여서 공후대가公侯大家에서 어지럽고 부끄러운 폐
장입소廢長立小를 행할 자가 아니라고 안심시켰으며, 덧붙여 부덕을 갖춘 총부
임씨를 맞이했기에 화예의 적장위嫡長位가 변하지 않을 것임을 단언했다.[7]

부친으로부터 적장교체의 말을 들었지만 그게 실제로 행해지지 않을 것임
은 화예 자신이 더 잘 알고 있었다. 임씨를 아내로 맞이한 후에도 여전히 방탕
방일放蕩放逸한 행태를 서슴지 않고 일삼았는데 그 바탕에는 "몸이 화씨 종통이

라 자연 존중함이 공公의 버금이라 스스로 방자자존放恣自尊"하는 자존심이 자리잡고 있었기 때문이다.

한편 화성홍의 출생이 새롭게 설정되어 있어서 주목할 만하다.

> 님시 일긔 영ᄌ를 싱ᄒ니 히ᄋ의 옥골풍광이 비범ᄒ며 님시의 셩덕을 습ᄒ여 기부의 경박홈과 갓치 아니니 공이 디열ᄒ여 죵손의 등ᄒᄆ로써 일긔 이듕ᄒ미 극ᄒ고 족당이 치하ᄒ니 심시 모지 디희과망大喜過望ᄒ여 양양흔흔揚揚欣欣ᄒ여 싱이 ᄋᄌ 나으므로브터 님시를 듕디ᄒ나(권1)

화성홍은 대종가 종손이자 더욱이 옥골풍광玉骨風光이 비범하며 모친의 성덕聖德을 이어받은 모습을 지니고 있었기에 그의 출생은 일가족당一家族黨의 경사였다. 그리고 심씨·화예 모자가 임씨를 귀히 여겼는데 그것은 자신들의 혈통에서 종손을 낳았기 때문이다. 〈창선감의록〉과 달리 훗날 임씨를 총부 자리에서 내치지 않은 것도 그 때문이었다.

이처럼 〈화씨충효록〉에서는 화예를 향한 화욱의 질책, 총부 임씨 들이기, 화예의 욕정적 행태, 화욱의 본의 아닌 격노, 종손 화성홍의 출생 등의 설정을 통해, '화욱(종장)-화예(종자)-화성홍(종손)'의 3대에 걸친 적장승계의 종법이 대종大宗 차원으로 예각화된다.

2.2. 입양종손의 명분과 의리 확보

그 이후 적장승계에서 입양종손을 확보하는 국면이 펼쳐진다. 그런데 이 국면

---

7 슉뷔 이 말ᄉᄆᄒ시문 현제를 격동ᄒ여 슈힝코져 ᄒ시미라 엇지 진짓 말ᄉᄆ이시리오 부ᄌ형제ᄂ 쳔눈지졍이라 엇지 문득 원망ᄒ며 의심ᄒ리오 슉뷔 눈니를 통ᄒᄂ 효우군지시라 엇지 무단이 공후디가의 폐장입쇼ᄒᄂ 어즈로오믈 지어 인국의 븟그리믈 췸ᄒ리오(권1)

은 〈창선감의록〉과 달리, 종장 이후 '종자(화예)-종손(화성홍)'의 적장승계가 와해되고 그게 '종자(화예)-입양종손(화천린)'으로 복원·대체되는 방식으로 새롭게 펼쳐진다.

종장 이후 확립된 대종의 와해는 차세대 종장인 화예 본인의 혼암 때문에 벌어진다. 화예는 차세대 종장에 맞는 책무에는 관심이 전혀 없고 권세만을 내세울 뿐이었다. 악류들과 어울리며 관능과 욕정에 빠져들었고, 집안의 재산을 가로채려는 악류들의 농간질에 현혹되어 화진을 죽이고자 했고, 그게 잘못되어 화성홍이 화진으로 오인되어 살해당하자, 화진에게 종손을 살해하여 적장위 탈취하려고 했다는 강상죄를 뒤집어씌워 처형당하게 했다. 하지만 화예의 죄상이 낱낱이 밝혀짐으로써 '종자(화예)-종손(화성홍)'의 두 세대에 걸친 대종의 적장을 한꺼번에 잃게 되는 위기에 봉착한다.

그후로 적장승계의 복원 국면이 이어진다. 주인공은 화진이다. 초지일관 심씨를 섬기고 화예의 죄를 자신의 죄로 돌리며, 외적을 제압한 자신의 전공을 화예의 사면을 위해 이용하는 화진의 지극한 효우에 힘입어, 심씨는 종부로 거듭나는 한편, 화예는 사면을 받고 화씨집안의 종장 자리에 복귀함으로써 대종가 화씨집안은 적장승계 복원의 첫 단계에 진입한다.

다음 단계는 입양종손을 세우는 국면이다. 화예가 종장으로 복귀했지만, 화성홍이 죽은 상황에서 입양종손을 정하는 문제가 새롭게 부상한다. 그 과정이 몇 마디로 간략하게 서술된 〈창선감의록〉과는 달리, 화천린(화진의 장남)을 입양하자는 성부인의 의견, 형이 아들 낳을 때까지 기다리자는 화진의 반대[8] 그리고 종통 단절의 불효죄를 내세운 종부 심씨의 결정[9] 등 치밀한 논의 과정을

---

8 슉모 셩괴 형댱비회룰 위로코져 ᄒ시ᄂ 쇠년이 아니어눌 엇지 환ᄋ룰 계후ᄒ리잇고 맛ᄎ미 무ᄌᄒ시면 마지 못ᄒ여 ᄒ시려니와 아직 쳥춘이 머러 계시니 결단코 계후ᄂ 아니시리이다 (권30)

9 경옥(화예)이 종통으로 가득혼 죄 둥 무ᄌᄒ죽 불회 비경ᄒ기 크미러니 션녕이 도으샤 셩이 환이 되엿ᄂ지라 경옥 부부룰 쥬어 종ᄉ룰 밧들게 ᄒ면 션군 지쳔지녕이 깃거ᄒ시리니 오ᄋ(화진)ᄂ 쾌허ᄒ라(권30)

거쳐 입양계후가 확정된다.[10] 거기에서 끝나지 않는다. 화예의 친아들이 태어나자, 화진은 화예의 친아들로 종통을 잇게 하자는 의견을 내지만, 화예의 반대로 화천린(환아)의 종손 자리가 확고히 유지되는 것으로 이어지는데, 그때 화예의 주장을 보자.

> 공이 변식 왈, 니즈는 엇지 스리 모로는 말을 ㅎ느뇨 니 비록 죄를 면ㅎ고 몸이 영귀ㅎ나 이 뉘 덕이며 집을 보젼ㅎ고 조종향화祖宗香火를 빗니 밧들며 일가의 영광과 모친 여년의 즐거오시미 뉘 은혜뇨 더욱 환으는 셩이 지싱ㅎ엿고 셩질의 긔이ㅎ미 오가吾家의 쳔니귀라 츳으 비록 영민ㅎ는 환으의 발췌ㅎ미 비치 못홀 거시오 처음 졍ㅎ기를 니 쟝니 십즈를 어더도 환으의 위는 요동치 못홀 줄노 ㅎ여 우리 부쳬 심곡心曲의 삭엿고 즁ㅎ믈 조종의 붓쳣거눌 강보 히즈孩子를 보고 디스大事를 경히 곳치며 셩으는 본디 나의 댱지라 이졔 디쇠大小 다 르고 나기를 으의게 ㅎ여시나 본本은 나의 젹댱嫡長이어눌 엇지 션후를 챡난錯亂ㅎ여 조종과 션친긔 다시 득죄ㅎ리오 ⋯ 츳후 아모나 이 말을 드노ㅎ면 니 스스로 으를 죽여 시비를 꼿츠리라 (권31)

화예는 이미 화천린의 입양계후를 조종에 고했는데 친자가 태어났다고 해서 파양하는 것은 조종과 선친에게 죄를 저지르는 것임을 밝히고, 친아들을 죽여서라도 파양 시비를 끝내겠다며 물러서지 않았다. 일찍이 입양계후를 결정한 심씨와 파양 시비를 끝낸 화예, 두 인물은 종부와 차세대 종장의 지위를 회복한 상태였거니와, 그 과정은 입양계후의 확립 과정에 해당한다.

화천린의 짝으로 유장주가 선택된 것도 적장승계와 밀접한 관련이 있다. 유성희가 취란의 간계에 빠져 양아공주와 자녀를 내쳤을 때, 화진은 천륜을 무너

---

10 대소설에 재현된 종통과 조선시대 법 사이의 거리에 대해서는 장시광이 상세히 밝혔다.(장시광, 「대하소설의 여성과 법」, 『한국고전여성문학연구』 19, 한국고전여성문학회, 2009, 127~178쪽).

뜨린 아비를 찾지 말고 화문에 머무는 게 어떻겠느냐며 장주의 의중을 떠보자, 장주는 부자천성父子天性이 중해서 아비를 원망하는 패륜지심을 품을 수 없다고 대답했다. 부자천성은 화씨가문에서 중시한 것이었기에 화진은 장주가 "형장兄丈과 소제小弟의 현부賢婦 되리니 우리 문호를 흥함이 다행치 않으리이까"라며 기쁨을 감추지 못했다. 장주는 총부성녀冢婦聖女" 감이었기 때문이다.

이에 곁들여 〈창선감의록〉에서 명 세종의 친부에 대한 효행이 종법에 어긋남에도 선녀의 말을 통해 옹호된 점[11]을 되짚어볼 필요가 있다. 이는 양부양자 관계가 형성된 후에라도 친부친자 관계를 효의 윤리로 유연하게 받아들일 수 있음을 시사하는바, 그 대목은 왕가의 경우에는 종법에 예외를 둘 수 있음을 암시한다.[12] 그런데 〈화씨충효록〉은 그 대목이 삭제됨으로써 적장승계에서 입양종손의 명분과 의리가 강화되기에 이른다. ('4.2' 항에서 상세히 논의했음.)

이처럼 〈화씨충효록〉은 적장승계의 종법이 대종 차원으로 예각화되는 한편, 입양계후가 명분과 의리를 확보하는 방식으로 적장승계의 종법이 강화되는 지점에 도달했다.

3. 적장승계의 공동운명적 성향

대종가 화씨집안의 적장승계 확립을 가로막는 요체는 종자(적장자) 화예의 콤

---

11 천지신명이 충신을 보살피는 까닭이 단지 그 사람을 위해서만은 아닙니다. … 지금 황제는 잠깐 간신의 말을 듣고 잘못했지만 효심이 뛰어나서 쉰 살이 되어서도 오히려 부모를 그리워하고 있습니다. 세상에 효도를 다하고도 잘되지 않은 자가 있습니까?(이지영 옮김, 『창선감의록』, 56~57쪽)

12 명 세종은 효종의 양자가 되어 제위에 올랐지만 즉위 초에 흥헌황고설(친부황고설)을 주장했다. 그게 '효종-세종'의 입양계후 예법에 어긋난다는 반대에 부닥쳐 물러섰지만, 2년 후에 흥헌황고설을 관철했고 내친김에 친부모를 황제·황후로 추숭했다.(조광국, 앞의 논문, 88~90쪽)

플렉스와 종부 심씨의 콤플렉스다. 두 인물의 콤플렉스[13]는 〈창선감의록〉에 비해 밀도 있게 펼쳐진다.

〈창선감의록〉과 달리 심씨가 정부인을 질투하고 아들을 낳지 못한 요부인을 조롱하여 병들어 죽게 하는 모습과 재산권 행사를 둘러싸고 시누 성부인을 모욕하는 장면 등이 새로 설정되었다. 그 장면은 그후 우여곡절을 거쳐 화진의 효성을 깨달을 때에도 그동안 품었던 한이 얼마나 깊었는지 토로하는 장면[14]과 상응한다. 화예의 콤플렉스도 그렇다. 단적으로 〈창선감의록〉에서 화진의 두 아내가 아름다움에 반해 자신의 아내는 박색임을 한탄하는 정도인데, 〈화씨충효록〉에서는 총애하는 아우에게는 미모의 두 아내를 얻어주고 미워하는 자신에게는 박색을 얻어주었다고 부친을 오해하고 그 불평을 사촌 성준에게 표출[15]하는 것으로 강화되었다. 화예의 콤플렉스는 화진 살해 공모, 그리고 화성홍 살해 무고 등의 악행으로 표출되며, 그의 방탕한 기질과 맞물리면서 윤옥화를 조문화에게 성상납하는 〈창선감의록〉의 지점을 넘어서, 남채봉을 화예 자신의 육욕의 대상으로 삼을 만큼 증폭되는 양상을 보이기도 한다.

두 인물이 화욱(종장) 이후 '화예(종자)-화성홍(종손)'의 2대에 걸친 적장승계를 훼손한 장본인이 되고 만 것도 콤플렉스 때문이었다. 그로 인해 대종가 화씨집안은 '종부(심씨)-종자(화예)-첩실(교씨)' 쪽과 '성부인(화씨)-총부(임씨)-종손(화성홍)-차남(화진)-딸(화빙선)' 쪽으로 양분되고 만다. 그때 적장승계는 뒤쪽 인물들의 공동운명적 사안이 되며, 그후 심씨·화예 모자가 회과했을 때에는 그

---

13 위의 논문, 73~80쪽.

14 노뫼 진의 디효 모로지 아니ᄒᆞ디 션군지시의 편이ᄒᆞ미 일편되고 기뫼 젼춍ᄒᆞ던 한이 골슈의 박힌 가온디 셩부인이 우리 모ᄌᆞ롤 일되이 외칭니쇼ᄒᆞ고 진의 모ᄌᆞ롤 후히 구던 한이 밋쳐 ᄌᆞ연 조치 아닌 ᄆᆞᄋᆞ이 잇ᄂᆞᆫ 즁 교가 음부의 참언을 신청ᄒᆞ고 경향 등의 간교ᄒᆞ믈 미더 진의 부부롤 박디 티심ᄒᆞ더니 셩ᄋᆞ 살히ᄒᆞ다 ᄒᆞ믈 통입골슈ᄒᆞ여 원슈로 아라더니(권20)

15 쇼졔ᄂᆞᆫ 팔지 긔박ᄒᆞ여 픔슈한 비 용녈ᄒᆞ고로 디인의 즁념ᄒᆞ시ᄂᆞᆫ 조식이 되고 취쳐ᄒᆞ미 님시갓ᄒᆞᆫ 박용이라 아의 지극 출뉴ᄒᆞ여 야야의 춍이ᄒᆞ시믈 밧ᄌᆞ와 일가의 예셩이 가득ᄒᆞ고 이졔 현미썅쳐를 어든즉 금슈 우히 곳츨 더으미라 일노브터 현졔의 영광을 더ᄒᆞ고 나의 무식ᄒᆞ믄 비ᄂᆞ 더을지라(권2)

들을 포함한 모든 구성원의 공동운명적 사안이 된다.

3.1. 출가외인 성부인과 화빙선의 대응

먼저 성부인을 보자. 그녀는 화욱이 살아 있는 동안은 물론이고 세상을 뜬 후에도 그의 유언에 따라 친정에서 가권을 행사했는데 〈화씨충효록〉에서 그 역할과 비중이 배가된다. 화욱의 3년상이 끝난 후에도 성부인은 가사는 심씨에게 맡기지 않고 총부 임씨에게 맡겼으며, 대소사는 종부 심씨와 상의했지만 가권家權은 여전히 자신이 맡았다.

참다못한 심씨로부터 성부인이 집안 재산을 자기 아들인 성준을 위해 쓴다는 막말을 들었지만 성부인은 한 치도 물러서지 않고 심씨가 대가여자大家女子의 법도를 지키지 않는다고 질책할 뿐이었고,[16] 아들로부터 가권을 심씨에게 넘겨주라는 말을 들었지만 성부인은 재산이 심씨의 것이 아니라며 단호하게 거절할 뿐이었다.[17]

> 우슉愚叔이 브득이 쥰을 조초 가므로 여등汝等을 쪄ᄂᆞ니 결울結鬱ᄒᆞ믈 춤지 못ᄒᆞ나 브득이 도라가ᄂᆞ니 형옥(화진)은 몸이 나라히 미여시니 ᄆᆞ지 못ᄒᆞ여 샹

---

16 경옥(화예)ᄃᆞ려 왈 이졔 녀뫼 가부의 삼년이 지ᄂᆞ지 못ᄒᆞ고 몸이 죄인이어ᄂᆞᆯ 무부모ᄒᆞᆫ 고고 ᄌᆞ녀를 형벌을 ᄒᆞ니 이 ᄎᆞ모 디가녀ᄌᆞ의 힝시며 ᄂᆞᆯ 평일의 녀뫼 부모 지시의 드러오미 힝시 참지 못ᄒᆞ다 아의 조강이라 동긔 우이를 가족이 ᄒᆞ여 지우금일의 즁히 브라고 셔로 의지ᄒᆞ더니 네 모친이 날을 일시의 박츅ᄒᆞ고 죽은 젹국을 들먹여 싀오ᄒᆞ고 망ᄒᆞᆫ 쇼쳔을 원망ᄒᆞ여 욕이 이갓치 아등의게 미츠니 엇지 흔심치 아니리오 놀노써 화가의 긔믈을 도젹ᄒᆞ여 셩가의 지산을 보틴다 ᄒᆞ니 이 ᄎᆞ모 스룸의 홀 말가(권3)

17 부인이 녕쇼 왈 오ᄋᆞᆫ 용녈이 구지 말나 니 십셰브터 가ᄉᆞ를 충집ᄒᆞ여 이가 취쳑ᄒᆞ고 부뫼 기셰ᄒᆞ시나 곳칠 빈 업거ᄂᆞᆯ 이졔 아이 죽은 지 긔연이 못ᄒᆞ여 엇지 곳치며 아의 님죵 부탁이 졍녕ᄒᆞ고 이 지산이 심시 긔믈이 아니니 니 엇지 슐연이 침폐ᄒᆞ여 형질 남미로 ᄒᆞ여곰 민쳔의 우름을 ᄭᅦ치고 겨의 악을 깁히 브르리오 성이 믁연ᄒᆞ여 다시 말을 못ᄒᆞ더라(권3)

경훀지라 쳐저를 거느려 경수京師 녯 집의 안돈ᄒ고 너는 니의 이셔 전일쥰一
이 조션향화를 붓들고 향니의 거ᄒ여 죵요로이 효도ᄒ미 아름두올지라 벼슬
아냐도 지산이 죡ᄒ니 님하의 편안이 깃드러 힝실을 닥고 마음을 졍正道로 가
져 흥을 어지리 교양敎養ᄒ여 입신양명ᄒ여도 극ᄒ 아름다온 일이오 형옥은
무용ᄒ 몸이니 녯 집을 쥬어 져의 녹봉이 싱계의 죡ᄒ지라 형제 화락ᄒ여 어
진 일홈이 ᄉ린四隣의 빗ᄂ즉 우슉이 도라와 당당이 ᄉ례ᄒ리라"(권7)

임지로 향하는 아들을 따라갈 즈음, 성부인은 벼슬하게 된 화진에게는 서울
집에서 살게 하고, 종자 화예에게는 고향에서 행실을 닦고 마음을 바르게 하며
조선향화祖先香火를 지키게 했다. 그 일은 화욱이 생시에 이루고자 한 것이었
고, 화욱이 세상을 뜬 후에는 성부인이 그의 유언[18]을 이행하는 것이었음은 물
론이다.

성부인은 훗날 친정에서 벌어지는 종손의 입양과 파양 논의에도 개입한다.
화성홍의 죽음 이후 성부인이 화진의 아들을 종손으로 입양하자는 의견을 내
자, 그 의견은 화예·임씨 부부의 순응과 사촌 성준과 여동생 화빙선의 동조를
거쳐, 종부 심씨가 화진에게 명령함으로써 이행된다. 그후에 임씨가 아들을 낳
게 되자, 화진이 계후를 바꾸자는 의견을 내고 그에 화빙선이 동조함으로써 화
천린 파양의 상황이 닥치지만, 화예·임씨 부부의 강한 반대와 성부인·성준 모
자의 동조와 칭찬으로 종결된다. 요컨대 출가외인이었던 성부인에게 친정의
가문 세우기, 즉 친정의 적장승계가 자신의 일이기도 했던 것이다.

한편 화빙선은 태어날 때부터 심씨가 원수와 다름이 없었다. 일찍이 모친
조씨는 빙선을 낳고 아들이 아니어서 상심하는 중이었는데, 그때 아들을 안고
와서 조롱하는 심씨를 대한 후, 병이 깊어져 사망하고 말았다. 그후에는 화진

---

18 셩부인을 디ᄒ여 탄식 왈 … 쇼졔 ᄉ라실 씨갓치 가ᄉ를 션치ᄒ시고 … 쇼졔의 후를 어주럽
게 아니ᄒ시면 도라가나 지하의 명목ᄒ리로쇼이다 녜(화예)의 블측ᄒ여 동긔 ᄉ이 블호ᄒ
리니 엄히 계칙ᄒ시고 혹 피힝ᄒ여 됴션의 욕이 밋쳐도 슉질의 간격을 두지 마ᄅ쇼셔(권2)

을 옹호한다는 이유로 심씨·화예 모자로부터 무시와 학대를 당했다. 그럼에도 훗날 화예의 투옥에 심씨가 남담한 나머지 건강을 잃게 되자, 화빙선은 시가의 집안일은 뒷전에 두고 심씨를 정성껏 보살폈다. 남편 유양선이 평소에 심씨·화예 모자에게 품었던 불만을 터뜨렸지만, 화빙선은 인륜의 도리를 들어 남편을 설득했다. 그 인륜의 도리라는 게 의모義母이자 적모嫡母를 향한 것인바, 화빙선의 효행은 친정의 적장승계 확립으로 수렴된다. 그 일은 화빙선이 자처하며 감당해야 할 사안이었던 것이다.

3.2. 총부와 종손인 임씨·화성홍 모자의 대응

화예와 임씨의 부부갈등 그리고 심씨와 임씨의 고부갈등은, 총부 임씨가 친아들 화성홍을 낳는 새로운 설정과 맞물려 〈창선감의록〉에서 비해 확대된다. 그 갈등은 현세대 종부·종자 모자(심씨·화예)와 차세대 총부·종손 모자(임씨·화성홍)의 갈등이라는 특징적인 모습을 보여준다.

> 님시 쟝부의 힝시 점점 외닙ᄒ고 무샹ᄒ믈 통히ᄒ나 ᄌ기自家 극간極諫이 발뵈지 못ᄒ고 교시 전총專寵ᄒ여 ᄌ가自家는 심규深閨의 드리쳐 일삭 ᄉ오 번 슉쇼의 모드나 쟝부의 슉쇼를 블복不服ᄒ여 흔연ᄒ미 업ᄉ니 경옥이 더옥 박정ᄒ여 은이ᄒᄂᆫ 부뷔 아니라 남 본 듯 ᄒ나 셩홍이 날모다 슉부의 도라오기를 기ᄃ리고 아비 쳐ᄉ를 탄희ᄒ고 분만憤懣ᄒ여 부지 심시心思 닉도來到ᄒ더니 ᄌ연 쳔뉸의 버셔나 아비ᄂᆫ 아둘을 남의 ᄌ식 보듯 ᄒ고 ᄋ들은 아비 일을 셜워 ᄒ여 스ᄉ로 글 닉어 모친긔 강講ᄒ고 혼ᄌ 슉부 셔지의셔 놀며 모친 방의셔 ᄌ고 슉부 도라오기만 기ᄃ리니 님시 ᄋ ᄌ의 츌뉴出類ᄒ믈 보고 삼죵三從의 ᄇ라미 븍두北斗 갓ᄒ여 가부家夫의 블인박졍不仁薄情을 긔탄치 아니코 샹히 경계 왈 네 부친은 화시花氏를 욕 먹이ᄂᆫ 셩교 죄인이라 부ᄌ쳔뉸은 ᄇ리지 못ᄒ려니와 녀부

汝父의 힝실을 비호지 물고 네 슉부와 셩슉의 교훈을 명심ᄒ여 존구尊舅의 ᄇ라시던 졍을 져ᄇ리지 못ᄒ고 아븨 블쵸不肖ᄒ믈 씨셔 조션을 빗닉며 네 어미 신셰를 그랏 말나 함원ᄒ던바를 위로ᄒ라 교시는 간음지인이니 싱심生心도 모지母子라 갓가이 말고 네 부친이 져런 무리로 즐기ᄂᆞ 곳의 왕닉치 말나(권7)

심씨·화예 모자는 종부와 종자의 위치에서 권위만 내세우고 사적인 욕망을 채우며, 그런 자신들과 거리를 두는 임씨·화성홍 모자를 꾸짖을 뿐이었다. 그런 상황에서 임씨는 "호색적이고 패려한 남편 때문에 마음이 멍들어 아들 성홍만을 바라보며 살아가는 여성"[19]으로서 참담함을 느꼈는데, 그 심경은 총부의 심경이어서 새삼 주목할 만하다. 총부가 보기에, 남편은 가문을 빛내는 종장은 커녕 가문의 죄인이었고, 아들은 그런 아비에게 실망하고 아비는 아들을 남의 자식 보듯 종자와 종손 사이의 부자천륜이 훼손되는 모습을 보였기에 한스러웠던 것이다.

그때 임씨는 대안을 선택하지 않을 수 없었다. 그것은 아들이나마 어엿한 종손으로 세우는 것이었다. 임씨는 자신의 부부관계는 포기할지언정 아들이 숙부(화진)의 가르침을 따라 조선祖先을 빛내는 종손이 되어주기를 당부했고, 화성홍은 그 당부에 부응했음은 물론이다. 이 과정은 화씨집안 공동의 핵심 사안인 적장승계 확립을 위해 임씨·화성홍 모자가 화진과 함께 노력하는 모습들을 잘 보여준다.

3.3. 차남 화진의 대응

화진은 가문의 적장승계를 자신의 운명으로 받아들인 핵심 인물이다. 〈창선감

---

19 이지영, 박사논문, 177쪽.

의록〉에서 화진은 심씨·화춘 모자에게 무조건적 효우를 행하여 그들을 온전한 종부와 적장자로 거듭나게 했는데,[20] 〈화씨충효록〉은 그런 지점을 강화하는 쪽으로 나아갔다. 효우는 부모를 향한 효와 형제간 우애에 그치지 않는다. 효는 선조를 향한 효, 가문의 종통 확립을 향한 효로 작동하며, 우友 또한 적장승계 확립을 위한 우애로 작동한다. 궁극적으로 화진의 효우 서사는 대종가의 적장승계라는 가문의 운명을 자신의 운명으로 받아들이는 서사로 초점화된다.

일찍이 화진은 엄숭의 화를 피해 부친에게 낙향을 권했을 때에 가문의 존립을 먼저 언급하였을 뿐 아니라, 화예를 잘 보좌하여 적장으로 옹립하라는 부친의 명령을 자신의 사명으로 받아들였으며, 비행과 악행을 일삼는 심씨·화예 모자에게 임씨·화성홍 모자가 견디다 못해 실망한 것과는 달리 화진은 변함없는 지극한 효우를 행했다. 화진은 자신과 두 아내가 심씨·화예 모자로부터 모함을 받아도 효우를 다하지 못한 자신의 탓으로 돌리고 그들을 향한 존경과 순종의 모습을 한시도 취하지 않은 적이 없었으며, 억울해하는 두 아내 윤옥화·남채봉을 향해 심씨를 향한 효성이 부족하다고 꾸짖기까지 했다. 반면에 두 아내를 대상으로 성상납을 모의하고 음욕을 품었던 화예의 잘못에 대해서는 철저히 함구했다.

한편 화예는 화진을 강상죄인으로 무고했는데 그런 화예의 모습은 역설적으로 적장승계를 향한 화진의 집념이 거의 절대적이었음을 드러내는 데 일조한다. 〈창선감의록〉에서는 화진이 남채봉과 공모하여 심씨를 살해하려 했다고 모함받은 것[21]으로 바뀌었다. 화진의 죄상이 윗세대 종부, 현세대 종장, 차세대 종손 등 적장승계 선상의 핵심인물을 모조리 제거하려 한 것으로 강화된 것이다. 그에 상응하여 적장승계를 향한 화진의 집념 또한 강하게 표출된다. 단적으로 화예의 죄상을 밝히고자 하는 윤여옥을 향해 원수가 될 것이라고 으름장 놓는 장면[22]이 새로 설정되고, 거기에 강상죄 누명에서 벗어나기보다는 죽음을 자청

---

20 조광국, 앞의 논문, 83~84쪽.

하는 장면이 〈창선감의록〉에 비해 보다 처절하게 펼쳐진다. 이들 장면이 서로 호응하면서 적장승계를 향한 화진의 집념이 증폭되어가는 양상을 보여준다.

화예의 죄상이 밝혀져서 화예가 처형당할 위기 상황에서 화진이 느끼는 참담함도 그 점을 잘 보여준다. 〈화씨충효록〉에서는 종사宗嗣의 대행大幸이었던 기쁨의 상황 즉, '화예-화성홍'의 적장승계 확립의 기대감에 부푼 기쁨의 상황이 한꺼번에 무너져내리는 것으로 설정됨으로써, 그 참담함이 배가된다.[23] 그 지점에서 화예 사면이 부상하는데, 화진에게 형의 사면은 "수족이 완전해지는 인륜의 즐거움"을 되찾는 길이 된다. 그 길은 화진이 형을 반드시 종장으로 옹립해야만 하는 길이요, 가문의 적장승계 복원을 자신의 운명으로 받아들인 길로 표방된다.

요컨대 〈화씨충효록〉에서는 〈창선감의록〉에 비해 적장승계가 가문 구성원 모두의 관심과 참여로 이루어져가는 공동운명적 성향이 보다 강화되었다고 할 수 있다.

---

21 유싱 화녜는 … 화시 격장으로 션묘룰 영호엿더니 아오 진이 샹히 쇼싱의 종쟝을 앗고 가산을 굿지 가지고져호여 기쳐 윤시와 쇼쳡 남시로 더브러 가간의 흉수룰 힝호여 적모와 적형을 시살코져 흉흉 피악훈 힝싱 측냥 업스디 … 남시 음난호여 진이 ㅈ로 춫지 아니믈 한호여 과직을 ㅅ통호여 다라느니 디기 규문의 힝격을 타인의 알외기 붓그러워 순슌함믁호엿더니 진이 쇼싱을 살히호고 적통을 탈집고져 ㅁ옴이 급호여 쇼싱의 유ㅈ룰 금야의 진이 드리고 혼가지로 ㅈ다가 살히호여시니 어린 아희 아비 연좌로 검하경혼이 된지라 … 디야는 ㅅ문지가의 난늄난법호는 늄을 졍히 ㅎ샤 풍교룰 붉히시고 … 법을 졍히 ㅎ쇼셔 쇼싱이 ㅈ식을 위호여 동긔룰 ㅅ지의 보니미 가치 아닌 줄 모로미 아니로디 ㅊㅅ룰 함믁훈 죽 쇼싱이 또 살히ㅎ믈 입을지라 … 문하인 범한으로 ㅎ여곰 고관ㅎ느이다(권12)

22 형이 허언을 혹호고 나의 모친과 형을 히혼죽 … 나와 그디 적셰 원슈 되리니 진이 비록 죄슈 폐인이나 그디 겨게의 쇼쳔이라 나의 일가 허믈을 챵셜ㅎ면 그 죄 다 형졔의게 당ㅎ리니 쟝원은 익이 싱각ㅎ라 금셰의 셔로 만날 긔약이 업스나 지하의 가 셔로 맛느도 용납지 아니리니(권13)

23 훗날 화성홍 장례를 치를 때, 임씨의 제문, 화진의 제문, 화예의 제문이 상세히 서술되어 있다. 그 내용 중에서 화성홍 출생 때 느꼈던 "종사의 대행"(권22)의 기쁨이 그의 죽음으로 비통함으로 바뀐 심정이 잘 드러난다. 종손을 잃은 비통함은 훗날 화예가 사면된 후에도 지속된다. 사촌 성준이 화진에게 부부관계를 권했을 때, 화성홍의 원수를 갚은 후에나 하겠다고 대꾸했을 정도다(권27).

4. 군자가 지향하는 적장승계의 공론화

한편 〈화씨충효록〉에서 적장승계는 군자가 수행해야 할 사안으로 제시되며, 그와 병행하여 적장승계의 공론화 과정이 심도 있게 펼쳐진다.

4.1. 군자의 적장승계 지향

〈창선감의록〉에서 군자와 소인을 분별하는 인물 형상화의 기준은 개인적 성품과 행위 그리고 국가와 사회에서 취하는 처신에 있다. 개인적 차원에서 저질러지든 사회 국가적 차원에서 저질러지든 악행은 소인 형상의 일환으로 그려짐은 물론이다. 〈화씨충효록〉에서는 거기에서 한 걸음 더 나아가 가문 존립과 적장승계 확립에 대한 태도가 그 기준으로 부각된다.

엄숭 일당의 농단 상황에서 화진은 부친에게 낙향하자고 하여 부친의 기쁨을 샀다. 그 장면이 〈창선감의록〉에서는 장남의 자질 문제가 불거지기 전에 화진이 부친에게 "조짐을 보고 떠난다"라고 권유하는 정도로 서술되어 있다. 〈화씨충효록〉에서는 그 시점이 장남의 자질 문제가 일어난 후에 '화욱-화예-화천린'의 3대에 걸친 적장승계가 확립된 이후로 되어 있고 그 내용은 조종祖宗의 후사後嗣 혹은 조선향화祖先香火가 끊어지지 않게 하는 것으로 되어 있다. 적장승계의 가통을 확립하는 것, 그게 군자의 중요한 자질로 부각되는 것이다.

그런 태도는 화진 한 사람에 한정되지 않는다. 진현수 또한 군자로 설정되는데 그 역시 종사宗嗣를 중시하는 태도를 보여준다. 그는 엄숭과 결탁한 양도독과 양참정 형제의 모해를 입고 귀양을 가게 되자, 아들 진청운을 따라오지 못하게 하고 처사인 아우에게 맡겨 며느리를 얻어 산간山間에서라도 향화香火하기를 꾀했다.[24] 이 또한 〈화씨충효록〉에 새로 첨가된 것이다.

화욱의 경우에서도 그 점이 잘 드러난다. 낙향한 화욱이 윤혁에게 한 말을 보면, 〈창선감의록〉에서는 소인 엄숭의 무리에 의해 군자가 물러나게 된 조정의 상황을 걱정하는 정도로 되어 있는데, 〈화씨충효록〉에서는 거기에 사군思君과 사친思親의 내용이 새롭게 첨가되어 가문의 안위를 우선시하는 것이 군자의 자질로 부각되었다. 화욱은 "사군은 대야大也요 사친은 소야小也라"라는 말을 수긍하면서도 그 말을 뒤집어 임군의 은혜가 크지만 부모의 은혜보다 크지 않으며 부모에 대한 효도는 후사後嗣를 지켜내는 것에 있다고 말하자, 윤혁은 그런 화욱을 진실로 만전萬全한 군자로 치켜세우기에 이른다.[25]

그러한 윤혁의 태도는 훗날 화진과 화예를 군자와 소인으로 갈라치는 것으로 이어진다. 화진의 아내 윤옥화가 화예·범한·장평의 공모로 엄숭에게 성상납되는 위기를 당했을 때였다. 〈화씨충효록〉에서는 그러한 〈창선감의록〉의 설정에 덧붙여, 윤혁에 의해 종장 화욱은 문호를 잘 지켜온 군자 영웅으로 치켜세워지는 한편, 화예는 화문의 문호를 멸망하게 한 소인으로, 화진은 형을 지켜 문호를 보존하려는 군자로 일컬어지는 내용[26]이 부가되었다. 가문 수호 나아가 적장승계의 수호 여부가 군자와 소인을 분별하는 기준으로 형상화된 것이다.

---

24 니 이제 간신의 모히를 만나 엄승샹이 만됴의 화복을 쳔즈ㅎ고 양젹이 엄가의 당이니 니 이번 가미 무스ㅎ기를 졍치 못ㅎ고 ㅇ즈 쳥운이 나히 약관이 되여시디 니 히포 변방의 잇기로 길ㄹ를 졍치 못ㅎ엿고 ㄱ루치 리 업셔 아름 맞쳐시니 반드시 공뷔 진취ㅎ여실 거시미 진가의 죵시 운ㅇ 일신의 잇눈지라 엇지 화란의 드려가 부지 화를 입으리오 당당이 ㅇ의게 부탁ㅎ여 어진 비필을 어더 산간의셔 향화를 ㅎ리라(권5)

25 고어의 왈 스군은 디애오 스친은 쇼얘라 ㅎ여시나 일의 경권이 잇느니 님군의 은혜 크나 홀 느흐신 부모긔 더으지 못홀지라 엇지 써 후스를 도라보지 아니리오 이제 비록 쇼인이 당권ㅎ여시나 국운이 방셩ㅎ니 엇지 엄가 도젹이 나라흘 피망ㅎ리오 또 셩샹이 춍명ㅎ시니 위티ㅎ문 업술지니 엇지 시졀을 조차 보신지칙을 ㅎ호 아니랴 쇼졔는 더옥 션조의 훈업이 쥭뷕의 드리웟거눌 슈인의게 함익ㅎ여 엇지 우리 션조의 욕이 밋게 ㅎ리오 니러므로 스미를 떨쳐 도라오니(권1)

26 화쥰무눈 일셰의 군즈와 영웅이러니 블초즈와 디악지쳐를 두어 맛춤니 … 문회 멸망ㅎ리로다 슬프고 앗가온 부눈 현셰(화진) 시운이 블이ㅎ며 나기를 그릇ㅎ여 쳔셩 아지를 부리고 일졈 효힝이 스라져 앗가온 몸이 흉훈 형의 독슈의 뭇ㅊ리로다 어엿분 아셔의 옥갓고 어름갓흔 힝실이 쳔만원통을 픔고 형부 닝옥의 형육을 당ㅎ여 그 심시 엇더ㅎ리오(권14)

184

일찍이 폐장입소廢長立小할 것이라는 종장 화욱의 본의 아닌 진노를 듣고, 화예가 염려와 불만을 토로했을 때, 성준이 화욱이 효우군자孝友君子여서 공후대가의 폐장입소를 하지 않을 것이라며 화예를 위로한 것도 그런 맥락에 놓여 있다. 그 대목은 〈창선감의록〉에는 없는 대목으로, 〈화씨충효록〉에서 군자는 효우군자로 가다듬어지고, 효우군자는 다시 적장승계 확립에 최선을 다하는 군자로 수렴된다.

소인은 정반대로 가문 존립을 위험에 빠뜨리는 인물로 그려진다. 〈창선감의록〉에서 화욱은 장남의 시가 경박음탕하고 음란비례한 것을 두고 가문을 망치게 할 것이라고 질책하는 정도였는데, 〈화씨충효록〉에서는 그런 화춘에게 소인의 모습이 있다는 말을 보탰다. 그러한 소인 품평 방식은, 훗날 유시랑과 화진은 조정사朝廷事를 언급하던 중에 엄숭의 구족이 화를 입게 된 것을 논하는 장면에서 반복된다.

> 뉴시랑의 말이 … 됴정수의 밋쳐 엄숭의 셰력으로 구죡이 피망ᄒ고 인ᄉ 뉴회ᄒ믈 ᄎ탄ᄒ니 샹셰 왈 엄숭이 소년닙됴의 쟉위爵位 슝고ᄒ거ᄂᆞᆯ 츙셩을 힘쓰지 아니ᄒ고 님군의 셩총을 가리와 국ᄉᆞᄅᆞᆯ 어즈러ᄂᆞ니 죄악이 관영ᄒᆞᆫ 고로 스스로 쳔벌을 ᄇᆞ드미 당연ᄒᆞ느 구죡이 무삼 죄리오 ᄒᆞᆫ 몸이 어지지 못ᄒᄆᆞ로 문회 멸망ᄒᆞ니 셰샹 ᄉᆞ룸이 조심ᄒ며 삼가미 죡지 아니리오 … 아등이 국은을 만나 닙ᄉᆞ 왓ᄂᆞᆫ지라 은혜ᄅᆞᆯ 감츅ᄒᆞ여 츙의ᄅᆞᆯ 갈녁ᄒᆞ여 조죵의 감치 말고 구죡의 화ᄅᆞᆯ 두려 긍긍업업兢兢業業ᄒ미 맛당ᄒᆞᆫ지라 뉴형도 힘쓰고 힘쓸지어다 시랑이 셕연감복釋然感服ᄒ고 칭ᄉᆞᄒ여 공경ᄒᆞᆷ믈 놉흔 스싱갓치 ᄒᆞ더라(권26)

위 대화는 〈창선감의록〉에는 나오지 않는다. 엄숭의 구족九族이 패망한 것을 두고, 유시랑은 인간사人間事의 윤회輪回로 보는 정도에서 그쳤지만, 화진은 구족 패망의 화禍가 엄숭 개인의 잘못에서 연유함을 짚어내고, 유시랑에게 가문을 위해 신중하게 처신하라고 당부했다. 이 대화에서 소인이라는 용어가 직접 쓰이지는 않았지만 여러 곳에서 엄숭이 소인으로 언급되었던 것을 고려하면, 화진의 발언에는 소인은 가문의 존립을 깊이 생각하지 않고 개인적 출세만을 위해 행동함에 반해 군자는 가문의 존립을 깊이 생각하여 처신한다는 군자와 소인의 분별론이 담겨 있다고 할 것이다.

그리고 군자의 관심 범위는 다른 가문의 존립과 종통 확립에까지 넓혀진다. 윤여옥의 첫 정혼녀 진채경이 양씨가문의 모략을 피해 행방을 숨겼을 때 화진은 그녀를 찾게 되면 총부로 세우라고 특별히 당부했고, 그에 보답이라도 하듯 윤여옥은 화씨집안에서 쫓겨난 임씨를 집으로 들여 보호했다. 그리고 유성희 집안에서 총희 취란의 간계로 정실 양아공주와 두 자녀가 쫓겨났을 때 윤여옥과 화진은 그들을 적극 보살폈다. 이들 여성은 윤씨집안의 총부, 화씨집안의 총부 그리고 유씨집안의 정실인바, 군자는 타가문의 총부와 정실을 보호하여 그 가문의 적장승계 확립에 도움을 주는 자로 그려졌다. 심지어 화진은 엄숭의 사면을 다행스럽게 여기며 소인의 가문조차 존속되기를 바랐다.

한편 군자의 지평은 여성 쪽으로 확대된다. 〈창선감의록〉에서 유성희 집안은 정실과 첩실의 위계질서와 화목한 관계를 확보하여 신흥가문으로 발돋움[27] 하는 것으로 제시되었는데, 〈화씨충효록〉에서는 첩실 이팔아를 빼고 그 자리에 취란을 넣어, 첩실에게 미혹되는 가장(유성희), 정실을 무고하는 첩실(취란), 첩실을 응징하는 정실(양아공주)의 삼각갈등을 새로 설정했다. 그런데 거기에서 양아공주에게 부여한 사군자열장부士君子烈丈婦라는 호칭이 주목할 만하다.

그 호칭이 붙은 까닭은 양아공주가 평소 처첩간 위계질서를 고수하며, 그렇게 하지 않는 남편과 갈등하며, 위계를 깨뜨린 첩실은 죽어 마땅하다는 생각을 끝까지 밀어붙여 남편이 첩실을 죽이게끔 했기 때문이다. 처첩간 위계는 엄중하다는 양아공주의 신념이 적장승계의 확립과 맞닿아 있기에 그녀에게 사군자 호칭이 부여되고, 그 모습이 첩실을 죽이게끔 할 정도로 강렬하기에 열장부

27 조광국, 「한국 고전소설의 이념과 사랑」, 태학사, 2019, 165~168쪽.

호칭이 덧붙여진 것이다. 모풍母風을 이어받은 유장주는 화천린과 논쟁에서 한 치의 물러섬 없이 처첩간 위계를 강조하는데,[28] 이런 유장주의 모습은 장차 적장자 남편을 제대로 보좌할 3대 총부가 될 것임을 예견케 해주는바,[29] 그것은 대종가 화씨집안이 군자가문의 기반을 더욱 탄탄히 다지게 할 동력을 얻게 될 것임을 시사한다.

4.2. 적장승계의 공론화 양상

〈화씨충효록〉에서 적장승계가 군자의 자질로 특별히 강조되거니와, 그와 맞물려 적장승계는 사私의 영역에서 출발하여 공公의 영역으로 확대되어가는 과정을 거친다. 적장승계 사안이 직접적으로 치열한 법률적, 사상적 논쟁을 거치는 방식으로 펼쳐지는 것은 아니다. 화예의 사면이 공론으로 다루어지고 조정 회의에서 수용되는 과정을 거치면서 화예 사면의 요체가 적장승계임을 드러내는 방식으로 전개된다.

　먼저 적장승계는 사적 영역에 속하는 사안, 즉 화씨집안의 일로 주어진다. 종부 심씨와 차세대 종장인 화예 모자의 패악질로 가문 구성원들이 고통에 빠

---

28 1대 종부 심씨는 종부의 권위만 내세워 다른 부인들을 시기질투할 뿐, 종자를 잘 양육하여 차세대 종장으로 길러낼 만한 사군자 풍이 없었다. 2대 총부 임씨는 종손 화성홍을 잘 양육하여 적장승계를 옹립하려는 사군자 풍이 있었지만 남편을 올바른 종장으로 보필하지 못했다. 3대 입양종손 화천린은 양부의 우매한 짓을 되풀이할 기미가 있었는데, 유장주는 그 위험을 막는 3대 총부로 부상한다. 화천린은 교녀에게 빠져들어 적장의 위세만 내세우는 화예처럼 될 기미가 보였고, 취란에게 미혹되어 적첩간의 위계를 깨뜨리는 유성희처럼 될 기미가 보였는데, 유장주는 화천린의 그런 기미조차조 받아들이지 않는 초강한 사군자열장부 풍을 보였던 것이다.

29 〈화씨충효록〉에서는 화천린과 유장주가 정혼한 상황에서 말다툼하는 것으로 되어 있다. 그 말다툼은 〈제호연록〉에서 처첩간 위계의 와해 및 부부갈등으로 확대된다.(차충환, 「〈화씨충효록〉과 〈제호연록〉의 연작관계 고찰」, 「어문연구」 33권 3호, 한국어문교육연구회, 2005, 228쪽)

지고 가문이 망할 상황을 맞았을지라도 적장승계를 이루어내야 했는데 그 일은 화씨집안 문제였다. 외부인이 적장승계를 포기하라고 충고하는 것도 달갑지 않았다. 보다 못해 화예의 죄상을 밝히라고 충고하는 처남 윤여옥을 향해 그렇게 하면 원수가 될 것이라는 화진의 위협은 그 점을 잘 보여준다.

다음으로 화예의 사면이 공론으로 다루어지는 모습을 보자. 주변 조력자들은 화진은 무죄이고 화예가 유죄임을 간파하고 화예의 죄상을 밝히고자 했지만, 화진은 자신이 화예의 죄를 뒤집어쓰고 대신 죽고자 할 뿐, 전공을 세우고 돌아오는 길에도 그의 태도는 변하지 않았다. 그때 조정 신료는 그런 화진을 구해내기 위한 일환으로 화예 사면을 이끌어낼 수 있는 방안을 찾지 않을 수 없었는데, 사정私情으로는 화예 사면이 어려울 것으로 보고 화예 사면을 공론公論으로 다루기로 한다.[30]

그 공론화 과정은 〈창선감의록〉의 설정[31]에 비해 더욱 치밀하게 펼쳐지고, 거기에 의미 있는 장면들이 새로 들어갔다. 화진이 승전하고 돌아오던 길에 화예 사면이 공론화된 기회를 적극 포착하는 대목과 화예의 죄를 자신의 탓으로 돌리는 장편의 상소를 올리는 대목이 설정되고, 유성희와 유이숙의 황제 배알 장면, 황제의 상소문 낭독 지시와 유학사의 낭독 장면, 화진을 옹호하는 어사 성준의 발언 장면, 조정회의를 열어 화예를 사면하는 황제의 처결 장면 등이 진지하게 펼쳐졌다.

그 과정에서 화예 사면의 도달점이 적장승계라는 것, 그 점이 심도 있게 다루어진다. 화진이 올린 장편의 상소문에는 화예의 사면을 통해 골육의 완전함을 이루고자 하는 간절한 소망, 그 소망을 이루지 못하면 인륜의 죄인으로서 자문하겠다는 결연한 의지 그리고 인륜 교화의 차원에서 수족을 완전케 해달라는

---

30 어사 사강과 임윤, 중승 백경이 계향의 고발장을 보고 형부상서 정공에게 알려 화예를 잡아들여 고문한다. 학사 유성양과 어사 임윤은 윤여옥에게 청하여 윤여옥이 나서서 화진이 돌아올 때까지 화예의 고문 강도를 약하게 해달라고 형부상서 정공에게 요청한다.

31 조광국, 앞의 논문, 86~87쪽.

청원[32]이 담겨 있다. 그에 이어 어사 성준은 다음과 같이 화진을 옹호했다.

> 셩샹聖上은 화진의 쳑심을 감동ᄒ᷂ᄉ 화녜의 관영ᄒᆫ 죄악을 ᄉ(赦)ᄒ시믈 ᄇ라
> ᄂ이다 ᄯᅩ 동안왕의 공뇌功勞 티조 고황제 어림쳘권이 잇ᄉᆸᄂ니 화녜 비록 블
> 의무륜不義無倫ᄒ오ᄂ 동안왕의 종통宗統이니 폐히 각별ᄒ신 은혜롤 드리오시
> 면(권26)

화예 사면은 동안왕 화운 집안의 종통 회복과 맞닿아 있거니와, 황제는 조정회의를 열어 화예 사면을 공표했다. 바로 이어 황제는 춘방학사 윤여옥으로부터 임씨와 고인이 된 화성홍의 행실에 대한 이야기를 듣고, "화예의 죄 극악무상極惡無常하되 어진 아우(화진)와 숙녀현쳐(임씨)의 안면을 보아 사赦하고 효자의 넋을 위로하라"고 하교했다. 황제는 생전에 부친 화예의 잘못을 목도하면서 자신만큼은 올바른 종손이 되기 위해 애썼던 화성홍의 효행까지 기리게 했거니와, '화예-화성홍'으로 이어졌던 적장승계의 종법을 인정했던 것이다. 이처럼 적장승계의 공론화는 화예 사면의 공론화에 투영되는 방식으로 펼쳐지다가 공적 영역의 최정점인 조정회의에서 황제의 처결로 확정된다.

그후 적장승계는 입양종손의 확정이라는 새로운 방향으로 전개된다. 주지하다시피 종손 화성홍이 이미 고인이 되었기 때문에 화예는 다른 친아들이 없는 상태에서 모친 심씨와 함께 입양종손을 결정했다. 그후에 친아들의 출생으로 파양 의견이 제기되었지만 화예는 친자를 죽이겠다는 험한 말을 하면서 입양계후를 고수했다. 그러한 입양종손의 확정 과정은 종장과 종부에 의해 명분

---

32 신의 형의 목숨을 ᄉ후시면 골육이 완젼ᄒ와 셩은을 간뇌도지호오ᄂ 셰셰싱싱의 감츅ᄒ오
리니 셕일 신의 강샹지죄ᄂ 조션음덕을 닙ᄉ와거늘 신형이 홀노 조션음덕을 닙지 못ᄒ리잇
가 신의 형을 솔오지 못ᄒ즉 즈문ᄒ여 인눈의 죄인이 되지 아니ᄒ오리니 어늬 념치로 니 몸
의 영광을 즈부ᄒ와 샹젼의 됴회ᄒ리잇가 만셰셩쥬ᄂ 신즈의 지원을 솔피ᄉ 인눈교화롤 가
즉게 ᄒ시고 신즈의 슈족을 완젼케 ᄒ소셔(권26)

과 의리를 확보하는 문학적 형상화의 모습을 보여준다고 할 것이다. 그리고 가문 구성원들의 동의를 거치는 과정에서 그 명분과 의리는 "공평정대하며 천의를 따른 것"[33]으로 극대화된다. 이로써 대종가인 화씨집안의 '종장(화욱)-종자(화예)-입양종손(화천린)'의 적장승계는 온전히 확립되기에 이른다.

그와 관련하여 화예에게 불순종한 시노侍奴를 징계한 대목[34]이 새로 설정되어 있는데, 그 내용이 대종가의 종장에 대한 순종에 맞추어져 있어서 의미심장하다.

> 노쥬는 군신일체라 법녕法令이 업슨즉 가되家道 니지 못ᄒᆞ니 형댱이 셕일 잠간 실체ᄒᆞ신들 틈 굿흔 천뇌賤奴 감히 주군을 시비是非ᄒᆞ며 슈하 노복이 블만 경시不滿輕視ᄒᆞ리오 형댱이 너모 어지르시기 노복이 믄득 업슈이 넉이니 블승 통한不勝痛恨ᄒᆞ고 무죄無罪흔 뉴를 치칙ᄒᆞ면 악쥐惡主라 ᄒᆞ려니와 졔 죄 즁흔바의 다ᄉᆞ리지 아니면 가되 난亂ᄒᆞ리니 이러무로 어진 님군이라도 법부法府와 형뉼刑律을 갓초와 인심을 진졍ᄒᆞᆷ은 고금의 덧덧흔 고로 크면 나라히오 적으면 집이라 치국치개 흔가지니 엇지 ᄒᆞ므로 가도를 폐ᄒᆞ고 님군을 욕ᄒᆞᆫ 신하를 죽이지 아니며 주군을 욕ᄒᆞᆫ 종을 다ᄉᆞ리지 아니리오 츠고로 틈을 다ᄉᆞ리지 아니면 명일 또 이 뉴 이시리니 이는 가도를 난ᄒᆞᆷ이라 원컨디 형댱은 은위恩威를 병ᄒᆡᆼᄒᆞ여 가도를 졍히 ᄒᆞ쇼셔 쇼졔 비록 용녈ᄒᆞ나 형댱 욕ᄒᆞᆫ 종을 다ᄉᆞ리 [지] 아니리잇가 복원 형댱은 믈념勿念ᄒᆞ쇼셔 (권32)

---

33 셩부인이 블승환희ᄒᆞ여 공(화예)의 졍디현심을 칭복ᄒᆞ며 샹셰(셩준) 만구 칭찬 왈, 어지다 현졔 놉흔 ᄯᅳᆺ과 직흔 의논이 명쳘ᄒᆞ여 고인이 앙망블급이리니 우형이 탄복ᄒᆞ노라 현졔 이럿틋 공평졍디ᄒᆞ여 텬의를 슌슈ᄒᆞ니 복이 챵치 못홀가 근심ᄒᆞ리오(권31)

34 사슴이 화초를 짓밟는 것을 보고 화예가 시노를 불렀지만 대답하는 이가 없었다. 화예는 시노 만충이 듣지 못한 체하는 것을 보고, 매로 다스렸다. 이에 만충은 불만을 품고 화예의 과오를 들먹이며 욕을 해댔다. 그 욕설을 들은 셩공자가 만충을 엄책하라고 말했지만, 화예는 그 욕설을 잘못 들은 것이라고 말하며 고통스러워했다. 그 사건의 전말을 전해들은 화진은 원직 노자는 소임을 태만이 한 죄로 30대, 만충은 주군을 원망한 죄로 60대, 만노는 아들을 바로잡지 못하고 함께 원망한 죄로 40대를 치게 했다.

발언의 요체는 노주奴主는 군신일체君臣—體이고, 크면 나라고 작으면 집인 바 치국치가治國治家는 한가지라는 것, 즉 주노관계는 군신관계와 같다는 것이다. 위 발언에 이어 "대노야는 가중의 주군이시라. 내라도 항거치 못하거든 수하 노복이 태만하리오?"라고 말했을 만큼, 대종가의 종장은 가문의 구성원 모두가 순복해야 할 대노야이자, 주군으로 격상된다. 이는 대종가의 적장승계 종통이 왕실의 종통 못지않음을 시사한다.

이처럼 적장승계의 종법이 가문 구성원의 효우로 지탱되는 한편, 사적 영역에서 출발하여 공적 영역의 정점인 조정 회의에서 황제에 의해 공표되는 과정을 통해,[35] 〈화씨충효록〉은 적장승계의 종법주의 이념을 밀도 있게 구현했다고 할 것이다.

5. 마무리

〈화씨충효록〉에서 〈창선감의록〉에 구현된 적장승계의 종법주의 이념이 다음과 같이 강화되었음을 살펴보았다.

첫째, 적장승계가 대종가의 종법으로 초점화된다. 먼저 '종장(화욱)-종자(화예)-종손(화성홍)'의 3대에 걸친 적장승계가 대종大宗으로 제시된다. 그다음으로 종장 사후에 종자의 과오와 종손의 죽음으로 '종자(화예)-종손(화성홍)'의 적장승계가 와해되었다가, 그후에 종자(화예)의 복원과 함께 '종장(화욱)-종자(화예)-입양종손(화천린)'의 적장승계가 재확립되기에 이른다. 〈창선감의록〉에는

---

35 주자학자들은 종법을 중요시하여 사私의 영역에 한정하지 않고 공公의 영역에서 다루며, 사회와 나라의 근간으로 보았다. 조선 주자학자들은 시제와 묘제를 결합하여 이를 친족통합의 의례로 개편했는데, 그것은 주자가례의 수용 과정이면서도 주자가 추구한 '공公'으로서의 '가家'가 좌절하는 과정이기도 하다.(이승연, 「유교가족주의와 공사론」, 『한국사회학회 사회학대회논문집』, 2004, 35~39쪽; 이승연, 「조선에 있어서 주자 종법 사상의 계승과 변용」, 『국학연구』 19, 한국국학진흥원, 2011, 527쪽)

없는 종손(화성홍)의 출생과 죽음을 새로 집어넣고, 거기에 더해 입양종손(화천린)의 명분과 의리를 확보하는 것을 통해, 입양계후가 종법으로 자리잡는 과정이 밀도있게 그려진다.

둘째, 적장승계가 가문 구성원 모두의 관심과 참여로 이루어져가는 공동운명적 성향을 띤다. 종부와 종자인 심씨·화예 모자의 콤플렉스 때문에 적장승계가 와해될 위기에 처하는데 출가외인인 성부인과 화빙선은 친정사를 자신의 일로 알고 적극 개입하고, 차세대 종부와 종손인 임씨·화성홍 모자는 종손이나마 가통을 제대로 잇게 하기 위해 애썼다. 특히 차남 화진은 지극한 효우를 행하여 심씨·화예 모자가 회과하고 종부와 종자로 거듭나게 함으로써, 적장승계의 종법을 복원한다. 그후 심씨·화예 모자에 의한 입양계후 지시·확정으로 '종장-종자-입양종손'의 종법이 재확립되고, 그 과정에서 성부인 모자의 동의와 칭찬을 통해 입양종손의 명분과 의리가 극대화된다.

셋째, 군자의 핵심 자질로 적장승계를 향한 신념이 내세워지는 한편, 그 적장승계가 공론화되는 과정을 거친다. 적장승계 여부는 군자와 소인을 분별하는 인물 형상화의 중요한 요소로 작동하며, 군자의 관심 범위가 타인의 가문 보존과 가통 확립으로까지 넓혀진다. 그리고 군자의 지평이 여성에게로 확대되어 양아공주는 사군자열장부土君子烈丈婦로 창출되고, 그런 모풍을 이어받은 유장주는 화씨집안의 적장승계를 지켜낼 3대 총부감으로 세워짐으로써 대종가 화씨집안은 군자가문으로서 그 기반을 보다 탄탄히 할 동력을 얻게 된다. 그와 맞물려 적장승계는 사적 영역에서 출발하여 공적 영역으로 확대되어가는 과정을 거치는데, 적장승계 사안은 직접적으로 치열한 법률적, 사상적 논쟁을 거치는 방식으로 펼쳐지는 게 아니라, 화예의 사면이 공론으로 다루어지고 조정 회의에서 수용되는 과정을 거치면서 화예 사면의 요체가 적장승계임을 드러내는 방식으로 전개된다.

위의 세 가지 사항은 〈화씨충효록〉의 소설적, 문예적, 문화적 위상을 가늠케 해준다. 첫째, 대종가로 예각화되는 종법의 상황은 주자의 종법사상의 본령과 어느 정도 거리가 있는데, 이는 주자 종법의 조선적 수용의 한 모습에 해당한다. 둘째, 〈화씨충효록〉과 결이 다르게 종법주의 이념을 정면에서 구현한 작품으로 〈유효공선행록〉 등이 있거니와, 이들 작품은 종법주의 이념을 형상화한 우리의 문학적, 문예적 자료로 꼽을 만하다. 특히 〈화씨충효록〉은 출가외인이 친정의 종법에까지 깊이 관여하는 지점을 구현했다는 점에서 새롭게 주목할 만하다. 셋째, 군자의 효우가 적장승계로 수렴되는데, 이는 역사학과 철학 분야에서 추출한 군자 개념의 지형을 넓혀준다. 특히 종래 현숙한 여성 정도로 알려진 여사女士의 의미에 머무르지 않고 처첩간 위계를 고수함으로써 적장승계를 이루어내는 여성의 의미를 더하여 사군자열장부를 창출했는데, 이는 새로 포착한 문학적, 문예적, 문화적 캐릭터라 할 것이다.

요컨대 〈화씨충효록〉은 적장승계를 대종가의 종법으로 예각화하여, 자질이 부족한 적장자를 대종장으로 옹립하기까지 일련의 과정을 통해, 적장승계의 종법주의 이념을 치밀하게 구현한 작품이라 할 것이다.

III. 대소설의 종법주의 이념과 그 전개 양상

1. 문제 제기

조선의 종법제는 가묘나 봉사에서 적장이 제사를 주관한다는 원칙과 가통승계가 적장 중심이어야 한다는 원칙이 합쳐지는 쪽으로 흘렀고, 그 과정에서 적장승계가 종법宗法의 큰 틀로 자리를 잡았다. 처음에는 종자(장남)가 죽은 후에 그의 뒤를 이어 적자 동생 쪽에서 가통을 잇기도 했고(초창기에는 동생의 아들(조카)이나 손자였다가 점차 동생의 아들(조카)로 한정되었음.) 적자가 없으면 종자(장남)의 서자가 가통을 넘겨받기도 했으며, 그 와중에 제사 주관자와 가통 승계자가 일치하지 않는 상황이 벌어지기도 했다.[1]

종법제의 흐름은 주자가례식 예제를 온전히 실시하는 쪽으로 향했으며, 16세기 중종조를 거쳐 17세기 말에는 사대부 가문 중에서 적극적으로 적장 중심

---

[1] 조선 성종 때『경국대전』의 봉사奉祀 조에 적장자 중심으로 된 정통론적 적자주의 종법제를 원칙으로 내세웠다. 그런데 적장자가 무후일 때에는 중자衆子가 봉사하고 중자가 무후일 때에는 첩자가 봉사할 수 있었다嫡長子無後 則衆子 衆子無後 則妾子奉祀. 이는 고려 말의 것을 이어받은 것으로, 여전히『주자가례』를 온전하게 수용한 것은 아니었다. 또한 입후立後 조에 '적첩에게 아들이 없으면 관청의 입안을 받아 동종의 지자支子를 입후한다嫡妾俱無子者 告官 立同宗支子爲後'고 되어 있었다. 이는 적장자가 아들이 없을 경우 입후立後 조에 따라 적자인 조카가 입후할 수 있다는 것이어서 봉사奉祀에서 정통론적 적계주의 종법제를 실시할 수 있었음을 의미한다. 이처럼 조선 초기에는 봉사 조와 입후 조가 합치하지 않는 경우가 적지 않았다.(지두환, 「조선전기 종법제도 정착과정」, 『조선시대 사상사의 재조명』, 역사문화, 1998, 137~140쪽)

의 종법제를 실시하는 가문이 나오는 등, 점차 적장승계嫡長承繼의 종법체제가 사회적 추세로 자리를 잡아갔다. 초기에는 장남이 죽으면 아우가 가통을 잇는 방식과 장남의 서자가 가통을 잇는 방식이 혼재하다가, 점차 입양계후入養繼後로 가통을 잇는 방식이 자리를 잡게 되었으며,[2] 중종조에 이르러 입양한 후에 친 아들이 태어나도 양자의 장자권을 인정하는 정통론적 종법제가 확립되었다.[3]

조선 초기부터 입양은 입양 당사자, 친부모, 양부모 등의 인적 사항을 관아 에 제출하고 허락을 받고, 입양자는 동종항렬의 차남 이하로 하는 것이 조선의 법이었다.[4] 16세기까지는 법령에 따라 동종항렬의 차남 이하를 입양하는 게 사회적 추세였지만, 17세부터는 장남이나 독자를 입양하는 게 늘어났고, 18세 기에는 법에 연연해하지 않고 장남과 독자라도 입양하기에 이르렀다.[5]

우리 대소설은 그러한 종법주의 이념을 심도 있게 구현했다. 그 대표적인 작품으로 〈소현성록〉〈화산기봉〉〈효의정충예행록〉〈명주보월빙〉과 〈성현공 숙렬기〉〈완월회맹연〉〈엄씨효문청행록〉이 있다.

그와 관련된 대표적인 선행 연구를 보자면, 〈성현공숙렬기〉와 〈유효공선행 록〉에서 종법에 대한 분석이 이루어진 이래,[6] 〈화산기봉〉과 〈효의정충예행록〉 에서도 종법이 중심축에 설정되었음이 밝혀졌다.[7] 그리고 〈소현성록〉〈명주보 월빙〉〈완월회맹연〉〈엄씨효문청행록〉에서 설정된 종통갈등이 조선 후기의

---

2 이창기, 「성리학의 도입과 한국 가족제도의 변화」, 『민족문화논총』 46, 영남대 민족문화연구 소, 2010, 105~137쪽.

3 지두환, 앞의 논문, 151~163쪽.

4 김두헌, 『조선가족제도 연구』, 서울대출판부, 1969, 280~285쪽; 한상우, 「계후등록과 족 보의 비교를 통해 본 조선 후기 입후의 특징」, 『고문서연구』 51호, 한국고문서학회, 2017, 189~213쪽.

5 최재석, 『한국가족제도사 연구』, 일지사, 1983, 698쪽; 한상우, 앞의 논문, 같은쪽.

6 박영희, 「18세기 장편가문소설에 나타난 계후갈등의 의미」, 『한국고전연구』 1, 한국고전연구 학회, 1995, 187~218쪽.

7 이지영, 「가문소설로 본 낙선재본 〈화산기봉〉」, 『고소설연구』, 한국고소설학회, 1997; 강문 종, 「〈효의정충예행록〉 연구」, 한국학중앙연구원 박사논문, 2010, 69~94쪽.

종법과 어느 정도 거리가 있는지 꼼꼼하게 밝혀지기도 했다.[8] 그후 나는 〈사씨남정기〉〈창선감의록〉에서 종법주의 이념이 구현되었음을 밝혔고, 그에 이어 〈화씨충효록〉에서 〈창선감의록〉의 종법주의 이념이 무게감 있게 강화되었음을 고찰했다.

이를 토대로 대소설에서 종법주의 이념의 전개 양상을 살펴보고자 한다. 먼저 〈사씨남정기〉〈창선감의록〉에 종법주의 이념이 어떻게 구현되었는지를 알아보고, 〈창선감의록〉에 이어 〈화씨충효록〉에 적장승계와 입양승계가 강화되었음을 알아보고자 한다.

종법宗法은 적장승계와 입양승계를 아우르는데, 대부분 대소설에서는 그 두 가지 중 한 쪽을 중심으로 펼쳐냈거니와, 적장승계의 위기 극복에 초점을 맞춘 작품(〈소현성록〉〈화산기봉〉〈효의정충예행록〉〈명주보월빙〉) 그리고 입양승계의 위기 극복에 초점을 맞춘 작품(〈성현공숙렬기〉〈완월회맹연〉〈엄씨효문청행록〉)으로 나누어 살펴보고자 한다.

한편 〈유효공선행록〉〈유씨삼대록〉 연작은 혈통상 적장자가 엄연히 있는데도 적장자의 번복과 입양승계의 반복 설정을 통해 종법주의 이념 구현에서 독특한 지점에 도달한 것에 대해 살펴보고자 한다.

1. 대소설 이전, 〈사씨남정기〉와 〈창선감의록〉의 종법주의 이념

나는 『한국 고전소설의 이념과 사랑』에서 조선 후기에 가부장제의 초점이 가문중심주의에 놓이고 그 가문중심주의가 다시 종법주의로 예각화되었다는 점을 언급한 바 있다.

---

8 장시광, 「대하소설의 여성과 법」, 『한국고전여성문학연구』 19, 한국고전여성문학회, 2009, 127~178쪽.

그 요점은 이전 소설에서 사랑이 서사의 중심축으로 설정되었던 것과 달리, 17세기에 출현한 〈사씨남정기〉〈창선감의록〉〈구운몽〉에서는 이념이 서사의 중심축으로 새로 설정되어 이념과 사랑이 교직하는 새로운 소설 형식을 선보였다는 것이다. 그중 〈사씨남정기〉와 〈창선감의록〉은 사랑에 대한 이념 우위의 형식을 지니며, 〈구운몽〉은 이념에 대한 사랑 우위의 형식을 지닌다고 보았다.[9]

〈사씨남정기〉와 〈창선감의록〉에서 구현된 이념은 종법주의 이념이다. 두 작품은 종법주의 이념 구현의 시발점을 공통적으로 가통을 잇는 후사後嗣 문제에 두었는데,[10] 세부적으로 주안점은 달랐다. 〈사씨남정기〉는 적장승계가 종법의 원칙으로 자리를 잡아가는 상황에서 서자승계도 허용할 수 있다는 지점을 주목했고, 한편 〈창선감의록〉은 적장승계의 종법이 확립되는 과정을 펼쳐낸 후, 입양승계의 종법이 적용되는 지점을 포착했다.

1.1. 〈사씨남정기〉 : 적장승계 원칙 및 서자승계 허용

〈사씨남정기〉는 적장자를 낳지 못한 무후無後의 상황에서 첩자로 종통宗統을 이으려는 추세를 형상화했다. 정실(사정옥)이 아들을 낳지 못하자 첩실(교채란)을 들여서 첩자로 가통을 이으려 했다.

그후 정실이 적장자(인아)를 낳게 되자 적장승계가 가능하게 되지만, 첩실 세력에 의해 적장자(인아)가 버려지고 첩자(장주)까지 살해되어, 다시 아들이 없는 상황에 처하고 만다. 재차 사정옥은 남편에게 요청하여 다른 첩실(임추영)을 들였다. 그 사유가 직접 밝혀져 있지는 않지만 전후 문맥으로 보면, 첩자로 종통을 이으려 하는 것이었다. 물론 인아가 살아돌아옴으로써 적장승계로 마무리되긴

---

9 조광국, 『한국 고전문학의 이념과 사랑』, 태학사, 2019, 12~15쪽.
10 위의 책, 16~17쪽.

했지만, 인아가 죽은 줄로 알았을 때 서자승계가 추진되었던바, 〈사씨남정기〉에서는 적자가 없는 상황에서 서자승계의 서사를 펼쳐냈다고 할 것이다.

1.2. 〈창선감의록〉: 적장승계 및 입양계후의 종법체제 확립

〈창선감의록〉은 종통의 확립 과정을 두 세대에 걸쳐 치밀하게 펼쳐냈다.

① (앞세대) 친부모·친자 관계의 적장승계를 고수함.
② (뒷세대) 양부모·양자 관계의 입양승계를 순조롭게 진행함.

가문의 종통 차원에서 보면, '가장·정실-적장자嫡長子'의 관계는 '종장·종부-종자'의 관계다. ①의 경우, '종장·종부-종자'의 관계는 '친부모-친자'의 혈통 관계인데, 종장과 종자 사이의 심각한 부자갈등이 적장승계를 위협하는 핵심 요소가 된다.

그 갈등의 주된 요인은 적장자(화춘)의 자질 부족으로 설정된다. 하지만 종장 화욱은 화춘의 적장자 자리를 차남(이복동생: 화진)에게 넘겨주는 폐장입소廢長立小의 의도는 없었으며, 세상을 뜰 때에 화춘을 적장자로 옹립해달라는 유언을 남겼다. 그후 적장자(화춘)이 차세대 종장이 된다.

그런데 그전부터 지녔던 화춘의 적장자 콤플렉스, 종부(심씨)와 적장자(화춘) 모자의 권위주의적인 행태와 악행으로 화씨집안은 몰락의 위기에 빠져들고 만다. 그 가문 몰락의 위기는 화춘의 죄상이 밝혀지고 처벌될 상황에 처해 적장자를 잃음으로써 가문의 종통에 위기가 닥치는 것으로 초점화된다.

그때 차남(이복동생: 화진)은 지극한 효우를 행하여 투옥된 형을 구해내고 그를 가문의 종장으로 옹립하는 데 기여한다. 이로써 적장승계의 종통은 온전하게 확립된다.

②의 경우, 차세대 종장으로 거듭난 화춘이 총부 임씨 사이에 친아들을 낳지 못하자, 조카 화천린(화진의 장남)을 입양하여 계후로 삼는다. 이에 적장승계와 입양승계를 통해 '화욱(종장)-화춘(차세대 종장)-화천린(입양종손)'의 종통이 세워진다.

그후 차세대 종장·총부(화춘·임씨)가 친아들을 낳자, 차남 화진은 입양계후를 파양하고 형의 친아들로 계후를 바꾸자고 건의함으로써, 종통 변경의 위기에 직면한다. 하지만 심씨·화춘 모자는 그 의견을 물리치고 입양계후를 고수함으로써 종통은 확고히 유지된다. 그 과정이 순조롭게 확보되거니와, 입양승계는 작품에서 큰 비중을 차지하지는 않고 부수적으로 다루어지는 양상을 보여준다.

이처럼 적장승계(①)에 비해 입양승계(②)가 매우 간략하게 제시되지만, 적장승계(①)는 앞세대에서 벌어지고 입양승계(②)는 바로 그다음 세대에서 벌어진다. 전체적으로 '종장(1대)-적장종자(2대)-입양종손(3대)'의 3대에 걸쳐 종통이 확립되는 방식으로 종법주의 이념이 적실하게 구현되었다고 할 것이다.

한편 〈창선감의록〉은 적장승계의 종법주의 구현에 있어서 비교적 온건한 방식을 선택했다. 명 세종의 친부에 대한 효행이 종법에 어긋남에도 선녀의 말을 통해 옹호되었는데, 이는 양부양자 관계가 형성된 후에라도 친부친자 관계를 효의 윤리로 유연하게 받아들일 수 있음을 시사하는바, 그 대목은 왕가의 경우에는 종법에 예외를 둘 수 있음을 암시한다.[11]

2. 대소설 〈화씨충효록〉의 종법주의 강화: 〈창선감의록〉의 개작

대소설 〈화씨충효록〉은 〈창선감의록〉의 개작인바, 〈창선감의록〉에서 설정한 적장승계(①)와 입양승계(②)를 그대로 가져오되, 세부적으로 변개하여 종법주

---

11 조광국, 앞의 논문, 88~90쪽.

의 이념을 보다 강화하는 쪽으로 가닥을 잡았다.[12]

①° (앞세대) 친부모·친자 관계의 적장승계를 대종大宗으로 강화함.
②° (뒷세대) 양부모·양자 관계의 입양승계에서 명분·의리를 강조함.

먼저 ①°의 경우를 살펴보자. 〈화씨충효록〉에서는 〈창선감의록〉에서 한 걸음 더 나아가 종장을 대종장으로 예각화하고, '화욱·심씨-화예(화춘)'를 '대종장·종부-종자'로 설정하고, 거기에 종손(화성홍)을 새로 설정했다. '대종장(화욱)-종자(화예)-종손(화성홍)'의 3대에 걸치는 대종가의 종법이 3대에 걸치는 직계 혈통으로 확립되는 양상을 보인다. 이 경우에 〈창선감의록〉에 비해 대종장과 적장자 사이의 부자갈등이 보다 강화되거니와, 자질이 부족한 적장자(화예)에게 격한 분노를 퍼붓는 대종장(화욱)의 모습과 그에 불만을 품고 아우(화진)를 더욱 적대시하는 적장자(화예)의 모습이 심화된다.

그럼에도 장남을 중시하고 차남은 차별하는 대종장 화욱의 발언, 그에 이어 차남(이복동생: 화진)에게 장남(화예)을 올바르게 옹립하여 차세대 종장으로 세우라는 명령, 그리고 출가한 누이(성부인 화씨)에게 가권을 맡기면서 장남을 종장으로 세워 달라는 당부 등을 통해 적장승계를 향한 대종장의 집념은 한층 강화된다. 그리고 종자인 남편에게 실망하여 친아들(화성홍)을 손색없는 종손으로 양육하려고 애쓰는 총부(임씨) 그리고 모친(임씨)의 기대에 부응하는 종손(화성홍)의 모습이 절절하게 펼쳐진다.

이런 설정은 〈창선감의록〉에 없던 것으로, 〈창선감의록〉과 비교할 때 적장승계 강화의 요소로 작동한다. 그에 상응하여 적장승계의 위기 상황 또한 강화된다. 친부모·친자의 혈통 관계(〈창선감의록〉)는 친부모·친자·친손의 3대로 확

---

12 조광국, 「〈화씨충효록〉에 구현된 적장승계의 종법주의 이념」, 『고소설연구』 53, 한국고소설학회, 2022, 101~134쪽.

대되는데, 대종장(화욱) 사후에 차세대 종장(화예)의 죄악과 종손(화성흥)의 죽음으로 가문의 '종자-종손'이 한꺼번에 와해되는 것으로 설정된다.

그때 차남(이복동생; 화진)은 지극한 효우를 행하여 투옥된 형을 구해내고 그를 가문의 종장으로 옹립하는 데 기여하고, 그 결과 적장승계의 종통이 온전하게 확립된다. 하지만 〈창선감의록〉과 달리, 종손(화성흥)이 작고한 상태였기 때문에 종손을 세우는 과정이 새로 설정된다. 그게 뒷세대 계후를 확립하는 국면, 즉 조카 화천린(화진의 아들)을 입양계후로 세우는 국면(②°)이다.

대종장 화욱의 유지를 받들어 심씨와 화예 모자를 향한 화진의 지극한 효우와 성부인과 화빙선 등 출가한 여성들의 노력을 통해 화예가 회과하고, 그 과정에서 조정회의에서 화예에 대한 사면이 이루어짐으로써 화예는 마침내 화씨집안의 종장으로 복귀한다. 그리고 심씨와 화예 모자는 종부와 차세대 종장으로서 조카(화진의 아들; 화천린)를 입양계후入養繼後로 결정하기에 이른다.

그런데 그후 화예와 임씨 사이에 친아들이 태어나자 화진이 파양을 제기함으로써 문제가 발생한다. 하지만 화예가 자신의 죽음을 내세우며 입양계후를 고수하는 대목, 화성흥이 죽은 후에 화천린으로 태어났다는 종부 심씨의 발언, 성부인의 칭찬 어린 동의 등이 새로 설정된다. 이러한 설정은 문학적 형상화 차원에서 입양종손(화천린)의 명분과 의리를 강조하는 기능을 한다.

한편 〈화씨충효록〉은 〈창선감의록〉에서 명 세종의 친부에 대한 효행을 옹호한 대목을 삭제하여, 적장승계에서 입양종손의 명분과 의리를 강화하는 쪽으로 가닥을 잡았다. 그리고 적장승계의 종법이 어느 특정의 인물에 의해서가 아니라 가문 구성원 모두에 의해 이루어지는 것으로 펼쳐냈고, 군자라면 적장자의 자질이 부족할지라도 그를 종장으로 옹립하는 게 마땅하다는 지점까지 군자상을 예각화했다. 그와 함께 적장승계를 사적 영역에서 출발하여 공적 영역으로 확대했거니와, 세부적으로 화예의 사면이 공론으로 채택되고 조정 회의에서 수용되는 과정을 거치면서 화예 사면에 드리워져 있는 적장승계를 공론화하는 방식으로 펼쳐냈다.

이렇듯 〈화씨충효록〉은 적장승계를 대중 차원으로 예각화하고 입양계후의 명분과 의리를 강조함으로써 〈창선감의록〉에 비해 종법주의 이념을 보다 강화하는 지점에 도달했다.

3. 대소설에서 적장승계와 입양승계의 난관 극복

〈창선감의록〉〈화씨충효록〉개작 계열에서는 적장승계와 입양승계의 두 국면을 설정했지만, 적장승계와 입양승계를 무너뜨리고자 하는 종통탈취 세력의 준동을 그려내지는 않았다. 한편 우리 대소설은 종통탈취 세력을 설정하여 종법이 위태로워지고 그 위기를 극복하는 일련의 과정을 다양하게 포착하기에 이르렀다.

　그중 〈소현성록〉〈화산기봉〉〈효의정충예행록〉〈명주보월빙〉은 적장승계가 난관에 부닥쳤다가 그 난관을 극복하는 지점을 예각화했고 〈성현공숙렬기〉〈완월회맹연〉〈엄씨효문청행록〉은 입양승계가 난관에 부닥쳤다가 그 난관을 극복하는 과정을 치밀하게 펼쳐냈다.

3.1. 〈소현성록〉〈화산기봉〉과 〈효의정충예행록〉〈명주보월빙〉: 적장승계의 반대세력 극복

〈소현성록〉〈화산기봉〉은 정실이 아들을 낳고 사망한 후 계실이 들어와 아들을 낳게 되자, 계실이 적장자(정실의 친자)의 종통을 빼앗으려고 하는 경우를 형상화한 작품이다.

　먼저 〈소현성록〉을 보자.

ⓐ 정실(강씨)이 3남매(위유양·우유희·위선화)를 낳은 후 세상을 뜨자, 가장 (위의성)은 계실(방씨)을 들였음. 가장은 계실에게서 위유홍을 낳은 후에 세상을 뜸.

ⓑ 계실(방씨)은 종통을 친아들(위유홍)에게 넘기기 위해 전실 자식 3남매를 살해하고자 함.

ⓒ 계실(방씨)의 친아들(위유홍)은 친모를 만류하며 자결을 시도함.

ⓓ 적장자(위유양, 전실자식)는 계모(방씨)와 이복동생(위유홍)에게 효우를 행함.

ⓔ 계실(방씨)가 회과하고, 적장승계가 지켜짐.

이처럼 위씨집안의 이야기는 계실이 적장자의 종통을 빼앗으려고 했다가 회과하는 과정을 거쳐 적장승계가 온전하게 지켜지는 것으로 되어 있다.

종통 문제는 중심집안인 소현성 집안의 일에서 비켜 설정되어 있지만, 주목할 게 있다. 그것은 소현성, 구준 그리고 위의성 세 사람은 친한 친구 사이였으며 그런 붕우관계를 바탕으로 작고한 위의성 집안에 종통 문제가 발생하자 소현성과 구준이 적극 나서서 그 문제를 해결하는 데 도움을 주었다는 것이다. 그 과정에서 소현성은 위의성의 딸(위선화)을 총부로 맞이했고, 구준은 자신의 딸을 위유양 집안의 총부로 들여보냈다는 것이 새삼 주목할 만하다.

그것에 그치지 않는다. 소현성의 10남(소운필)과 구준의 또 다른 딸이 혼인하게 됨으로써 소문·구문·위문은 '소운경-위선화', '위유양-구소저2', '구소저1-소운필'로 이어지는 삼각혼을 통해 강한 가문연대를 형성한다.(구준이 남천으로 내려갈 때 삼형제가 사제지의師弟之義를 좇아 따라가고, 위선화가 계모 방씨의 삼년 시묘를 마친다.) 훗날 위씨집안은 삼형제(위유양, 위유희, 위유홍)가 과거에 급제하여 차례로 승상, 상서복야, 형부시랑 자리에 오름으로써, 적장승계의 종통을 바탕으로 출세한 인물을 배출함으로써 가문 창달의 기틀을 마련하게 된다.

이에 적장승계의 종통 확립은 작품에서 차지하는 비중이 작지 않다고 할 것이다. 요컨대 〈소현성록〉은 친구의 가문에 계실에 의한 종통 훼손 문제를 설정하고 그 문제를 해결하는 과정을 통해 적장승계를 구현하는 자리를 마련했다고 할 것이다.

〈화산기봉〉(13권13책)에서도 적장승계의 문제가 보인다.

⊙ 정실(소부인)이 적장자(이성)를 낳은 후 세상을 뜨자, 가장(이영준)은 계실(장씨)을 들임. 계실은 전실 자식인 적장자를 사랑하는 중에 친아들을 낳음.

⊙ 계실(장씨)은 종통을 친아들(이무)에게 넘기기 위해 전실 자식인 적장자를 살해하고자 함. 남편(이영준)에게 약을 먹여 적장자 이성과 사이를 갈라놓으려 함. 훗날 적장자 부부를 해치고자 함.

© 계실(장씨)의 친아들(이무)은 이복형·적장자(이성)와 우애있게 지냄.

② 적장자(이성, 전실자식)는 계모(장씨)와 이복동생(이무)에게 효우를 행함.

® 계실(장씨)가 회과하고, 적장승계가 지켜짐.

〈화산기봉〉은 중심가문을 이씨집안으로 설정하여 종통탈취의 위기를 극복하고 적장승계를 확립하는 과정을 펼쳐냈다. 이에 이르러 적장승계 문제는 주변가문에서 다루어진 〈소현성록〉에서 한 걸음 더 나아가 정면에서 다루어지게 되었다.

한편 〈효의정충예행록〉〈명주보월빙〉에서는 계실 대신에 후처(제2처)를 설정하여 적장승계의 서사에 변화를 주었다. (계실은 정실이 세상을 뜬 후에 맞이한 아내라는 점에서 그 지위가 정실과 같지만, 후처는 정실이 있는 상황에서 들인 제2부인에 해당된다는 점에서 정실의 지위에 미치지 못한다.)

먼저 〈효의정충예행록〉에서 펼쳐낸 서사적 변개 지점을 보자.

ⓐ 종장(진위중)은 정실(석부인)이 아들을 낳지 못하자 후사를 얻기 위해서 후처(안씨)를 들임. 후처(안씨)가 아들을 낳을 때에 정실이 같은 시간에 적자(진창종)를 낳고 죽음.

ⓑ 후처(안씨)는 종통을 친아들(진창문)이 잇게 하기 위해 적자(진창종)를 제거하고자 함.

ⓒ 하지만 종장(진위중)은 후처가 낳은 아들(진창문)을 동생(시동생, 진연중)의 양자로 보냄.

ⓓ 동생(시동생, 진연중)이 아들(진창현)을 낳음. 후처(안씨)는 자신의 아들(진창문)이 파양되어 원래 자리로 되돌아올 것으로 기대함.

ⓔ 동생(시동생, 진연중)이 입양아들(진창문)을 파양하지 않고 그 대신에 자신의 친아들(진창현)을 후처(안씨)에게 양자로 들임.[13] 종통에서 적장승계가 지켜지고, 방계에서 입양승계가 지켜짐.

종통에서 적장승계가 지켜지고 방계에서 입양승계가 지켜진다. 그 핵심 방안으로 '방계傍系에서의 입양 교차'가 눈에 뜨인다. 종장(진위중)은 적자(진창종)의 종통이 후처의 아들(진창문) 쪽으로 바뀌는 것을 방지하기 위해 후처의 아들(진창문)을 동생(진연중)의 양자로 들였으며, 그후에 동생(진연중)은 친아들을 낳자 그를 후처(안씨)의 양자로 들인 것이다.

이러한 '방계에서의 입양 교차'는 '종장(진위중)-적장자(진창종)'으로 이어지는 적장승계의 종법을 고수하기 위한 치밀한 방책에서 나온 것이다. 그리고 입양한 후에 친자가 태어날지라도 입양의 명분과 의리가 친자관계보다 앞선다는 종법을 새삼 강조한 것이기도 하다.

〈명주보월빙〉에서는 적장승계가 종손에까지 이어진 상황에서 종통탈취 세력이 3대에 걸쳐 형성된다는 점이 돋보인다.

---

13 ⓐ~ⓔ(강문종, 「〈효의정충예행록〉 연구」, 한국학중앙연구원 박사논문, 2010, 69~94쪽)

ⓐ 1대 정실(황부인)의 적장자(윤현)가 태어나고 후처(제2처 위부인)의 아들(윤수)이 태어남.

ⓑ 2대 종자(윤현)가 순사하고 그의 아내 총부(조씨)가 유복자 쌍둥이(윤광천·윤희천)를 낳음.

ⓒ 1대 후처(제2처 위부인)의 친아들(윤수)에게 딸(윤경아)만 있고 아들이 없어서 윤희천(윤현의 차남)의 아들을 입양함.

ⓓ 1대 후처(제2처 위부인)는 2대 총부(조씨)의 가권을 빼앗아 자신의 친며느리(유씨)에게 넘겨줌.

ⓔ 1대 후처(제2처 위부인)는 3대 종손(윤광천)과 자신의 입양손자(윤희천)까지 제거하고 자신의 마음에 드는 자를 입양하여 그에게 종통을 넘겨주고자 함.[14]

1대 후처(제2부인 위부인)는 며느리(유씨) 그리고 손녀(윤경아)와 합세하여 종통을 탈취하고자 했다. 다른 작품과 달리 제거 대상이 1대 정실(황부인)의 쌍둥이 형제(2대 윤광천·윤희천)와 그의 혈통 전체로 확대된다는 점이 새롭다. 쌍둥이 중에 형은 3대 종손(윤광천)이었기에 제거 대상 1순위였다. 심지어 자신의 입양손자로 들어온 쌍둥이 동생(윤희천)마저 제거하고자 했는데, 이는 3대 종손(윤광천)이 제거된 후에 입양손자(윤희천)이 종통을 이어받을 것을 미연에 방지하고자 했기 때문이다.

종통탈취 세력이 '1대 후처(위부인)-2대 며느리(유씨)-3대 손녀(윤경아)'로 확대될 정도로 적장승계의 위기가 심각하게 설정되며, 그에 상응하여 그들의 악행[15]은 많은 분량을 차지하며 다양하게 펼쳐진다. 하지만 윤광천·윤희천 쌍둥이 형제의 지극한 효우로 이들 모두 회과하고 적장승계가 온전히 이루어지는 것으로 결말이 난다.

---

14 ⓐ~ⓔ(장시광, 앞의 논문, 152쪽)

한편 방계傍系인 1대 후처(위부인) 쪽에서는 아들이 손자를 낳지 못했던바, 일찍이 들인 입양손자(윤희천)가 그 자리를 유지하게 된다. 그와 관련하여 1대 후처(위부인)의 며느리(유씨)에게 앞세대 종장과 종부(윤현과 황부인)가 현몽하여 그녀의 병을 낫게 하는 장면이 설정된다.[15] 이러한 설정은 종통을 빼앗고자 한 방계 쪽을 아량으로 다스리는 종가의 모습을 보여주는 한편 그런 종가의 권위 아래에서 방계 쪽 입양의 명분과 의리가 확보됨을 보여주는 소설적 장치로 작동한다고 할 수 있다.

요컨대 〈명주보월빙〉은 종통탈취 세력을 3세대로 확대하고 그 위기를 극복하는 한편, 종가의 권위 아래 방계 쪽 입양의 명분과 의리를 확보하는 과정을 덧붙임으로써, 치밀하게 종법주의 이념을 구현했다고 할 것이다.

3.2. 〈성현공숙렬기〉〈완월회맹연〉〈엄씨효문청행록〉: 입양승계의 반대세력 극복

종법에서 입양승계는 적장승계와 같은 위상을 지닌다. 입양승계한 후에 친자가 태어나면 친자와의 혈연적 인정에 이끌릴 수밖에 없었지만, 입양승계를 확고히 하는 게 명분과 의리였다.

〈성현공숙렬기〉〈완월회맹연〉에서는 계실이 종통탈취의 주동자로 설정된다. 먼저 〈성현공숙렬기〉를 보면 다음과 같다.

㉠ 가장(임한주)은 정실(성부인)이 아들을 낳지 못한 상황에서 아우(임한주)가 쌍둥이를 낳자 큰조카(임희린)를 입양하여 계후로 정함. 정실이 병들

---

15 "꿈을 통해 저승계와 천상계를 차례대로 체험"했고, 고인이 된 윤공과 황씨를 만났는데 그들이 "위태부인을 잘 개유하고 다시 악행을 범하지 말라 당부하며 감로수를 주어 유씨의 악심을 없애고 온몸의 병을 치료할 수 있게" 했다.(위의 논문, 68쪽)

에 사망하자, 계실(여씨)을 들였는데, 계실이 친아들(임유린)을 낳음.

ⓛ 계실(여씨)은 가장(임한주)이 계후를 친아들(임유린)에게 넘겨주지 않
자, 입양계후(임희린)의 종통을 빼앗고자 함. 입양계후 부부와 아들을
모두 해치고자 함.

ⓒ 계실의 친아들(임유린)은 형수(주소저)를 한왕에게 상납하고자 했고, 형
과 형수를 살해하고자 했으며, 스스로 독약을 마시고 형에게 덮어씌움.

ⓔ 2대 입양계후(임희린)가 효우를 행하고, 총부(주부인)는 무공을 발휘함.
계실 여씨 모자가 회과함.

ⓜ 입양승계의 종통이 확립됨.

입양계후에 의한 종통이 온전하게 확립되는데, 그 과정에서 친자에 대한 인
정이 표출되는 상황을 적실하게 펼쳐진다. 먼저 임한규는 자신의 아들(임희린)
을 입양보낸 후에 형이 계실을 들여 아들을 낳자 파양해달라고 요청했다. 자신
의 친아들은 되찾고, 형의 친아들을 계후로 세우는 것은 양쪽 모두에게 혈연을
따르는 것이었다.

계실 여씨야말로 자신의 친아들이 계후가 되는 것을 원한 인물이었다. 친정
이 명가 별열로 배경이 든든한 여부인으로서는 "희린이 스스로 물러갈까 여기
고 자기 모자가 이 집에 으뜸이 될까 바랐다가" 뜻밖에 남편과 시어머니의 태
도를 대하고, "속절없이 자기 모자만 무용지물"이 되는 낭패감을 맛볼 수밖에
없었다.

이로 인해 '입양계후의 명분과 의리'는 우여곡절을 거치지만 확고하게 지켜
지는 것으로 마무리된다. 가장 임한주는 아우(임한규)의 파양 요청에 직면하여
형망제급兄亡弟及을 본받아 자신이 죽어 종통을 아우 임한규에게 넘긴다고 사
당祠堂에 고하겠다는 엄포를 놓았다. 그 축문을 본 임한규는 파양을 철회하고,
관부인은 임희린이 엄연한 종손임을 선포하기에 이른다.

그후로 입양계후의 종통을 탈취하고자 하는 세력의 악행이 심도 있게 펼쳐

진다. 다른 대소설에서는 이복동생이 적장자를 옹호하며 종통을 앗으려는 친모의 행위를 반대하는 것으로 그려지는 것과는 정반대다. 〈성현공숙렬기〉는 이복동생을 소인으로 형상화했는데 그 핵심 요소로 종통탈취의 악행을 부각시킨 것이다.

하지만 임희린(2대 입양계후)의 지극한 효우와 주부인(2대 총부)의 절행과 무공에 힘입어 계실 여씨가 회과하여 임씨집안에서 세운 입양계후의 적장승계가 온전하게 확립되기에 이른다. 그리고 입양계후의 의리와 명분은 도사의 도움, 호랑이의 도움, 하늘에서 내린 비의 도움 등 초월적 도움이라는 비유적 형태로 확보된다.(그런 것들은 임희린 개인의 영웅성을 보여줄 뿐 아니라, 그가 획득한 입양계후의 명분과 의리를 확보해주는 것이기도 하다.)

한편 임한주에게 있어서 입양계후의 적장승계를 확립하는 것이 최상의 가치로 부각된다. 그는 여씨와 임유린 모자에게 아량을 베풀기보다는 그들의 자질이 부족한 것을 문제 삼을 뿐이었다. 계실 여씨를 가리켜 "송나라를 어지럽힌 왕형공王荊公, 당나라를 어지럽힌 이임보李林甫 두 인물의 혼이 여씨로 바뀐 것轉魂"이라고 비하했다. 임유린을 두고 "분에 없는 자식은 기쁘지 않다"고 불평했고, 이들 모자를 가리켜 "난가亂家할 근본"이라 지칭했을 정도다.

임한주에게 중요했던 것은 오로지 입양계후의 명분과 의리를 세우는 것이었다. 입양계후의 종통 확립을 향한 임한주의 행위가 도덕군자의 범주 안에서 뒷받침될 뿐 아니라, 훗날 임한주의 생각대로 되어 해피엔딩을 맞게 됨에도 불구하고 입양승계의 종통 확립을 향한 집념은 강제화된 율법의 양상을 띠고 있었음을 부인하기 어렵다.

〈완월회맹연〉(180권180책)은 다양한 갈등을 담아냈는데 그중에서 종통갈등이 주축이다.[16]

종장(정잠)은 딸 둘을 두었으나 정실(양부인)이 허약한 탓에 더 이상 임신할

---

16 장시광, 앞의 논문, 152쪽.

상태가 아니어서 조카(정인성: 정삼의 장남)를 입양하여 후사로 세웠다. 정실(양부인)은 병사하고 그후에 들인 계실(소교완)이 쌍둥이(정인중·정인웅)를 낳았지만, 종장(정잠)이 쌍둥이를 외면하고 입양계후(정인성)만을 애지중지할 뿐이었다. 이에 계실은 종통을 빼앗기 위해 입양계후 부부와 그들이 낳은 아들을 모두 해치고자 했다. 훗날 계실을 비롯한 종통탈취 세력이 모두 회과하여 입양승계에 의한 종통이 확립된다.

그 갈등 양상이 〈성현공숙렬기〉와 비슷할 뿐 아니라, '입양계후의 명분과 의리'가 '친자에 대한 인정'보다 우선적인 것으로 펼쳐지고, 그에 상응하여 종장(정잠)에게 있어서 입양계후의 적장승계를 확립하는 것이 최상의 가치로 부각되는 것도 〈성현공숙렬기〉와 흡사하다.[17] 그리고 입양승계의 명분과 의리가 문학적으로 형상화되는 것도 비슷하다.[18]

한편 〈엄씨효문청행록〉은 정실이 종통탈취 세력이 되는 것에 초점을 맞추었다는 점이 새롭다. 정실이 아들이 낳지 못한 상황에서 입양했는데 뜻밖에 친아들을 낳게 되자, 입양계후의 종통을 빼앗으려 한 것이다.

ⓐ 대종장(엄백진)은 정실(최부인)이 아들을 낳지 못하자 셋째아우(엄백경)의 차남(엄창)을 입양하여 계후로 정함. 그후에 정실(최부인)이 친아들

---

17 종장(정잠)은 입양계후를 가문 창달과 국가 보좌를 감당할 자임은 물론이고 사문의 스승이 되어 천하의 도를 후세에 전할자라고 치켜세웠다. 아우(정삼)이 훗날 계후 문제를 염려하여 입양계후(정인성)를 파양하고 형의 친아들(정인중)을 계후로 삼자는 의견을 내자, 자신이 죽어 종사를 아우에게 넘기겠다는 결연한 태도로 파양을 거절하고 입양계후의 종통을 더욱 확고히 할 뿐이었다.

18 소교완의 악행이 밝혀져서 친정아버지(소희량)는 독약을 주며 죽으라는 꾸짖음을 들었고, 남편 정잠에 의해 쫓겨나자 자살을 기도했다. 시가로 복귀한 후에 친정어머니 주부인이 별세한 후 슬퍼하다가 병이 들어 초월계에서 친정어머니, 양부인(정잠의 전실)을 만나 전생 이야기를 듣고 깨어나 회과하기에 이르는데, 천상계의 이야기는 지상계로 이어진다.(이현주, 「〈완월회맹연〉의 역사수용 특징과 그 의미」, 『어문학』 109, 한국어문학회, 2010, 217~218쪽) 나는 이 대목이 지상계에서 입양계후의 명분과 의리가 문학적으로 형상화된 것으로 보고자 한다.

(엄영)을 낳음.

ⓛ 정실(최부인)은 남편(엄백진)이 계후를 친아들(엄영)에게 넘겨주지 않자, 입양계후(엄창)의 종통을 빼앗고자 함. 입양계후 부부와 아들을 모두 해치고자 함.

ⓒ 정실(최부인)의 조카며느리(문소저)가 합세함. 이들은 공모하여 엄창을 살해하고자 했고, 개용단을 복용하여 총부(윤월화)에게 거짓 정인이 있는 것을 꾸몄으며, 총부를 남황의 총희로 상납하고자 함.

ⓔ 입양계후(엄창)와 친아들(엄영)의 효우 그리고 입양계후 부부(엄창·윤월화)의 효우로 정실(최부인)과 조카며느리(문소저)가 회과함.

ⓜ 입양승계에 의한 종통이 확립됨. 방계에서도 입양승계가 이루어짐.

〈엄씨효문청행록〉은 정실이 종통탈취 세력으로 설정되었다는 것만 다를 뿐, 그녀에 대한 절대적 효우가 행해지며 입양승계의 명분과 의리가 확보되고,[19] 그 가치가 최상의 가치로 제시되는 것은 앞의 작품들과 비슷하다.

그 과정에서 입양계후를 선정할 때 계후자의 자질이 중시됨은 물론이다. 〈엄씨효문청행록〉에서는 종장 엄백진은 조카(엄창)가 가문을 흥하게 할 천리귀千里駒로서 누대봉사屢代奉祀를 감당할 것이라고 칭찬하며 그를 계후繼後로 세웠다. 그런데 〈엄씨효문청행록〉에서는 나중에 태어난 친아들의 자질이 입양계후에 비해 뒤떨어지지 않는 것으로 설정되어 있는 것이 세부적으로 돋보인다. (《성현공숙렬기》〈완월회맹연〉에서는 친아들의 자질이 형편 없는 것으로 그려지기에 입양계후의 종통계승 명분 확보가 용이하다.) 그럼에도 입양계후의 종통은 바뀌

---

19 정실(최부인)이 친아들을 낳자 엄백경은 엄창을 돌려달라고 요청했다가 즉시 철회하고 만다. 그 이유는, 선조에 고하고 문묘에 배향하고 종족에 알림으로써 확보된 입양계후의 명분과 의리를 깨뜨릴 수 없다는 종장 엄백진의 단호한 의지와 친아들 엄영을 없애고 종통을 아우 쪽에 넘기겠다는 분노어린 협박을 대했기 때문이다. 이에 혈연의 인정人情보다 입양의 명분과 의리가 앞서는 종법을 따르려는 엄백진에게 엄백경도 순종하지 않을 수 없었다.

지 않거니와 이는 '입양계후의 명분과 의리'를 '친자에 대한 인정'보다 우선시하는 종법의식을 예각화하여 구현한 것이라 할 수 있다.

그런데 〈엄씨효문청행록〉은 엄백진과 엄창의 입양관계에 바탕을 둔 효애를 펼쳐냈을 뿐 아니라, 엄창과 친부모 사이의 인정人情을 절절하게 펼쳐내고 있는 게 특징적이다.[20] 그럴지라도 〈엄씨효문청행록〉은 입양승계가 확보한 종통의 명분과 의리는 변하지 않는다.

곁들여 〈엄씨효문청행록〉에는 방계傍系에서 입양이 설정된다.(〈효의정충예행록〉과 〈명주보월빙〉에서도 확인된다.) 종장의 바로 아랫 동생인 차남계열에서 며느리 문소저가 딸 셋을 낳고 아들을 낳지 못하자, 재실 양소저가 자신의 장남(엄경문)을 문소저의 양자로 주는 것이다. 이러한 설정이 입양승계에 바탕을 두는 종법의식의 일환임은 물론이다.

4. 대소설 〈유효공선행록〉〈유씨삼대록〉 연작: 적장승계의 번복과 입양계후의 반복을 통한 이상적 종법 지향

〈유효공선행록〉〈유씨삼대록〉 연작에서는 엄연히 적장자가 살아 있는데도 계후가 차남으로 바뀌고, 엄연히 친아들이 있는데도 입양계후가 실행된다.

---

20 동오왕 엄백경 부부가 황제 알현차 들렀을 때 동오왕 엄백경 부부와 엄창은 애틋한 혈육의 정을 나누었고, 양부 엄백진으로부터 과거에 응시하라는 말을 듣자 엄창은 입신하지 못하면 오국에 있는 모친을 만나기 어렵다고 여기고 힘써 공부하여 장원급제했다. 오국에서 친부모를 만나고 헤어질 때에는 친부모(엄백경·장부인)가 후원 고루에 올라 엄창의 멀어져가는 모습을 보며 이별의 눈물을 흘리기도 했다. 그리고 장남 엄표가 반역죄로 처형당하고 부친 엄백경이 병사한 후에는 친모친자 간 혈육의 정이 더욱 절절하게 펼쳐진다. 그런 친부모와 친자 사이의 인정은 엄창이 고통을 받는 중에 꿈에서 작고한 친부를 만나 슬픈 감정을 드러내는 것으로 이어진다.(김서윤, 「〈엄씨효문청행록〉의 모자 관계 형상화 양상과 그 의미」, 『고소설연구』41집, 한국고소설학회, 2016, 287~289쪽)

③ (앞세대) 친부모·친자 관계에서 적장승계가 번복됨.

④ (뒷세대) 양부모·양자 관계의 입양승계가 반복됨.

전편 〈유효공선행록〉에 ③④가 모두 설정되어 있다. 먼저 ③을 살펴보자. 〈유효공선행록〉에서는 계후가 번복된다. 처음에는 종통이 '유정경(종장)-유연(장남)'이었는데 폐장입소廢長立小의 상황이 발생하여 계후가 장남에서 차남(유홍)으로 바뀌었다가, 그후 차남의 악행이 밝혀져서 계후가 장남으로 다시 바뀌게 된다.(종통이 장남에서 차남에게 넘어갈 때 문중회의를 거치는데 그 자리에서 장남은 미친 체하며 폐장의 당위성을 확보한다. 다시 계후가 차남에서 장남으로 바뀔 때 차남의 죄상이 밝혀짐으로써 계후 변경의 당위성이 확보된다.)

이처럼 〈유효공선행록〉의 적장승계 종법은, 문제 있는 적장자라도 초지일관 적장승계가 견지되는 〈창선감의록〉 〈화씨충효록〉 개작 계열의 종법과는 결이 다른 모습을 보여준다고 할 것이다.

다음으로 ④ 뒷세대 양부모·양자의 입양 관계의 경우가 맞물리는 상황을 보자. 유연은 차세대 종장으로 복귀한 후에 효우를 내세워 친아들(유우성)에게 종통을 잇게 하지 않고, 동생의 아들(유백경)을 입양하여 계후로 삼았다.(친아들이 어린 며느리에게 성폭행을 가한 사건으로 계후 변경의 결심이 더욱 확고해진다.) 그런 유연의 처사에 대해 문중이 심각하게 반대하지만, 유연은 종장의 권위로 친아들의 폐장과 조카의 입양계후를 밀어붙였다.

후편 〈유씨삼대록〉에서도 그런 계후 변경의 상황이 되풀이된다. 3대 종장 유백경은 친아들이 있는 상황에서 조카(유세기: 유우성의 아들)를 입양하여 4대 종장으로 옹립한다. 이로써 유씨집안은 2대 종장(유연)에게 친아들이 있는데도 조카(유백경: 유홍의 아들)가 계후가 되고, 3대 종장(유백경)에게 친아들이 있는데도 조카(유세기: 유우성의 아들)가 계후가 되는 형국을 보여준다. 친아들이자 적장자가 있는 상황에서 입양승계의 반복 서사를 설정한 것이다.

요컨대 〈유효공선행록〉 〈유씨삼대록〉 연작은 **혈통적 적장승계의 번복과 명**

분적 입양승계의 반복을 통해 종통이 '유정경-유연(혈통)-유백경(입양)-유세기(입양)'로 이어지는 모습을 보여준다.

결과적으로 종통이 적장자의 혈통을 회복한 양상을 띤다. 이에 종통승계는 계후와 혈통이 일치하는 쪽으로 이루어지는 게 좋다는 종법의식이 자리를 잡고 있다고 할 수 있겠다. 하지만 종법의식은 그 지점을 넘어서, 적장자가 존재할지라도 입양승계가 가능하다는 지점을 지향한다. 즉 계후는 직계에 속한 인물이든 방계에 속한 인물이든 반드시 군자적 자질을 갖춘 자여야 한다는 종법의식이 자리를 잡는 것이다.

유연은 관후인자한 군자로 일컬어졌다. 유연에게 지극한 효우의 군자적 자질이 있었기에 종통계승의 고통을 감내할 수 있었고, 자신의 가문이 기득권을 유지하기 위해 권모술수를 마다 하지 않는 소인가문으로 전락하는 것을 막을 수 있었던 것이다.[21] 그의 입양계후 유백경 또한 어진 군자, 현명군자로서 천자에 의해 사림의 으뜸으로 불렸으며, 다음 세대의 입양계후 유세기는 '예의군자'로 칭송받는 인물이었다. 이로써 '종장(2대 유연)-입양종자(3대 유백경)-입양종손(4대 세기)-적장손(5대 유견)'에 걸쳐 군자형 인물이 종통을 맡음으로써 군자가문의 입지가 강화된다.

그와 관련하여 "도학을 꾀하는 산림"[22]의 성향을 지닌 종손을 대대로 확보함으로써 가문의 도학적 명성을 확보하고자 한 것, 이게 연작을 관통하는 종법의식이라 할 수 있다. 물론 〈유씨삼대록〉에서 전면에 부상하는 것은 유씨가문의 창달에 관한 이야기인바, 유우성 가계의 자녀손들이 펼쳐내는 결혼, 과거급제와 출세, 남녀간 애정과 애욕 및 부부갈등 그리고 처처갈등 등이 서사의 중심에

---

21 조광국, 「〈유효공선행록〉에 구현된 벌열가문의 자기갱신」, 『한중인문학연구』 16, 한중인문학회, 2005, 161쪽.

22 송성욱, 「고전소설에 나타난 부의 양상과 그 세계관」, 『관악어문연구』 15, 서울대 국어국문학과, 1990, 158쪽, 163쪽; 박영희, 「18세기 장편가문소설에 나타난 계후갈등의 의미」, 『한국고전연구』 1, 한국고전연구학회, 1995, 213쪽.

놓이지만, 그런 중에도 군자형 인물로 종통을 잇는 종법은 변함없이 유지된다.

그러한 종법은 이상적이라는 점에서 주목할 만하다. 주자주의 종법에서는 친아들이 없는 경우 입양계후를 세우는 방식을 취하는 것이 일반적인데 친아들이 큰 결격 사유가 없는데도 군자적 자질을 갖춘 입양계후자를 선택하는 방식은 이상적인 방식이라 할 수 있다. 종자는 결격 사유가 없는 정도면 무난한 게 아니라 반드시 군자적 자질을 갖추어야 하는 게 된다. 〈유효공선행록〉〈유씨삼대록〉 연작 적장승계의 번복과 입양승계의 반복의 방식을 통해 이루고자 한 것은 "종자=군자"를 지향하는 이상적인 종법이었다.

그와 함께 이상적인 종법을 이루기 위해 취해지는 것이 있는데, 그것은 종장 권위의 확립이다. 즉 문중에서 종장의 결정을 순순히 따르는 것이 요구되는 것이다. 2대 종장 유연은 문중의 반대에 직면했지만, 종장의 권위를 내세워 친아들을 제치고 끝내 조카를 입양하여 계후로 삼았다. 3대 종장 유백경 또한 종장의 권위를 내세워 친아들을 제치고 군자적 자질이 있는 조카(유세기)를 계후로 세웠다. 4대 종장 유세기는 친아들 유건을 종자로 세웠는데, 유건이 친아들이라서 그렇게 한 것이 아니라 군자적 자질을 갖추고 있었기 때문이다. 조카(유백경의 아들; 유세광)가 종통을 되찾기 위해 애썼지만, 유세기가 그를 물리친 것은 그가 친아들이 아니라서가 아니라 군자적 자질을 갖추지 않았기 때문이다. 그 과정에서 종장의 권위가 자리를 잡고 있음은 물론이다.

여기에는 이상적인 종장을 선정했기에 그의 선택도 이상적일 것이라는 전제가 깔려 있다. 그와 결부하여 종통승계 과정에서 종장과 문중의 관계가 제시된다. 2대 종장 유연이 조카(유백경)를 입양하여 계후로 삼을 때에 문중에서 반발했지만 종장의 결정을 따르는 것으로 결말이 났다. 다음 세대 유백경이 친아들을 제치고 조카(유세기)를 입양하여 계후로 삼았을 때에는 문중에서 적극 호응했다. 2대 종장에서 3대 종장을 거쳐 4대 종장으로 내려갈수록 문중의 호응이 커지거니와 이는 종장의 권위가 자리를 잡아가는 것과도 상통하는 측면이 있다.

하지만 이상적인 종법이라고 해서 난점이 없는 것은 아니다. 군자적 자질을 중시하고 종장의 권위를 존중한다 할지라도 세부적인 상황에 따라 얼마든지 다른 의견이 나올 수 있기 때문이다. 그와 관련하여 양자 유세기(4대 종장)에게 넘어간 종통을 유세광 쪽(유세광·위부인 부부와 아들 유홍)에서 되찾으려는데 그 시도가 차지하는 작품적 의미가 심상치 않다. 물론 이러한 종통탈취 시도는 부당하며 부정적임은 분명하다. 하지만 혈통적 적장교체의 번복과 두 세대에 걸친 입양계후의 반복이 그 종통탈취의 빌미가 되었음을 부인하기 어렵다. 더욱이 유세광은 종통의 직계가 아닌 방계에 속한 인물이었고 더욱이 차남이었거니와 그와 같이 종통계승을 욕망하는 인물들이 언제든지 나올 수 있어서 문제다.

이 지점에서 적장자가 결격 사유가 컸음에도 그를 차세대 종장으로 옹립해 낸 〈창선감의록〉〈화씨충효록〉 개작 계열이 새삼 주목할 만하다. 이들 작품은 군자적 자질을 중시한 나머지 차남으로 가통을 잇게 했다가 오히려 종법을 어그러뜨리는 역설逆說에 빠지는 것을 피하고자 것으로 보인다. 종통탈취를 설정한 여타의 대소설에서도 계후교체의 번복과 반복만큼은 피한 것도 그 때문으로 보인다.

요컨대 〈유효공선행록〉〈유씨삼대록〉 연작은 군자적 자질로 계후의 종통을 확보함으로써 이상적인 종법의식을 구현했지만, 역설적으로 주자주의적 종법과 어긋나는 지점을 드러낸 문제작이라 할 수 있다. 이 연작은 〈사씨남정기〉와 〈창선감의록〉 이후 대소설에서 종법주의 이념 구현의 편폭을 넓히면서 우리 소설사와 문예사에서 독특한 위상을 차지한다.

제4부

효 이념

I. 대소설의 효 구현 양상
〈유효공선행록〉, 〈엄씨효문청행록〉, 〈보은기우록〉

1. 문제 제기

조선 시대에 효孝는 가정, 가문, 그리고 사회 유지의 근간으로 인식되던 중요한 담론의 하나이다. 특히 17세기 이후 효는 윤리를 넘어서 학파간 이념 논쟁 혹은 사상 논쟁에서 주요 쟁점이기도 했다. 일상적인 윤리, 보편적인 개념의 차원에 머물러 있던 효가 역사적 특수 국면과 결합하면서 개별성을 띠기에 이른 것이다.

여기에서는 그러한 영향권에 들어 있었던 것으로 추정되는 〈유효공선행록〉, 〈엄씨효문청행록〉, 〈보은기우록〉 등[1] 일련의 대소설을 대상으로 효 문제에 접근하고자 한다. 이들 소설은 상층 사대부 내지는 벌열계층의 효의 모습을 구체적으로 담아냈다. 앞의 두 작품은 제명에서부터 효가 들어가 있으며, 제명에 부합하게 효가 작품세계의 중심축을 형성한다. 끝 작품은 비록 제명에 효가 들어 있지 않지만, 앞의 두 작품에 뒤지지 않을 만큼 효가 작품세계에서 큰 비중을 차지한다. 이와 함께 효를 강조하는 서술자의 언술이 여러 곳에 부가되어

---

* 「벌열소설의 효 구현 양상에 대한 연구」(『어문연구』 128, 한국어문교육연구회, 2005, 135~161쪽)의 제목과 내용 일부를 수정했음.

1 〈엄유효공선행록〉(규장각 12권12책)(『필사본 고전소설전집』 15, 16(아세아문화사, 1982); 〈엄씨효문청행록〉(장서각 30권30책)(『한국고대소설대계(3)』, 한국정신문화연구원, 1982); 〈보은기우록〉(장서각 18권18책)(『영인교주 한국고대소설총서 보은기우록』 상·하, 이화여대 한국어문학연구소, 1976). 이하 인용 쪽수는 영인본 책의 쪽수를 따름.

있기도 하다.[2] 이에 이들 세 작품을 관통하는 효담론에 대한 상세한 논의가 요청된다.[3]

선행 연구를 정리하면 다음과 같다. 먼저 효가 중시되는 작품들을 대할 때 효를 주제로 곧장 연결짓는 연구가 있다. 이는 초창기 학자들이 흔히 보인 경향이요, 오늘날 학자들도 이런 경향에서 그리 자유롭지 못한 편이다.[4] 이들 작품의 주제로 대개 효의 강조, 혹은 유교적 이념의 구현 정도가 언급된다. 우리 고전소설이 당시 충효열忠孝烈을 중시했던 사회 분위기에서 배태되었기에 그런 결론은 당연하기조차 하다. 또한 그러한 주제론을 통해 우리 고전소설과 외국 작품의 차이점이 드러날 수 있어서 그런 논의는 여전히 유효하기도 하다. 그런데 그런 연구 결과는 거시적 차원에 속하는 것이어서 이제 미시적 차원에서의 세심한 보완이 요구된다.

한편 효의 구현을 지배층 혹은 상층의 이념 강화의 측면에서 보는 경향이 있다. 서민층을 주요 향유층으로 했던 단편소설의 경우에는 효가 서민들에게 집권층의 이데올로기를 강화했다는 논의 그리고 벌열층을 향유층으로 했던 대소설의 경우에는 효가 벌열계층의 세계를 고착·유지하는 데 기여하는 이데올로기

---

2 대표로 〈보은기우록〉의 경우를 들겠다.: 위공이 옥안이 쇠ㅎㆍ미 업고 흑뒤 이우지 아냐서 만종의 녹을 초긔ㄱㅅㅊ 바리고 쳔승의 귀ㅎㆍㅁ을 헌신ㄱㅅㅊ 바려 사라셔 순효의 효롤 엇고 죽어셔 문듕의 시를 바드니 이는 실노 빅셰무젹이오 쳔고일인이라(권18, 『영인교주 한국고대소설총서 보은기우록』 하, 268쪽)

3 이들 세 작품은 분량도 적지 않은 편이며, 그에 걸맞게 내용이 효담론 이외의 여러 담론도 존재한다. 이러한 포괄적 논의는 별도의 개별 작품론에서 가능하리라 생각한다. 나의 개별 작품론은 본 연구에 일정 부분 도움을 주고 있다.(조광국, 「〈엄씨효문청행록〉에 구현된 벌열가부장제」, 『어문연구』 122, 한국어문교육연구회, 2004; 조광국, 「〈유효공선행록〉에 구현된 벌열가문의 자기갱신」, 『2005년도 하계 학술발표대회 발표논문집』, 국문학회, 2005, 22~43쪽)

4 유현주는 〈엄씨효문청행록〉이 애정 갈등, 정치적 갈등을 중심 갈등으로 하고 있으며, 이러한 갈등이 유교주의적 이념을 구현한다고 보았다.(유현주, 「〈엄씨효문청행록〉 연구」, 숙명여대 석사논문, 1989, 45~84쪽) 임치균은 〈유효공선행록〉이 부자갈등이 작품의 근간이 되고 있으며, 그 갈등은 부친의 명령이 불합리함에도 그 명령을 따르고자 하는 유연의 일방적 신념에 의해 효가 행해진다고 보았다.(임치균, 「조선조 대장편소설에 나타난 충·효·열의 구현 양상과 의미」, 『조선조 대장편소설 연구』, 태학사, 1996, 327~332쪽)

의 하나였다는 논의가 가능하다. 이러한 논의는 효에 관한 거시적이고 일반적인 논의에서 한 단계 더 나아가 심층적으로 파고든 것이라고 평가할 만하다. 그러나 이러한 논의는 한계를 안고 있다. 즉 대소설은 상층부의 기득권 유지 내지는 자기방어의 가치관을 보여주고 있을 뿐이라는 것이다. 설령 긍정적으로 평가하더라도 상층부의 교양을 위한 작품이라는 정도에 머물고 만다.

이를 극복하기 위해 효라는 큰 주제가 다른 요소들과 결합하여 지향하는 것이 구체적으로 무엇인가를 해명해야 할 필요가 있다. 이를 추출하기 위해 다음 세 가지 사항을 고려하고자 한다.

첫째, 효를 주제 자체로 논의하는 태도에서 벗어나야 할 것이다. 이들 작품은 효가 구성원들 사이에서 받아들여지는 방식, 효가 이행되는 과정에서 가해지는 부당성, 그리고 그 부당성의 해소 과정, 그리고 관련 인물들의 갈등 등을 포괄한다. 이러한 점을 고려한, 심화된 주제론이 요청된다.

물론 이런 시각에 근접한 선행 연구가 없지는 않았다. 효가 절대이념으로 제시되어 현실과 괴리를 이룬다는 주장이 있었고,[5] 효가 그 자체가 이루어야 할 목적이면서 동시에 또 다른 목적을 이루는 수단이 되기도 한다는 주장이 있었다.[6] 전자의 경우 효 자체가 절대 이념의 측면도 있지만, 한편 효가 어떤 가치를 지향하는 수단일 수도 있다는 반론에 부닥치게 된다. 한편 후자의 논의는 효의 이중성을 포착한 신선한 논의이긴 하지만, 그 효가 구체적으로 무엇을 지향하는 것인가에 대한 해명이 이루어지지 않고 있다. 그리고 전자의 논의와 후자의 논의

---

5 박일용은 〈유효공선행록〉에서 효 이념이 절대적 이념이자 지나치게 관념적인 명분의 성향을 띠게 되어서 가부장제적인 종속 관계에 있는 부인과 아들과의 갈등을 야기하는 과정을 통해 비현실적인 모습을 드러낸다고 보았다.(박일용, 「〈유효공선행록〉의 형상화 방식과 작가의식 재론」, 『관악어문연구』 20, 서울대 국어국문학과, 1995, 151~176쪽)

6 이승복은 〈유효공선행록〉에서 효우의 실현이 실질적으로 가문의 내적 회복을 이끌어내지 못하는 측면이 있지만, 대외적으로는 '가문의 명예 회복과 번영'에 기여하는 '수단적 구실'의 측면이 있다고 보았다. 즉 '타락한 훈벌'이 효우 실현을 통하여 명분을 얻고 사회적인 평가 회복을 노린다고 보았다.(이승복, 「〈유효공선행록〉에 나타난 효우의 의미와 작가의식」, 『선청어문』 19, 서울대 국어교육과, 1991, 162~184쪽)

가 공히 〈유효공선행록〉에 한정된 것이어서 조선 후기의 효 문제를 보다 폭넓게 파악하는 데에는 애초부터 한계를 안고 있었다.

둘째, 효와 관련한 논의에서 부자 혹은 모자의 상이한 가치관을 적극 연구 대상으로 삼아야 할 것이다. 가치관과 관련하는 선행 논문을 보면, 부자간 가치관의 차이가 언급된 경우가 있었는데,[7] 그 가치관 논의가 효와 관련되지 않았으며, 또한 연구 대상이 〈보은기우록〉에 국한된 것이었다. 그 한계를 극복하기 위해서도 이제는 효가 주제화되는 몇몇 작품들, 특히 같은 범주에 드는 작품들을 모아 논의할 필요가 있다.

그 일환으로 살펴볼 것은, 선한 아들이 지극한 효를 행하고 악한 아비가 아들의 가치관을 수용함으로써 마침내 부자가 화해하는 그런 효에 대한 것이다. 그와 함께 부자간 상이한 가치관이 서사 전개의 시발점이 되며, 아들의 지극한 효행이 그 가치관의 대립을 해소하여 해당 가문을 벌열의 반열에 이루게 하는 핵심적 요소가 된다는 점을 살펴보고자 한다.

셋째, 효는 시기, 상황, 인물, 기타 요소의 관련 속에서 다양한 모습으로 나타나기도 한다는 점에 유념하고자 한다. 계층, 신분, 상황 등에 무관하게 효의 표출과 이행이 보편적이고 일반적인 양상을 띤다고 단정할 수 없다. 〈유효공선행록〉, 〈엄씨효문청행록〉, 〈보은기우록〉의 경우에도 조선 후기 대소설의 범주에 묶이지만 효의 문제는 저마다 독특한 상황과 관련되며 가치관의 지향점도 각각 다르거니와, 그 효담론과 관련된 주제가 무엇인지 각각 살펴보지 않을 수 없다.

---

7 '이利'와 '의義'의 가치관의 대립으로 보기도 했고(이재춘, 「〈보은기우록〉 연구」, 영남대 석사논문, 1981, 50~66쪽), 현실주의(혹은 물신주의)와 도덕주의의 가치관의 대립으로 보기도 했다.(문용식, 「〈보은기우록〉의 인물형상과 작품구조」, 『한국학논집』 28, 한양대 한국학연구소, 1996, 310~314쪽)

2. 효 구현에서의 일반적 양상

본 항에서는 〈유효공선행록〉, 〈보은기우록〉, 〈엄씨효문청행록〉에서 효가 구현되는 일반적인 양상을 제시하기로 한다. 이를 위해 부악자선父惡子善 혹은 모악자선母惡子善의 서술공식, 그리고 이 공식과 관련한 효담론에 대해 살펴보기로 한다.

2.1. 부악자선父惡子善(혹은 모악자선母惡子善)의 서술공식

〈유효공선행록〉, 〈보은기우록〉, 〈엄씨효문청행록〉에서 효孝를 주제화하는 데 있어서 중심인물은 아비(혹은 어미)와 아들이거니와, 이들에 대한 서술은 '아비(혹은 어미)는 악하고 아들은 선하다'라는 식으로 이루어진다. 앞의 두 작품은 아비가 악한 경우이고, 후자는 어미가 악한 경우이다.

부악자선父惡子善(혹은 모악자선母惡子善)의 서술은 다음과 같은 공식을 형성한다.

    ㉠ 부악자선(혹은 모악자선)이 해당 인물의 성품 차원에서 제시된다.
    ㉡ 부악자선(혹은 모악자선)이 부자갈등(혹은 모자갈등)을 통해 구체화된다.
    ㉢ 부악자선(혹은 모악자선)이 여타의 사건과 다른 인물을 통해 확대된다.

부악자선父惡子善(혹은 모악자선母惡子善)의 서술공식은 위의 세 차원에 걸쳐 복합적으로 펼쳐진다. 단, 세 차원의 경계를 구분하기가 그리 쉽지 않으며, ㉠에서 ㉡으로, 그리고 ㉡에서 ㉢으로 순차적으로 이행하기보다는 세 단계가 복합적으로, 중층적으로 맞물리는 양상을 보인다.

〈유효공선행록〉에서 아비 유정경은 시험猜險한 반면, 장남 유연은 절직효순

節直孝順한 성품을 지닌 자로 제시된다. 이러한 성품의 소유자인 유정경은 유연에 대해 일편된 애증愛憎의 감정을 지닌다.[8] 아들이 효순孝順하여 아비 앞에서는 순한 낯빛을 지으나 아비는 그것을 위선으로 오해하는바, 평소 아들이 절직節直하여 아비의 뜻을 잘 따르지 않는다고 보았기 때문이다.

성품 차원의 부악자선父惡子善은 부자갈등을 통해 구체화되고, 여타의 사건과 다른 인물을 통해 확대된다. 시험잔잉한 성품의 소유자로서 아들에 대해 편견을 지녔던 유정경은 자신의 과오를 지적하는 장남에게 분노함으로써 부자갈등을 일으킨다. 유정경은 일찍이 "방탕 음란 무도"하며 어미를 돌로 쳐 죽게 했으며, 아비의 창첩을 통간한 인물로 지탄받던 인물이었으며, 그 후에도 뇌물을 받고 강형수를 참소한 차남 유홍과 한통속이 되어 사건의 진상을 덮어버리려 했다. 강형수의 억울한 옥사獄事 문제에 관해 부친의 과오를 절직효순節直孝順한 유연이 지적하면서 부자갈등이 표면화된 것이다. 여기에 유연·유홍의 형제갈등이 얽히면서, 즉 차남 유홍의 형에 대한 참소와 무고가 더해지면서, 유정경·유연의 부자갈등은 심화되기에 이른다. 유정경은 유연에 대한 심한 매질, 적장자위嫡長子位 박탈, 살해 위협, 자결 강요, 그리고 큰며느리 정씨의 폐출 등 일련의 극단적인 처사를 서슴지 않는다.

반면에 아들 유연은 부친에게 저항하지 않고 순종하며, 오히려 부친의 과오를 숨기는 등 지효至孝를 행한다. 부친이 문중회의를 통하여 계후를 아우 유홍으로 결정하자, 유연은 스스로 미친 체하며 부친의 결정을 옳게 보이도록 꾸몄다. 심지어 장인 정관이 부친의 죄상을 밝히려 했음을 알고 장인을 냉대했음은 물론이고, 그의 딸이라는 이유로 아내 정씨까지 홀대했으며, 친아들 우성은 외

---

8 일공주는 더옥 각별 후날이 대순 이후 훈낫 효주롤 내신지라 엇디 범인의게 비기리오만은 ᄉ롬 이른지 영모ᄒᆞ미 안흐로 깁플 ᄯᅮ롬이오 밧그로 궁과ᄒᆞ미 업세 야〃 안젼의 더옥 화긔 자약ᄒᆞ고 홍은 샤침의셔는 금슬을 희롱ᄒᆞ고 가ᄉᆞ롤 음영ᄒᆞ여 담쇠 흔〃타가 부젼의 니룬즉 우〃히 슬픈 빗과 ᄉᆞ모ᄒᆞᄂᆞᆫ 언단이 ᄉᆞ롬으로 ᄒᆞ여곰 눈믈 흐르믈 셰다지 못ᄒᆞ게 ᄒᆞ니 공이 무이ᄒᆞ여 댱주의 승안화긔 ᄎᆞ주의 슬픈 빗만 못혼가 의심ᄒᆞ니(〈유효공선행록〉 권1, 『젼집』15, 37~38쪽)

224

가의 피가 흐른다고 하여 미워하기조차 했는데, 이런 처사는 부친의 죄상을 숨기려는 유연의 지극한 효성의 일환으로 볼 수 있다.[9]

〈보은기우록〉에서 부친 위지덕은 학문을 경시하고, 손수 푸줏간을 운영하여 살육매육殺肉賣肉하고 고리대금업을 일삼는 등 오로지 재산 모으기에만 열중하는 인물이다. 이로 인해 주위 사람들로부터 백악호, 탐욕연이라는 말을 듣는다.[10] 반면에 아들 위연청은 효의 화신이며, 정덕正德과 뛰어난 문장력을 지닌 도덕군자로 그려진다.

성품 차원의 부악자선父惡子善은 부자갈등을 통해 구체화되고, 여타의 사건과 다른 인물을 통해 확대된다. 아들 위연청이 서너 살 때 지식이 달통하게 되자, 기뻐하거나 칭찬하기는커녕 치산부가治産富家할 재목이 아니라 하여 미워했다. 이러한 아비의 아들에 대한 미움은, 아비의 부도덕한 상행위에 대한 아들 지적을 계기로 노골화된다. 훗날 위지덕의 푸줏간 운영과 상행위에 대해 위연청이 비례非禮임을 지적하자, 위지덕은 연청을 피가 나도록 때렸다. 여기에 희첩(녹운)이 위지덕을 미혹하고 연청을 참소하면서 위지덕·위연청의 부자갈등은 심화된다. 위연청이 짐바리를 주인에게 돌려준 사건, 채무자로부터 원금만 받고 이자는 돌려준 사건[11] 등과 관련하여 녹운의 잇따른 참소가 있을 때마다, 위연청은 부친에게 돌이나 철편으로 맞아 죽을 지경에 이른다. 이런 아비의 악행은 주

---

9 이러한 유연의 극단적인 처사는 궁극적으로 유씨가문의 존속을 위한 의식의 일환이기도 하다.

10 도인 왈 위원의 빗주는 법이 돌시된 즉 비롤 밧ᄂᆞ이 양쥐는 니루디 말고 소향 동암상고와 가회재(거간꾼) 저의 빗슬 아니 진 재 이시리오마는 쟝슈ᄒᆞ는 사룸들은 물화롤 ᄑᆞ라 즉시 풀므로 빗슬 갑고 니롤 남기거니와 가난ᄒᆞ 빅셩이 처음 긔한을 견디지 못ᄒᆞ여 돈을 어더 쁜 쟈면 긔한의 갑디 못ᄒᆞ거든 고관홀 문디롤 믿드러 일홈 두며 증인ᄒᆞ엿다가 긔ᄒᆞᆫ이 밋ᄎᆞᆫ즉 독쵹 고관ᄒᆞᆫ고로 박브득 되엿ᄂᆞᆫ 문셔롤 믿드니 이럿툿 ᄒᆞ기롤 여러 번ᄒᆞᆫ 즉 ᄒᆞ나히 열히 되여 열히 빅이 된즉 닷냥이 쉰냥이 되고 열냥이 빅냥이 되여 제 욱역으로 맛디미 아니나 이런 이즈 구ᄒᆞ여 제 손으로 ᄌᆞ구ᄒᆞᆫ 거술 어디 가 발명ᄒᆞ리오 이번 댱지휘 ᄂᆞ려와 관위로 다 바드니 ᄒᆞᆯ을 넘긴즉 협로으로 다ᄉᆞ리니 이런고로 집과 쳐ᄌᆞ롤 다 ᄑᆞ라 돈 밧친 재 몃 사룸인동 알니오 다만 해롤 바들 쑨이리오(〈보은기우록〉 권6 上, 176~177쪽)

변 사람들의 말을 통해 드러나기도 한다.[12]

반면에 아들 위연청은 지극한 효자로 제시된다. 도사 구현옹이 위연청에게 액운을 면하기 위한 것으로 부모를 사랑하지 말 것, 미액을 피하지 말 것, 불의를 혐의치 말 것 등 불효비례不孝非禮의 방법을 마왕의 뜻에 부합한 것으로 들어 제시하는데, 위연청은 그 말이 무례한 것이라고 대꾸하며, 불효하여 재앙을 면하느니 차라리 효도하여 죽음을 택하기로 작정했다. 위연청은 부친에게 맞아 사경에 처했을 때, 부친이 과오를 일컬었을 때, 번번이 부친을 두둔하고 모든 것을 자신의 죄로 자처했고,[13] 개과천선改過遷善한 위지덕이 병이 들자 간호하다가 쉬지 못하여 병이 들기도 했다. 그리고 위연청은 양주읍촌 화재 때 부친의 이름으로 호구마다 은과 미곡 등을 나눠주어 부친의 송덕頌德이 기려지게 했고, 황제가 교지를 내려 위연청의 효행을 기리려 할 때 부친의 악행이 드러날까 염려하여 받아들이지 않았다.

한편 〈엄씨효문청행록〉에서는 앞의 두 작품과는 달리 자식이 양자로 설정되어 있고, 아비가 악한 인물로 그려지는 것이 아니라 어미가 악한 인물로 그려진다. 어미는 처음부터 품성에 결점이 있는 인물로 제시되는 것은 아니고, 종통계승宗統繼承의 문제에 직면하면서 악한 인물로 그려지게 된다. 처음에 엄백진이

---

11 녹운의 위연청에 대한 참소 정리; ① 위연청이 돈을 가로채 손십낭 창루의 기생들을 가축家畜하고 무뢰배를 취합하여 주색도박함. ② 장지휘가 위지덕에게 전하는 감사의 편지를 탄식과 분개의 내용으로 위조함. ③ 위연청이 녹운에게 음서淫書를 준 것으로 위조하여 위연청이 자신을 유혹했다고 무고함.

12 위지덕이 나중에 녹운·왕소삼·광교와 같은 악류들에 의해 독주를 마시고 죽을 위기에 처하는데, 주변 사람들로부터 다음과 같이 부정적인 평가를 받는다.; ♀주롤 임의 업시 흐엿고 친척이 셔로 ᄯᅳᆫ헛시며 닌니의 은혜룰 베프미 업고 비복의게 학졍 쓰미 만흐니 뉘 슬허ᄒᆞ며 구호ᄒᆞ리오 서로 됴쇼 왈 금옥 곳고 긔린 굿혼 효ᄌᆞ룰 잔잉이 쳐 참혹히 죽여시니 텬양을 밧도다 ᄒᆞ고 무셔히 녀기더니(〈보은기우록〉 권10 下, 16쪽)

13 싱이 모든 말을 막로나 일신 졍녁을 다 ᄲᅥ 강잭쟉긔ᄒᆞ나 진실노 견듸지 못홀고로 피 무든 웃옷슬 벗고 벼개룰 줌ᄒᆞ여 ᄒᆞᆫ 번 누으매 진실노 댱검의 고통ᄒᆞ미 창검으로 난쟉ᄒᆞ는 듯 일신을 조통ᄒᆞ여 이긔디 못ᄒᆞ디 뉴한이 이시므로조차 통고ᄒᆞ믈 조통치 아니코 신음ᄒᆞᄂᆞᆫ 소리롤 발치 아니나 한이 임의 샹쳐룰 목도ᄒᆞ여시니 엇디 모로리오(〈보은기우록〉 권3 上, 82쪽)

가문의 계후를 이으려고 조카를 입양했다가 뜻밖에 친아들을 낳게 되는데, 양부는 계후 변경 불가의 의지를 보였지만 양모 최부인은 계후를 친자로 바꾸려 했다.

엄백진·최부인 부부의 갈등은 양모와 양자의 갈등으로 확대된다. 양모 최부인은 친자 엄영을 낳은 후, 친아들로 계후를 계승하는 데 걸림돌이 되는 양자 엄창을 여러 모로 박해하고 생명을 앗으려고까지 했다. 매선·영교(시비), 신계랑(무녀), 문소저(며느리)와 모의하여 엄창이 거처하는 곳에 요예지물妖穢之物을 묻어 두었고, 후원 밀실에서 엄창을 저주하는 방술을 행했고,[14] 김후섭을 사주하여 엄창을 살해하려고 했으며, 엄창을 태장笞杖 60대로 처벌하기도 했다. 엄창이 부모를 살인하고자 했다며 강상죄인綱常罪人으로 몰았고, 뇌물을 주어 귀양 가는 엄창을 살해하도록 사주했으며 유배지에서 엄창을 해치려고까지 했다.

이런 모자갈등은 고부갈등으로 확대된다. 엄창·윤월화 부부의 신혼 첫날밤 윤월화의 정인情人이 해코지하려는 것으로 모의했고, 윤월화를 남왕의 빈희로 삼아 정절 없는 여성으로 매도했으며, 윤월화에게 온갖 죄를 씌워 태장笞杖하는가 하면, 윤월화가 최부인에게 저주사詛呪詞를 행했다고 죄를 뒤집어씌웠다. 윤월화의 세숫물에 적면단이라는 약을 풀어 넣기도 하고, 윤소저를 하심정에 가두어 두고 학대하는가 하면, 윤월화가 위청을 간부姦夫로 삼았다고 모해하고 황제에게 표表를 올려 귀양가게 했고, 귀양가는 윤월화를 해치려고 했다.

반면에 양자 엄창은 선한 성품을 지닌 자로서 양모 최부인을 지효至孝로 섬기는 인물로 그려진다. 최부인의 박해와 위해를 받지만, 한번도 자신의 억울함을 알리려 하지 않고 최부인에게 효도를 다할 뿐이었다. 이에 상응하여 아내 윤월

---

14 최부인과 신계랑이 자고 뒷동산 깊은 곳에 엄창의 형상을 만들어 두고 화살로 쏘고 창으로 찌르게 했다. 이런 일이 있은 뒤로 엄창은 병이 들고 말았다. 태의는 저주로 인하여 발병했기에 약으로 다스릴 수 없다고 진단했다. 어느 날 엄창은 혼혼중에 후원 연지 위 석벽에서 자기를 저주하고, 최부인이 자기가 빨리 죽게 해 달라고 기도하는 것을 보게 되었다. 무녀가 막 자기를 찌르려는 순간 천신이 나타나서 무녀를 쓰러뜨리는 꿈을 깨고 엄창은 정신을 차렸다.

화 역시 시어머니로부터 박해를 받으면서도 철저히 순종하는 모습을 취했다.[15] 또한 엄창은 이복동생인 엄영과 우애를 유지하면서 엄영에게 친모 최부인에게 효도를 다하라고 권면하기조차 했다.(친아들 엄영의 효는 엄영 자신의 착한 심성에서 비롯하는 것이지만, 한편 이복형 엄창이 보여준 지극한 효성에 감화되었기 때문이기도 하다.)

요컨대 〈유효공선행록〉, 〈보은기우록〉, 〈엄씨효문청행록〉은 공히 부악자선父惡子善(혹은 모악자선母惡子善)의 서술공식을 수반한다.

2.2. 효 담론의 창출

부악자선父惡子善(혹은 모악자선母惡子善)의 서술공식은 효담론과 밀접한 관련이 있다. 이들 세 작품의 효담론을 정리하면 다음과 같다.

⑦ 아들이 악한 아비(혹은 악한 어미)의 비뚤어진 삶의 방식에 직면한다.

⑭ 아들이 악한 아비(혹은 악한 어미)의 악행을 따르지 않음으로써 박해를 받으나 아들이 지효至孝를 행한다.

⑮ 악한 아비(혹은 악한 어미)가 회과悔過하여 부자간(혹은 모자간) 화해가 깃든다.

⑦의 단계에서 아비(혹은 어미)에 대한 아들의 효, 그리고 악한 아비(혹은 악한

---

15 츠셜 윤쇼제 본디 신명예철ᄒᆞ여 총명달식이 잇ᄂᆞᆫ지라 한 번 긔운을 살펴 능히 요젹을 ᄉᆞ못고 각별 요동치 아니ᄒᆞᄂᆞᆫ 가온디 셔형의게 계규를 맛쳐 냥기 흉젹 졔어ᄒᆞ기를 용한이 ᄒᆞ여 스스로 그 히를 밧지 아닐지언졍 도젹을 잡아 스젹을 알녀 아니ᄒᆞ고 짐짓 다라나게 ᄒᆞ든 양 존고 최부인 실덕이 낫하나지 아니케 ᄒᆞ미러라 윤싱이 명조의 니러나니 젹이 임의 간디 업ᄂᆞᆫ지라 그윽이 쇼져의 션견지명을 탄복ᄒᆞ고 모지 디ᄒᆞ여 쇼져의 겨갓흔 셩덕으로 홍안박명이 극ᄒᆞ믈 츠셕ᄒᆞ고(〈엄씨효문청행록〉 권21)

228

어미)의 악에 대한 아들의 태도, 이 두 층위가 맞물린다. 이런 상황에서 아들은 천성적으로 효성스러운 성품의 인물들이지만 악한 아비 혹은 악한 어미 때문에 어려운 처지에 빠지게 된다. 아들은 효를 이행하자니 아비(혹은 어미)의 악을 용인하지 않을 수 없고, 반대로 아비(혹은 어미)의 악행을 지적·배척하자니 불효의 문제에 직면하는 것이다.

강형수의 억울한 옥사獄事에 가담한 부친 유정경에게 효도를 해야 하는 유연, 고리대금을 일삼는 위지덕에게 효도를 해야 하는 위연청, 남편의 명령에 불순종하는 양모 최부인에게 효도를 해야 하는 엄창 등에게 부여된 문제들이 바로 그런 것들이다. 이런 문제의 상황은 아들에게 일종의 딜레마Dilemma의 상황으로 다가온다. 그런데 아들은 그런 진퇴양난의 자리에 갇히지 않고 ㉯의 단계를 거쳐 ㉰의 단계로 나아간다.

㉯의 단계의 내용은 부악자선父惡子善(혹은 모악자선母惡子善)의 핵심에 해당하는 것으로서 작품 전체에 걸쳐 폭넓게, 그리고 일관되게 자리잡는다. 유연은 정계에서 소인으로 전락한 부친의 과오를 지적하고, 위지덕은 부친 면전에서 배금주의拜金主義에 찌든 부친의 상행위를 지적했다. 엄창은 종통계승에 대해 어떤 의견도 제시하지 않고 묵묵하게 지냄으로써 모친의 의견을 좇지 않았다.

이 단계에서 악한 아비(혹은 악한 어미)와 선한 아들의 대비가 극명해진다. 아비 혹은 어미는 자식의 생명마저도 빼앗으려는 극악한 인물로 그려지는 반면, 아들은 부모의 갖은 위해에도 전혀 반발하지 않고 온유·겸손한 태도로 효를 다하며 심지어 죄인임을 자처하는 지극한 효자로 그려진다. 유정경은 유연의 적장자위嫡長子位까지 빼앗는 등 옳지 않은 행동을 일삼으나 유연은 부친의 처사를 순순히 받아들이며 죄인임을 자처했다.[16] 엄창은 자신에게 누명을 씌운 양모 최부인에게 죽을 정도로 맞으면서도 불평 한마디 하지 않고 죄인임을 자처했다.[17] 부친 위지덕은 아들을 여러 차례 매질하여 기절하게 하고 마침내는 죽음 상태에 빠지게 하나, 나중에 아들이 살아났음을 알고 "만일 다시 만나거든 목전의 독살ᄒ여 가문의 화룰 면"하게 하겠다고 벼르는 등 극악한 모습을 보임에 반해, 위연청은 부친을 전혀 원망하지 않는 태도를 취할 뿐이었다.

유연, 위연청, 엄창은 부모의 과오가 타인에게 알려지는 것을 경계하는 태도를 취하기까지 했다. 엄창은 최부인의 악행을 부친에게 전혀 알리지 않았으며 최부인의 악행을 지적하는 엄영에게 효를 다하도록 훈계했다. 위연청은 부친에게 죽을 정도로 맞았음에도 부친을 말렸던 유한을 꾸짖으며 부자간의 일에 끼어들지 말라고 하고, 또한 황제가 위연청의 효를 기리려 하자 그 과정에서 부친의 악행이 들어날까 염려하여 번번이 극구 사양했다. 유연은 부친의 잘못을 상소하려던 장인(정관)과 갈등을 일으켰으며 심지어 그런 장인의 딸이라 하여 아내(정부인)를 내쫓았고, 그런 장인의 외손자라는 이유로 아들(우성)을 홀대하기조차 했다.

부모와 자식의 가치관이 서로 다를 때, 자식이 자신의 의견을 관철하고자 하면 불가피하게 부모의 의견을 따르지 않거나 배척해야 하는 상황이 발생하게 된다. 그 가치관이 명분과 정당성을 지닐지라도, 부모에 대한 절대적 순종을 효로 보는 입장에서는 자식이 불효일 수밖에 없다. 그런 상황에서 자식은

---

16 이갓흔 즁장은 처음이라 삼십여장의 미쳐는 비록 낫비출 변치 아니호고 일셩을 부동호나 졈졈 호흡이 나죽호고 긔운이 엄식홀 듯호니 스스로 즈긔 긔운이 이 미룰 견디지 못홀 줄 알믹 즈부인 잔학흔 셩되 즈가의 간언을 쳥납호여 수호실 줄은 아지 못호나 혹즈 요힝을 바라 즈안을 우러러 머리조아 갈오디 욕지 무상호여 쥬위 셩노룰 촉범호여수오미 복원 쥬위는 셩덕을 드리오샤 용샤호시믈 바라느이다 히이 셜스 무상호오나 두 번 작죄치 아니리이다(〈엄씨효문쳥행록〉 권21)

17 스룸이 금슈와 두르믄 녑치 이시미어눌 나는 엄친긔 득죄호여 즈식의 도롤 다호지 못호고 흔닛 동셩으로 합지 못호여 눈상의 변을 니르혀 일신 누덕이 대인 말솜 가온디로 나셔 우흐로 상신령과 아리로 슈빅 죵쪽이 아롬이 되니 엇니 셰상의 뉴련홀 념녜 잇시리오만은 죽지 못호온바는 대인이 춤쇼룰 드르셔 그 밍낭호믈 아지 못호시고 차마 즈식으로 호여금 이 지경의 니르시니 내 만일 원통호믈 이긔지 못호여 죽은즉 엇디 부모 말숨을 깁히 원망호미 아니리오 ᄎ라리 위룰 아아게 도라보니미 디션호지라 혐의 업스디 아이 뜻이 마춤니 나의 스라시믈 꺼리니 삭발 가셰호여 산듕의 드러가ᄂ 능히 그 모음을 푸지 못홀 거시오 취광호여 댱 야음의 늙으나 능히 화목호믈 엇디 못홀지라 다만 효뎨의 효룰 기다릴 ᄯᆞ룸이라 호고 종일토록 문을 닷고 머리룰 드러 텬일을 보지 아니 〃 가즁이 오히려 그 얼골을 보지 못호고 복시호ᄂ 동지 그 말을 돌 젹이 업더라(〈유효공션행록〉 권2, 「전집」 15, 121~123쪽)

애매함에도 효를 행하거니와, 자칫 그런 효에 매몰되면 작품의 주제가 효라는 일반론에 빠지고 만다.

하지만 여기에서 간파해야 할 것은, 자식의 효가 스스로 죄인임을 자처하며 부모의 변화를 이끌어내기까지 인내를 수반하는 효라는 것이다. 유연, 위연청, 엄창은 부모의 가치관을 따르지 않음으로써 부모의 진노를 샀을 때 스스로 죄인임을 자처했으며, 부모의 폭력에 끝까지 인내하면서 부모의 회과와 동의를 이끌어냈다. 이로써 딜레마 상황은 타개된다.

㉱의 단계가 그에 상응한다. 유연, 위연청, 엄창은 철저한 인내를 통해 유정경, 위지덕, 최부인의 회심悔心을 이끌어내고 부자관계 혹은 모자관계를 회복한다. 자식이 죄인임을 자처하는 태도는 표면상 수동적으로 보이지만, 자신의 의견을 관철하기까지 지대한 인내의 과정을 고려하면 수동적인 수준을 넘어선다. 이러한 자효子孝와 부모 자식 간의 화해를 바탕으로 유씨가문, 위씨가문, 엄씨가문은 가문의 화목과 발전을 이루게 된다.

한편 부악자선父惡子善(혹은 모악자선母惡子善)의 서술공식에 대비되는 악자담惡子譚이 있다. 악자담에서 효담론의 명제는 '악한 자식이 회과하여 온전한 효를 이루어야 한다' 정도이다. 이런 경우 효의 딜레마가 설정되지 않으며, 문제의 발단이 자식에게 있기 때문에 아들이 회과하거나 사망하는 것으로 처리된다. 이런 단순하고 간단한 수준의 효담론은 설화에서 중심 담론이 될 수는 있으나, 대소설에서는 부악자선父惡子善(혹은 모악자선母惡子善)의 서술공식을 지니는 효담론에 종속되는 양상을 띤다.

예컨대 〈보은기우록〉에는 불효자인 이봉명이 위연청에게 감동하고 회심하여 효자로 거듭난다는 이야기는 위연청의 선한 모습을 강조하는 기능을 한다. 〈엄씨효문청행록〉에서 엄표는 아내에 대한 불만, 형제자매에 대한 시기, 가무연락歌舞宴樂에의 탐닉 등을 일삼다가, 질책하는 부친에게 반감을 품고 반란을 일으켰다가 죽음에 처하는 인물인데, 결국 엄표 이야기는 엄창의 지효至孝를 강조하는 역할, 즉 아들의 선함을 드러내는 기능을 한다. 또한 〈유효공선행록〉에서 풍류를 일삼고 환욕歡慾 충족에 급급해하는 소인이 될 가능성이 있던 유우성이 부친 유연의 가치관을 따름으로써 군자형 인물로 거듭나는 것으로 마무리되는데, 이것도 유연의 선함을 강조하는 기능을 한다.

이러한 악자담惡子譚의 효담론에 비해, 부악자선父惡子善(혹은 모악자선母惡子善)의 서술공식과 표리관계를 맺는 효담론은 보다 진지한데, 아들이 지향하는 세계를 펼쳐내는 것으로 이어진다.

3. 효 담론의 지향점

그 효담론의 지향 세계는 가문진로의 향방과 밀접한 관련을 맺는다. 세 작품의 양상은 다음과 같다.

3.1. 벌열가문의 자기갱신 차원의 효: 〈유효공선행록〉

유씨가문은 유백운의 후예로 국부장사인 유경이 있었고, 그 손자 유정경은 황제로부터 성의백의 봉작과 남방 3천호를 받고 조선祖先 벼슬을 이어받은 벌열가문이다. 가부장 유정경과 차남 유홍은 그러한 권문세가의 세도를 유지하고 향유하기 위하여 부정적인 방법과 수단을 가리지 않은 인물들이다. 다음은 이들의 패악 행위를 지적했던 정관의 상소문 내용의 일부다.

> 녜부상셔 유정경은 본딕 부지 방탕음란무도ᄒ니 일즉 그 어미를 돌노 쳐 머리
> 찟여지니 파샹풍ᄒ여 죽고 … 그 아비 챵쳡을 드려 통쳡을 숨아 통간ᄒ고 일이
> 누셜홀가 두려 짐독ᄒ여 죽이고 샹〃의 민가 녀즈를 아스미 흔두 번이 아니라
> 스룸이 금슈로 지목ᄒ되 죠샹여경으로 벼슬이 후빅의 이르고 위 통지의 잇시

니 임의 쟉녹을 도적ᄒ미 극흔지라 … 조졍의 샹풍피쇽ᄒᄂᆫ 안젹과 례의념치

일ᄂᆫ 쇼인을 엄히 다ᄉᆞ리스 후인을 징계ᄒ심을 바라ᄂᆡ이다[18]

유정경·유홍 부자는 전형적인 소인이다. 유홍이 뇌물을 받고 강형수를 참소했던 일, 유정경이 그 죄상을 알게 되어서도 진상을 덮어버리려 했던 일, 나아가 유정경이 형부상서와 형부시랑의 비판 앞에서 적반하장 격으로 동관으로부터 천대함을 받는다고 상소하여 예부상서로 자리를 옮겨버리는 일쯤은 그리 어려운 일이 아니었다.

반면에 군자적 자질을 갖춘 장남 유연은 아비와 아우의 비행을 저지하고자 했다. 하지만 아비로부터 미움을 받고 적장자위嫡長子位를 빼앗기고 아내마저 폐출당하고 만다. 그런 상황에서도 유연은 폐장의 상황에 처하면서도 아비의 잘못을 바로잡고자 끝없이 인내하며 효행으로 대응했다. 이처럼 유연과 유정경·유홍의 대립은 군자와 소인의 대립의 모습을 보여준다.

한편 그 대립은 유씨가문의 진로와 관련하여, 유씨가문이 소인형 벌열가문으로 남느냐 아니면 군자가문으로 거듭나느냐의 기로에서 벌이는 대립의 성향을 띠게 된다. 유정경·유홍의 비행은 기득권을 유지하고자 하는 욕망에서 비롯되거니와, 그 욕망은 벌열가문 차원에서 가부장과 차남이 공유하는 집단적 욕망의 모습을 보여준다. 이는 유씨가문이 소인형 벌열가문으로 전락했음을 말해준다. 반면에 유연은 그들의 비행을 저지하여 가문을 바로잡고자 했던바 그런 의식은 가문갱신의식家門更新意識이라 할 수 있다.[19]

그리고 유씨가문 내에서 벌어지는 대립은 정치적 차원으로 그 범위가 확대되기에 이른다. 그 대립은 크게 두 단계를 거친다. 먼저, 유정경·유홍 부자는 '요

---

18 〈유효공선행록〉 권3, 『전집』 15, 200~204쪽.

19 조광국, 「〈유효공선행록〉에 구현된 벌열가문의 자기갱신」, 『한중인문학연구』16, 한중인문학회, 2005, 145-170쪽.

정-만염' 세력과 결탁하고, 유연은 태자와의 친분을 강화하기에 이른다. '유정경·유홍-요정-만염' 세력은 유연의 절의節義가 세상에 알려지는 것을 막기 위해 유연을 모해했고, 반면에 태자는 그들을 아첨하는 신하라고 비판하고 유연의 무죄를 주장했다. 다음으로 그 대립은 만귀비당과 황후당의 대립으로 확대되어 정쟁의 양상을 띠기에 이른다. 임금이 만귀비의 참소를 받아들여 정궁을 폐하고 태자를 소홀히 대하자, 만귀비당은 폐모론廢母論을 내세우는 반면에 황후당은 폐모불가론廢母不可論을 내세우며 서로 대립했던 것이다.

그 과정에서 조정 신료들 중에 유정서·유선을 비롯한 유씨 문중 10여 인이 유연의 어진 인품을 옹호하고, 유정경은 유정서가 유연으로부터 뇌물을 받았다고 모함함으로써, 문중이 둘로 갈리는 형국을 맞는다. 거기에 더해 유연의 장인인 정관이 유연 쪽에 가담함으로써 황후당은 '유연 - 유정서 - 유선 - 정관' 중심의 체제를 갖추고, 만귀비당은 '유정경-유홍 - 요정 - 만염' 중심의 체제를 갖추기에 이른다. 처음에는 만귀비당에 의해 황후당이 귀양가거나 삭직되지만, 훗날 제위에 오른 태자(효종)에 의해 만귀비당은 축출되고 황후당이 복직되는 것으로 결말이 난다.

새삼 강조해볼 게 있다. 그것은 〈유효공선행록〉이 한 집안이 정쟁적 소용돌이에 적극 가담하여 둘로 나뉘고 나아가 문중까지 둘로 나뉘는 상황을 담아냈다는 것이다. 여타 대소설에는 정쟁을 가문과 가문의 대립으로 설정한 것에 비해, 〈유효공선행록〉은 그 대립을 한 가문 안의 대립, 즉 문중의 대립으로 설정해냈고, 그 시발점을 쌍둥이 형제의 대립에 두었다는 것이 특징적이다. 뒤집어 본다면, 군자당 소인당의 정파적 대립이 한 집안에까지 미쳐 그 집안의 쌍둥이 형제대립이 발생하고 그게 문중의 대립으로 이어지는 지점을 형상화한 것, 이게 〈유효공선행록〉의 성과라 할 수 있다.

요컨대 〈유효공선행록〉은 집안 내의 군자와 소인의 대립, 황후당과 만귀비당의 정치적 대립을 설정하고 거기에 문중의 대립을 보태, 유씨가문이 군자형

벌열가문으로 갱신하는 일련의 과정을 형상화한 작품이라고 할 것이다.[20]

3.2. 벌열가부장적 종통계승 차원의 효: 〈엄씨효문청행록〉

〈엄씨효문록〉은 가문의 종통계승 문제를 중심적으로 다룬 작품이다. 엄씨가
문은 장남 엄백진 가계, 차남 엄백현 가계 그리고 삼남 엄백경 가계로 구성되
어 있다. 그런데 장남인 엄백진·최부인 부부는 딸만 셋을 둔 상태였기에 두 아
우의 아들들 중에서 하나를 입양하여 계후를 삼고자 했다.

엄백진이 가문의 대종장이었기에 계후 문제는 그를 포함하여 가문 전체의
중요한 문제로 제시된다. 계후자를 종통 계승자를 결정하기까지 엄백진·백현·
백경 삼형제의 가문회의와 친척들이 참여하는 문중회의를 거쳤다. 종장 엄백진
에 의해 엄창이 가문을 창달케 할 적임자라는 의견이 제시되고, 문중 구성원의
추종에 의해 조카 엄창이 입양계후자로 확정되었다.

그러나 엄백진·최부인 부부가 뒤늦게 친아들 엄영을 낳음으로써 계후를 양
자가 유지해야 하는가 아니면 친자에게 넘겨야 하는가라는 문제가 발생했다.

---

20 전편 〈유효공선행록〉에서는 환로형 인물이 부정적으로 그려지고 군자형 인물이 긍정적으
로 그려진다. 후편 〈유씨삼대록〉에서는 군자형 인물에 대한 긍정적인 시각은 지속되면서도
환로형 인물이 긍정적으로 그려진다. 연작 전체는 벌열가문에서 도덕지향적 인물과 환로지
향적 인물을 두루 배출하고자 했던 추세를 담아냈다고 할 것이다.

21 송성욱은 〈유효공선행록〉·〈유씨삼대록〉 연작이 도학과 의리를 중시하는 계후 결정을 통해
가부장제 사회에서의 부권의 확립을 형상화하고 있으며, 이는 17세기 이후의 도덕과 명분
을 중시하는 산림의식과 관련이 있다고 보았다.(송성욱, 「고소설에 나타난 부의 양상과 세계
관」, 『관악어문연구』 15, 서울대 국어국문학과, 1990.) 내가 보기에 전편에서는 환로형 인물
이 부정적으로 그려지고 군자형 인물이 긍정적으로 그려지는데, 이는 벌열가문이 군자형 인
물을 적극 수용하고자 하는 당시 벌열사회의 한 단면을 그려낸 것이라 할 수 있다. 후편에서
는 군자형 인물에 대한 긍정적인 시각은 지속되되, 환로형 인물이 보다 긍정적으로 그려짐
으로써 양 인물형의 조화를 보이는데, 이는 당시 벌열가문이 도덕지향적 인물과 환로지향적
인물을 두루 갖추려 했던 추세를 담아낸 것이라 할 수 있다.

그 해결책을 둘러싸고 구성원은 입양계후를 유지하려는 쪽과 친아들 쪽으로 계후를 넘기려는 쪽으로 양분되었다. 그 대립은 입양승계의 명분과 의리를 중시하는 명분론과 친자로 이어지는 혈통을 중시하는 혈통론이 대립하는 양상을 띠었다.[22] 명분론을 고수한 이는 가문의 종장이자 장남인 엄백진과 차남 엄백진이었고, 혈통론을 내세운 이는 종장 엄백진의 아내인 종부 최부인과 삼남 엄백경이었다.

그 진행 과정은 다음 두 과정을 거친다. 먼저 대부분의 가문 구성원들은 엄백진의 의견에 따랐다. 물론 진통이 전혀 없었던 것은 아니다. 장남 엄백진이 엄영을 낳게 되자, 삼남 엄백경은 자신의 친아들 엄창을 되돌려 달라고 했다. 삼남의 주장은 친부와 친자 사이에 혈연관계를 회복하는 것이 좋다는 것이었다. 즉 큰형은 친아들을 낳았으니 그 아들이 종통을 이어야 하고, 자신은 큰형에게 입양되었던 아들을 찾아오는 것이 인정에 맞다는 것이었다. 하지만 장남 엄백진은 자신의 친아들 엄영을 죽일지언정 이미 입양하여 세운 계후를 바꿀 수 없다는 입장을 밝혔다. 그의 입장은 입양의 명분과 의리가 혈연관계의 인정보다 앞선다는 것이었다. 차남 엄백현은 묵묵하게 형 엄백진의 의견을 따를 뿐이었다. 종장 엄백진의 의견이 관철되었거니와, 종통승계에서 입양계후의 명분과 의리가 혈연관계의 인정보다 우선시되는 쪽으로 결론이 난 것이다.

하지만 계후갈등은 증폭되는 다음 단계로 들어선다. 그 단계는 종통계승에서 혈통론을 중하는 견해가 재차 부상하는 단계에 해당한다. 그 중심인물은 종장 엄백진의 아내인 최부인이었다. 그녀로서는 입양계후의 명분보다는 자신의 친아들이 계후가 되는 게 큰 소망이었다. 최부인은 남편 엄백진에 의해 그 소망이 막히게 되자 뼈에 사무치는 원한을 토로했는데, 그 모습은 그녀의 입장을 단적으로 말해준다.

---

22 이 갈등은 종통론적 종법의식과 혈통 위주의 종법의식의 갈등이기도 하다.(박영희, 「장편가문소설에 나타난 모의 성격과 의미」, 「한국고전소설과 서사문학(상)」, 집문당, 1998, 263–282쪽)

갈오디 나의 일은 여둥의 도시 알빈 아니라 나의 심녁 쁜 시 윤시 ᄒ나 못죽여
시니 이눈 범을 잡으려 ᄒ다가 그릇 톳기롤 잡으미요 맛춤니 닉 일은 하날이
가지록 돕지 아니ᄒ샤 ᄯᆞᆺ고 갓디 못ᄒ여 인ᄒ여 챵을 죽이지 못ᄒ니 분한흔
쥼 닉 도로혀 ᄉ지의 나아가게 이르니 이리 죽어도 죽엄이요 져리 죽어도 쥭엄
이라 아모리 죽어도 일반이라 죽기눈 셥지 아니ᄒ여도 챵을 죵닉 죽이지 못ᄒ
여 일을 셩ᄉ치 못ᄒ니 엇지 이닯지 아니리요 죽어 황쳔야디의 도라가나 명목
지 못ᄒᄂ니 너희등은 잡말 말고 두고 보라 닉 죽은 녕혼이 홋터지지 아녀 모
진 흉악흔 귀신이 되여 좃ᄎ다이며 원슈의 놈 챵을 넉시라도 보와 밤낫 업시
츅수ᄒ노라 셜파의 그 거동이 독시 일만 독홈을 픔고 ᄉ롬을 노리눈 형샹이 겻
희 잇눈 ᄉ롬 ᄒ여곰 쩔녀 바로 보지 못홀너라[23]

    최부인의 원한은 자신의 친아들이 종통을 되찾는 것이었던바, 자신의 생각
과 배치되는 인물에게 적대감을 품지 않을 수 없었다. 남편도 예외는 아니었고,
침묵으로 동조하는 둘째 시동생 엄백현도 예외일 수 없었거니와, 최부인은 그
들의 판별력을 흐리게 하기 위해서 미혼단을 먹이는 악행을 저질렀다. 남편과
둘째 시동생이 판단력이 흐려진 틈을 타서 자신의 친아들로 계후를 잇게 하고
자 했기 때문이다. 셋째 시동생 엄백경은 파양하자는 의견을 냈기에 적대시할
필요는 없었다. 최부인의 반발은 종통계승에서 명분론을 내세운 종장에 대한
종부의 반발이라는 점에서 그 비중이 결코 작지 않다고 할 것이다.
    최부인은 한편으로 양자 엄창을 해치려 하는 쪽으로 방향을 틀었다. 엄창을
해치면 자연스럽게 자신의 친아들인 엄영이 계후를 이을 수 있기 때문이었다.
그와 관련하여 최부인과 엄창 사이에 갈등이 벌어지고 그 양모양자 갈등은 다
른 갈등으로 연계되면서 핵심적인 갈등으로 자리잡는다.[24] 엄창이 윤월화와 결
혼한 후에는 최부인은 엄창·윤월화 부부에 대한 박해·모해, 살해 시도 등 악행

---

23 〈엄씨효문청행록〉 권27.

을 지속적으로 행했다.

그 지점에 입양계후자 엄창의 지효至孝가 자리를 잡는다. 그 효는 다음과 같이 정리할 수 있다.

첫째, 양부와 양모에 대한 효이다. 그런데 양부와 양모에 대한 효는 각각 성향이 달랐다. 먼저 양부 엄백진에 대한 효였다. 그의 효행은 양부 엄백진의 명분론적 종통론을 수용하는 것으로 주어졌거니와 양부와의 갈등은 자리를 잡지 않는다. 그와는 달리 양모 최부인에 대한 효는 끝없는 인내를 수반하는 효이다. 친아들을 계후로 세우고자 하는 양모 최부인에 의해 박해와 살해 위협을 받는 상황에서 저항하기는커녕 반감도 품지 않는 양자의 지극한 효로 제시된다.

둘째, 친부에 대한 효이다. 엄창은 입양된 후에도 친부 엄백경과 혈통관계를 근원적으로 끊을 수는 없었다. 그것은 친부모도 마찬가지였거니와, 친부는 종장 엄백진에게 엄창을 파양해달라고 요청하기도 했을 만큼 친자를 향한 사랑이 컸다. 작품 곳곳에 설정된 친부친자 사이에 사랑과 효를 드러내는 지점은 그 점을 잘 보여준다. 물론 그 관계는 인정의 차원에서 부상하는 정도지, 양부양자의 명분을 뛰어넘지 못한다.

이들 효 중에서 양모 최부인에 대한 효가 중심에 있다. 엄창은 최부인이 회과悔過하여 가부장 엄백진의 주장에 동조하기까지 끝없는 인내와 온유로 효를 행했던 것이다. 그와 관련하여 주목할 것은, 엄창의 효가 가문에 대한 효를 지향한다는 것이다. 그 가문에 대한 효는 종통계승으로 예각화되고 그 종통계승은 명분론적 입양승계가 혈통승계보다 앞선다는 것으로 다시 초점화된다.

---

24 ① 엄백진·최부인 부부는 조카 엄창을 양자로 들여 종통을 잇게 한다. ② 최부인이 친자 엄영을 낳은 후 엄영을 계후자로 세우려 한다. ③ 엄백경이 형 엄백진에게 친자 엄창을 돌려달라고 청했다가 형의 분노를 산다. ④ 양모 최부인이 하수인과 결탁하여 엄창을 해치고자 하나 엄창이 효를 행한다. ⑤ 최부인이 양자 엄창의 아내인 윤월화를 해치고자 하나 윤월화가 효를 행한다. ⑥ 죄상이 밝혀진 최부인에게 사형이 내려지나 엄창의 석고대죄로 사면된다. ⑦ 엄창이 종통을 잇게 되고 가문에 화평이 찾아든다.

명분론적 입양승계를 제시한 자인 엄백진이 벌열가부장임을 고려한다면,[25] 최부인이 꾀하는 혈통승계는 벌열가부장권에 대한 불순종과 도전의 의미를 지닌다. 최부인의 행위가 악행을 수반하는 것은 그러한 작가의식을 역으로 형상화한 것이라 할 수 있다. 엄창의 지극한 효행으로 최부인이 벌열가부장의 입양승계를 수용하고 가문은 안정을 이루는 것으로 결말이 난다.

요컨대 엄창의 효는 벌열가부장권閥閱家父長權을 확립하고 그 일환으로 명분론적 종통계승을 확고히 하고 바탕이 된다.

3.3. 벌열적 가문부흥 차원의 효: 〈보은기우록〉

이 작품은 다른 작품에 비해 부자간 가치관의 차이가 선명하게 제시된다. 위지덕의 가치관이 상행위, 고리대금, 철저한 이윤 추구와 같은 재물 중심적인 물질적 가치관이라면, 반면에 위연청의 가치관은 도덕적 가치의 중시, 문인 중시, 벼슬 중시의 유가적儒家的 가치관이라 할 수 있다.[26]

그러한 대립은 다음 장면에서 잘 드러난다.

> 짜히 업디여 실정체읍이라 원의(위지덕) 경문기고驚門其故ᄒ디 옥쉬(위연청) 부복ᄒ여 고두체읍 왈 ᄌ뢰子路 빅니의 부미負米ᄒ고 밍죵孟宗의 셜니雪裡에 치슌採筍ᄒ여 감지甘旨를 밧드러거놀 불초이 가의 님뉴ᄒ여 연연이 시봉을 폐ᄒ고 디인이 친히 가셔家勢 근근ᄒᄉ 지어 살육 미미ᄒ셔셔 가정의 푸즈를 열며

---

25 벌열가부장제의식은 가부장 절대존중의식, 가문간 불간섭의식으로 구체화된다.(조광국, 「〈엄씨효문청행록〉에 구현된 벌열가부장제」, 『어문연구』 122, 한국어문교육연구회, 2004, 244-246쪽)

26 정병욱, 「이조말기소설의 유형적 특징」, 『고전문학을 찾아서』, 문학과지성사. 1976; 이재춘, 「〈보은기우록〉 연구」, 영남대 석사논문, 1981, 66쪽; 문용식, 「〈보은기우록〉의 인물형상과 작품구조」, 『한국학논집』 28, 한양대 한국학연구소, 1996, 285쪽.

엄위 숀죠 시평을 잡으시니 도시 히아의 유츙불효ᄒ미라 쇼지 엇지 낫찰 드러
천일지하에 셔리잇고 원의 이 말을 듣고 심즁에 불렬ᄒ여 변식 왈 쇼이 엇지
가스를 아라 겨냥ᄒ며 어룬을 괴셜ᄒ리오 치산ᄒᄂ 법이 막과어치니 네 쇼활
판탕헌 외구의 헌탕헌 시귀롤 지져귀고 종일토록 무흡을 아마 흥거ᄒ믈 보고
미미싱니ᄒ믈 놀닉니 내 싱각기를 그릇ᄒ여 바리엇도다[27]

부친 위지덕은 푸줏간에서 손수 가축을 잡아 팔아 이익을 취하는 매매생리賣
買生利의 상행위와 치산治産에 전념한 반면에 아들 위연청은 자로子路와 맹종孟宗
과 같은 유가적 삶을 중시했다. 이러한 부자간의 상반된 가치관은 효와 불효에
있어서 상반된 시각과 맞물리는 양상을 띤다. 즉 아들이 보기에 아비의 삶은 부
끄러운 것이었고 그런 아비의 삶을 방치하는 것은 불효에 해당했다. 그 반대로
아비가 보기에 아들의 삶은 기껏해야 시를 읊조리며 여흥을 즐기는 삶에 불과
했고, 자신의 상행위를 부끄러워하고 만류하는 아들은 불효자에 불과했다.

그로 인해 부자갈등은 첨예한 국면에 들어선다. 아들은 아비가 물질적 가치
관을 버리고 유가적 가치관을 지니게 하기 위해 애썼지만, 아비는 그런 아들에
게 처절한 박해를 가했을 뿐이다. 그 박해는 아비가 아들을 철책으로 때려 거의
죽음의 상태가 되었는데도 구호하기는커녕 버려두는 것으로 극단화된다. 그 죽
음은 아들 편에서 보면 자신의 생명을 아끼지 않는 지극한 효행을 의미하지만,
아비 편에서 보면 아비가 아들의 가치관을 용납하지 않으려 함이요 그런 아들
과의 완전한 단절을 의미한다.

이처럼 부자간에 치열한 가치관의 대립과 효와 불효에 대한 상이한 시각을
수반하며 심각한 부자갈등이 벌어진다. 그와 관련하여 주목할 것은, 세대별 가
치관의 변화 과정을 수반한다는 것이다. 그 변화 과정은 세 단계로 나눌 수 있
다.

27 〈보은기우록〉 권1 上, 33쪽.

먼저 위지덕의 선대先代에서는 초기에 환로宦路를 통한 출세가 가능했다. 그러나 세대가 내려오면서, 4, 5대쯤 전세대부터는 과거를 통한 입신양명이 거의 불가능했다. 다른 길을 모색하지 않고 여전히 그 길로 나가고자 했다가 가문은 쇠멸의 길로 들어서고 말았다.

다음 세대가 위지덕이다. 위지덕은 선대에 몰락 양반으로 몰락한 상황에서 환로지향적 삶이 현실을 타개하는 데 전혀 도움이 되지 않음을 철저히 깨닫고, 물질주의적, 배금주의적, 현실주의적 삶을 새롭게 추구했다. 아들이 학문적 자질을 보인 것을 싫어하고, 아들이 이웃을 향해 선행을 베풀었을 때 분노했는데, 그것은 아들의 행위가 선대부터 쇠락한 가문을 일으키기는커녕 오히려 쇠락의 늪에서 헤어나오지 못하게 하는 것으로 보았기 때문이다.

그다음 세대가 위연청이다. 위연청은 부친과 배치되는 가치관을 지닌 인물로 제시된다. 그는 가문부흥을 위해서 도덕적 가치 중시의 태도, 학문 중시의 태도, 환로 중시의 입장, 문인 우대의 태도를 취했다. 그 일환으로 부친의 상행위와 고리대금업을 치욕스럽게 생각하고 부친을 설득하여 그런 일을 그만두게 했던 것이다.

이로 보건대 부자간 가치관의 대립과 부자갈등의 중심에 가문부흥이 자리를 잡고 있음을 알 수 있다. 다만 가문부흥에 대한 방법에 있어서 부자 사이에 대립을 보였던 것이다. 그 지점에서 부악자선父惡子善의 서술공식과 아들의 가치관을 수용하는 효담론이 작동한다. 그로 인해 위씨가문은 몰락의 상태를 극복하고 가문부흥을 넘어서 벌열의 반열28에 들어서는 결말을 맺거니와, 위연청의 효는 부친에 대한 효를 넘어서 가문에 대한 대효의 양상을 띤다.

그런데 아들 위연청의 가치관은 위지덕보다 앞선 선대先代의 가치관과 통하

---

28 위지덕은 벼슬이 시중을 거쳐 사도가 되고, 위연청은 평진공에 봉해지고 식읍 5만호를 받았고, 자녀로 3남 1녀를 두는데, 장남 위천보는 평제왕에 봉해지고, 위천유는 남평공에 봉해지며 딸 위혜주는 초국공 사몽성의 배필이 되었다. 〈보은기우록〉의 이런 작품 말미의 내용에 이어서, 벌열의 세계는 속편 〈명행정의록〉에서 자녀들의 삶으로 이어진다.

는바, "보수적인"²⁹ 성향을 띤다. 새로운 중상주의적 시류를 부정적인 것으로만 여기고 철저히 배척했다는 점에서 시대적 보수성을 탈피하지 못했다. 아비가 보수적인 가치관을 지니고 있음에 반해, 아들은 진보적인 가치관을 지니는 것이 일반적일 텐데, 이 작품에서는 정반대로 되어 있기도 하다. 다만 위연청의 가치관이 종래의 양반 체제로 되돌아가려는 것이 아니라는 점에서 그런 보수성과는 거리가 있다. 벌열 중심의 체제가 새롭게 부상한 체제였거니와 아들이 그런 체제를 지향했다는 점에서 그렇다.

하지만 몰락 양반 가문, 그리고 푸줏간 상행위를 마다하지 않는 위씨가문이 벌열가문으로 거듭날 가능성은 거의 없었다. 그런 일은 관념의 세계 혹은 상상의 세계에서나 가능했으리라. 이에 벌열을 지향하는 위연청의 벌열의식은 일종의 허위의식이라고 볼 수도 있을 것이다.

4. 마무리

이상으로 대소설 〈유효공선행록〉, 〈엄씨효문청행록〉, 〈보은기우록〉에 구현된 효의 양상을 정리하면 다음과 같다.

첫째, 이들 작품은 부악자선父惡子善(혹은 모악자선母惡子善)을 주요 서술공식으로 한다. 부악자선(혹은 모악자선)은 인물의 성품 차원에서 제시되고, 부자갈등(혹은 모자갈등)을 통해 구체화되며, 또한 여타의 사건과 다른 인물을 통해 확대된다.

둘째, 부악자선(혹은 모악자선)의 서술공식은 효담론과 밀접한 관련이 있다. 이들 세 작품의 효담론은, ㉮ 아들은 효성스러운 인물이나 악한 아비(혹은 악한 어미)의 비뚤어진 삶의 방식에 직면함, ㉯ 아들이 악한 아비(혹은 악한 어미)를 따

---

29 이재춘, 앞의 논문, 66쪽.

르지 않음으로써 부모의 박해를 받으나 아들이 지효至孝를 다함, ㉰ 악한 아비(혹은 악한 어미)가 회과悔過하여 부자간(혹은 모자간)에 화해가 깃듦, 이러한 세 단계를 거친다. 그 명제는 '착한 아들이 악한 아비(혹은 악한 어미)로부터 박해를 받으면서도 지효至孝로 부모의 가치관을 바꾼다'이다.

셋째, 효담론을 통해 펼쳐지는 세계는 작품에 따라 다른 모습을 보여준다. 〈유효공선행록〉은 벌열가문의 자기갱신을 통해 군자가문을 지향하는 세계를 그려냈다. 〈엄씨효문청행록〉은 어미의 혈통적 종통계승을 거부하고 아비의 명분론적 종통계승을 지지함으로써 벌열가부장제를 확립하는 세계를 그려냈다. 그리고 〈보은기우록〉은 중상주의적 가치관을 거부하고 도덕道德과 환로宦路를 기반으로 하는 벌열적 가문부흥의 세계를 그려냈다.

요컨대 이들 작품은 부악자선父惡子善(혹은 모악자선母惡子善)의 서술공식을 설정하고, 그와 결부하여 아들의 가치관을 수용하는 효담론을 통해 벌열가문의 존속과 발전을 지향했다고 할 것이다.

II. 〈유효공선행록〉과 〈옥원전해〉의 옹서대립

1. 문제 제기

본항에서는 〈유효공선행록〉과 〈옥원전해〉에[1] 나타난 옹서대립담의 친연성에 대해 알아보고, 그 옹서대립담의 함의를 밝혀보고자 한다.

  이 방면의 선행 연구는 다음과 같다. 〈옥원재합기연〉에 이어 〈옥원재합기연〉·〈옥원전해〉 연작 그리고 〈창란호연록〉에서 옹서갈등이 큰 비중을 차지하고 있음이 밝혀졌다.[2] 거기에 〈명주기봉〉을 포함하여 대하소설에서 옹서갈등담이 단위담으로 자리를 잡고 있음이 제시되었다.[3] 거기에서 방향을 달리하여

---

* 「유효공선행록〉과 〈옥원전해〉의 옹서대립담 고찰」(『고전문학연구』 36, 한국어문교육연구회, 한국고전문학회, 2009, 165~188쪽)의 제목과 내용 일부를 수정했음.

1 〈유효공선행록〉(규장각 12권12책)(『필사본 고전소설전집』 15, 16(아세아문화사, 1982); 〈옥원전해〉(규장각, 5권5책).

2 양혜란, 「옥원재합기연 연구」, 『고전문학연구』 8, 한국고전문학회, 1993, 306~308면; 양혜란, 「18세기 후반기 대하 장편가문소설의 한 유형적 특징: 〈옥원재합기연〉, 〈옥원전해〉를 중심으로」, 『한국학보』 75, 일지사, 1994, 66~72면; 양혜란, 「〈창란호연록〉에 나타난 옹−서, 구−부간 갈등과 사회적 의미」, 『연민학지』 4, 연민학회, 1996, 315~321쪽.

3 송성욱은 대하소설의 단위담의 하나로 옹서대립담을 설정하여 〈명주기봉〉, 〈옥원재합기연〉을 대상으로 5개의 공통 서사항(①불인한 장인과 군자의 도리를 다하려는 사위의 대립, ②친정아버지에 대한 효를 지키려는 아내로 부부불화, ③장인의 사죄, ④장인의 병과 사위의 구호, ⑤화해)을 추출했다. 그후 〈창란호연록〉과 〈옥원재합기연〉에 나타난 옹서갈등을 비교하는 선까지 나아갔다.(송성욱, 『조선시대 대하소설의 서사문법과 창작의식』, 태학사, 2003, 120~125쪽; 송성욱, 「〈옥원재합기연〉과 〈창난호연록〉 비교 연구」, 『고소설연구』 12, 한국고소설학회, 2001, 200~204쪽)

〈옥원재합기연〉〈완월회맹연〉의 옹서갈등에서 장인의 소인 형상에 주목하여 조선 후기의 정치 현실과 관련한 논의가 이루어지기도 했다.[4]

한길연은 소인형 장인과 군자형 사위의 대립 양상에 대해 간간이 언급한 선행연구에 기대어, 〈명주기봉〉〈옥원재합기연〉〈창란호연록〉〈양현문직절기〉의 옹서대립담이 '소인형 장인이 등장하는 옹서대립담'임을 적시했고, 박사논문에서 〈창란호연록〉, 〈옥원재합기연〉, 〈완월회맹연〉을 대상으로 '소인형 장인이 등장하는 옹서대립담'의 유형성을 심도 있게 고찰했다.[5]

그런데 〈유효공선행록〉과 〈옥원전해〉의 옹서대립담에 대해서는 연구자들의 관심 밖이었고 기껏해야 지엽적으로 언급되었을 뿐이다.[6] 〈유효공선행록〉의 옹서갈등이 중심 갈등이 아니어서 그랬고, 〈옥원전해〉의 옹서갈등은 중심 갈등임에도 전편 〈옥원재합기연〉의 그늘에 가려 '구조적 반복 원리'를 확인하는 정도여서 그랬던 것으로 보인다.

두 작품에 나타난 옹서대립담은 〈명주기봉〉〈옥원재합기연〉〈창란호연록〉〈양현문직절기〉〈완월회맹연〉 5편에 나타나는 옹서대립담과는 다른 면면을 보인다. 단적으로 5편의 작품이 '처가(친정)가 소인가문'인 옹서대립담을 지닌다면,

---

4 정병설, 「〈조선 후기 정치현실과 장편소설에 나타난 소인의 형상-〈완월회맹연〉과 〈옥원재합기연〉을 중심으로」, 『국문학연구』 4, 국문학연구회, 2000, 250-252쪽.

5 작품별로 '한의 발산'(〈명주기봉〉), '한의 승화'(〈옥원재합기연〉), '한의 체념'(〈창란호연록〉), '한의 응축'(〈양현문직절기〉) 등의 편차가 있음을 밝혔다.(한길연, 「소인형 장인이 등장하는 옹서대립담 연구」, 『고소설연구』 15, 한국고소설학회, 2003)
그리고 〈창란호연록〉, 〈옥원재합기연〉, 〈완월회맹연〉 등 세 작품이 공히 ①남주인공 가문과 여주인공 가문의 혼약(옹서관계의 약정), ②남주인공 가문의 정치적 위기에 따른 여주인공 부친의 배신(옹서갈등의 발단), ③여주인공의 정절 수호를 통한 남주인공과의 혼인(옹서관계의 확정), ④남주인공 가문의 복귀와 장인의 변신(옹서갈등의 심화), ⑤장인과 사위와의 갈등의 해소(옹서갈등의 해결) 등으로 옹서갈등담을 담고 있음을 밝혔다.(한길연, 「대하소설의 의식성향과 향유층에 관한 연구: 〈창란호연록〉·〈옥원재합기연〉·〈완월회맹연〉을 중심으로」, 서울대 박사논문, 2005, 25~34쪽)

6 송성욱은 〈유효공선행록〉의 옹서대립담이 〈명주기봉〉, 〈옥원재합기연〉에 나타나는 옹서대립담에 비해 편린적이라고 보았고, 한길연은 〈유효공선행록〉의 옹서대립담을 '군자형 장인'이 등장하는 것으로 보았다.(송성욱, 앞의 책, 123쪽; 한길연, 박사논문, 2005, 28쪽)

2편에서는 '친가(시가)가 소인가문'인 옹서대립담을 지닌다. 여기에 〈유효공선행록〉과 〈옥원전해〉의 옹서대립담에 대한 논의의 필요성이 있다.

다음 세 단계를 통해 〈유효공선행록〉과 〈옥원전해〉의 옹서대립담에 대해 살펴보고자 한다. 먼저 2편에 나타난 옹서대립담의 유형적 친연성에 대해 알아보고자 한다. 그 일환으로 옹서갈등의 발단·확대·심화·해소 과정과 세부 국면에서 유사한 양상에 대해 살펴보고, 이를 바탕으로 선행 연구자들에 의해 밝혀진 '소인형 장인이 등장하는 옹서대립담'과 비교하여 그 유형적 특성과 의미를 고찰해보고자 한다.

그동안 학계에서는 가문의식, 가문이데올로기, 가부장권, 가문창달 등의 용어를 사용하여 대하소설의 작품세계를 해명해왔다. 그런데 〈옥원전해〉와 〈유효공선행록〉의 옹서대립담은 소인형 가부장의 존재로 인한 소인가문의 문제와 그 문제를 해결하는 과정에서 남주인공의 이율배반적인 모습과 처가를 향한 폭력성을 포착하고 있다. 이를 해명하기 위해서는 **가문이기주의**라는 개념이 유효할 것으로 보인다.

끝으로 두 작품에 나타난 옹서대립담의 외연을 소략하게나마 조선 후기의 사회 및 정치 상황과 관련지어보고자 한다.

2. 두 작품에 나타난 옹서대립담의 친연성

편의상 〈유효공선행록〉과 〈옥원전해〉에서 공통적으로 드러나는 옹서대립담의 진행 과정을 먼저 제시하고, 그 후에 두 편의 구체적인 양상을 제시하면 다음과 같다.

> (가) 갈등의 전 단계: 사위의 부친이 소인이지만 사위의 자질을 탐낸 장인의 청혼과 성혼.

(나) 옹서갈등의 발단: 장인에 의한 부친의 과오 지적, 주인공의 분노, 주인공에 의한 아내의 축출.

(다) 옹서갈등의 심화: 장인과 사위의 갈등 증폭.

(라) 옹서갈등의 확대: 주인공의 부부갈등과 주인공의 부자갈등으로 확대.

    ㉠ 부부갈등으로 확대 : 주인공 부부의 갈등 심화.

    ㉡ 부자갈등으로 확대 : 장인과 화해하라는 부친의 하명, 주인공의 불순종, 부친의 격노.

(마) 옹서갈등의 해소 : 장인과 사위의 화해. 주인공 부부의 화해 및 부자관계 회복.

● 〈유효공선행록〉의 경우

(가) 추밀어사 정관이 13도 어사들과 함께, 뇌물을 받고 강형수 사건을 은폐한 유정경을 탄핵하는 만언소를 작성하려던 차에, 마침 유연의 자질을 대하면서 상소하지 않고 오히려 유정경에게 청혼하여 유연·정소저가 성혼하게 된다.

(나) 아우 유홍의 참소로 유연이 계후자리를 빼앗기고, 정소저와 이혼하라는 부친의 명령에 순종하여 아내를 내친다. 장인 정관이 13도 어사를 모아 유정경을 탄핵하는 상소문을 쓴다. 딸의 만류로 상소하지 않는다.

(다) 장인 정관은 딸 정소저를 개가시키려 한다. 이에 정소저가 가출하고, 정관은 이를 슬퍼하여 사직한다. 유연은 장인이 정소저를 개가시키려 했다는 소식을 듣고 분노한다.

(라) ㉠ 유연이 암혈에 머물던 아내를 만나 자신의 몰인정함을 깨닫고 부부 인연을 맺지만, 이후에 장인 정관이 유정경의 죄상을 밝힌 상소문을 우연히 보고 정관에게 분노하고 아내를 멀리한다.

    ㉡ 차남 유홍에게 농간 당했음을 깨닫고 회과한 유정경이 큰아들 유연과 오해를 푼 뒤, 유연에게 장인 정관과 화해하기를 거듭 권하지만,

유연이 응하지 않는다. 이에 부친이 유연에게 사정없이 매질한다.

(마) 장인이 세 차례나 찾아와 용서를 구하자 비로소 유연이 마음을 풀고 화해한다. 이후로 유연·정소저 부부가 화락한다.

● 〈옥원전해〉의 경우

(가) 장인 경공이 사돈 이원의를 사람 같지 않은 것으로 알면서도 이현윤의 군자다운 풍모에 끌려 그를 사위로 삼는다.

(나) 장인 경공이 부친 이원의 과오를 들추어 희롱한다. 경공이 시중에 나돌던 '옥원재합기연'을 가져오니, 이원의가 그 책에 적힌 자신의 죄상을 상기하며 심적 고통을 당한다. 이현윤이 장인 경공을 증오하고, 아내 경빙희까지 미워하여 쫓아낸다.

(다) 사위 이현윤이 장인 경공을 문전박대하며 딸을 오랑캐에게 개가시켜도 무방하다는 막말을 해대고, 경공은 하리와 몸싸움을 벌이면서 문을 깨치고 들어가 사위 이현윤을 꾸짖는 등, 서로 심하게 다툰다.

(라) ㉠ 남편 이현윤이 장인 경공의 무도한 행위를 비난하고, 아내 경빙희 또한 부친을 능멸하는 남편을 거부한다. 이현윤이 아내를 내쫓는다.

㉡ 부친인 이원의가 이현윤과 부자 관계를 끊는다. 소세경·봉희 부자가 경공·이현윤의 옹서갈등을 풀기 위해 노력한다. 이현윤이 장인과 아내에게 일단 화해를 요청한다.

(마) 부친 이원의 지시대로 이현윤이 처가살이를 하면서 장인과 화해하고 아내와도 화락하게 된다.

이처럼 두 작품의 옹서대립담에서는 공히 옹서갈등을 중심 갈등으로 하고 그 옹서갈등이 주인공의 부부갈등과 부자갈등으로 확대되다가, 제 갈등이 해소되는 양상을 보인다.

그 과정에서 이들 갈등이 이리저리 얽히면서 심화되는 양상을 공통적으로 보이기도 한다. 이를테면 장인이 부친의 과오를 지적하자 그에 사위가 대항하여 아내를 쫓아내고, 이에 장인이 분노하고, 또 다시 사위가 장인에게 반감을 품는 등, 옹서갈등이 부부갈등을 불러일으키고 그 부부갈등이 옹서갈등을 심화시키는 식으로 진행된다. 또한 아들의 이런 과도한 행위를 알게 된 부친이 아들을 책망하지만 아들이 순종하지 않아서 부자갈등이 생기는 것도 비슷하며, 이 부자갈등이 "장인·아내와 화해하라는 부친의 요청, 아들의 거절 내지는 표면적인 순응, 부친의 진노, 주변 사람들의 중재, 아들의 온전한 순종"이라는 일련의 과정을 거쳐 펼쳐지는 것도 비슷하다.[7]

이밖에 두 작품의 옹서대립담에서는 세부 국면에서 유사한 모습을 보여주기도 한다. 여기에서는 각 작품에서 옹서갈등을 확대·심화하는 핵심 계기가 되는 '상소문'과[8] '옥원재합기연'을 중심으로 살펴보고자 한다.[9]

〈유효공선행록〉에서 부친 유정경의 악행과 비리가 적힌 상소문이 유연의 수중에 들어오기까지의 과정은 다음과 같다. 유연이 정부인과 혼인한 후에 소

---

7 〈유효공선행록〉에서 회과한 유정경이 아들에게 옹서관계를 회복하기를 권고하지만, 유연은 순복하지 않는다. 장인 정관이 남만을 평정하고 귀경하는데, 유연은 적대감을 풀지 않는다. 장인은 딸이 죽은 줄로 알고 유정경에게 절부로 제사해 달라고 하자, 유정경은 이를 받아들이지만, 유연은 거절한다. 또한 유연은 세 번에 걸친 장인의 사과를 대하면서 겉으로는 화해하는 척하지만 속으로는 받아들이지 않는다. 이에 분노한 유정경이 유연을 심하게 때리는 일이 발생하고, 주변인물이 유연의 태도를 고치게 하려고 애쓴다. 그후로 옹서갈등이 해소되고 부자갈등도 해소된다.
〈옥원전해〉에서 회과한 이원의는 아들이 장인에게 행한 행위를 무례한 행위라 질책하고, 며느리를 쫓아낸 행위를 패륜적 행위로 간주한다. 이원의는 자신의 비례 탓이라며 현윤과 부자의 인연을 끊어버린다. 이에 이현윤이 사태를 수습하기 위해 일부러 아내와 장인에게 사과하여 부부관계와 옹서관계를 회복하는 체한다. 이에 이원의가 아들로 하여금 처가살이를 하게 하여 온전하게 옹서갈등과 부부갈등을 해소하게 한다. 그 과정에서 소세경 부자, 장인 경공 등이 중재하여 이원의·현윤 부자의 갈등을 해소시키는 역할을 하기도 한다.
8 내부상셔 유정경은 본디 부지 방탕음란무도ᄒᆞ니 일즉 그 어미롤 돌노 쳐 머리 셰여지니 파샹 풍ᄒᆞ여 죽고 … 아비 챵쳡을 드려 통쳡을 삼아 통간ᄒᆞ고 일이 누셜홀가 두려 짐독ᄒᆞ여 죽이고 샹 〃 의 민가 녀ᄌᆞ롤 아스미 혼두 번이 아니라 스룸이 금슈로 지목ᄒᆞ되 … 임의 쟉녹을 도젹ᄒᆞ미 극ᄒᆞ지라 … 쇼인을 엄히 다스리ᄉ 후인을 징계ᄒᆞ심을 바라ᄂᆞ이다(〈유효공선행록〉 권3: 『필사본고소설전집』 15, 200~204쪽) *이하 『전집』은 『필사본고소설전집』임.
9 '옥원재합기연'의 내력이 〈옥원전해〉 권1의 29면까지 기술되어 있다.

인인 부친의 말에 순종하여 아내를 내쫓자, 이에 분노한 장인 정관이 13도 어사를 모아 유정경의 죄상을 낱낱이 밝혀 그를 탄핵하는 상소문을 작성한다. 그 상소문은 딸 정부인의 간청으로 상소로 이어지지 않고 성어사 집에 맡겨진다. 훗날 사위 유연이 그 상소문을 얻어 보고 장인 정관에 대한 분풀이로 정부인을 재차 출거시키고 또한 장인에게 무례하게 군다. 이로써 옹서갈등이 확대·심화되기에 이른다. 〈옥원전해〉에서 부친 이원의의 죄상이 적힌 '옥원재합기연'이 이현윤의 수중에 들어오기까지의 과정은 다음과 같다. 장인 경공은 사돈인 이원의의 죄상이 적힌 '옥원재합기연'이 세상에 나돌고 있음을 알고 그 책을 구해서 이원의에게 직접 전해준다. 이원의는 부끄러워서 집밖으로 나서지 못하고 병을 앓게 되고, 향리에 은거하고자 고향으로 출발한다. 이 사연을 알게 된 사위 이현윤이 장인에 대한 분풀이로 아내를 출거시키고, 또한 장인에게 무례하게 군다. 이런 과정을 전후로 하여 옹서갈등이 확대·심화되기에 이른다. 이처럼 두 작품의 옹서대립담에서는 공히 옹서갈등의 계기를 설정하고, 그것을 바탕으로 갈등을 확대·심화하는 모습을 보여준다.

이렇듯 두 작품의 옹서대립담에서는 옹서갈등을 중심 갈등으로 하면서 "옹서갈등→사위·딸(아들·며느리)의 부부갈등→시부·남편(부친·아들)의 부자갈등"으로 확대·심화되는 면에서, 그리고 이들 갈등의 핵심 계기를 설정하는 세부 국면에서 친연성을 보인다.

한편 옹서대립담을 담아내는 작품으로 〈유효공선행록〉〈옥원전해〉 이외에도 〈옥원재합기연〉, 〈창란호연록〉, 〈완월회맹연〉, 〈양현문직절기〉, 〈명주기봉〉 등이 있는데, 이들의 옹서대립담에서는 세부적으로 2편에서 (가)와 (나)가 5편에서는 (가)°와 (나)°로 다르게 나타난다.

● **2편의 경우(〈유효공선행록〉, 〈옥원전해〉)**

(가) 사돈이 소인이지만 사위의 자질을 탐낸 장인의 청혼과 성혼.

(나) 장인에 의한 부친의 과오 지적, 주인공에 의한 아내의 축출.

● 5편의 경우(〈옥원재합기연〉, 〈창란호연록〉, 〈완월회맹연〉, 〈양현문직절기〉, 〈명주기봉〉)

(가)° 소인형 인물인 장인이 사위의 자질을 탐낸 청혼, 주인공 부부의 성혼.

(나)° 주인공 사위에 의한 장인의 과오 지적과, 주인공에 의한 아내의 축출.

2편의 (가)와 (나), 그리고 5편의 (가)°와 (나)°에서 보듯, '처가(친정)와 친가(시가) 중 어느 쪽 가부장이 소인인가'라는 기준에 따라 옹서대립담이 두 하위 유형으로 나뉜다.

5편의 옹서대립담에서는 처가(친정) 쪽의 가부장이 소인으로 설정되어 있는데,[10] 부친은 이러한 소인형 장인의 비리를 덮어주고 친분관계를 유지하는 태도를 취하지만, 아들(사위)은 그런 장인을 배척하고, 장인이 회과한 후에도 옹서갈등을 지속한다. 이에 비해 〈유효공선행록〉과 〈옥원전해〉의 옹서대립담에서는 친가(시가) 쪽 가부장이 소인으로 설정되어 있는데, 장인이 부친의 소인배적 비행을 공공연하게 지적하자, 사위가 그런 장인에게 분노함으로써 옹서갈등이 발생하고, 회과한 부친이 권고해도 감정의 앙금을 씻어내지 못한 채 옹서갈등을 지속한다.

이로 보건대 5편의 옹서대립담에서는, 옹서갈등을 심도 있게 다루지 않은 여타의 대하소설에 비해, 소인형 인물을 처가(친정)에 설정함으로써 소인가문의 문제를 중요 문제로 형상화해냈다고 할 수 있다. 2편의 옹서대립담에서는, 5편의 옹서대립담에서 한 걸음 더 나아가, 소인형 인물을 친가(시가)에 설정함으로써 소인가문의 문제를 정면에서 형상화해내는 성과를 올렸다고 할 수 있다.

〈옥원재합기연〉·〈옥원전해〉 연작에서 전편은 소인형 처가로 인한 옹서갈등을, 후편은 소인형 친가로 인한 옹서갈등을 담아내었다. 이 연작을 하나의 틀

---

10 〈명주기봉〉의 화정윤(과부 겁탈, 백성 도륙), 〈옥원재합기연〉의 이원의와 〈창란호연록〉의 한제(배신, 권세가에 아부), 〈양현문직절기〉의 이임보(간신의 전형), 〈완월회맹연〉의 장헌(스승 배신, 권세가에 의지)(한길연, 앞의 논문, 2003, 285~288쪽; 정병설, 앞의 논문, 250~252쪽)

로 묶어 옹서대립담 사이의 지형도를 그리면 아래와 같다.[11]

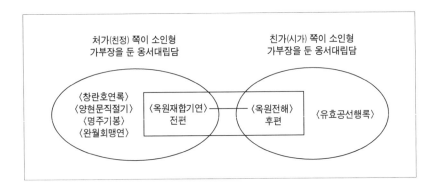

전편 〈옥원재합기연〉을 비롯하여 〈창란호연록〉, 〈양현문직절기〉, 〈명주기봉〉, 〈완월회맹연〉의 옹서대립담들이 처가(친정)의 가부장이 소인이어서 제 갈등을 유발하는 유형으로 자리를 잡고, 후편 〈옥원전해〉를 비롯하여 〈유효공선행록〉의 옹서대립담들이 친가(시가)의 가부장이 소인이어서 제 갈등을 유발하는 유형으로 자리를 잡는다. 여기에서 〈옥원전해〉에서는 전편의 소인형 인물인 이원의를 그대로 가져오되, 그를 장인(친정아버지)의 처지에서 부친(시부)의 처지로 방향을 틂으로써, 옹서대립담의 진지성과 흥미성을 끌어올리는 성과를 냈고, 〈유효공선행록〉은 처음부터 소인형 가부장의 문제를 정면에서 심도 있게 그려내는 성과를 냈다.

물론 〈옥원전해〉와 〈유효공선행록〉에서 소인형 가부장의 문제를 다루는 방식에 있어서 여러 가지 면에서 차이는 있다. 그 차이점을 인물갈등을 중심으로 제시해 보면, 〈옥원전해〉에서는 옹서갈등을 핵심 축으로 하여 부부갈등, 부자갈등을 얽어 놓았음에 비해,[12] 〈유효공선행록〉에서는 부자갈등을 핵심 축으로

---

11 창작 연대가 명확하지 않아 공시적으로 제시한 것이다. 한길연은 작중 인물(장두·진가숙·엄도사)을 검토하여 〈완월회맹연〉이 〈창란호연록〉의 영향을 받았을 것으로 추정했다.(한길연, 박사논문, 2005, 36~46쪽)

12 양혜란, 앞의 논문, 1994, 66~72쪽.

하여 형제갈등, 옹서갈등, 부부갈등을 얽어 놓았다.[13] 앞 작품이 뒤 작품에 비해 옹서갈등의 축이 훨씬 강화되어 있는 것이다.

요컨대 〈유효공선행록〉과 〈옥원전해〉는 옹서대립담 차원에서 친연성을 지니고 있음을 알 수 있다.

3. 두 작품에 나타난 옹서대립담의 함의

이제 〈유효공선행록〉과 〈옥원재합〉에서 주인공이 장인에 대해 그리고 아내에 대해 유별나게 고통을 가하고 그 고집을 꺾지 않았던 근본적인 이유는 무엇인가를 알아볼 차례다. 부친이 소인이었기에 그 과오를 지적하는 장인을 어느 정도는 이해할 수 있었을 텐데, 더욱이 아내에게만큼은 모진 고통을 가하지 않아도 되었을 텐데, 왜 주인공은 오랜 기간 동안 장인과 대립하고 아내에게 고통을 가했단 말인가?

이에 대한 답변은 인물의 기질 차원에서 제시될 수 있다. 〈유효공선행록〉의 유연은 평소 "집심執心"이 강하고 자존심이 세고, 비리와 악행을 싫어하며, 비행을 심히 부끄러워하는 결백한 성품의 인물이다. 그래서 부친과 아우가 뇌물을 받고 옥사를 그르치자 벼슬길로 나아가지 않고 조용히 군자의 삶을 영위하려 했다. 〈옥원전해〉의 이현윤 역시 비리와 악행을 싫어하는 결백한 성품을 지닌 인물로서 출세를 눈앞에 두지만 소인에서 군자로 거듭난 부친 이원의를 따라 벼슬을 사양하는 군자형 인물이다. 이렇듯 주인공들은 비리와 악행을 싫어하는 결백한 성품의 인물이면서도 고집과 자존심이 너무 세서 가부장의 악행을 거론하는 장인을 멀리했던 것이고, 그에 만족할 수 없어서 장인의 딸이라 하여 무고한 아내를 쫓아내기까지 했던 것이다.

---

13 조광국, 앞의 논문, 145~170쪽.

또한 두 작품의 옹서대립담에는 가문 차원의 문제가 드리워져 있다. 이를 단적으로 보여주는 것이 앞서 언급한 '상소문'과 '옥원재합기연'이다. '상소문'과 '옥원재합기연'의 존재는 그 자체로 부친의 악행과 비리가 세상에 널리 알려졌음을 뜻한다.[14]

〈유효공선행록〉에서 유연이 부친으로부터 온갖 박해를 감수하면서도 마음속 깊이 바라는 것은 부친이 회과하여 군자로 거듭나는 것이었는데, '상소문'은 그런 소망과 노력들을 수포로 돌아가게 하는 것이 된다. 〈옥원전해〉에서 이현윤의 소망대로 부친이 개과천선하여 이미 소인에서 군자로 거듭난 상태였는데도, 뜻밖에 '옥원재합기연'의 출현은 부친의 이미지를 여전히 소인형 인물로 고착화시키는 것이 된다. 그런데 부친이 가문을 대표하는 가부장이어서 부친의 비행과 치부를 드러낸 '상소문'과 '옥원재합기연'의 출현은 가문의 위상을 소인가문으로 격하하는 의미를 띤다.

이에 주인공은 장인을 가리켜, "야야를 해한 원수"(〈유효공선행록〉) 혹은 "아비를 욕하는 자는 원수辱其父子 爲其讐"(〈옥원전해〉)라는 극단적인 발언을 서슴지 않았다. 또한 유연은 세 차례나 용서를 구하는 장인을 몰상식할 정도로 용납하지 않았고, 심지어 아들을 불러내어 장인의 면전에서 아내의 잘못을 지적하면서 유문을 떠나가라며 아내와 아들을 밀쳐내기도 하고, 아들에게 어미와의 정을 끊으라고까지 했다(〈유효공선행록〉).[15] 이현윤 역시 '옥원재합기연'을 가져온 장인에게 자기 가문을 모욕했다며 화를 내고, 장인을 오랑캐夷狄之族라 칭하면

---

14 〈옥원전해〉에서 '옥원재합기연'이 이미 세상에 유포되어 이원의의 죄상이 세상 사람들에게 널리 알려져 있었다. 〈유효공선행록〉에서 '상소문'을 올리기 전에 '만언소'를 지었다. 유정경의 죄상이 널리 알려져 있었던 것이다.

15 유연은 친족관계(부자·형제관계)와 처족관계(옹서·부부관계)에서 전자를 후자보다 중요하게 여기는 태도를 취한다. 부친과 아우의 문제에 장인과 아내가 관련이 되는 순간, 유연은 매번 친족관계에 심혈을 기울이는 반면, 처족관계는 철저히 무시하고 만다. 친족이 부정적인 소인형 인물로, 처족이 긍정적인 인물로 그려짐에도 친족과 처족에 대한 유연의 차별적인 태도는 변하지 않는다.(조광국, 앞의 논문, 165쪽)

서 문전박대하고, 그것도 부족하여 아내를 가리켜 무상한 씨라 하여 장인을 욕하고, 딸을 오랑캐 족에게 재가시키라고 악담을 퍼부었다(《옥원전해》). 이렇듯 두 작품의 옹서대립담에서는 '가부장이 아무리 욕된 행위를 했어도 타인이 그것을 지적하면, 그는 가문의 원수다'라는 식으로 가문의 자존심 세우기에 힘을 쏟는다.[16]

이러한 가문의 자존심 세우기는 자기 가문의 위상을 대내외적으로 정립하려는 가문의식에서 비롯된다.[17] 유연·이현윤의 가문의식은 자기 가문을 소인 가문에서 군자가문으로 바꿈으로써 가문의 평판을 좋게 하려는 것이어서 그 자체로 긍정적이다. 그런데 그 가문의식이 과도하여 옹서갈등, 주인공의 부부갈등 및 부자갈등의 골을 깊게 하고, 가문 구성원들에게 상처를 입히며, 가문관계를 훼손시키는 등 역효과를 내는 점에서는 부정적이다. 여기에서 주인공의 극단화된 가문의식과 그런 의식에 자리를 잡고 있는 가문이기주의 성향을 포착해낼 수 있다.

참고로 5편(《옥원재합기연》·《창란호연록》·《완월회맹연》·《양현문직절기》·《명주기봉》)의 옹서대립담에서 친정아버지가 시가에 대해 배은·파약·악행하는 소인인 까닭에 아내가 "친가에 대한 원죄의식 속에서 한"을 지니고 살아가는 모습을 보인다.[18] 이를 남편의 처지에서 볼 수 있다. 남편은 소인형 장인을 능멸하고 그 딸인 아내까지 조롱하는 등 처족의 단점을 끈질기게 지적하고 처족과의 통혼관계를 단절함으로써 자기 가문의 우월성을 확고히 하고 군자가문으로서의 순수성을 지켜내는 모습을 보인다고 할 수 있다.

---

16 가문의 자존심은 장인에게서도 표출된다. 〈옥원전해〉에서 경공은 쫓겨난 딸이 친정으로 오지 않으려 하자, "지아비 임의 도라보니면 도라와 아비를 의탁ᄒᆞ야 ᄆ초미 당 〃 ᄒᆞᆫ 예로되 네 고졔혼 예문으로써 구차히 그 문을 딕히고져 ᄒᆞ니 노부의 ᄠᅳ시 만분 아니로되"(〈옥원전해〉 권2, 73~74쪽)라고 했다.

17 양민정(양혜란)은 〈옥원재합기연〉 연작에서 부부애와 가문의식의 대립이 나타나며, 〈옥원전해〉에서 그 대립이 첨예하다고 했다.(양혜란, 앞의 논문, 1994, 82~87면, 90~94쪽)

18 한길연, 앞의 논문, 2003, 288쪽.

이와는 달리 〈유효공선행록〉과 〈옥원전해〉에서는 친정이 소인가문이 아니어서 아내 쪽은 "원죄의식"으로부터 자유로운 상태에 놓여 있다. 그 반대로 남편 쪽이 부친을 소인으로 두었기에 가문 차원의 죄의식을 지닌다. 그런 탓에 남편은 장인이나 처가에 대해 우월감을 드러낼 수 없는데도 오히려 남편은 군자형 인물인 장인을 능멸할 뿐 아니라 여사형女士型 인물인 아내를 박대하고 축출시키고 만다. 그 이유는 장인이 부친의 비리를 거론했다는 데에 있다. 두 작품의 옹서대립담에서는 소인형 부친을 둔 가문의 약점으로 수세에 몰린 주인공이 열린 마음으로 사태를 개선하려 하기보다는 오히려 처가 쪽에 역공을 취함으로써 자존심을 지키려는 양상을 보이는 것이다. 여기에 과도한 가문이기주의적 성향이 자리를 잡고 있다.

이와 함께 〈유효공선행록〉과 〈옥원전해〉에서는 그런 과도한 가문이기주의 성향을 지닌 주인공에 대해 회의적이고 부정적인 목소리를 담아내는 것을 놓치지 않는다. 이는 주인공의 언행에 대한 작중 인물들의 반감을 통해, 그리고 주인공 스스로 심적인 고통을 당하는 모습을 통해 잘 나타난다.

먼저 주인공이 작중인물들의 반감을 통해 비판적으로 그려지는 것을 보자. 〈유효공선행록〉에서 아내 정부인은, 자신의 계후자리를 아우에게 넘겨준 부친의 처사가 옳음을 보이기 위해 일부러 미친 체하는 유연에게 효우의 결과가 그런 것이냐고 눈물을 흘리며 반문한다. 그리고 아내를 쫓아낸 유연이 부부의 도리를 다하지 않은 것이라는 시비 난향의 불만 토로,[19] 유연이 장인에 대해 반감을 품고 아내를 축출하자 이에 대한 친구 박상규의 절교 선언과[20] 강형수의 심한 질타 등이 이어진다. 〈옥원전해〉에서도 마찬가지다. 남편 이현윤이 장인을

19 난향이 고왈 부인이 엇지 이럿툿 구챠ᄒ시니잇ᄀ … 쇼졔 혹ᄉᄀ 무슴 죄롤 이디도록 지어 게시니잇ᄀ 부ᄁ지간은 군신일쳬 쥐 무도ᄒ니 미지 물너가고 당왕이 뜻을 달니ᄒ미 태빅이 다라나니 부즈는 난쳐ᄒ면 피ᄒ고 군신도 실의ᄒ면 ᄇ리ᄂᆞ니 ᄒ믈며 부ᄁ 디룬으로ᄡᅥ 견쥬ᄒ엿거놀 의 임의 굿고 졍이 임의 머러진 후 괴로이 셩각ᄒ미 식쟈의 우음이 되리니 쇽으로 힝ᄒ샤 노야와 서로 모도신즉 죡히 노야의 념녀롤 더르시고 쇼졔의 효롤 완젼이 ᄒ리이다(〈유효공선행록〉 권4: 『전집』15, 285~286쪽)

능멸하자, 아내 경빙희는 설령 친정아버지가 잘못했을지라도 자식 된 자로서는 어쩔 수 없다면서 남편의 의견에 동조하지 않고[21] 추운 밤을 부동자세로 지냈다가 병이 들어 혼절하고, 이후로는 남편의 접근을 완강하게 거부한다. 또한 딸보다 며느리를 더 사랑하는 모친 공부인의 모습을 통해 아내에게 모질게 군 이현윤의 행위가 부정적임을 우회적으로 드러내기도 한다.[22] 또한 이현윤이 아내를 축출한 처사를 두고, 부친은 부자간 의리를 끊기에 이르고, 외숙 공시랑은 미친 짓, 취하지 않으면 할 수 없는 짓, 세상의 조롱거리감이라고 비난하는 등[23] 가문구성원들이 심한 반감을 표출한다.

다음으로 주인공 스스로 고통을 당하는 모습을 보자. 그런 고통은 주인공이 아내에 대한 애증의 이중심리 상태를 보여주는 데에서 잘 드러난다. 〈유효공선행록〉에서 유연은 부친에 대한 효와 아내에 대한 긍휼 사이에서 괴로워하고,[24] 아내가 너무 빼어나게 아름다워서 박복하여 자기 같은 사람을 만났다며

---

20 박싱(박상규)이 무류ㅎ야 니러 하직 왈 쇼졔 십년 교도롤 그케 뉘웃ᄂ니 즉일 션싱의 말이 참아 인쟈의 일이 아니〃 쇼뎨 감히 돗글 혼가지로 ㅎ야 형녜로 칭치 못ㅎ리니 션싱은 당돌ㅎ믈 고이히 너기지 말나 샹녜(유연) 박싱의 언연이 졀교ㅎ믈 드르나(〈유효공선행록〉 권7: 『전집』 16, 11~12쪽)

21 쇼졔 오히려 유〃 냥구러니 날호여 피셕ㅎ고 년관샤죄 왈 비인이 ㅎ놀고 달우ㅎ여 벽셩이 긔흔ㅎ믈 인ㅎ여 부모긔 불회 망극ㅎ고 셩문의 죄롤 어드니 군즈의 다스리시믈 기ᄃ릴 ᄯ룬이라 무슨 알욀 배 이시리잇가 슈연이나 구홀 만속을 드러 고ㅎ건디 위인즈되되 다르미 업ᄉ리니 군즈디효와 디도로뻐 광긔텬하ㅎ시니 사람을 디ㅎ야 아비롤 구칙지 못ㅎ신 둣ㅎ고 셜영 부형의 소실이〃ᄉ니 즈식된 쟤 홀노 친위 되 잇ᄂ니라 ㅎ지 못ㅎ문 인즈 샹되니 기리 참쟉ㅎ실지니이다 셜파의 온유안셔ㅎ일지언졍 졍식불굴ㅎ여 화훈 듕도 싁〃즈연ㅎ니(〈옥원전해〉 권1, 98쪽)

22 어시의 공부인이 싀부 즈의ㅎ는 ᄯ디 셰간의 비홀 거시 업서 며ᄂ리 ᄉ랑이 그 일녀의 우히라 즉야 축원ㅎ여 복을 비니(〈옥원전해〉 권1, 103쪽).

23 어시의 공시랑이 졍싀고 니웃을 디ㅎ여 ᄀ로디 현윤이 미치디 아냣고 춰ㅎ디 아냐시디 소힝의 ㅎ연ㅎ미 불가ᄉ문어타인이라 녜의 안해 니치미 친긔의 범ㅎ면 부뫼 당의 이실딘대 고ㅎ고 부뫼 업ᄉ면 ᄉ당의 고ㅎ고 교즈와 시쟈룰 ᄀ초아 보니디 유소쳐무소귀어든 그치라 ㅎ시니 현윤의 축쳐는 그 죄 유무는 니 모르거니와 바히 녜되 업시 결발조강을 외영의셔 노복과 챵두롤 모도와 셜위ㅎ고 … 헌 교즈의 모라너코 그 유모롤 잡아치디 … 이는 부모를 다 업손두시 넉이미라 … 텬하의 티쇠 디디 아냐라(〈옥원전해〉 권3, 1~3쪽)

은근하고 다정하게 말을 건네기도 하고, 무죄한 아내를 축출한 후 조주 지방의 태향산 암혈에서 병든 아내를 만나 자신의 몰인정함을 느끼고 아내에게 긍휼한 마음을 품고[25] 부부관계를 맺었다가도 다시 장인을 대하면 분노가 일어 이내 아내를 박대한다. 장인이 유정경·유홍의 죄상을 밝힌 상소를 올리고자 할 때에 아내가 목숨을 걸고 만류한 것을 두고 유연은 아내의 덕성을 소중히 여기지만, 아내가 장인의 딸이란 것 때문에 괴로워하며 아내를 멀리하고 만다. 〈옥원전해〉에서도 마찬가지로 이현윤은 경빙희를 자못 사랑하면서도 장인 경공이 부친 이원의를 경멸했다는 생각이 드는 순간 장인에 대한 분노가 일어 이내 아내에 대한 애정이 식어버리고, 심지어 아내를 죽여 한을 풀려는 생각까지 품는다.[26] 그 반대로 장인을 비난하며 아내를 몰아치면서도 아내를 향한 은정恩情을 품기도 한다.[27] 이처럼 두 작품에는 아내를 향한 애증의 이중심리가 구현되어 있다.

---

24 학시 숙쇼의 도라와 셕양의 경식을 싱각ᄒ니 골경신히 혼지라 이에 부친긔 누더기 될가 두려ᄒ고 또 쇼져의 옥골풍광으로뼈 안졍쳥아ᄒᆫ 거동이 눈의 버럿고 아릿따온 틔되 암〃ᄒ며 약ᄒᆫ 긔딜을 참아 잇지 못홀 듯ᄒᆫ 즁 평일 완슌ᄒᆫ 힝실과 치칙홀 졔 그 가죡과 슬이 쩌러져시되 혼 졈 눈물과 미ᄒᆫ 쇼릭도 업ᄉ 견고ᄒᆷᄅ 굿쵸 싱각ᄒ니 진실노 일마다 항복되고 닛지 못홀 조각이라 그 괴로움과 박명을 앗기고 어진 일을 감격ᄒ니 ᄌ연 눈물 흐르믈 쎄다지 못ᄒ여 탄식 왈 남아의 눈물이 간 디로 쑬닐 비 아니로디(〈유효공션행록〉 권3: 『전집』 15, 190~191쪽)

25 홀연 ᄆᆞ음이 동ᄒ여 탄식 왈 닉의 망운ᄒᄂ 졍ᄉᄂ 니르도 말고 져의 참졀ᄒᆫ 회푀 부라ᄂ 비 나쑨인라 ᄆᆞ옴의 측은ᄒᆫ 비 젹은미 아니로디 심시 어즈럽고 부녀의게 의시 결을치 못ᄒ여 이에 도라완지 오리디 혼번 위로ᄒ고 졍을 머무르미 업ᄉ니 져도 졍결ᄒ 녀지라 인졍을 싱각지 아니나 나의 박졀ᄒ미 인졍이 아니라(〈유효공션행록〉 권5: 『전집』 15, 331~332쪽)

26 양민졍(양혜란)은, 다음 인용문을 중심으로, 아내를 사랑하려다가도 장인 생각이 나서 아내를 미워하는 남편의 모습을 짚었다(양혜란, 앞의 논문, 1994, 82~83쪽); ①윤필이 …… ᄆᆞ춤니 디로ᄒ야 명코 경공의 싱닉의 화락홀 쓰디 업ᄉ나 믹양 쇼져의 셩덕지화를 디ᄒ여 미친 쓰디 촌셕 굿고 화홰 쓰이 구룸속 굿ᄒ나 홀연 분연ᄒ여 억뎨ᄒ고 쥬져ᄒ니 …… 홀연 감동ᄒ여 깁히 기오홀 쓰디 잇시되 미처 결ᄒ치 못ᄒ여셔 경공의 춤ᄒᆷᄅ 드〃여 마음이 도로혀고 뜻이 쓰쳐더니(〈옥원전해〉 권1, 84~86쪽); ②그 빙공의 교만무식ᄒ미 수쳬롤 젼물통ᄒ고 무인교박ᄒ야 …… 그 부인을 죽여 혼을 풀고져 ᄒ더니(〈옥원전해〉 권2, 62쪽)

27 니셜졔 비록 박졀ᄒᆫ 신낭이셔 진듕ᄒ 힝검이나 능셤이 고르셔 슈단이 만국 향염의 은졍이 잇글니고 ᄆᆞ옴이 부야지 아니리오(〈옥원전해〉 권1, 99쪽)

이렇듯 주인공이 자기 가문에게는 우호적으로 대하고 반면에 처가에게는 거리를 두는 이중적 태도 그리고 아내에게 보이는 애증의 이중심리 상태는, 과도한 가문이기주의 성향에서 비롯된다. 이에 장인이 당하는 사위의 무례함은 소인인 사돈을 가리켜 소인이라고 말했다가 한없이 당해야 하는 납득하기 어려운 무례함이 되며, 아내의 수난은 시아버지가 소인인 탓에 남편에 의해 가해지는 이상하고도 억울한 수난이 된다. 장인은 사위에게 항변해본들 사위에게 냉대를 당해야 하는 주변인의 처지에 놓이고, 아내는 아내대로 그런 억울함을 남편에게 하소연해본들 오히려 출거를 당해야 하는 주변인의 처지에 놓이고 만다. 장인과 아내가 주인공의 과도한 가문이기주의의 폭력성에 노출되는 것이다.[28] 그런데 이런 가문이기주의에 의해 고통을 당하는 인물이 처족일뿐 아니라, 앞서 주인공의 이중심리 상태에서 살펴보았듯이, 주인공 자신임을 드러냄으로써 2편의 옹서대립담에서는 가문이기주의에 내재되어 있던 폭력성을 제대로 포착해낸다. 이것이 두 작품의 옹서대립담의 함의이다. 물론 그런 폭력성이 가문창달이라는 거시담론의 선에서 해소된다는 한계가 있긴 하다.

4. 마무리

〈유효공선행록〉, 〈옥원전해〉, 〈옥원재합기연〉, 〈창란호연록〉, 〈완월회맹연〉 등은 그 출현 시기가 18세기로 밝혀지거나 추정되고, 여타 작품들의 출현 시기는 늦어도 19세기경으로 추정된다. 이들 소설은 17세기 이후 조선의 사회상

---

28 물론 주인공의 과도한 가문이기주의에 대해 처족(장인과 아내)에서 반발하기도 한다. 그런 처족의 반발은 두 작품이 상대적인 차이를 보이는데, 〈유효공선행록〉에서는 장인이나 아내가 주인공에게 직접 대응하지 않고 인내하는 언행을 취함에 비해, 〈옥원전해〉에서는 직접적이고 적극적으로 대항·공격하는 언행을 취한다. 그러나 이러한 처족의 반발은 두 작품에서 공히 처족에서 주인공 남편을 통해 표출되는 가문이기주의의 폭력성을 감수하는 쪽으로 채색된다.

및 정치상의 면면을 일정하게 수용해냈다고 할 수 있다.

17세기 이후 조선에서는 당색, 학통에 따라 통혼관계를 맺는 것이 상층 사회의 풍조였다. 대체로 노론은 노론끼리, 소론은 소론끼리, 남인은 남인끼리, 당색에 따라 혼맥을 형성했던 것이다.[29] 그런 와중에 당색이 같은 가문끼리 통혼했다가 나중에 한쪽 가문의 당색이 달라지게 된 경우도 있었을 것이다. 그런 것들이 당시로서는 진지한 문제이자 세간의 흥밋거리였을 텐데, 작가들은 그런 점을 놓치지 않았다. 또한 당시 당쟁에 의해 가문이 한 순간에 어려움에 처할 수 있었던 정치 상황과 그런 당쟁과 맞물려 돌아가는 군자소인 논변이 치열했던 상황을 작품에서 일정하게 녹여냈음은 물론이다.[30]

2편(〈유효공선행록〉〈옥원전해〉)을 비롯하여 5편(〈옥원재합기연〉〈창란호연록〉〈완월회맹연〉〈양현문직절기〉〈명주기봉〉)에서는 군자 소인 논변 혹은 군자당 소인당 논변, 그리고 당시의 통혼관계 등을 캐릭터의 창출과 인물간 갈등의 설정 등 구성 방식을 통해 옹서대립담으로 잘 버무려냈다. 캐릭터 창출 면에서는 한쪽 가문의 가부장을 소인으로, 다른 쪽 가문의 가부장을 군자로 설정하고, 양쪽에 각각 여러 악행과 그에 상반되는 모습을 얽어 놓는 방식을 취하고, 갈등 구조 측면에서는 옹서갈등으로 두 가문의 구성원들의 갈등을 담아내고 이를 다시 부부갈등과 부자갈등으로 확대하는 방식을 취했다.

그 중에서도 〈유효공선행록〉과 〈옥원전해〉의 옹서대립담에서는 옹서갈등

---

29 권기석, 「19세기 세도정치 세력의 형성 배경(상)」, 『진단학보』 90, 진단학회, 2000, 123~157면; 권기석, 「19세기 세도정치 세력의 형성 배경(하)」, 『진단학보』 91, 진단학회, 2001, 163~184쪽.

30 정병설에 따르면, 조선 후기 장편소설이 비록 중국을 작품의 공간적 배경으로 했을지라도 당시 조선의 당쟁과 군자소인 분변의 상황을 작품의 외연으로 하여, 〈완월회맹연〉에서는 탕평적 정치관을, 〈옥원재합기연〉에서는 개혁적 정치관을 구현하고, 각각 장헌과 이원의를 소인으로 형상화해냈다고 했다.(정병설, 앞의 논문, 231~259쪽) 그리고 이지하에 따르면, 〈옥원재합기연〉 연작이 온건 개혁적 정치 인식을 보인다고 했다.(이지하, 「〈옥원재합기연〉 연작 연구」, 서울대 박사논문, 2001, 110~118쪽)
나는 〈유효공선행록〉이 소인형 벌열가문이 군자 형 벌열가문으로 자기갱신하는 모습을 형상화해 냈다고 했다.(조광국, 앞의 논문, 166~167쪽)

을 중심 갈등으로 하면서 "옹서갈등→사위·딸(아들·며느리)의 부부갈등→시부·남편(부친·아들)의 부자갈등"으로 확대·심화되는 면에서, 그리고 이들 갈등의 핵심 계기를 설정하는 세부 국면에서 친연성을 보인다. 특히 이들 옹서대립담에서는 가부장을 소인으로 설정함으로써, 장인을 소인으로 설정한 5편의 작품에 비해, 소인가문의 문제를 정면에서 형상화해내는 성과를 올렸다.

이들 옹서대립담에서 소인가문의 문제는 '가문이 소인가문이라는 오명을 썼어야 하며, 어떻게 해서라도 내 가문을 지켜내야 한다'는 주인공의 가문의식이 실현됨으로써 해결되기에 이른다. 그런데 그 가문의식이 지나치게 가문이기주의의 성향을 띠게 되고, 그로 인해 다소간의 부작용이 발생하게 된다. 어떤 명분이나 원칙을 내세우는 것이 난국을 풀어나갈 때 유효하긴 하지만, 그것이 지나쳐서 그 명분이나 원칙을 주장한 당사자를 포함하여 주변 인물들을 구속해버림으로써 적지 않은 문제를 일으키는 경우가 종종 있는데, 유연과 이현윤이 보여주었던 가문이기주의 성향이 그런 경우에 해당한다. 이들 주인공은 가부장의 비행을 거론하는 장인에 분노하여 옹서갈등을 일으키고 그 연장선에서 부부갈등과 부자갈등을 일으켜서 장인, 아내, 부친을 비롯한 주변 사람들에게 심한 고통을 안겨주었던 것이다.

이런 고통은 주인공이 자기 가문을 군자가문으로 쇄신하기 위해 노력하던 중에 장인이 부친의 과오를 들먹이자, 그간 받았던 심리적 고통 혹은 받아야 할 정신적 고통을 장인과 아내에게 전가한 것이라 할 수 있다. 이로 인해 처족인 장인과 아내는 주인공으로부터 고통을 당하고 배척을 당하는 주변인의 처지에 놓이고 만다. 이와 함께 이런 가문이기주의에 의해 고통을 당하는 인물이 장인과 아내뿐 아니라 주인공 자신임을 드러냄으로써, 가문이기주의에 내재되어 있는 폭력성을 드러낸다. 이것이 2편에 나타난 옹서대립담의 함의다.

요컨대 〈유효공선행록〉과 〈옥원전해〉는 옹서대립담을 통해 소인형 부친을 둔 가문을 갱신하려는 주인공의 고군분투와 그런 주인공에 의해 부당한 고통을 당하는 아내와 장인의 처지를 정면에서 그려내면서, 주인공 자신을 포함한 관련 인물이 가문이기주의의 폭력성에 노출되어 있음을 심도 있게 형상화한 문제작이라 할 수 있다. 〈옥원전해〉는 전편 〈옥원재합기연〉에 이어서 장인을 소인으로 설정하되 그를 장인의 처지에서 부친(시부)의 처지로 방향을 틀었고, 〈유효공선행록〉은 〈유씨삼대록〉의 전편으로 처음부터 부친을 소인으로 설정함으로써 소작품의 위상을 확고히 했다. 〈유효공선행록〉과 〈옥원전해〉는 옹서대립담의 친연성을 확보하며 독자들에게 진중한 흥미를 제공했을 것으로 보인다.

III. 〈하진양문록〉: 친정을 향한 여성의 효

1. 문제 제기

조선 후기 사회는 남성중심의 가부장제와 효 덕목이 맞물리면서 상호 상승 작용을 일으키는 중에 효는 덕목의 차원에서 이념의 차원으로 격상되고 있었다. 대소설에서도 그런 효 덕목 내지는 효 이념을 다양하게 구현했는데, 그중에 〈하진양문록〉[1]은 다른 대소설과는 달리, 여성의 효담론을 형성했다는 점이 특징적이다.

〈하진양문록〉 작품 연구가 적지 않게 쌓여 있다.[2] 작품 전체를 관통하는 것은 친정아버지와 친정가문을 향한 여주인공의 효행인데도, 그에 대한 심도 있는 연구는 없는 것으로 보인다.

하씨집안의 대종大宗이 딸 옥주에 의해 보전될 것이라는 친정아버지의 공언을 비롯하여, 노부老父와 가성家聲 혹은 문호文豪를 보전하는 것이 소원이라는 옥주의 발언, 그 소원을 이루기 위해 남장차림으로 문무 장원급제를 하고 큰 공을 세우기에 전념한 옥주의 활약, 임금에게 올린 상표上表에서 남장차림을

---

* 「〈하진양문록〉: 여성중심의 효담론」(『어문연구』 38-27, 한국어문교육연구회, 2010, 193~218쪽)의 제목과 내용 일부를 수정한 것임.
1 〈하진양문록〉(장서각 25권25책)(『낙선재본고전소설총서I 하진양문록 1-4』, 한국학중앙연구원, 2005)
2 연구사 정리는 김민조, 「〈하진양문록〉 연구사」, 우쾌제 외, 『고소설연구사』 월인, 2002, 1257~1280쪽.

했던 이유를 밝힌 대목 등 하옥주의 일생은 친정을 향한 효로 점철되어 있다. 부친과 남동생이 귀양살이를 마치고 집으로 돌아왔을 때 하옥주의 효가 강조 되었음은 물론이다. 그뿐 아니다. 하옥주가 진세백이 요구하는 부부간 애정을 물리치고 남편에게 권면한 것은 진씨 문호를 창성케 하는 효였다.

이처럼 하옥주를 통해 펼쳐지는 여성의 효담론은 친정에 대한 효뿐 아니라 시가의 가문을 향한 효까지, 그 범주를 넓히고 있다. 그 효담론은 표면적 주제 나 거시적 차원 정도에 그치는 것은 아니고, 효절孝節 논쟁과 효·애정 논쟁을 통해 치밀하게 펼쳐진다. 그리고 하옥주는 여성영웅형과 여군자형의 결합형 인물로 제시되거니와, 그런 여성인물의 효행에 의해 친정과 시가 양쪽 가문이 모두 창달케 되는 것으로 마무리된다.

이 논의를 바탕으로 〈하진양문록〉에 펼쳐진 여성중심의 효담론은, 친정을 향한 여성의 효를 정면에 배치함으로써 남성가문 중심의 가부장제를 구현한 여타의 대소설과 거리를 확보하며 소설사적 변주變奏를 이루었음이 밝혀지리 라 본다.

2. 여성중심의 효담론

〈하진양문록〉의 장편화 방식은 여느 대소설과 다른 모습을 보인다. 일대기 구 조의 확장과 삼각갈등의 중층적 반복 구조를 비롯하여 동일 사건의 반복적 배 치, 사건 진행 과정에 대한 상세한 기술 등을 통해 장편화되고,[3] 그 장편화 원리 는 "장황한 대화"[4]를 통해 전면화된다. 그 장황한 대화는 두서없이 제시되는 게 아니라 심도 있는 논쟁을 담아내는데, 그 논쟁들은 효절孝節 논쟁과 효·애정 논

---

3 김민조, 「〈하진양문록〉의 창작방식과 소설사적 위상」, 고려대 석사논문, 1999, 40쪽.

쟁을 중심으로 배치되어 여성중심의 효담론을 형성한다.

2.1. 효절孝節 논쟁

효절 논쟁은 효를 강조하는 하옥주와 절을 내세우는 진세백의 갈등을 통해 형성된다. 그 갈등과 논쟁의 분기점은 남장차림을 한 하옥주의 정체가 여성임이 밝혀졌을 때이다.

먼저 남장차림을 한 하옥주의 정체가 밝혀지기 전까지의 경우를 보자(서사단락 7-18).[5] 그 시기는 하씨집안의 골육지변骨肉之變을 겪고 연못에 투신한 하옥주가 진원도사에게 구출되어 그의 제자가 된 후 남장차림의 영웅으로 활약하는 때이다. 하옥주는 절節보다 효를 우위에 두는데 그런 생각은 스승인 진원도사와의 대화에서 잘 드러난다

> 전신이 남지라 공명을 일워 혼번 텬하의 횡힝ㅎ여 지긔룰 펴게 ㅎ시니 … 션분이 잇눈고로 금일 구ㅎ여 도라왓ㄴ니 네 다시 인간의 뜻이 이셔 밧비 도라가고져 ㅎㄴ냐 쇼제 황연ㅎ여 비스 왈 아히ㄴ 홍진의 속인으로 연화의 뭇치여 일족ㅈ모룰 일허 뉴ㅇ지통을 품고 다시 골육의 변을 만나 인셰의 투싱홀 뜻이 업셔 일신을 슈듕의 더지고져 ㅎ옵더니 이제 션싱이 거두시믈 닙ㅅ오니 엇디 다시 홍진의 나아가믈 브라오며 쳘마의 영욕을 참녜코져 ㅎ리잇가마ㄴ 문회 블힝ㅎ여 제형이 외도의 드러 탐권낙셰ㅎ니 미구의 망신지화룰 당ㅎ여 노부룰 보젼티 못홀가 두리옵ㄴ니 복망 션싱은 노부와 가셩을 보젼케 ㅎ쇼셔(권2)

---

4 이대형, 「19세기 장편소설 〈하진양문록〉의 대중적 변모」,『민족문학사연구』, 39, 민족문학사학회, 2001, 45~47쪽. 이 논문에서 다루어진 〈하진양문록〉의 이본은 개인세책본(러시아동방학연구소본, 장서각본, 국민대본)이다.

5 서사단락은 이 책 284쪽에 있는 부록 "〈하진양문록〉의 서사단락" 참조. 이하 동일.

진원도사는 진세백·하옥주의 부부 연분이 전생에 문곡성·미화선의 인연과 옥황상제의 명령에서 비롯되었음을 알려주었다.(그 섭리에 따라 하옥주는 친정 아버지에 의해 진세백과 약혼하게 된 것이다.) 하지만 진세백의 아내가 되는 것에는 관심을 보이지 않고 오직 노부老父와 가성家聲을 보존하고 싶다는 소망을 밝힐 뿐이었다.

　　물론 하옥주가 약혼자 진세백을 향한 절節을 외면한 것은 아니었다. 주부인 소생인 3인의 악인(영화·계화·종화)과 교주 등이 진세백을 해치려고 공모했을 때 하옥주는 약혼자인 진세백을 피신하게 하고 자신은 연못에 투신하는데, 그 과정에서 자신의 투신자살이 진세백을 향한 수절守節의 일환이라고 본 것이다. 이러한 점은 훗날 송태종이 예양의 고사를 거론하며 하옥주를 첩으로 삼으려는 뜻을 보이자 하옥주가 목숨을 내걸고 항거하는 대목에서 되풀이 된다.

　　하지만 하옥주는 진세백과 약혼을 이행하여 그의 아내가 되는 것보다는 친정을 향한 효행을 우선시했다. 이런 태도는 그 이후로 골육骨肉의 변(서사단락 1-8)과 멸문滅門의 화(서사단락 9-11)[6]를 겪는 과정에서 더욱 강화되는 양상을 보인다. 그 상황에서도 하옥주가 절을 행하지 않는 것은 아니었음은 물론이다. 그런데 그 상황에서 하옥주가 선택한 절節은 '결혼하지는 않겠지만 약혼자를 향해 수절한다'는 것이었다. 이러한 절행은 다소 기이한 방식의 절행이라 할 수 있다.

　　그런 절행은 진세백·명선공주의 약혼 사건에서 재차 나타난다. 하옥주가 죽은 줄로 알고 진세백은 명선공주와 혼약하게 된다. 나중에 하옥주는 그 사실을 알고 부마는 2처를 둘 수 없다는 제약 때문에 진세백과 결혼할 수 없는 상황을 받아들였으며, 그럼에도 진세백의 정혼자였던 것을 중히 여기고 그를 위해 수절하고자 했다. 거기에는 친정의 명예 훼손을 막고자 하는 하옥주의 생각이 자

---

6 이복형제(영화·계화·종화)가 국정을 농단하고 환관 고염, 총희 여희와 공모하여 정궁폐위 사건을 일으켰다가 진세백에 의해 그 죄상이 밝혀져서 3형제는 사형에 처해지고 하희지와 하백화는 극변원찬의 형이 내려진다.

리를 잡고 있었음은 물론이다.

이러한 하옥주의 생각과 행동에서 보이는 효절의 긴장관계는 서이·서융 연합군의 진압 과정에서 하옥주의 정체가 밝혀지면서(서사단락 18, 19) 진세백과 벌이는 효절 논쟁으로 이어진다.[7] 진세백은 약혼을 이행하지 않는 것은 절節을 이행치 않는 것이라며 질책하고, 절節을 내세워 부부의 인연을 맺어야 한다고 주장했다. 이에 하옥주는 자신이 노부와 문호를 위해 세상에 다시 왔으며, 그러하기에 자신은 이미 부도婦道와 여도女道를 잃은 것이나 마찬가지라는 이유를 들어 그의 절節의 논리를 반박했다.

효절 논쟁은 충절忠節 논쟁으로 변개되기도 한다. 진세백은 살아 돌아온 하옥주를 대하면서 명선공주와의 혼약보다 그전에 맺은 하옥주와의 혼약을 이행하려고 했다. 심지어 진세백은 송태종이 하옥주와의 혼약을 막는 것은 임금이 신하의 인륜人倫을 어지럽히는 것이므로 목숨을 걸고 항거할 것이라고 단언하고, 하옥주에게 절節을 내세워 이전에 맺은 혼약을 이행하라고 요구했다.[8]

이에 하옥주는 진세백이 부마가 되는 것을 거부하는 것은 임금에게 불복종하는 "무식한 남자"라고 힐난하고, 임금에게 복종하여 공주와 혼인하는 것이

---

7 골오디 비록 셕일 긔약이 이시나 기간 인시 변혁ᄒ여 허다난쳑ᄒ미 여러가디라 인연이 망단ᄒ여시니 엇디 부부로 의논ᄒ리오 내 불힝ᄒ여 화가 여셩으로 인뉸의 변을 만나 골육이 상잔ᄒᄂᆫ 변을 디니고 다시 산님의유락ᄒᄂᆫ 비 되어 … 도가의 슈학ᄒ여 쇽티를 버셔나 진염이 스라디니 셰샹 년분니 그만니라 다시 인간의 신고ᄒᆷ든 노부와 문호를 위ᄒ여 소오년 말미를 허더 인간의 왓ᄂ니 엇디 오리 홍진의 머물니오 공은 본디 부귀의 장쥐ᄒ여 믈욕의 잠겨시니 날과ᄂᆫ 다르고 더옥 내 몸이 심규 쳐녀로 산슈간의 유리ᄒ다가 만됴 문무와 비견 진퇴ᄒ여 동명셔별ᄒ며 텬하의 힝힝ᄒ여 호진젹병의 승피를 결우니 엇디 남ᄋ의 호걸이 아니리오 임의 부도를 일코 인윤을 하덕ᄒ여 텬하 기인이라 감히 병부 항녈의 드러 공의 견명을 흐리오고니 쏘 녀도를 바리고 금인옥졀을 잡아디 갑쥬로 긔운이 발호ᄒ고 ᄆ음이 방탕ᄒ여 평싱의 마음의 남의게 굴홀 뜻니 업스니 참아 구구ᄒᆫ 아녀ᄌ의 도리를 감심ᄒ리오 ᄒ믈며 피ᄎ의 누루한 허믈니 신명의 구이ᄒ니 인년이 단졀ᄒ연디 오리고 ᄒ믈며 공이 황은을 씌여 초방의 가지가 목하의 이시니 엇디 감히 타의를 싱각ᄒ리오 국법이 부마는 냥쳐 업스니 공이 감히 지쥐를 명티 못홀 분 아냐 님군이 농납디 아니시리니 공이 외람ᄒᆫ 죄를 어들 거시오 나의 구ᄎᆞᄒᆫ 인년을 기두리미 도로혀 호두ᄉ머니 공은 싱각을 헛도이 말고 텬노를 입디 마라 군의를 슌죵ᄒ여 공듀로 빅년을 완젼ᄒᆞ작 진시 문호를 챵셩ᄒ여 됴션의 효가 되고 명공의 복녹이 무궁ᄒ리니 날긋튼 화가 여셩의 입디를 걸이씌디 마르소셔(권10)

신하된 도리라는 주장을 펼쳤다. 덧붙여 하옥주는 진세백이 부마가 되는 것이 진씨가문의 조선祖先에 효를 행하는 것임을 들었다. 그런 하옥주의 주장에는 임금에 대한 충이 부모에 대한 효와 같다고 보는 군부일체君父一體의 논리가 담겨 있다.

또한 역모로 몰락한 집안을 일으키고 부친을 구해내기 위해서 임금의 심기를 어지럽히지 말아야 한다는 게 하옥주의 판단이었다. 송태종은 멸문의 위기에서 놓인 하씨집안을 구해낸 것이 자신의 공이라고 말하곤 했거니와, 진세백이 하옥주와의 약혼을 내세우며 부마가 되는 것을 거절하는 것은 결과적으로 하옥주 일로 송태종의 심기가 불편하게 될 게 분명했다. 진세백이나 하옥주나 모두 진세백의 국혼을 받아들이는 게 신하된 도리임은 물론이다. 이렇듯 충절 논쟁은 효절 논쟁의 연장선상에 있다 할 것이다.

한편 충절 논쟁은 임금과 신하가 벌이는 절節 논쟁으로 이어진다. 진세백과 송태종이 벌이는 절節 논쟁은 약혼남이 약혼녀에게 혼인을 이행하는 것을 두고 벌이는 논쟁이다. 진세백은 송태종에게 이전에 맺은 하옥주와의 약혼을 이행케 해달라고 요청한다. 이에 송태종은 부마가 2처를 둘 수 없다는 점, 명선공주와의 혼약이 억지로 이루어지지 않았다는 점 그리고 명선공주와 혼약할 때 다들 하옥주가 죽은 것으로 알고 있었다는 점 등을 들어 그 요청을 거절한다. 하옥주에 대한 절節을 내세워 부부관계를 맺고자 하는 게 진세백의 입장이었고, 명선공주와의 혼약도 절節이란 게 송태종의 입장이었다.

그뿐 아니다. 하옥주와 진세백은 각각 송태종에게 자신의 입장을 밝히면서 효절 논쟁을 지속한다.[9] 이렇듯 군상君上·신하臣下 사이에 벌이는 절節 논쟁은 다시 하옥주와 진세백이 벌이는 효절 논쟁과 맞물리는 양상을 보이는 것이다.

---

8 진빅이 익노 왈 님군이 막으실 빅 업고 만일 듯디 아니시면 이는 스로뻐 의를 부리미이 엇디 위엄의 굴ᄒ며 부귀의 동ᄒ리오 군샹니 신하의 인뉸을 어즈러일진디 밍셰코 불의에 슌종치 아니리니 엇디 구차히 명니의 굴ᄒ리오 그듸ᄂ 은혜갑기를 괴로이 싱각디 말나 그대ᄂ 다만 진빅으로 감동ᄒ여 스셩을 한가지로 ᄒ고 두 뜻을 변거치 아니ᄒ면 ᄒ니 업ᄉ리라(권10)

효절 논쟁은 예비 장인과 사위 사이의 효신孝信 논쟁으로 이어지기도 한다. 예비 장인인 하희지가 효孝와 신信(=절節) 중에 무엇이 중요하냐고 묻자, 진세백은 부자간의 대의 즉 효가 더 크지만 효孝와 신信(=절節)은 서로 견줄 것이 아니라고 답변했다. 이에 하희지는 진세백이 하옥주를 위해 자신의 신명을 소홀히 하는 것은 대효大孝: 가문에 대한 효에 어긋난다고 말하면서, 아내를 얻고 자손을 낳아 종사를 잇는 것이 대효인데, 하옥주와의 혼인을 이유로 부모로부터 물려받은 몸을 병들게 하는 것은, 효를 저버리는 일이라고 비판했다. 예비 장인과 사위 사이의 효신 논쟁은 근본적으로 하옥주와 진세백의 효절 논쟁의 연장선상에 있다고 할 것이다.

마침내 송태종이 진세백·하옥주의 혼인을 성사시킴으로써 하옥주와 진세백이 벌이는 효와 절, 둘 중에 어떤 것이 더 중요한지를 가리는 논쟁은 해소되기에 이른다. 진세백은 상사병으로 죽을 위기에 처하게 되어 하옥주가 불가피하게 그와 혼인하게 됨으로써 절節을 성취하게 되고, 친정아버지와 친동생의 사면·복직을 얻어내어 친정에 대한 효를 성취하게 된다.[10] 이렇게 효절 논쟁은 양쪽이 모두 자신의 뜻을 관철하는 식으로 종결되지만, 부부갈등은 새롭게 효·애정 문제로 재점화된다.

---

9 하옥주는 여총재의 직위를 받을 때 자신이 여성임을 밝히면서 송태종에게 청죄하는 임금에게 올린 표문에서 자신의 일체 행위가 부친과 가문을 위한 효 때문이라고 말한다. 진세백은 그에 맞서서 하옥주와의 혼인을 허락해주기를 여러 차례 간청하고, 하다못해 하옥주를 명선공주에 이어 부빈으로 들이게 해달라고 청한다.

10 절보다는 효를 우위에 두는 하옥주와는 상반된 경우가 있다. 하백화·양혜옥의 결연에서 양혜옥이 효절의 기로에서 효보다는 절을 선택한다. 하희지·하백화가 귀양간 후에 소식이 없자, 친정아버지인 양중희는 혼약을 깨고 딸의 혼처를 다른 곳에 구한다. 그때 양혜옥은 병이 들어 눈·입·귀가 먼 것처럼 꾸미고 수절하며 지내다가 훗날 하백화와 혼인하기에 이른다. 그때 양중희가 '하백화를 위한 정은 태산같고 부모를 향한 정은 홍모같냐'라며 서글퍼해 하자, 양혜옥은 단호히 효보다 절이 더 크다고 대답한다. 양혜옥은 파혼하려는 부모에 대한 효보다는 스스로 혼약 이행의 절을 선택한 것이다. 양혜옥의 이러한 선택은 부모에게 신의를 지키게 하는 것이어서 넓은 의미에서 부모와 가문을 위한 효를 지향한 것이라고 할 수 있다.

2.2. 효·애정 논쟁

효·애정의 긴장관계는 이미 전반부에 내재되어 있던 것이다. 진세백이 하옥주에게 혼인을 요청한 것은 약혼의 신(信)(=절節)을 지키기 위해서만이 아니라 하옥주를 진심으로 사랑했기 때문이었다. 진세백은 하재옥으로 변장한 하옥주에게 "만일 살아 있으면 내 공명은 버려도 이 아내는 버리지 못하리라"(권7)라고 말할 정도로 아내를 향한 애정을 입신양명과 가문창달보다 중시하는 모습을 보였다. 상사병으로 죽음의 위기에 처하게 되어 마침내 임금의 허락과 하옥주의 동의를 얻게 된다.

효·애정 논쟁은 하옥주·진세백의 혼인 이후에 본격화된다. 하옥주는 진세백을 살리기 위해 어쩔 수 없이 혼인했지만, 하씨집안이 애써서 멸문의 위기를 벗어나 가문재건으로 들어서는 시점에서 하옥주에게 진세백의 구애 행위는 하씨가문을 다시 곤경에 빠뜨리는 요인으로 받아들여졌다. 이로 인해 하옥주의 효와 진세백의 애정은 팽팽한 긴장관계를 이루게 된다.

한편 하씨집안이 가문재건에 들어서면서부터는 효담론은 진씨집안 쪽에서 펼쳐지게 된다. 그때 진세백은 진씨집안을 위한 효보다 하옥주와의 애정을 중시함에 반해, 하옥주는 진세백에게 애정 표출을 자제하게 하고 진씨가문을 위한 효를 강조했다. 여기에서 진세백의 효는 부친에 대한 효와 가문에 대한 효 중 후자를 중심으로 펼쳐지는데, 이는 진세백이 고아였기 때문이다. 어쨌든 진씨가문에 대한 효 역시 하옥주의 요청에 의해 이루어지므로 효담론은 하옥주를 중심으로 형성된다고 할 수 있다.

이런 효담론은 혼인 전부터 나타난다. 진세백은 시시때때로 약혼녀 하옥주에 대한 애정 공세를 펼치지만, 하옥주는 번번이 진세백의 조선祖先에 대한 효를 이유로 피하곤 한다. 단적으로 진세백은 상사병에 걸렸을 당시, 하옥주를 그리워하면서 하씨가문의 송정에 이르러 하옥주와 한가롭게 즐기는 그림과 철갑투구를 쓰고 함께 행군하는 거동을 그린 그림을 족자에 넣어두고 감상하곤 했다. 하지만 하옥주는 족자를 불살라버린 후 진세백에게 조병調病과 공주와의 혼약 이행을 권면하고 경박자의 태도를 본받지 말라고 충고했다.[11] 이러한 논쟁은 혼인 이후 매 사건마다 나타난다.

한편 효·애정 논쟁은 예禮와 애정 사이의 예·애정 논쟁으로 변개되는 양상을 띠기도 한다. 혼인 전의 예禮 논쟁에서[12] 그러한 조짐을 보인다(서사단락 19-30) 단적으로 하옥주는 진세백이 절節을 내세워 부부관계를 맺으려는 것이 사정私情과 물욕物慾에서 비롯된 비례非禮라고 비난하자, 이에 진세백은 자신의 태도가 사정도 아니고 비례도 아니라고 항변하며 오히려 하옥주가 빙채를 받았으면서 비례를 저지른다고 질타했다. 나아가 진세백은 남녀간의 애정은 인정천리고 색욕은 성현군자도 면치 못하는 것이라며 남녀간 애정은 자연스러운 것이라고 반박했다.

이러한 예·애정 논쟁은 신혼 첫날밤에 본격적으로 펼쳐진다(서사단락 31). 하옥주가 부부관계를 거부하면서 진세백에게 남아의 유희를 그만두고 체면을 손상치 말라는 등 부부 사이의 예를 강조하자,[13] 진세백은 이를 불쾌하게 여기면서 여필종부女必從夫와 부부합친夫婦合親을 들어,[14] 자신의 애정을 받아들일 것

---

11 하시 불열ᄒ야 정식 왈 장부 이런 사특한 거슬 겻히 두고 마음을 상히오니 엇지 병이 드지 아니ᄒ리오 일작 그디를 남이라 ᄒ엿더니 이디도록 소ᄒ뇨 이에 드디여 족ᄌ를 촉하에 살와 바리리라 하시 이러나 인ᄒ야 갈오디 이계 친당으로 가나니 다시 보기 죠련치 아인지라 됴심됴병ᄒ야 슈이 쾌복홈을 바라나이다 … 군은 실노 정혼 비 잇셔 반다시 일륜에 완젼케 ᄒ미 셧 〃 한지라 이럿트시 ᄒ쇼 시속 경박ᄌ의 틱도로써 친압함을 효칙고ᄌ ᄒ시리오(권16)
12 민찬은 하옥주와 진세백 사이의 예와 비례의 논쟁에 대해 고찰했다(민찬, 「여성영웅소설의 출현과 후대적 변모」, 서울대 석사논문, 1986, 70~71쪽)
13 소졔 정식 대왈 피치 나히 고셩ᄒ고 지위 쳔승이니 년쇼 남ᄋ의 뉴희롤 엇디 ᄒ시리잇고 진양이 불힝ᄒ여 몸이 녀ᄌ의 츙슈ᄒ여 왕의 부인을 감심ᄒ오나 너무 셜만치 마르시고 신듕졍디ᄒ여 쳬면을 손상치 마르시면 진양이 ᄯᅩ흔 부덕을 닥가 군의 실중의 거훌던디 피치 부창부슈ᄒ여 국풍디아의 시롤 외오고 규문이 묽기 징슈갓ᄒ믈 싱각ᄒ쇼셔(권18)
14 투목지시 왈 그디 비록 슈존흔 쳬ᄒ나 당당흔 셰빅의 안히라 무인흔 위엄을 가부의게 홀고 쳔ᄌ치 못ᄒ리라 하고로 신션의 괴도롤 힝ᄒ여 풍뉴결ᄉ의게 쓰리오 풍치 놉하도 니 안히 된 후로는 그리 못ᄒ리니 명 〃 흔 디의와 당 〃 흔 오륜의 부 〃 합친은 고금통의라 뉘 감히 희지을 지 이시리오(권18)

을 요구했다. 명선공주와 혼인 후 신혼 첫날밤에 진세백이 합방하지 않음으로 써 끊임없이 하옥주와 부부싸움을 일삼았다(서사단락 32, 33). 주로 진세백은 하옥주를 연모하는 마음을 참을 수 없다고 말하거나[15] 몸짓으로 애정을 표현하 지만, 하옥주는 그런 진세백이 주색에 사로잡혀 비례를 행한다고 폄하할 뿐이 었다.

이러한 예·애정 논쟁은 여성 규범을 강조하는 차원 내지는 부부간의 도리 차원에 그치지 않는다. 하옥주가 진세백의 병세 혹은 규문의 맑음을 위해 진세 백의 구애를 배척하는 것을 고려하면, 그녀의 예는 가정의 안정이라는 목적[16] 과 진문의 확립이라는 목적을 지니고 있는바, 궁극적으로 진문을 위한 예로 수 렴된다. 요컨대 예·애정 논쟁은 효·애정 논쟁의 연장선상에 있다고 할 것이다.

효·애정 논쟁은 진세백·하옥주·명선공주가 1부2처 가정을 이룬 후 일으키 는 삼각갈등을 통해 구현되기도 한다(서사단락 32, 36, 37). 하옥주는 진세백이 가장으로서 두 아내를 잘 거느려 가정의 화평을 도모하기를 바라지만, 진세백 은 명선공주를 거들떠보지도 않고 하옥주에게만 애정을 표출한다. 여기에 공 주는 불만을 품어 하옥주의 독살을 시도하기도 하고 아들을 집어던져 장애자가 되게 하는 등 악행을 저지르는데, 하옥주는 여총재의 직권으로 공주를 양간정 에 가두고 자신은 화경당에 머무르며 공주를 회과悔過시켜 부덕을 갖추게 한다.

이런 어수선한 상황에서도 진세백은 하옥주에게 달콤한 말과 위협적인 태 도로 시종일관 구애하는데,[17] 단적인 예로 하옥주가 화경당 문단속을 엄히 하

---

15 다만 현비로 더부러 신정이 밀ヽ 후니 엇디 춤아 거결후고 견디리오 더욱 겻히 이시면 능히 견권지정을 거졀쎄 어렵고 먼니셔는 샹ᄉ지심을 춤을 길히 업ᄉ리니 ᄒ고져 ᄒᄂᆫ 비 아니 나 ᄒᆫ 번 쾌히 죽기ᄂᆫ 쉽거니와 ᄎᄉᄂᆫ 과연 어렵도다(권20)
16 민찬은 "예의 실현을 위한 하옥주의 행위 이면에는 가정의 안정이라는 목적이 설정되어 있 다"(민찬, 앞의 논문, 70~71쪽)고 보았는데, 나는 이 점을 수용하고, 나아가 하옥주의 예가 효로 수렴된다고 본다.
17 낫츨 열고 냥구 슉시ᄒ다가 웃고 그 손을 잡으며 무릅흘 비겨 쥐안이 몽농ᄒ여 쇼현을 농왈 그디 무ᄉ 연고로 날을 괴로혐을 봇치고 졸나 죽이려 ᄒᄂ뇨(권23)

여 진세백의 애정 공세를 차단했을 때에도 진세백은 기회를 노려 연거푸 하백화와 하희지를 뒤쫓아 들어가 사랑타령만 했다. 그때마다 하옥주는 진세백에게 누대累代 독자로서 병을 조심해야 함과 지나친 애정 표출은 가정의 화평에 걸림돌이 된다는 평소의 지론을 펼쳤다.[18]

이렇듯 진세백·하옥주·명선공주의 삼각갈등에서 진세백의 가장으로서의 처신과 공주의 부덕을 중시하는 하옥주의 '가정 안정의 축' 즉 진씨가문에 대한 효의 축이 한 축을 형성하고, 진세백을 향한 명선공주의 애정과 하옥주를 향한 진세백의 애정을 포괄하는 '애정의 축'이 다른 한 축을 형성하여 두 개의 축이 길항관계를 이룬다. 요컨대 이 삼각갈등은 효·애정 문제를 담아내고 있는 것이다.

효·애정 문제를 담아내는 또 다른 삼각갈등으로 송태종·정궁·장귀비의 갈등과 송태종·정궁·조첩여의 갈등이 있다(서사단락 28, 30, 34). 장귀비와 조첩여는 공히 송태종과의 애정만을 중시하여 정궁폐위正宮廢位의 악행을 도모하는데, 그때 하옥주의 주도로 장귀비는 징치되고 조첩여는 회과悔過함으로써 황실의 안정이 이루어진다. 이 경우에도 장귀비와 조첩여로 대변되는 '애정의 축'과 하옥주에 의해 대변되는 황실의 안정 즉 황실 가문에 대한 '효의 축'이 길항관계를 이룬다. 송태종·정궁·후궁의 삼각갈등은 두 차례에 걸쳐 발생한 만큼 그 비중이 적지 않다고 할 것인바, 효·애정 논쟁을 심화시킨다고 할 수 있다.

이러한 효·애정 논쟁은 운남왕·교지왕 정벌담에서 한 차례 더 부각된다(서사단락 41). 진세백은 출정 전날 밤 군중에서 남두성이 떨어지는 꿈을 꾸고 이

---

18 첩이 달니 공을 거절ᄒ미 아니오 또 엇디 간샤히 칭병ᄒ리오마는 다만 소회 잇ᄂ니 명공이 누디 독신으로 본디 실닌 병이 만흐니 맛당이 조심홀디니 쥬식을 엇디 경계치 아닛ᄂ뇨 군ᄌ의 말솜이 의외라 답지 아낫ᄂ니 왕의 거죄 일편되여 니외롤 가식ᄒ고 이증이 편벽ᄒ여 가중화긔롤 샹히오고 녀ᄌ의 원망을 일워ᄂ니 엇디 쟝구지칙이라 ᄒ리잇고 이 다 첩의 연고로 말미암으미니 첩이 스ᄉ로 혜아려 병이 발ᄒ므로 즈연 병을 됴셥ᄒ오미니 엇디 달니 괴벽ᄒ미 이시리잇고 만일 디옹이 슈힝ᄒ샤 가되 화평ᄒ죽 쏘ᄒ 첩으로 더브러 화락ᄒ시리니 불연죽 군ᄌ의 됴ᄒ 뜻을 위월치 아니리이다(권21)

를 태몽이라 여겨 하옥주를 찾아가 부부관계를 요구하는데, 하옥주는 이를 천정으로 받아들였다. 하지만 불쾌한 심정을 억누르지 못하고 진세백이 군법을 어긴 죄와 임금에 대한 불충을 저질렀다고 힐난했다. 또한 하옥주는 출정 중병이 든 진세백을 치료하여 전세를 승리로 바꿔 놓는데, 이런 와중에도 진세백은 애정을 표출하는 데에 여념이 없고 하옥주는 다시 가장의 도리와 가문에 대한 효를 내세워 거부했다. 이렇듯 운남왕·교지왕 정벌담은 치열한 군담을 통해 하옥주의 신이한 영웅적 능력을 보여주는 것에 그치지 않고, 효·애정 논쟁을 서사적으로 담아내는 기능을 한다.

하문, 진문, 황실이 안정된 후, 하옥주와 진세백의 애정 어린 부부관계가 나타나기도 하지만, 그런 부부관계는 단 한 번, 그것도 요약적으로 간단하게 기술될 뿐이다. 하옥주는 하문, 진문, 황실에서 가정의 안정을 도모하고 궁극적으로는 가문의 창달을 지향하는 가문을 위한 효를 내세우면서 철저히 남녀간 애정을 배격하는 태도를 취할 뿐이었다. 반면에 진세백은 명선공주와 합방하면서도 내내 하옥주 생각으로 시간을 보내고, 하옥주는 그런 진세백을 냉담하게 대했다. 하옥주는 진세백의 애정을 받아들이는 여성으로 바뀌지도 않고, 진세백은 애정 표출을 자제하는 진중한 군자로 바뀌지 않는 것이다. 이처럼 하옥주와 진세백에 의해 형성되는 효·애정 논쟁은 결말부에 이르도록 해소되지 않고 지속되는 양상을 보인다.[19]

---

19 진비 왕의 과취ㅎ믈 보고 쵹을 도〃고 시셔를 넑어 즈리룰 츳지 아니커눌 왕이 그 뜻을 알고 그윽이 함쇼ㅎ고 거줏 자눈 쳬ㅎ더니 야심ㅎ미 쵹을 믈니라 ㅎ니 진비 다만 안졍 싁〃ㅎ여 쥬호룰 부동ㅎ니 왕이 비록 긔탄ㅎ나 뭇춤니 여산듕졍을 참디 못ㅎ여 나아가 은근이 개유ㅎ여 동침ㅎ믈 간걸혼디 진비 됴흔 말노 디답ㅎ고 쥬역을 외와 왕의 슈졍을 노히게 ㅎ니 쳔연혼 법되 ㅈ연 만믈을 진졍ㅎ고 텬하 인심을 항복 밧ㄴ 풍되니 왕이 비록 일셰 호걸노 텬하의 호탕ㅎ눈 장긔룰 가쳐시나 진비룰 디ㅎ미눈 쇽졀업스니 구산ㄾ훈 졍과 산악ㄾ훈 긔운을 가쳐시되 구박디 못ㅎ더라(권25)

3. 여성중심 효담론의 변주

〈하진양문록〉의 효담론이 효절 논쟁과 효·애정 논쟁을 통해 구현됨을 살펴보았다. 〈하진양문록〉은 절과 애정을 분리시키려는 하옥주의 사고와 절과 애정을 일치시키려는 진세백의 사고가 대립하는 양상을 보인다.[20] 다음으로 하옥주의 캐릭터가 효담론과 밀접한 관련이 있음을 살펴본 후, 이 작품의 효담론이 지니는 소설사적 위상에 대해서 검토해보고자 한다.

3.1. 하옥주 캐릭터 창출에서의 변주

효담론과 관련하여 주목할 것은 하옥주가 여성영웅형과 여군자형을 결합한 캐릭터로 창출된다는 것이다. 먼저 하옥주의 여성영웅성에 대해 살펴보자. 역적 자식들로 폐족서인廢族庶人이 된 부친을 구해내고 가문을 회복하려는 하옥주가 남장차림을 하여 진세백보다 우월한 영웅성을 발휘하고 전공을 세웠다. 그 과정에서 하옥주는 끊임없이 구애하는 진세백에게 부부윤의夫婦倫義를 뜬구름같이 여기니 무례히 굴지 말라고 면박面駁하며 원수의 권세로 그를 부원수에서 군관으로 강등시키기도 했다. 이처럼 하옥주는 여성영웅 혹은 남성보다 우위에 있는 여성영웅형의 캐릭터로 설정된다.[21]

다음으로 하옥주의 여군자 성향에 대해 살펴보자. 하옥주는 서두에서부터

---

20 〈하진양문록〉은 절과 애정을 분리시키려는 하옥주의 사고와, 절과 애정을 일치시키려는 진세백의 사고가 대립하는 양상을 보인다. 그런데 그 대립 양상이 효를 정점으로 하기 때문에 이 작품의 효담론은 주제적 위상을 지닌다고 할 수 있다. 민찬은 "하옥주가 가문의 회복, 가정의 안정, 예의 실현 등에 집착하고 애정행위를 거절함으로써 열과 애정이 분리된 방식의 행동을 취하고 있다."라고 하여(민찬, 앞의 논문, 130쪽), 직접적이고 본격적으로 논의하지는 않았지만 하옥주의 열(절)과 애정을 분리하는 사고방식이 효(가문의 회복 및 가정의 안정)에서 비롯되었음을 시사했다.

미모와 재덕을 갖춘 여성으로 제시된다. 진세백의 애정 표출을 자제케 함은 물론이고, 장귀비의 정궁폐위 모의 징치, 임금의 총애에 기대어 방자하게 구는 조첩여의 회과, 명선공주의 회개 등 일련의 사건을 통해 여중군자女中君子, 규중의 대현大賢, 남아보다 나은 대현군자大賢君子로 인정받는다. 이러한 여군자 캐릭터는 친정가문에서 시가로, 나아가 황실로까지 확대되는 하옥주의 효담론과 표리관계를 이룬다.

이처럼 하옥주는 여성영웅형과 여군자형을 결합한 여성 캐릭터다. 그런데 하옥주의 그런 성격은 작중인물들에 의해 다소간 부정적 반응을 일으킨다. 단적으로 진세백은 "무인한 위엄을 가부에게 할꼬 천자치 못하리라"라고 분노했고, 소상궁은 "다만 주공이 사정을 살피지 아니하시고 너무 박절하시니 도리어 인정 바뀌고 가내에 화함이 되지 못하리이다"(권19)라고 지적했다. 이처럼 하옥주의 성격은 남편의 분노를 일으킴은 물론 자신을 따르는 소상궁에 의해 인정人情을 벗어난 성향이 있다고 지적된다.

하옥주는 왜 그런 성향을 지니게 되었는지, 그 이유를 소상궁에게 곡진하게 밝혔다.

> 희허 탄왈 나의 소우所憂는 타시 아니라 니 몸이 황난여성으로 골육이 상잔후고 동기 쥬륙후니 체면의 맛당히 힝셰티 못홀 거시오 진왕으로 부뷔 되미 인뉸의 비아훈 혐의 잇고 또 다시 녀즈의 몸이 도여 빅희의 절을 딕희디 못후여 규문의 죄인이라 당〃이 폐륜ᄉ세후고 삭발위리후미 올커놀 진실노 왕의 비명요절후믈 춤아 괄시티 못후여 다시 츠쳐의 도라와 혐의롤 무릅쓰니 희라 이 엇디 나의 쥬의리오 고절을 허러 물욕의 쩌러지니 진왕의 구〃훈 ᄉ정이 더옥 가

---

21 선행 연구자들은 하옥주를 '영웅형', '여호결계형', '여성영웅형', '남성보다 우위에 있는 여성영웅형' 인물로 일컬었다.(강진옥, 「하진양문록 연구」, 『연구논집』 8, 이화여대, 1978; 정명기, 「여호결계 소설의 형성과정 연구」, 연세대 석사논문, 1980; 임성래, 「〈하진양문록〉 연구(I)」, 『연세어문학』 13, 연세대 국어국문학과, 1980, 111~127쪽; 민찬, 앞의 논문 62~71쪽)

쇼롭고 공쥬의 싁투ᄒᆞᆫ 욕이 신상의 밋ᄎᆞ니 그 참분ᄒᆞᆫ 비록 하슈의 ᄲᅥ셔도 족디 못ᄒᆞᆯ노다 가지록 텬은이 지듕ᄒᆞ샤 고관디작이 몸의 밋고 초야 쳔인으로 왕후의 모쳠ᄒᆞ니 넘치 상진ᄒᆞ며 분의 외람ᄒᆞᆫ디라 니 능히 후셰 믜명을 면ᄒᆞ리오 듀ᄉᆞ야탁ᄒᆞ나 진왕의 구든 졍을 버힐 길이 업ᄉᆞ니 이러므로 초ᄉᆞ하나 됴흔 쇠ᄅᆞᆯ 엇디 못ᄒᆞ고 부귀총권이 오롯ᄒᆞ니 이 능희 의리의 면티 못ᄒᆞᆯ디라 … ᄎᆞ후 근심이 더욱 깁흔대 나의 일싱이 엇디 즐겁고 쾌ᄒᆞ리오 이러므로 부귀공명을 불힝이 알고 부〃화락도 원치 아닛노라(권24)

위 인용문은 작품 말미에서 하옥주가 자신의 성향을 집약하여 토로한 대목이다. 하옥주는 삶의 목적이 여군자로서 삶을 영위하는 것이었지만, 현실적 상황이 여의치 않아 그런 삶을 영위할 수 없었음을 한탄하는데, 그러한 한탄은 죄책감으로 자리를 잡는다. 즉 골육상잔과 멸문지화를 맞게 된 죄인의 신분으로 친정아버지와 가문을 구하기 위해 남장차림으로 영웅성을 발휘한 것은 물론이고, 심지어 명선공주에게 투기의 대상이 되어 오욕汚辱을 쓰게 된 것, 원하지 않는 부귀영화를 누리게 된 것조차 하옥주에게 죄책감으로 작동하고 있다. 하옥주가 이러한 존재론적 죄책감을 떨쳐버리지 못하는 한, 남편의 구애 행위는 체통과 권위를 벗어난 것일 수밖에 없었고 그러하기에 부부화락夫婦和樂은 이루어지지 않았던 것이다.

애초부터 하옥주는 세대 명문거족의 일원으로 가부장 하희지를 모시고 여군자로서 살아가고자 했지만, 이복자매인 교주와 이복오라비 3형제(영화·계화·종화)의 악행으로 인해 그런 삶은 송두리째 바뀌게 된다. 교주는 하옥주의 약혼남인 진세백과 통정通情한 후 부부가 되고자 했으나 여의치 않게 되자 진세백에게 누명을 씌웠다. 또 오라비와 공모하여 진세백과 하옥주를 해치려 들자 이런 정황을 눈치 챈 하옥주는 진세백을 피신시키고 자신은 연못에 투신했다. 이처럼 주부인의 자식들인 교주와 3형제는 골육의 변을 일으켜 부친에 대한 불효를 저지르고 가문의 명예를 추락시키기에 이른다.

3형제는 이후에 벼슬하여 고염·여희와 결탁하여 소인 편당을 만들어 현인 군자를 배척하고 후비에게 재물을 뿌려 정궁 찬탈을 도모했다가, 진세백에 의해 죄상이 낱낱이 밝혀져서 처형당하고, 하씨집안은 멸문지화의 위기를 겪게된다. 이 일로 인해 하옥주의 존재론적 가치는 친정아버지를 구하고 가문의 명성을 되찾는 것에 두어지는바, 그런 하옥주에게 애정기피적 성향은 피할 수 없는 것이라 할 수 있다.[22] 그런 상태에서 하옥주는 진세백과의 효절 논쟁 그리고 효·애정 논쟁은 필연성을 띠게 된다.

하옥주에게 있어서 여군자의 삶이 목적이라면 여성영웅의 삶은 수단이었다.[23] 물론 하옥주가 여중군자, 대현군자로 치켜세워지는 데에서 알 수 있듯이 여군자의 삶은 어느 정도 성취된다. 그런데 여군자라는 모델에 자신의 모든 생각과 행동을 일치시키려고 했던바, 그러한 여군자 모델은 하옥주에게 일종의 당위 혹은 율법과 같은 것으로 작용하기에 이른다.[24] 당위와 율법을 충실히 따르려는 자들 중에는, 자의든 외부 환경에 의해서든 그게 지켜지지 않았을 때에

---

22 하옥주의 '애정기피증'에 대해서는, 이경하, 「하옥주론: 〈하진양문록〉 남녀주인공의 기질 연구(1)」, 『국문학연구』, 6, 국문학회, 2001, 235~238쪽 참조. 내가 보기에는 그 핵심적인 단초가 교주와 진세백의이 정을 통한 사건에 있다. 그 사건이 하옥주의 내면 심리에 큰 상처로 자리를 잡게 되어, 진세백의 끊임없는 구애를 받아들이지 않았던 것이다. 심지어 진세백이 7년 동안이나 여색을 밝히지 않고 오로지 하옥주만을 사랑했다고 말해도, 하옥주는 그런 진세백의 구애 행위를 경박자의 소행, 즉 바람둥이의 소행이라고 비하해 버리곤 했던 것이다. 한편 하옥주는 두 차례에 걸쳐 벌어진 후궁들의 정궁 폐위 사건을 단속하는데, 평소 애정기피증을 지녔던 하옥주로서는 그 사건들의 바탕에 깔려 있는 후궁들과 임금 사이의 애정이 일을 그르치게 하는 것으로 인식했다고 할 수 있다.

23 하옥주의 기질을 도구적 기질로, 그녀의 정체성을 여성영웅으로 파악한 견해(위의 논문, 245~249쪽), 하옥주의 삶이 "생래적이고 태생적인 여성으로서의 삶(옥윤), 삶의 과정에서 발견하고 스스로 요청한 남성의 외피를 두른 삶(재옥), 자기 운명의 기원이자 궁극적 지향점이기도 한 신성한 삶(성선)"과 관련되는 다중적 정체성을 지닌다는 견해가 있는데(최기숙, 「여성 인물의 정체성 구현 방식의 통해 본 젠더 수사의 경계와 여성 독자의 취향」, 『한국고전여성문학연구』 19, 한국고전여성문학회, 2009, 361~362쪽), 나는 이와 달리 본다. 한편 민찬은 "하옥주가 여화위남한 근본적인 이유는 몰락한 가문의 회복에 있지 진세백을 다시 찾아 남녀결합을 이루는 데 있지 않다"고 했는데(민찬, 앞의 논문, 68쪽), 나는 이 견해를 수용한다.

자괴감 내지는 죄책감을 느끼는 이들이 있는데, 하옥주가 바로 그런 모습을 보이는 것이다.

하옥주가 도가적 초월계를 지향한 것도 이 자괴감 내지는 죄책감과 깊은 관련이 있다. 작품의 초입부에서는 초월계가 하옥주가 노부를 구하고 가문을 세우기 위해 선술과 병법을 배우는 곳으로 제시된다. 다시 말해 부친과 가문에 대한 효를 위한 준비 공간이었다. 훗날 하옥주의 정체가 밝혀지면서 진세백·명선공주 국혼의 혼란에서 송태종의 작첩作妾 요구로 이어지는 일련의 사태가 야기되고, 그 속에서 하옥주는 자신이 더러운 인간 세상에 살고 있다는 존재론적 자괴감 내지는 죄책감을 느끼게 된다.[25] 그때 도가적 초월계는 그런 존재론적 자괴감 내지는 죄책감을 온전히 떨쳐낼 수 있는 공간으로서 의미를 지닌다.

이후로 하옥주는 진세백이 상사병에 걸려 죽을 위기에 놓이자 현실세계로 돌아오게 되지만 늘 초월계를 동경하면서 살아가는데, 위의 인용문에서도 보듯 초월계는 공주의 투기로 인한 오욕, 원하지 않는 부귀영화의 향유 등으로 인한 존재론적 죄책감을 벗어날 수 있는 공간으로 제시된다. 이렇듯 하옥주의 의식 속에서 도가적 초월계는, 현실세계에서 온전한 여군자의 삶을 이룰 수 없어서 생기는 자괴감 내지는 죄책감에서 벗어날 수 있는 이상향으로 자리를 잡는 것이다.

이처럼 하옥주는 여군자의 삶이 당위이자 율법으로 작용하여 창출된 캐릭

---

24 김진세 교수는 "하옥주를 인간보다 예교나 도덕을 앞세우는 윤리와 법질서에 매여서 나의 주체성을 살리지 못한 정지적 인물"이라고 보았으며,(김진세, 「이조장편소설연구」, 〈고전문학연구〉 별집1호, 고전문학연구회, 1975, 54쪽) 민찬 역시 그 논의를 수용하고 있다.(민찬, 앞의 논문, 106쪽) 그러나 나는 이를 비판적으로 수용하여 하옥주가 예교나 도덕을 앞세운 것은 여군자의 삶을 살려고 한 것이고 이러한 사고와 행위가 그녀의 주체성을 형성한다고 본다. 한편 이경하는 하옥주의 기질을 이성의 과다, 애정기피증, 공적 가치의 지향, 언어의 지배 측면에서 제시했는데(이경하, 앞의논문, 232~245쪽), 하옥주의 그러한 기질은 궁극적으로 여군자의 삶이 율법화한 것과 깊은 관련을 맺는다고 할 수 있다.

25 문성(진세백)이 황녀로 결혼ᄒ여 텬의 완졍ᄒ엿거ᄂᆞᆯ 뎨즈(하옥주)로 말미암아 공쥬 혼신 대란ᄒ고 더옥 황샹(송태종)이 쇼즈(하옥주)를 핍박ᄒ고져 ᄒ시니 쇼지 더러온 인간의 즘싱들 참아 어이 머물니잇고 감히 션셩긔 뭇줍ᄂᆞ니 임의 도라와 부녀의 은의를 끗쳐 인간을 샤졀ᄒ니 엇지 다른 념녜 이시리잇고(권15)

터이다. 그렇기 때문에 자신에게 매사에 엄격한 기준을 들이대어 온전한 기쁨을 누리지 못했음은 물론, 부부간에 애정을 나누려는 남편의 태도를 못마땅하게 여겨 남편에게 군자의 삶을 강요하다시피 했던 것이다. 요컨대 하옥주는 여군자적 삶을 지향하면서도 그런 삶이 율법으로 작용하여 자괴감 내지는 죄책감을 지니게 되는데, 이러한 하옥주의 캐릭터는 이 작품의 효담론과 표리관계를 이룬다고 할 것이다.

3.2. 효담론의 소설사적 변주

여기에서 한 가지 더 짚어봐야 할 것은, 다른 대소설과 비교했을 때 〈하진양문록〉의 효담론이 어떤 차별성을 띠는가이다.

고전소설의 효담론은 대부분 부모에 대한 효를 담아낸다. 단적인 예를 들자면 〈심청전〉의 효담론은 심봉사에 대한 심청이의 효를 위주로 하고, 〈진대방전〉은 불효자 진대방 부부가 개과천선하여 모친에게 효를 행한다는 내용을 담아낸다. 그런데 대소설의 효담론은 부모에 대한 효 이외에 가문에 대한 효가 더해지는 양상을 보인다. 대소설은 하위 작품군 또는 개별 작품별로 효담론을 다채롭게 형성해내고 있는데, 〈하진양문록〉 또한 대소설의 여러 효담론 속에서 그 작품만의 변주를 보여준다.

〈유효공선행록〉, 〈보은기우록〉은 남주인공의 가문에서 소인형 부친을 둔 군자형 아들이 지효至孝를 행한다는 내용을 담고 있고, 〈엄씨효문청행록〉은 친자에게 계후를 물려주기 위해 악행을 일삼는 양모에게 양자가 지효를 행한다는 내용을 담고 있다.[26] 이들 작품의 남주인공은 자기 가문이 부모의 소인배적

---

26 조광국, 「벌열소설의 효 구현 양상에 대한 연구」, 『어문연구』 128, 한국어문교육연구회, 2005, 135~161쪽.

행위나 악행으로 인해 소인가문으로 낙인찍히게 될 위험에 직면하자 지극한 효도로 부모를 개과천선케 하여 군자가문으로 거듭나게 한다. 한편 〈유효공선행록〉에서는 장인이 부친의 악행을 소인배적 행위라고 지칭한 것을 두고 옹서갈등이 확대·심화되며[27] 그 옹서갈등이 남성가문 중심의 효담론으로 수렴된다. 이러한 양상은 〈옥원전해〉에서도 볼 수 있다.

〈옥원재합기연〉, 〈창란호연록〉, 〈완월회맹연〉, 〈양현문직절기〉, 〈명주기봉〉 등은 소인형 친정아버지와 남편 사이의 옹서갈등을 드러내는 작품이다. 이들 작품의 여주인공은 시가에 대해 배은·파약·가해하는 소인형 친정아버지 탓에 친정에 대한 "원죄의식 속에서 한"[28]을 지니고 살아가며 효와 절 사이에서 딜레마에 빠지게 된다. 즉 "불인不仁한 친정아버지에게 효를 행하자니 남편에 대한 의義(절節)를 행할 수 없고, 남편에 대한 의義(절節)을 행하자니 친정아버지에게 불효를 범하는 꼴"[29]이 되는 것이다. 그러는 중 남편이 친정아버지의 회과를 용납하려 하지 않자, 아내는 그런 남편에게 반감을 드러내기도 하는데, 이는 친정아버지의 잘잘못을 떠나 출가한 딸의 친정에 대한 효를 우회적으로 구현해 낸 것이라 할 수 있다.

〈하진양문록〉에서는 효와 불효의 윤리문제를 이복 자식들 사이의 대립관계로 연계하고 나아가 그 대립관계를 가문 외부의 군자와 소인의 정치적 대립관계로 연계했다. 하씨집안이 이복남매의 불효 행위와 소인배적 역모 행위로 소인가문으로 전락하여 멸문滅門의 화를 당하는 것으로 설정하고, 그 상황에서 여군자형女君子型 딸을 전면에 내세워 친정아버지에 대한 효와 친정가문에 대한 효를 동시에 추구하게 하며, 나아가 시가에 대한 효까지 그 범위를 넓혔다.

---

27 조광국, 「〈유효공선행록〉과 〈옥원전해〉의 옹서대립담 고찰」, 『고전문학연구』 36, 한국고전문학회, 2009, 165~188쪽.

28 한길연, 「소인형 장인이 등장하는 옹서대립담 연구: 여주인공의 입장을 중심으로」, 『고소설연구』 15, 한국고소설학회, 2003, 275~315쪽.

29 이지하, 「〈옥원재합기연〉 연작 연구」, 서울대 박사논문, 2001, 78쪽.

이처럼 이 작품은 여군자형 딸의 효를 내세움으로써 소인형 부모에 대한 아들의 효나, 소인형 친정아버지에 대한 출가한 딸의 효를 내세운 작품들과 구별되는 여성중심의 효담론을 형성한다.

조선사회의 가부장제적 질서는 일찍이 자리잡아온 남성중심에 17세기 이후 가문중심이 더해져서 바야흐로 남성가문 중심으로 더욱 견고해졌다고 할 수 있다. 이런 상황에서 하옥주로 대변되는 여성중심의 효담론은 남성의 역할이 여성으로 대치되었을 뿐 여전히 가부장제적 이데올로기 수호라는 보수적인 성향을 벗어나지 못했다는 한계가 있음은 물론이다.

하지만 남성가문 중심의 가부장제적 사회 질서가 팽만한 가운데에서 여성의 신분으로 친정에 대한 효를 전면에 내세우기란 그리 쉽지 않은 일이다. 더욱이 이복오라비들의 역모죄로 완전히 몰락해버린 가문의 딸이 부친을 구하고 가문을 재건한다는 것 그리고 남편보다 우월한 능력을 발휘하여 남편의 가문까지 재건한다는 것은 불가능한 일이다. 이처럼 〈하진양문록〉의 여성중심 효담론은 그 자체로도 흥미성을 지님은 물론, 남성가문 중심의 시대에서 저항의 변주를 이루며 주제로서 진중한 맛을 냈다고 할 수 있다. 이것이 〈하진양문록〉의 여성중심 효담론이 지니는 작품적 함의이다.

4. 마무리

〈하진양문록〉의 효담론은 효절孝節 논쟁과 효·애정 논쟁을 통해 형성된다. 먼저 효절 논쟁은 친정을 위해 효를 내세우는 하옥주 그리고 사랑하는 하옥주와 혼인하기 위해서 약혼을 이행하라며 하옥주에게 절節을 내세우는 진세백, 두 남녀의 갈등으로 구현된다. 이 효절 논쟁은 군부일체의 논리로 충절 논쟁으로 변개되기도 하고, 한편으로 군상과 신하 사이의 절節 논쟁으로 변개되기도 하며, 하희지와 진세백 사이의 효신孝信 논쟁으로 되풀이되기도 한다.

효절 논쟁은 하옥주와 진세백의 혼인 후에 효·애정 논쟁으로 대체된다. 두 논쟁은 멸족지화滅族之禍를 겪은 친정가문에 대한 효를 내세우는 한편 남편에게 진씨집안에 대한 효를 권면하는 하옥주와 부부간의 애정을 중시하는 진세백의 갈등으로 구현되어 작품 결말부까지 팽팽하게 유지된다. 그 과정에서 예·애정 논쟁으로 변개되기도 하는데, 하옥주의 예禮는 가정의 안정과 진씨가문의 확립이라는 목적을 지니고 있는바, 예·애정 논쟁은 효·애정 논쟁의 연장선상에서 형성되는 것이다.

이러한 효담론과 관련하여, 본 논문에서는 하옥주가 여성영웅형과 여군자형을 결합한 캐릭터로 창출되는 점에 주목했다. 하옥주는 친정아버지를 구하고 가문을 일으키고 남편의 가문까지 세우고자 했는데, 그 과정에서 보여주었던 여성영웅의 삶이 수단이라면 여군자의 삶은 목적이다. 그런데 하옥주는 여군자 모델에 자신의 모든 생각과 행동을 일치시키려고 했던바, 여군자 모델은 하옥주에게 당위와 율법으로 작동하기에 이른다. 하옥주는 남장차림으로 영웅성을 드러낸 것에 대해 죄의식을 느꼈음은 물론이고, 여군자의 삶을 살면서도 온전한 기쁨을 누리지 못했고, 부부간 애정을 중시하는 남편을 못마땅하게 여겼던 것이다. 이렇듯 하옥주는 여군자적 삶을 지향하면서도 그런 삶이 율법으로 작용하여 자괴감 내지는 죄책감을 지니게 되는데, 이러한 하옥주의 캐릭터는 효담론과 표리관계를 이룬다.

〈하진양문록〉은 하옥주를 전면에 내세워 친정아버지에 대한 효와 친정가문에 대한 효를 동시에 추구하게 하고, 나아가 시가에 대한 효까지 그 범위를 넓힌다. 이러한 여성중심의 효담론은 소인형 부모에 대한 아들의 효나 소인형 친정아버지에 대한 출가한 딸의 효를 구현한 여타 대소설의 효담론과도 구별된다.

〈하진양문록〉의 효담론은 남성의 역할이 여성으로 대치되었을 뿐 여전히 이데올로기 수호라는 보수적인 성향을 벗어나지 못한다고 평가할 수도 있지만, 당시의 남성가문 중심의 시대상에 비추어볼 때 거의 불가능한 일을 그려냈기에 그 자체로도 흥미성을 지님은 물론, 저항의 변주를 이루며 주제로서 진중

한 맛을 내고 있음은 분명하다. 이것이 〈하진양문록〉의 여성중심 효담론이 지
니는 작품적 함의이다.

(부록) 〈하진양문록〉의 서사단락

1) 하문의 구성원 : 가부장 하희지, 윤부인 소생(옥주, 백화), 주부인 소생(영
   화·계화·종화, 교주)

2) 하옥주·진세백의 혼약, 주부인 소생(영화·계화·종화, 교주)의 진세백 박대

3) 하교주의 진세백 유혹 및 통정

4) 하희지의 퇴사退仕, 영화·계화의 벼슬, 주부인 소생(주부인, 영화·계화·종화,
   교주)의 진세백 위해 모의

5) 진세백의 피신과 하옥주의 투신

6) 진원법성관에서 하옥주의 수학(스승 진원도사)

7) 교주·조원의 혼인 및 주부인 소생(주부인, 영화·계화·종화, 교주)의 악행

8) 하백화·하희지의 가출

9) 진세백의 수학, 벼슬길

10) 세 간인奸人(영화·계화·종화)의 국정 농단, 진세백의 사직

11) 진세백의 환로 복귀, 하영화 일당 척결, 하희지·하백화 부자의 귀양살이
    처결

12) 하백화·양혜옥의 약혼

13) 하희지·하백화 부자의 자수 및 극변 원찬

14) 하재옥(하옥주)과 진세백의 교유, 하재옥(하옥주)의 벼슬길

15) 진세백·명선공주의 약혼

16) 하재옥(하옥주)·진세백의 강주자사·소주자사의 모반 진압

17) 하재옥(하옥주)과 진세백의 교유 및 도가·유가 논의

18) 하재옥(하옥주)의 계교로 서축 서이왕·서유왕 진압

19) 출정 중, 하재옥(하옥주)의 신분 노출 및 하옥주·진세백의 갈등

20) 관동절도사(백윤)의 모반과 하옥주·진세백의 갈등, 하옥주의 계교로 승전

21) 하옥주의 여주공총재 임명, 하옥주의 상표上表, 하희지·하백화의 복직 및 해배

22) 진세백의 구애와 구혼, 하옥주의 거절

23) 하옥주와 하희지·백화와의 상봉

24) 하백화·양혜옥의 약혼, 이후 혼인

25) 진세백의 하옥주 연모와 득병

26) 진세백의 와병臥病과 송태종의 위문, 교주 처형

27) 진세백의 병세 악화

28) 장귀비의 정궁찬탈 모의 및 하옥주의 귀경

29) 하옥주의 등장과 진세백의 쾌차

30) 하옥주의 장귀비 징치 및 황후와의 결의형제

31) 진세백·하옥주의 혼인

32) 진세백·명선공주의 혼인

33) 하옥주의 수신

34) 하옥주의 궁중 법도 확립(조첩여 회과 유도)

35) 진세백·하옥주의 갈등

36) 명선공주의 악행

37) 하옥주의 노력에 의한 명선공주의 회과悔過

38) 하옥주·진세백의 갈등, 진세백·하옥주의 동침, 득남得男

39) 하씨가문의 영달

40) 진세백의 강남지역 선치

41) 운남왕·교지왕의 침범, 출정 전 진세백·하옥주의 동침, 하옥주의 음조陰助 및 진세백의 승전

42) 진세백·하옥주의 득남

43) 송태종의 사연賜宴, 하옥주·진세백의 승천

참고문헌

1. 자료

〈보은기우록〉(장서각 18권18책)(『영인교주 한국고대소설총서 보은기우록』 상·하, 이화여대 한국어문학연구소, 1976)

〈소문록〉(규장각 14권14책)(『필사본고전소설전집』 12-13, 아세아문화사, 1982)

〈소현성록〉(규장각 21권21책)

〈엄씨효문청행록〉(장서각 30권30책)(『한국고대소설대계(3)』, 한국정신문화연구원, 1982)

〈옥원전해〉(규장각 5권5책)

〈유효공선행록〉(규장각 12권12책)(『필사본고전소설전집』 15, 16, 아세아문화사, 1982)

〈유씨삼대록〉(고려서림, 1988)

〈창선감의록〉(국립중앙도서관 한문필사본 의산고4545)

〈하진양문록〉(장서각 25권25책)(『낙선재본고전소설총서 I 하진양문록 1-4』, 한국학중앙연구원, 2005)

〈화씨충효록〉(장서각 37권37책)(『낙선재본 고전소설 자료집 화씨충효록 1-5』, 한국정신문화연구원, 2004)

이지영 옮김, 『창선감의록』, 문학동네, 2010.

한국문학평론가협회, 『문학비평용어사전』, 2006.

2. 저서

김두헌, 『조선가족제도 연구』, 서울대출판부, 1969.

김기동, 『한국고전소설연구』, 교학연구사, 1983.

박영규, 『조선의 왕실과 외척』, 김영사, 2003.

우인수, 『조선 후기 산림세력연구』, 일조각, 1999.

우쾌재 외, 『고소설연구사』, 월인, 2002.

이상택, 『한국고전소설의 탐구』, 중앙출판, 1981.

이수봉, 『한국가문소설연구』, 경인문화사, 1992.

이수봉 외 공저 『한국가문소설연구논총』, 경인문화사, 1992.

이승복, 『고전소설과 가문의식』, 월인, 2000.

이우성, 『한국의 역사상』, 창작과비평사, 1982.

이태진, 『조선시대 정치사의 재조명』, 범조사, 1985.

임치균, 『조선조 대장편소설 연구』, 태학사, 1996.

전성운, 『조선 후기 장편국문소설의 전망』, 보고사, 2002.

정만조, 『한국사상의 정치형태』, 일조각, 1993.

정병설, 『완월회맹연 연구』, 태학사, 1998.

정병욱, 『고전문학을 찾아서』, 문학과지성사. 1976.

조광국, 『기녀담 기녀등장소설 연구』, 월인, 2000.

조광국, 『한국 고전소설의 이념과 사랑』, 태학사, 2019.

조용호, 『삼대록소설 연구』, 계명문화사, 1996.

지두환, 『조선시대 사상사의 재조명』, 역사문화, 1998.

지연숙, 『장편소설과 여와전』, 보고사, 2003.

차하순, 『한국사 시대구분론』, 소화, 1995.

차장섭, 『조선 후기벌열연구』, 일조각, 1977.

최남선, 『육당최남선전집』 9, 현암사, 1974.

최영성, 『한국유학사상사—조선 후기편 (상)』, 아세아문화사, 1995.

최재석, 『한국가족제도사 연구』, 일지사, 1983.

김정선(역), 『페미니즘, 무엇이 문제인가』, 문예출판사, 1997(Caroline Ramazanoglu, *Faminism and the Contradictions of Oppression*, 1989)

유희정(역), 『가부장제이론』, 이화여대출판부, 1996.(Sylvia Walby, *Theorizing Patriarch*, Babil Blackwell Inc, 1990)

3. 학술 논문

강문종, 「〈효의정충예행록〉 연구」, 한국학중앙연구원 박사논문, 2010.

강진옥, 「하진양문록 연구」, 『연구논집』 8, 이화여대, 1978.

권기석, 「19세기 세도정치 세력의 형성 배경(하)」, 『진단학보』 91, 2001.

권기석, 「19세기 세도정치 세력의 형성 배경(상)」, 『진단학보』 90, 2000.

김민조, 「〈하진양문록〉 연구사」, 우쾌제 외, 『고소설연구사』, 월인, 2002.

김민조, 「〈하진양문록〉의 창작방식과 소설사적 위상」, 고려대 석사논문, 1999.

김서윤, 「〈엄씨효문청행록〉의 모자 관계 형상화 양상과 그 의미」, 『고소설연구』 41집, 한국고소설학회, 2016.

김성철, 「〈유효공선행록〉 연구」, 고려대 석사논문, 2002.

김수연, 「〈화씨충효록〉의 문학적 성격과 연작 양상」, 이화여대 박사논문, 2008.

김수연, 「〈화씨충효록〉의 성격과 소설사적 위상」, 『고소설연구』 9, 한국고소설학회, 2000.

김수연, 「〈화씨충효록〉 연구」, 이화여대 석사논문, 1998.

김영동, 「〈유효공선행록〉 연구」, 『한국문학연구』 8, 동국대, 1985.

김종철, 「19C 중반기 장편 영웅소설의 한 양상」, 『한국학보』 40, 1985.

김종철, 「옥수기 연구」, 서울대 석사논문, 1985.

김진세, 「〈엄씨효문청행록〉 해제」, 이석래 · 김진세 · 이상택, 『한국고대소설대계(3)』, 한국정신문화연구원, 1982.

김진세, 「이조장편소설연구」, 〈고전문학연구〉 별집1호, 고전문학연구회, 1975.

김현숙, 「〈유씨삼대록〉 연구」, 이화여대 석사논문, 1989.

문용식, 「〈보은기우록〉의 인물형상과 작품구조」, 『한국학논집』 28, 한양대 한국학연구소, 1996.

민 찬, 「여성영웅소설의 출현과 후대적 변모」, 서울대 석사논문, 1986.

박영희, 「장편가문소설에 나타난 모의 성격과 의미」, 『한국고전소설과 서사문학(상)』, 집문당, 1998.

박영희, 「장편가문소설의 향유집단 연구」, 한국고전문학회, 『문학과 사회집단』, 집문당, 1995.

박영희, 「〈소현성록〉 연작 연구」, 이화여대 박사논문, 1994.

박영희, 「18세기 장편가문소설에 나타난 계후갈등의 의미」, 『한국고전연구』 1, 한국고전연구학회, 1995.

박영희, 「소현성록 연작연구」, 이화여대 박사논문, 1994.

박일용, 「〈유씨삼대록〉의 작가의식 연구〉, 『고전문학연구』 12, 한국고전문학회, 1997.

박일용, 「〈유효공선행록〉의 형상화 방식과 작가의식 재론」, 『관악어문연구』 20, 서울대 국어국문학과, 1995.

서정민, 「〈명행정의록〉 연구」, 서울대 박사논문, 2006.

송성욱, 『조선시대 대하소설의 서사문법과 창작의식』, 태학사, 2003.

송성욱, 「〈옥원재합기연〉과 〈창난호연록〉 비교 연구」, 『고소설연구』 12, 한국고소설학회, 2001.

송성욱, 「한·중 고전소설의 친소 관계」, 『인문과학연구』 5, 가톨릭대 인문과학연구소, 2000.

송성욱, 「조선조 대하소설의 구성 원리에 대한 방법론적 접근」, 『한국 고전소설과 서사문학(상)』, 집문당, 1998.

송성욱, 「고전소설에 나타난 부의 양상과 그 세계관」, 『관악어문연구』 15, 서울대 국어국문학과, 1990.

심경호, 「조선 후기소설고증(I)」, 『한국학보』 56, 일지사, 1989.

양혜란, 「〈유효공선행록〉에 나타난 전통적 가족윤리의 제문제」, 『고소설연구』 4, 한국고소설학회, 1998.

양혜란, 「〈창란호연록〉에 나타난 옹-서, 구-부간 갈등과 사회적 의미」, 『연민학지』 4, 연민학회, 1996.

양혜란, 「18세기 후반기 대하 장편가문소설의 한 유형적 특징: 〈옥원재합기연〉, 〈옥원전해〉를 중심으로」, 『한국학보』 75, 일지사, 1994.

양혜란, 「옥원재합기연 연구」, 『고전문학연구』 8, 한국고전문학회, 1993.

엄기주, 「〈창선감의록〉 연구」, 성균관대 석사논문, 1984.

유인선, 「〈명주보월빙〉 연작 연구」, 서울대 박사논문, 2021.

유현주, 「〈엄씨효문청행록〉 연구」, 숙명여대 석사논문, 1989.

이경구, 「17-18세기 장동 김문 연구」, 서울대 박사논문, 2003.

이경하, 「하옥주론: 〈하진양문록〉 남녀주인공의 기질 연구(1)」, 『국문학연구』 6, 국문학회, 2001.

이대형, 「19세기 장편소설 〈하진양문록〉의 대중적 변모」, 『민족문학사연구』 39, 민족문학사학회, 2001.

이상택, 「조선조 대하소설의 작자층에 대한 연구」, 『고전문학연구』 3, 한국고전문학회, 1986.

이수건, 「고려·조선시대 지배세력 변천의 제시기」, 『한국사 시대구분론』, 소화, 1995.

이수봉, 「〈유씨삼대록〉 연구」, 『동천조건상선생 고희기념논총』, 개신어문연구회, 1986.

이수봉, 「가문소설연구」, 『동아논총』 15, 1978.

이승복, 「가정소설과 가문소설의 관계」, 『고전소설과 가문의식』, 월인, 2000.

이승복, 「〈화산기봉〉고」, 『선청어문』 24, 서울대 국어교육과, 1996.

이승복, 「처첩갈등을 통해서 본 가정소설과 가문소설의 관련 양상」, 서울대 박사논문, 1995.

이승복, 계모형 가정소설의 갈등 양상과 의미」, 『관악어문연구』 20, 서울대 국어국문학과, 1995.

이승복, 「〈유씨삼대록〉에 나타난 정-부실 갈등의 양상과 의미」, 『국어교육』 77·78합, 한국국어교육연구회, 1992.

이승복, 「〈유효공선행록〉에 나타난 효우의 의미와 작가의식」, 『선청어문』 19, 서울대 국어교육과, 1991.

이승연, 「조선에 있어서 주자 종법 사상의 계승과 변용」, 『국학연구』 19, 한국국학진흥원, 2011.

이승연, 「유교가족주의와 공사론」, 『한국사회학회 사회학대회논문집』, 2004.

이우성, 「실학연구서설」, 『한국의 역사상』, 창작과비평사, 1982.

이재춘, 「〈보은기우록〉 연구」, 영남대 석사논문, 1981.

이지영, 「〈창선감의록〉의 개작을 통해 본 소설읽기와 필사의 위안 효과」, 『문학치료연구』 8, 문학치료학회, 2008.

이지영, 「〈창선감의록〉의 이본 변이 양상과 독자층의 상관관계」, 서울대 박사논문, 2003.

이지영, 「가문소설로 본 낙선재본 〈화산기봉〉」, 『고소설연구』, 한국고소설학회, 1997.

이지하, 「〈옥원재합기연〉 연작 연구」, 서울대 박사논문, 2001.

이창기, 「성리학의 도입과 한국 가족제도의 변화」, 『민족문화논총』 46, 영남대 민족문화연구소, 2010.

이현주, 「〈완월회맹연〉의 역사수용 특징과 그 의미」, 『어문학』 109, 한국어문학회, 2010.

임성래, 「〈하진양문록〉 연구(I)」, 『연세어문학』 13, 연세대 국어국문학과, 1980.

임치균, 「조선조 대장편소설에 나타난 충·효·열의 구현 양상과 의미」, 『조선조 대장편소설 연구』, 태학사, 1996.

임치균, 「연작 〈유씨삼대록〉 연구」, 『홍익어문』 10·11합, 홍익대 홍익어문연구회, 1992.

임치균, 「연작형 삼대록소설 연구」, 서울대 박사논문, 1992.

임치균, 「유효공선행록 연구」, 『관악어문연구』 14, 서울대 국어국문학과, 1989.

장시광, 「대하소설의 여성과 법」, 『한국고전여성문학연구』 19, 한국고전여성문학회, 2009.

장효현, 「장편가문소설의 성립과 존재양태」, 『정신문화연구』 44, 한국정신문화연구원, 1991.

전성운, 「〈유효공선행록〉에 나타난 군자와 재자의 갈등과 의미」, 『조선 후기 장편국문소설의 전망』, 보고사, 2002.

정규복, 「제일기언에 대하여」, 『중국학논총』 1, 고려대, 1984.

정명기, 「여호걸계 소설의 형성과정 연구」, 연세대 석사논문, 1980.

정병설, 「조선 후기 정치현실과 장편소설에 나타난 소인의 형상―〈완월회맹연〉과 〈옥원재합기연〉을 중심으로」, 『국문학연구』 4, 국문학연구회, 2000.

정병설, 「조선 후기 장편소설사의 전개」, 『한국 고전소설과 서사문학(상)』, 집문당, 1998.

정병설, 「옥원재합기연〉 해제」, 『고전작품 역주·연구』, 서울대 한국문화연구소, 1997.

조광국, 「〈화씨충효록〉에 구현된 적장승계의 종법주의 이념」, 『고소설연구』 53, 한국고소설학회, 2022.

조광국, 「〈창선감의록〉의 적장자 콤플렉스」, 『고전문학과 교육』 38, 한국고전문학과교육학회, 2018.

조광국, 「〈유효공선행록〉과 〈옥원전해〉의 옹서대립담 고찰」, 『고전문학연구』 36, 한국고전문학회, 2009.

조광국, 「〈유씨삼대록〉의 가문창달 재론」, 『한중인문학연구』 20, 한중인문학회, 2007.

조광국, 「다중결연구조의 양상과 의미」, 『국어교육』 121, 한국어교육학회, 2006.

조광국, 「〈유효공선행록〉에 구현된 벌열가문의 자기갱신」, 『한중인문학연구』 16, 한중인문학회, 2005.

조광국, 「벌열소설의 효 구현 양상에 대한 연구」, 『어문연구』 128, 한국어문교육연구회, 2005.

조광국, 「〈엄씨효문청행록〉에 구현된 벌열가부장제」, 『어문연구』 122, 한국어문교육연구회, 2004.

조광국, 「〈옥수기〉의 벌열적 성향」, 『한국문화』 30, 서울대 한국문화연구소, 2002.

조광국,「벌열소설의 향유층에 대한 고찰」,『어문연구』, 한국어문교육연구회, 2002.

조광국,「작품구조 및 향유층의 측면에서 본 〈소문록〉의 벌열적 성향」,『국문학연구』 6, 국문학회, 2001.

조광국,「〈소현성록〉의 벌열 성향에 관한 고찰」,『온지논총』7, 온지학회, 2001.

지연숙,「〈소문록〉 연구사」, 우쾌재 외,『고소설연구사』, 월인, 2002.

지연숙,「〈여와전〉 연작의 소설 비평 연구」, 고려대 박사논문, 2001.

차충환,「〈화씨충효록〉과 〈제호연록〉의 연작관계 고찰」,『어문연구』 33권 3호, 한국 어문교육연구회, 2005.

최강현,「정경부인행록」,『홍익어문』12, 홍익대, 1993.

최기숙,「여성 인물의 정체성 구현 방식의 통해 본 젠더 수사의 경계와 여성 독자의 취향」,『한국고전여성문학연구』19, 한국고전여성문학회, 2009.

최길용,「가문소설계 장편소설의 형성과 전개」,『우리문학연구』, 우리문학회, 1995.

최길용,「〈유효공선행록〉 연작 연구」,『국어국문학』107, 국어국문학회, 1992.

최길용,「연작형 고소설 연구」, 전북대 박사논문, 1989.

한길연,「대하소설의 의식성향과 향유층에 관한 연구: 〈창란호연록〉·〈옥원재합기연〉· 〈완월회맹연〉을 중심으로」, 서울대 박사논문, 2005.

한길연,「소인형 장인이 등장하는 옹서대립담 연구」,『고소설연구』15, 한국고소설학 회, 2003.

한상우,「계후등록과 족보의 비교를 통해 본 조선 후기 입후의 특징」,『고문서연구』 51호, 한국고문서학회, 2017.

황원구,「벌열정치」,『한국사』13, 국사편찬위원회, 1984.

Zhang Wei,「〈구운기〉 연구」, 아주대 박사논문, 2021.